밀실 살인 게임 2.0

밀실살인게임 2.0

密室殺人ゲーム 2.0

우타노 쇼고 장편소설
김은모 옮김

한스미디어

차례

◦ **일러두기** ◦

이 책은 『밀실살인게임 왕수비차잡기』의 스포일러를 포함하고 있습니다.

Web 2.0

종래 Web 상에서 제공되던 서비스는 특별한 기술을 지닌 발신자가 콘텐츠를 만든 단계에서 완결되었으며, 수신자는 일방통행하듯이 그 정보를 그저 받아들이기만 했다. 그에 반해 Web 2.0에서는 수신자와 발신자의 장벽이 사라져서 누구나 정보를 발신할 수 있다. 따라서 이용자가 늘어날수록 제공되는 정보의 양이 늘어나고 축적된 정보가 거대한 지식의 집합체가 되어 서비스의 질도 높아지는 경향이 있다. 그런 한편, 누구나 정보와 기능에 손을 댈 수 있기 때문에 원래 제작자가 초기에 의도한 것과는 다른 방향으로 나아가는 경우도 있다.

2006년 11월 17일 심야, 정확히는 18일 토요일 오전 2시 30분경, 도쿄도 조후시 진다이지 기타마치 거리에서 경시청 조후 경찰서 지역과 경장이 순찰 중이었다. 라이트를 켜지 않고 달리는 자전거가 있기에 경장은 자전거를 불러 세워 라이트를 켜라고 주의를 주었다.

그때 경장은 방범 등록 확인도 겸행했다. 프레임에 붙어 있는 방범 등록 실Seal 번호를 조회하니 등록자의 성명은 사카모토 스미토였고, 자전거를 탄 남자도 학생증을 통해 사카모토 스미토 본인으로 확인되었다. 경장은 오늘은 봐주겠지만 라이트를 켜지 않고 주행하면 원래 5만 엔 이하의 벌금을 물린다고 가볍게 으르고는 놓아주었다. 오르막길을 오르기가 힘들어서 자가 발전기를 바퀴에서 떨어뜨려 놓은 것이 사카모토가 라이트를 켜지 않은 이유였다.

같은 날 오후 2시 40분경, 도쿄도 미타카시 노자키 4초메에 위치한 독신자용 임대 맨션 파크하임 301호실에서 여성의 변사체가 발견됐다. 사망자는 301호실에 거주하던 20세 여성 나가타 레나. 방에 있던 전기 연장선으로 목이 졸렸다. 사망 추정 시각은 18일 오전 2시 전후.

시체 발견자는 피해자의 친구인 쓰와부키 아오이. 약속 시간에 레나가 나타나지 않아 휴대폰으로 전화를 걸어보고 메일도 보내봤지만 아무런 답변이 없었다. 걱정이 되어 집으로 찾아갔더니 레나가 침대 위에서 차갑게 식어 있었다. 현관문은 잠겨 있지 않았다고 한다.

실내는 엉망진창이었다. 옷장과 편지함, 가방이 어질러져 있고 지갑에서 현금이 사라졌다. 1엔짜리 동전조차 남아 있지 않았다. 돼지 저금통도 깨진 상태였다. 하지만 각종 카드, 저금통장, 인감, 명품 가방과 액세서리는 그대로 남아 있었다.

범인은 베란다와 마주 보는 창문으로 침입했다. 물받이와 201호실 베란다를 이용해 3층으로 기어 올라와 창문 일부를 유리 절단기로 잘라낸 후 손을 집어넣어 자물쇠를 풀었다. 범행을 마친 다음에는 현관으로 나갔다.

피해자는 위아래에 스웨트 셔츠와 바지를 입고 있었다. 입은 옷은 흐트러지지 않았으며 성폭행도 당하지 않았다. 저항한 흔적도 거의 찾아볼 수 없었기에 깊이 잠든 사이에 습격당한 것으로 추정되었다. 수면제 등의 약물은 복용하지 않았다.

수사는 수상한 인물에 관한 목격 정보를 수집하는 것으로 시작되었다. 관할은 미타카 경찰서였지만 주변 경찰서에도 정보 제공을 요청했다. 현장에서 조금만 걸어나가면 관할 밖인 무사시노시, 고가네이시, 후추시, 조후시이다.

조후시에서 바로 반응이 있었다. 사건이 발생했다고 추정되는 무렵에 지역과의 경찰관이 직무질문을 행했다고 한다. 상대는 라이트를 켜지 않고 자전거를 타고 가던 젊은 남자였다. 임의로 신분증 제시를 요구하자 남자는 순순히 응하며 카드 지갑을 꺼냈는데, 지갑이 잘 열리지 않아 좌우 어느 쪽인가 자전거용 장갑 한쪽을 벗었다. 그때 보인 남자의 손바닥에 길고 붉게 부은 자국이 있었다고 한다. 이 자국은 전기선을 세게 쥐어서 생긴 것으로 볼 수 있지 않을까?

즉시 사카모토 스미토에 대한 사정청취가 이루어졌다. 사카모토는 전문학교 재학생으로 24세. 자택은 조후시 이리마초. 부모님과 남동생을 포함한 4인 가족이었다.

우선 수사원이 사카모토의 자택 맨션을 방문해 17일 심야에 진다이지 기타마치에서 무엇을 하고 있었는지 질문했다. 사카모토는 기분전환 삼아 자전거를 탔다, 목적지는 특별히 정해두지 않았다고 대답했다.

그런데 같은 조후시라고는 해도 남동쪽 끝에 위치한 이리마초町와 북서쪽 끝에 위치한 진다이지 기타마치北町는 5킬로미터나 떨어져 있다. 더구나 두 초町 사이에는 '하케'라고 불리는 비탈진 단구 길이 길게 이어져 있다. 이리마초에서 진다이지 기타마치로 가려면 어느 길로 가더라도 오르막을 피할 수 없으니 기분전환 삼아 자전거를 타기에 적합한 경로는 아니다. 또, 자전거는 스포츠 타입이 아니라 기어가 고정된, 이른바 마마차리*였다. 실제로 사카모토는 오르막길을 오르기 힘들어서 라이트를 켜지 않고 페달을 밟았다고 한다. 게다가 심문 도중 흠칫흠칫하는 사카모토의 태도는 수사원의 심증을 더욱 굳히게 만들었다.

경찰은 사카모토를 임의로 경찰서로 불러 손바닥의 상처를 언급하며 엄하게 추궁했다. 결국 사카모토는 파크하임 301호실에 침입했다고 시인했고, 11월 23일 오후에 나가타 레나 살해 혐의로 체포됐다.

사카모토는 범행 동기에 대해 처음에는 '돈이 가지고 싶었다'라고 진술했다. 하지만 취조가 진행되면서 '게임'이라고 진술을 번복했다. 게임이 무슨 뜻이냐는 질문에는 입을 여는 대신 펜을 들어 메모 용지에 다음과 같이 적었다.

92, 912, 928, 1013, 1024, 1104

숫자에 관한 설명은 없었으며, 숫자를 적은 이후로 사카모토 스미토는 일체의 진술을 거부했다.

* 일본에서 가장 일반적인 생활용 자전거의 속칭. 보통 커다란 바구니나 보조 의자가 달려 있다.

Q1

다음은 누가 죽입니까?

11월 30일

"정문과 뒷문에 모두 철로 된 빗장이 걸려 있던 데다 튼튼한 자물쇠가 달려 있었지. 블록 담의 높이는 2미터 50센티미터, 담 꼭대기에는 침입을 방지하지 위해 유리 파편을 빼곡하게 심어두었네. 가옥의 문단속도 물론 철저했어. 현관문에는 자물쇠 따기 대책을 강구한 자물쇠가 두 개에 체인도 있었고, 부엌문에도 자물쇠가 두 개. 각각의 창문에도 크레센트 자물쇠 외에 보조 자물쇠가 달린 데다, 미닫이 유리문을 제외한 창문에는 알루미늄 격자가 끼워져 있었지. 이렇듯 엄중하게 문단속된 저택 안에서 살인이 발생했다네. 살해당한 사람은 집주인. 이름은 임시로 '가네코 유조'라고 해둘까? 1층 침실 이불 속에 숨져 있던 것을 맞은편에 사는 사람이 발견했지. 바로 경찰이 출동해서 저택을 조사했지만 정문, 현관문, 창문, 무엇 하나 남김없이 잠겨 있었다네. 바닥 아래로 침입하기도 불가능했고 말이야.

자, 범인은 어떻게 저택에 침입했을까? 물건 배달을 가장했다? 그건 아닐세. 사건은 한밤중에 일어났어. 그런 시간에 인터폰을 눌러봤자 의심만 받을 뿐이지. 내부범? 그것도 아니야. 가네코 님은 혼자 살았고, 가정부를 고용했지만 그 여자는 출퇴근했기 때문에 사건 발생 시각에는 가네코 님 저택에서 2킬로미터 떨어진 자택에 있었다네. 아니면 범인은 저택에 침입하지 않았다? 가령 몸에 좋으니까 자기 전에 마시라고 독을 탄 음료수를 사전에 가네코 님에게 건네두면 집 안에 한 발짝도 들어가지 않고 죽일 수 있지. 아니, 아니야, 유감이지만 원격 살인은 아니야. 가네코 님은 맞아 죽었네. 범인은 실제로 저택에 숨어들어 직접 가네코 님에게 손을 썼어. 하지만 저택의 문단속은 엄중했지. 도대체 어떻게 침입했을까?"

반도젠 교수가 말을 멈추고 일동을 둘러보듯이 얼굴을 천천히 좌우로 돌렸다.

"진지하게 생각해도 되는 거야?"

두광인은 의욕 없는 목소리로 말하고는 굵직한 주름 빨대로 맥주를 빨아 마셨다.

"무슨 의미인지?"

"무슨이고 나발이고 간에."

"아무래도 이 몸을 모욕하고 있구먼."

"사실 교수님의 문제는 매번 힘을 쭉 빼놓는 계열이잖아요."

aXe도 김빠진 투로 말하며 미니어처 도끼로 얼굴에 부채질을 했다.

"그 무슨 실례의 말을. 살벌한 문제가 많은 가운데 이 몸의 문제는 한 모금의 청량제가 되었을 텐데. 치유 계열이지."

"사람을 죽여놓고 치유 계열은 무슨."

"그것보다 답을 생각해보게나. 이번 수수께끼는 물론 밀실 침입 방법이네만, 좋아, 힌트를 한 가지 줌세. 밀실 공략법으로서는 지극히 현실적이고 실용적이라네. 얼음이나 낚싯줄을 사용하는 밀실 트릭은 현실에서 볼 일이 거의 없지만, 이번 트릭은 실제로 활용할 만한 가치가 충분하지."

그렇게 반도젠 교수가 힘주어 말하고 있을 때 잔갸 군이 들어왔다.

"안녕, 오늘은 쌀쌀한데."

"그것 말고 뭔가 할 말은?"

바로 aXe가 물고 늘어졌다.

"캔커피를 사가지고 올 걸 그랬어."

"사십 분이나 늦어놓고 그 소립니까?"

"미안해, 늦었어."

"다음부터는 안 와도 됩니다."

"끈덕지기는."

"저는 상식을 설명하고 있을 뿐인데요."

"살인자가 설교를 늘어놓습니까, 그런 겁니까?"

"단도직입적으로 말해 다음 문제를 준비하고 있었지?"

두광인이 끼어들었다.

"정답."

"어떤 준비?"

"그걸 말하면 다 들통 나잖아. 그건 그렇고 너 이 자식, 내가 쏘아붙이리라고 예상하고 말하는 거지? 불쾌한 녀석이라니까."

"사전 준비 하느라 지각했다면 뭐, 봐줘도 괜찮겠지. 하지만 계속 그렇게 지각하면 조만간에 이 몸이 쌓아둔 재고도 바닥이 날 걸세."

반도젠 교수가 말했다.

"재고?"

"시간을 때우고자 가벼운 문제를 내두었지."

"아, 노상 하는 힘 빼기 계열."

"치유 계열."

"어떤 문젠데?"

"듣지 않아도 된다고 봐."

두광인이 웃었다.

"그럼 안 들을래."

"자네들은 정말이지 예의가 없구먼. 연장자에 대한 경의가 눈곱만큼도 느껴지지 않아. 이번 문제는 현실적이자 실용적이라고 말했을 텐데. 실제로 이 방법으로 밀실을 부순 사건이 발생해서."

"그런 것보다, 본 문제."

aXe도 경의를 표하지 않고 끼어들었다.

"그래. 어디의 어떤 녀석이 우리를 표절하는 거냐! 절대 용서하지 않겠어! 정신이 바짝 들게 만들어주마!"

이렇게 호언하는 잔갸 군이지만, 두광인의 곁에 그가 실재하고 있는 것은 아니다.

두광인은 자택의 자기 방에 있다. 동쪽을 향해 난 창문이 있는 다다미 여섯 장 크기 정도의 서양식 방이다. 창문에는 마른 잎사귀 빛깔의 커튼이 쳐져 있다. 밤이라서 쳐둔 것이 아니라 낮에도 좀처럼 걷지 않는다.

방 안에는 두광인 혼자뿐이다. 두광인의 이야기 상대는 컴퓨터 안에 존재한다.

액정 모니터 속에는 창 네 개가 열려 있다. 창 윗부분의 제목은 각각 '두광인' '반도젠 교수' 'aXe' '잔갸 군'이라고 되어 있다. 이 놀이를 할 때 사용하는 닉네임이다.

[두광인] 창 속에는 검은 다스베이더 마스크를 쓴 인물의 모습이 있다. 두광인 자신이다. 두광인은 지금 이 모습으로 컴퓨터 앞에 앉아 있다. 그 모습을 소형 비디오카메라가 정면에서 촬영해 컴퓨터에 비추고 있다.

다른 창 세 개 역시 웹캠 영상이다.

[반도젠 교수] 창 속에는 노란 아프로 머리 가발과 렌즈가 빙글빙글 소용돌이치는 장난감 안경을 쓴 인물이 비치고 있다. 미국의 탐정 소설가 잭 푸트렐이 집필한 '사고기계' 시리즈에서 초인적인 활약을 펼치는 오거스터스 S. F. X 반 도젠의 코스튬 플레이다.

[aXe] 창에는 영화 〈13일의 금요일〉 시리즈의 제이슨 부히스처럼 하키 마스크를 쓴 인물이.

[잔갸 군] 창에는 인간이 아니라 거북이가 비치고 있다. 굵은

네 다리와 갈고리 발톱이 무시무시하지만, 얼굴은 너구리를 닮아 뜻밖에 귀여운 올리브색 늑대거북이 투명한 수조 속에서 등딱지를 말리고 있다.

화상 채팅이다. 인터넷 회선으로 연결된 각기 다른 장소에 있는 컴퓨터 네 대가 영상과 음성을 통한 쌍방향 통신을 수행 중이다. 여러 사람이 화상전화로 대화를 나눈다고 생각하면 된다.

"댁은 바봅니까? 어디의 누군지는 처음부터 알고 있습니다. 도쿄도 조후시에 사는 사카모토 스미토라고요."

하키 마스크를 쓴 aXe가 질책했다.

"말이 그렇다는 거지, 덜떨어진 놈아."

늑대거북 모습을 한 잔갸 군이 되받아쳤다. 물론 말을 하는 것은 카메라 프레임 바깥에 있는 인간이다. 자신의 얼굴을 드러내고 싶지 않기 때문에 거북이를 대역으로 내세웠다.

"게다가 용서하고 자시고, 사카모토 스미토는 유치장에 들어가 있어서 본때를 보여주려고 해도 손을 쓸 방법이 없거든요."

"그것도 말이 그렇다는 거야."

"아니면 댁이 일부러 체포되어보겠습니까? 사카모토 스미토와 같은 방에 들어가면 해치울 수 있는데요."

"이 자식이."

"자자, 진정해, 진정."

두광인이 손뼉을 치면서 끼어들었다.

"문제는 사건의 진상이야. 사카모토 스미토의 동기는 정말로 '게임'이었을까? 오늘 이 자리는 그걸 검증하기 위한 긴급 모임이잖아."

두광인은 분위기를 본론으로 유도했다. 뒤를 이어 반도젠 교수가 말을 꺼냈다.

"그리고 정말로 게임이었다면 어떤 게임이었는가?"

"우리 것보다 괜찮은 문제라면 질투할지도 모르겠네요."

aXe도 한마디 거들었다.

"그것보다, 우리 말고도 밀실살인 게이머가 있다니 어떻게 된 거야? 까불지 말라고 해!"

잔갸 군이 다시 한 번 기염을 토했다.

두광인과 이 자리에 모인 사람들, 즉 이 채팅의 멤버들은 늘 이렇게 모여서 추리게임을 한다. 추리게임이라고 해도 각자가 창작한 추리소설을 공개하고 범인을 맞히는 것은 아니다. 각자 만들어낸 트릭을 구사해 실제로 사람을 죽인 후에 그 사건을 안주 삼아 이렇지도 않다, 저렇지도 않다, 하면서 추리 대결을 벌이는 것이다.

원한, 증오, 입막음, 금전, 욕정, 학대로 인한 것이 아니라, 단지 고안한 트릭을 실제로 적용해보고 싶은 마음에 사람을 죽인다. 그리고 나서는 멤버들끼리 화기애애하게 술을 마시면서 추리에 꽃을 피운다. 사람을 죽이는 행위에서는 그다지 쾌감을 얻지 못하지만, 자신이 생각해낸 트릭을 발표하는 것은 즐겁다.

그들에게 다른 사람의 생명은 테니스 공이나 조립식 완구 부품 정도의 가치밖에 안 되는 놀이 도구에 불과하다. 그들에게는 윤리도 정情도 없다.

다만, 이런 놀이가 사회적으로 인정되지 않는다는 사실은 인식하고 있다. 그래서 이런 폐쇄적인 공간에서 몰래 놀이를 즐긴다. 서로 얼굴을 숨기고 익명을 고수하는 것도 그 때문이다.

그들은 어떤 종류의 우월감, 특권의식에 지배당하고 있었다. 이렇게 멋지고 기막힌 놀이를 즐기는 사람은 이 넓은 세계에서 자신들뿐이라는.

그런데 여기에 사카모토 스미토라는 인물이 나타났다. 자신들 말고도 살인 추리게임을 하는 사람이 있었다?

“정말이지 어디 있는 어떤 놈이야!”

잔갸 군이 끈질기게 이 말을 입에 담았다.

“그러니까 도쿄도 조후시에 사는 사카모토 스미토라고요.”

aXe가 응수했다.

“시끄러, 이 덜떨어진 놈아. 말에 담긴 기분을 파악하란 말이다. 리얼 추리게임을 하면 하는 대로 우리한테 예의는 차려라, 이 어르신은 그렇게 말하는 거라고.”

“우리도 누구한테 양해를 구하지는 않았습니다만.”

“이 자식이.”

“하지만 정말 ‘게임’이겠는가?”

반도젠 교수가 말했다.

“정말이고 자시고 간에 본인이 그렇다고 하잖아. 게임을 하기 위해 죽였다고.”

두광인이 대답했다. 수준 낮게 서로 욕설을 퍼붓는 잔갸 군과 aXe는 무시하고 둘이서 이야기를 진행한다.

"진술을 액면 그대로 받아들여도 되겠는가?"

"그 녀석이 거짓말을 했다고?"

"그러하네."

"왜 그런 거짓말을? 거짓말을 할 거면, 자신은 무죄다, 죽이지 않았다, 이러겠지."

"지문 등의 움직일 수 없는 증거가 있기 때문에 범행 자체를 부정하는 것은 무리라고 판단해서 차선책을 취한 걸세. 게임을 위해 사람을 죽이다니, 무릇 일반적인 상식으로는 이해할 수 없어. 정신감정에 기대를 걸고 있을 테지."

"심신상실로 인정되면 형사 책임을 물을 수 없다고 기대하면서?"

"그러하네."

"그럼 진짜 동기는?"

"절도. 실제로 현금이 도난당했네."

"과연, 이라고 말해주고 싶지만, 범인의 주목적이 절도라면 현장 상황과 잘 맞아떨어지지 않아."

"자세히 말해주게."

"시체에 저항한 흔적이 없었어."

"으음."

"즉, 사카모토 스미토가 파크하임 301호실에 침입했을 때 나가타 레나는 푹 잠들어 있었다는 말이야. 그런데 어째서 죽여야 하지? 집주인이 새근새근 잠들어 있는 동안에 척척 훔쳐서 냉큼 나가면 되잖아."

"한창 집을 뒤지고 있을 때 깨어나지 않았겠는가? 그래서 당황하여 입을 막은 거야."

"아니야, 아니야. 그래도 결론은 똑같아. 깨어났다면 습격을 받았을 때 어떻게든 저항을 했겠지. 그런데 저항 흔적이 없는 걸 보면 레나 짱은 깨어나지 않은 거야. 도둑질에 방해는 되지 않았어. 그런데도 죽였으니까 절도는 부수적인 목적이고, 살인이 주목적이었다고밖에 생각할 수 없지."

"아니, 꼭 그렇다고 할 수는 없네. 예방을 위해 죽였을지도 모를 일이지. 뒤지는 중에 잠에서 깨면 비명을 지르거나 경찰에 신고하거나 등 뒤에서 덤벼들 걸세. 그런 귀찮은 일을 미리 방지한 거야."

"그렇게까지 공을 들였으면서 현금밖에 빼앗지 않았구나. 레나 짱은 학생이니까 수중에 지니고 있던 돈은 변변치 않았으리라고 생각하는데."

"카드는 꼬리를 잡히기 쉬우니까 훔치지 않았겠지. 명품 역시 현금으로 바꾸면 증거가 남는다네."

"그렇게까지 두루두루 신경 쓰는 사람은 애초에 파크하임 301 호실에 도둑질하러 들어가지 않을 것 같은데."

"무슨 소린가?"

"조심성이 많은 사람은 1층에 있는 집을 노려. 침입하기 쉽고 다른 사람 눈에 띌 위험도 적지. 그리고 파크하임이 독신자용 맨션이라는 점은 외관으로 파악할 수 있어. 독신자 세대라면 많은 현금은 기대할 수 없지. 더 고급스러운 맨션이나 단독주택을 노릴 거야."

"그렇군. 절도를 목적으로 한 범죄로 보기에는 앞뒤가 안 맞는 점이 너무 눈에 띄는구먼."

"그렇게 결론을 내리면 아마추어!"

외치듯이 말하며 잔갸 군이 끼어들었다.

"돈이 될 만한 물건을 훔치고 싶었다면 1층을 노렸겠지. 하지만 속옷을 훔치고 싶었다면 다를걸. 3층이든, 7층이든 귀염둥이의 집을 노릴 거야. 1층이 아무리 침입하기 쉽다 한들 할망구의 슈미즈를 훔쳐봤자 아무 소용도 없지."

"댁은 바봅니까?"

바로 aXe가 치고 들어왔다.

"사카모토 스미토가 속옷 도둑이었다면 가택 수색에서 훔친 속옷이 나왔을 겁니다. 그렇다면 틀림없이 그 사실이 보도되었을 테고요. 성범죄에는 매스컴이 잘 달라붙거든요."

"이 망할 자식아."

그리고 두 사람은 다시 서로 욕설을 퍼붓는 말다툼을 시작했다. 그들을 방치해둔 채 두광인은 반도젠 교수에게 말을 걸었다.

"아마 경찰도 지금 예로 든 점을 추궁해서 사카모토가 진술을 뒤집게 만들었을 거야."

"절도가 목적이 아니라고 하면, 피해자가 젊은 여성이라는 점으로 보아 강간 목적이라고 생각하고 싶어지네만……."

"그런 흔적도 없었어."

"원한이나 증오가 원인이 되어 죽였다는 건? 만원 전철 안에서 치한 취급당한 사실에 화가 치밀었다든가, 여자에게 차였는데도

스토커 행위를 되풀이하고 있었다든가."

"두 사람의 관계에 대해서는 당연히 제일 먼저 조사하겠지. 매스컴도 독자적으로 냄새를 맡으며 돌아다닐 거야. 세간이 가장 크게 흥미를 느끼는 부분은 뭐니 뭐니 해도 동기니까. 두 사람에게 뭔가 접점이 있었다면 벌써 공개됐을걸. 덧붙여 가해자는 도쿄에서 태어나 도쿄에서 자랐고, 피해자는 지방 출신이야. 학교도 달라."

"돈이나 몸을 원한 것도 아니면서 생면부지의 사람을 죽였다……. '게임' 확정이로군."

푸르스름한 면도 자국에 손을 대면서 반도젠 교수는 고개를 끄덕였다.

"다만, '게임'이라고 한마디로 말해도 해석의 폭은 넓잖아. 예를 들어 양아치 중학생이 공원의 노숙자를 죽이지. 그것도 그들 입장에서는 게임의 의미일 거야. 이번 살인도 사카모토 스미토와 그 녀석 친구들 사이에서 '너, 사람 죽일 수 있어?' '죽일 수 있어' '그럼 죽여봐' '그래, 죽여볼게' 따위의 말이 오가다가 발생했는지도 몰라. 이것 역시 게임이지. '게임'이라는 단어는 넓은 의미로 '놀이' 전반을 가리키니까."

"뭐가 게임이냐. 그런 건 벨튀랑 똑같잖아."

잔갸 군이 돌아왔다.

"뭐, 그렇지. 이를테면 담력 시험."

"그런 수준 낮은 놀이를 우리의 추리게임과 똑같이 취급하지 마. 게임이란 말이지, 전략과 전술을 토대로 한 지적인 경기라고."

"댁도 모를 사람이네요. 그러니까 사카모토가 말하는 게임이 어느 정도 수준인지 감정해보자고 이렇게 모인 거 아닙니까. 뇌까지 근육으로 똘똘 뭉친 놈들이 할 만한 장난인지, 아니면 지적인 게임인지."

aXe가 말했다.

"추리게임이라면 용서하지 않겠어. 우리의 성역을 침범하지 마."

"어느 쪽이기를 바라는지 모르겠네요."

"시끄러!"

"자자, 그런 의미에서 본제의 본제로 들어가자."

두광인이 손뼉을 쳤다.

"이런 이런, 벌써 12시 아닙니까. 누가 지각한 탓에."

"닥쳐라, 얼간아."

aXe의 말에 잔갸 군이 응수했다.

12월 1일

"열쇠는 역시 숫자야."

두광인이 입을 열었다.

"그렇겠죠. 92, 912, 928, 1013, 1024, 1104."

aXe가 손가락을 꼽았다.

"무슨 번호겠지."

잔갸 군이 말하자 조건반사적으로 aXe가 쏘아붙였다.

"댁은 바봅니까? 그걸 모르니까 모두 함께 지혜를 짜내려는 거잖아요."

"너 이 자식, 엄청 열 받게 하는구나. 이제 이런 식으로 물고 늘어져서 엇나가지 않으마. 92, 912, 928, 1013, 1024, 1104. 무슨 패스워드인가? 아니야, 두 자리 패스워드는 없겠지. 무슨 치수? 번지, 좌표, 방 번호, 코인로커 번호, 책 페이지."

"떠오르는 생각을 늘어놓는 건 원숭이라도 할 수 있습니다만."

"멍청아, 원숭이는 못 지껄이잖아. 아차, 도발에 넘어가면 안 되지, 넘어가면 안 돼. 주파수? AM 라디오 주파수 같지 않냐?"

"AM 방송 주파수는 531킬로헤르츠에서 1602킬로헤르츠까지니까 92는 그 범위에 없습니다. 게다가 주파수는 9의 배수로 정해져 있어요. 해당하는 수치는 하나도 없습니다."

"날짜라고 하면 어떠냐? 92는 9월 2일, 912는 9월 12일. 시각도 괜찮겠군. 1013은 10시 13분. 1104는 11시 4분."

"그 날짜랑 시각이 게임과 어떻게 연결됩니까?"

"그건 지금부터 검토할 거야. 자기 의견이 없는 놈일수록 다른 사람의 트집을 잡는 법이지."

"저는 의견이 있는데요."

"그럼 말해봐."

"92, 912, 928, 1013, 1024, 1104는 수치를 그대로 해독할 게 아니라, 일정한 규칙에 따라 다른 의미를 부여해야 하지 않을까요? 즉 암호입니다. 예를 들어 가나假名*로 변환해보죠. 아あ행 아あ단을

* 한자의 일부를 빌려 만들어낸 일본의 표음 문자. 10행 5단의 50음표로 이루어져 있다.

기점으로 50음표에 맞추어 92라면, 9행과 2단의 교점을 선택합니다. 라ら행 이い단의 '리り'로군요."

"912는 어떻게 할 거냐. 라ら행의 12단에 해당하는 히라가나가 뭐냐고! 앙? 50음표에 맞출 수 있는 건 92뿐이잖아, 등신아."

"해석의 한 가지 예를 들었을 뿐이거든요. 그밖에도 해당 수치가 10진수로 표기되어 있다고 간주하고 2진수나 16진수로 변환해보는 방법도 있습니다."

그렇게 말하며 aXe가 키보드를 두드리자 각각의 모니터에 열린 새로운 창에 문자열이 표시됐다.

5C, 390, 3A0, 3F5, 400, 450

"이게 16진수로 변환한 거고요. 2진수로 바꾸면……."

1011100, 111001000, 1110100000, 1111110101, 10000000000, 10001010000

"변환해봤자 의미를 알 수 없잖아."

잔갸 군이 투덜거렸다.

"또 다른 법칙을 적용해서 다시 변환하는 건지도 모릅니다. 2중 암호죠."

"어떤 법칙인데?"

"예를 들어 2진수를 모스 부호로 변환해보면 어떨까요? 0을 짧

은 음인 '돈トン', 1을 긴 음인 '쓰ツー'로 해봅시다."

"해봐."

"1011100은 '쓰돈쓰쓰쓰돈돈'. 유감이지만 이렇게 긴 부호는 없습니다. 로마자든 가나든 간에요."

"못 써먹겠네."

"예라고 했을 텐데요. 저 혼자서 생각하는 데는 한계가 있으니까 지금부터 모두 함께 검토해보자는 겁니다."

"말만 번지르르하게 늘어놓고 말이야."

"아, 이보시게!"

반도젠 교수가 헛기침을 했다.

"뭐냐? 이 어르신은 도끼쟁이한테 싸움을 거는 게 아니야. 냉정하게 반론하고 있어."

"아니, 그게 아니라 소박한 의문이."

"그러니까 뭐냐고!"

"숫자라니 무슨 소린가?"

"뭐라고?"

"귀공들이 아까부터 입에 담는 92나, 9백 몇이라거나, 천 얼마라는 숫자."

"사카모토가 토해낸 숫자 말이야?"

"사카모토 스미토가 그런 숫자를 말했던가? 언제?"

"앙? 야야, 안 봤냐?"

"신문, 잡지, 텔레비전, 인터넷, 전부 한 차례 훑어보았네만 사카모토가 그런 진술을 했다는 기사는 어디에도 없었어. 게임을 위해 사람을 죽였다는 자백을 했다고 나왔을 뿐이지."

"뭐야, 파일을 깜박한 거 아니냐?"

"파일?"

"나가타 레나 살해 사건의 수사 자료가 수사 관계자의 컴퓨터에서 유출됐거든."

"바이러스에 감염돼서?"

"응. 파일 공유 소프트웨어를 사용하다니, 경찰관이 해서는 안 될 행위지. 이 나라의 윤리성은 어떻게 된 거야."

"살인자가 윤리성을 운운하는군요. 그야말로 설교 강도입니다."

aXe가 퓹퓹, 하는 의성어와 함께 웃음을 터뜨렸다.

"확실히 작금의 경찰관은 느슨해졌단 말이야. 이삼일 전에도 여자 경관의 음란한 사진이 유출되었지."

"그거야, 그거."

두광인은 모니터 속의 반도젠 교수에게 손가락을 딱 들이댔다. 모니터 속에서 반도젠 교수가 고개를 갸우뚱했다.

"나가타 레나 살해 사건의 수사 자료도 하메도리* 사진 따위랑 같이 유출됐어."

피해를 당한 사람은 미타카 경찰서 형사과에 소속된 여자 형사다. 컴퓨터에 인스톨해두었던 파일 공유 소프트웨어 때문에 폭로 바이러스에 감염되어, 하드디스크에 저장해둔 데이터가 인터넷상에 공개되고 말았다. 컴퓨터는 개인 소유물이었지만, 자택

* 성적인 행위 중에 남자가 1인칭 시점으로 찍는 촬영 기법.

에서 일을 하기 위해 경찰서 컴퓨터에서 수사 관계 자료를 복사해 가지고 돌아왔다. 그런 부외비 파일들이 일반인들에게 흘러나가 버린 것이다. 그 가운데 나가타 레나 살해 사건의 자료가 포함되어 있었다. 탐문을 정리한 메모, 현장 사진, 감식 결과, 진술 조서 사본 등등. 피의자가 92, 912, 928, 1013, 1024, 1104라는 숫자를 남기고 묵비권을 행사하는 중이라는 정보도 유출된 서류 속에 있었다.

이 살인은 게임이라고 큰소리를 치며 숫자를 적는다. 여섯 개의 숫자는 언뜻 보기에 무의미할 뿐 아니라 숫자에 관한 설명도 일체 없다. 마치 어서 퍼즐을 풀어보라고 도발하는 것 같지 않은가.

하지만 세간은 전혀 주목하고 있지 않다. 문제 삼는 매스컴도 없다. 매력적인 수수께끼로 보이지 않는다거나, 아니면 게임이라는 불경스런 동기가 마땅치 않아서 의식적으로 무시하는 것은 아니다.

유출된 파일 중에는 소유주인 여자 경찰관의 사생활을 들추어내는 자료가 있었다. 그녀와 남자의 정사를 생생하게 기록한 사진은 물론 음성이 들어간 동영상도.

카메라를 향해 다리를 벌리고 음부를 노출한다거나 욕실에서 성행위를 벌이고, 야외에서 구강애무를 하는……. 여자 경관의 제복을 입고(하반신은 나체) 파트너를 경봉으로 때리는 장면도 있었다. 남자는 브리프 한 장만 입고 브래지어로 눈이 가려진 채 뒤로 돌린 손에는 수갑이 채워져 있었다. 속옷 도둑을 붙잡았다는 상황하에서 벌인 행위일까?

현직 여자 경찰관의 리얼 코스튬 플레이다. 나이에 비해 상당히 동안의 미인이고 스타일도 좋다. 그리고 상대 남자가 전 각료를 아버지로 둔 경시청 공안부의 커리어*다 보니, 사카모토 스미토의 게임 살인 따위는 빛이 바래는 것도 당연하다.

"하메도리 사진만 봤군그래, 이 에로 영감탱이."

잔갸 군이 놀렸다.

"그 무슨 실례의 말을. 이 몸은 그 유출 파일이라는 걸 다운로드하지 않았네. 외설물도, 그렇지 않은 자료도 일절."

반도젠 교수가 분개했다.

"호오라."

"애당초 이 몸의 컴퓨터에 파일 공유 소프트웨어는 깔려 있지 않아. 그건 탐탁지 않다네. 위법성이 높지."

"그거, 웃어야 할 부분이냐?"

"그런 것보다 그 수사 자료를 이 몸에게도 보여주게나."

"송신 중. 나중에 천천히 보세요."

aXe가 말했다. 그리고 키보드를 두드리며 물었다.

"교수님의 의견은? 이 숫자를 어떻게 해석할 겁니까?"

92, 912, 928, 1013, 1024, 1104

"어떻게고 저떻게고, 지금 처음으로 알았단 말이네."

* 국가 공무원 시험 1종 합격자 중 경찰직에 배속된 자를 가리키는 말.

"아, 오히려 그게 낫습니다. 우리는 숫자를 너무 봐서 거꾸로 뭐가 뭔지 모르겠어요. 더하고, 차이를 비교하고, 평균을 내고, 전화번호부를 찾다 보니 꿈속에서도 숫자의 홍수에 시달리는 지경이죠. 첫인상은 어떻습니까?"

"음."

반도젠 교수는 고개를 끄덕이고 팔짱을 꼈다가 볼을 문지르며 입을 열었다.

"구니くに, 구이니くいに, 구니야くにや, 도오이상とおいさん, 이마니시いまにし, 이이오시いいおし."

"무슨 주문입니까?"

"음을 흉내 내어 읽어본 걸세. 4649는 요로시쿠よろしく*라든가, 724106은 나니시테루なにしてる**?, 2·2360679는 후지산로쿠오우무나쿠富士山麓鸚鵡鳴く***라고 읽는 그거 말이야. 사람 이름 같지 않은가? 구니야國谷, 도오이상遠井さん, 이마니시今西, 이이오시飯尾氏."

"그렇다고 해서 전부 사람 이름이라고 하기는 그러네요. '구이니'는 뭡니까? 접미어도 통일되어 있지 않고요****."

으으음 하고 신음하더니 반도젠 교수는 다시 팔짱을 꼈다.

"아, 그렇게 생각에 잠기면 구렁텅이에 빠집니다."

aXe가 목을 움츠렸다.

* '잘 부탁한다'는 뜻.
** '뭐 하고 있느냐'는 뜻.
*** '후지산 기슭의 앵무새가 운다'는 뜻.
**** 인명에 붙여 존중의 뜻을 나타내는 상(さん)과 씨(氏)가 통일되어 있지 않다는 뜻.

"어이, 다스베이더 경, 아까부터 잠자코 있는데 무슨 의견 없어?"

잔갸 군이 물었다.

"있어."

두광인이 즉시 대답했다.

"그럼 말해."

"말해도 돼?"

"당연히 되지."

"정답이거든."

"응?"

"갑자기 정답을 내면 김이 확 빠지잖아. 방송 시작 오 분 만에 암행어사가 마패를 들고 나타나는 것 같아서."

"엄청난 자신감인데!"

"모두 자기 생각은 다 털어놨어? 정답 말할 거야."

"자랑질은 됐거든."

"정답은 날짜. 92는 9월 2일, 912는 9월 12일. 이하, 9월 28일, 10월 13일, 10월 24일, 11월 4일."

"날짜라면 아까 이 어르신도 말했잖아."

"말했지만 의미는 부여하지 않았지. 무슨 날짜인지 말해봐."

"무슨……."

"셋, 둘, 하나. 자, 시간 종료. 정답은 그 날짜에는 살인사건이 발생한다."

"어디서?"

"일본 어딘가에서."

"멍청아. 살인은 9월 3일, 10월 26일, 중추절, 정월, 크리스마스 할 것 없이 일본 어딘가에서 일어난단 말이다."

"우리 나라 살인사건 발생률은 분명 하루 평균 네 건 이하라고 압니다만."

"그것 봐."

"응, 매일 잔뜩 일어나지. 예를 들어 9월 2일. 이와테의 모리오카랑 오사카의 돈다바야시에서 발생했어. 9월 12일에는 보름달이라도 떴나, 아키타의 오다테, 도쿄의 아다치랑 신주쿠, 가나가와의 사가미하라, 아이치의 잇시키, 도쿠시마의 무기, 기타큐슈시, 오키나와시, 이렇게 전국 여덟 군데에서 발생했지. 도쿠시마에서 벌어진 사건은 무려 일가 여섯 명 몰살이야."

"그 총격 몰살이 9월이었냐? 일 년 정도 전이라는 느낌인데."

"차례차례로 자극적인 사건이 일어나니까 기억이 바로 흐려지는 거지."

"세상도 말세야."

"그런 식으로 9월 28일을 포함한 나머지 네 날짜에도 역시 최소한 한 명은 살해당했어."

"설마하니 그 사건들을 사카모토 스미토가 저질렀다고 하고 싶은 거냐? 도쿠시마의 일가족 몰살은 약물에 중독된 차남이 저질렀을 텐데."

"그 사건은 그렇지. 하지만 9월 12일에는 그 외에도 일곱 건이 발생했어. 그 가운데 아키타 사건은 남편이 체포됐고, 도쿄 사건은 뜨내기 강도와 앙심을 품은 이웃 사람, 아이치는 택시 승객, 오키나와는 미군이 각각 피의자로 검거됐어. 기타큐슈의 콘크리트에 묻힌 시체는 미해결이지만 피해자의 신원이나 살해와 유기 방법으로 보아 폭력단의 항쟁으로 간주해도 되겠지. 남은 하나, 사가미하라 사건은 그 후에 어떻게 되어가는지 불분명해. 거슬러 올라가서 9월 2일, 돈다바야시 사건은 다음 날 범인이 붙잡혔고 이미 판결도 났어. 모리오카 사건은 미해결. 9월 28일에 발생한 살인 세 건 중 가고시마 사건만이 미해결. 10월 13일, 10월 24일, 11월 4일에 일어난 살인사건 중에도 각각 한 건씩 미해결 분위기를 풍기는 게 있어."

"그걸 사카모토가?"

"응."

"10월 13일의 미해결 사건은 어디서 일어났지?"

"다카사키."

"10월 24일은?"

"나고야. 11월 4일은 고베."

"이와테, 가나가와, 가고시마, 군마, 아이치, 효고를 찍고 11월 18일이 도쿄. 뭐야, 이 분포도는. 전국 살인 순례 여행이라도 훌쩍 떠난 거냐?"

"사카모토가 실토한 수열이 날짜를 의미한다고 해도 그날 그 녀석이 살인을 했다는 건 좀 억지 아니겠는가?"

반도젠 교수가 말했다.

"사카모토가 말한 날에 발생한 사건이 우연히 미해결로 남은 것뿐인지도 모르죠. 매일 몇 건이나 되는 살인사건이 발생하니까 그런 우연이 일어나는 것도 이상하지는 않습니다."

aXe도 거들었다.

"응, 그래서 조금 더 조사해봤어. 여섯 건의 사건은 대개가 이런 느낌이야."

두광인은 준비해둔 텍스트 파일을 멤버들에게 전송했다.

9월 2일 오후, 이와테현 모리오카시 우에다의 모리오카 하이츠 501호실에 거주하는 21세의 여대생 사다카네 미쓰루가 시체로 발견됐다. 발견자는 사다카네의 아르바이트 근무지인 패밀리 레스토랑 점장. 무단결근한 데다 전화 통화도 되지 않아서 집으로 찾아가 봤더니 사다카네가 침대 위에서 숨져 있었다. 사인은 경부 압박에 따른 질식. 흉기는 피해자가 소유한 헤드폰 줄. 사망 추정 시각은 2일 오전 2시 전후. 성적 폭행을 당한 흔적은 없었다.

점장이 501호실을 방문했을 때 현관문은 잠겨 있지 않았다. 경찰의 조사 결과, 자물쇠 따기 기술로 열었다는 사실이 판명되었다. 실내에서는 피해자의 지갑이 사라졌다.

9월 12일 밤, 가나가와현 사가미하라시 니시하시모토의 선라이프 305호실에 거주하는 32세의 주부 니시야마 시오리가 시체로 발견되었다. 발견자는 피해자의 남편으로, 직장에서 귀가해보니 아내가 피투성이로 현관에 쓰러져 있었다고 한다. 피해자는 가슴과 목을 몇 군데 찔려서 과다출혈로 사망했다. 흉기는 가느다란 칼로 추정되지만 현장

부근에서는 발견되지 않았다. 사망 추정 시각은 12일 오후 4시 전후.
남편이 귀가했을 때 현관문은 잠겨 있지 않았다. 자물쇠 따기 기술로 억지로 연 흔적은 없었다. 실내에 있던 피해자의 지갑에서는 현금이 몽땅 도난당했다. 재예금하기 위해 편지함에 잠깐 넣어두었던 현금 1백만 엔도 사라졌다.

9월 30일 오후, 가고시마시 아라타의 그린맨션 103호실에 거주하는 19세의 무직자 고가 고스케가 시체로 발견되었다. 103호실에서 이상한 냄새가 난다며 맨션 주민들이 소란을 떨면서 몰려나와 살펴보았다. 베란다와 마주한 망창으로 주민 한 명이 안으로 들어가 보니 침대 위에서 고가 고스케의 시체가 이상한 냄새를 풍기고 있었다. 사인은 뇌좌상[•]. 피해자 자신의 베이스 기타로 뒤통수를 수차례 얻어맞았다. 사망 추정 시각은 28일 자정부터 오전 6시 사이.
103호실 실내에서 피해자의 지갑은 발견되지 않았으며, 도기로 된 저금통이 깨져 있었다.

10월 13일 밤, 군마현 다카사키시 에기마치의 컨퍼트 다카사키 402호실에 거주하는 48세의 음식점 직원 다사카 스미에가 시체로 발견되었다. 외출했다가 돌아온 이웃집 사람이 402호실 현관문 밑에 인감이 떨어져 있는 것을 보고 주워서 안으로 집어넣어 주려고 했는데 현관

• 외상 또는 다른 충격에 의하여 뇌 실질에 출혈이 발생한 경우를 말한다.

문턱에 다사카 스미에가 쓰러져 있었다. 사인은 미만성 축삭 손상*. 연수를 세게 얻어맞아 뇌신경 계통에 심각한 타격을 받았다. 흉기는 불명. 목덜미에서 발견된 화상 흔적은 스턴건 때문에 생긴 것이라고 추정되었다. 전기 충격으로 움직일 수 없게 되었을 때 구타를 당했다. 사망 추정 시각은 13일 오후 2시 전후.
402호실 실내는 마구 어질러져 있었고, 피해자의 지갑에서는 현금이 사라졌다.

10월 24일 아침, 나고야시 덴파쿠구 우에다미나미의 덴파쿠 레지던스 205호실에 거주하는 회사원 이토 다카히데(45)와 아내 유코(41)가 시체로 발견되었다. 발견한 사람은 이웃에 사는 부부. 205호실에서 여자아이 울음이 그치지 않는 것을 수상하게 여겨 찾아가 봤더니, 다섯 살 난 장녀가 침실에 쓰러진 이토 부부에게 매달려 울부짖고 있었다. 사인은 부부 모두 경부 압박에 따른 질식사였는데, 남편은 타월을 흉기로 사용한 교살이었고 아내는 맨손으로 목을 조른 액살이었다. 사망 추정 시각은 24일 오전 2시 전후.
범인이 침입한 장소는 베란다와 마주한 창문. 자물쇠 부근이 유리 절단기에 잘려나가 있었다. 남편의 시체는 이불 속에, 아내의 시체는 문 근처 바닥에 있었다. 이것으로 보아 남편이 살해당하자 이변을 알아차리고 도망치려던 아내도 습격을 받은 것으로 추정된다. 한편 장녀는

* 뇌신경세포 안의 축삭세포가 손상되어 혼수상태가 여섯 시간 이상 지속된 경우를 말한다. 손상이 심하면 사망하거나 식물인간이 되기도 한다.

다른 방에서 자고 있어서 화를 면한 것으로 보인다.
실내의 각 방은 엉망진창이었고 부부의 지갑과 장녀의 저금통도 도난당했다. 지갑과 저금통은 나중에 쇼핑센터 쓰레기통에서 발견되었다. 현금은 1엔도 남아 있지 않았지만, 현금카드와 신용카드는 남아 있었다. 카드가 도난당한 후 사용된 기록은 없었다.

11월 6일 오후, 고베시 히가시나다구 오카모토의 소피아포트 501호실에 거주하는 스가누마 다몬이 숨진 것을 맨션 관리인이 발견했다. 소피아포트 건물주인 71세의 스가누마 다몬은 꼭대기 층의 방 하나를 자택으로 삼아 혼자 생활하고 있었다. 관리인이 건물 수리 건으로 건물주에게 연락하려 했지만 전화가 연결되지 않아 직접 방문했더니, 501호실 현관문은 잠겨 있지 않았고 집 안 통로에 스가누마가 죽어 있었다. 범인은 접착테이프로 스가누마의 입을 막고 손발도 테이프로 구속한 후 가슴을 몇 차례 찔렀다. 사망 추정 시각은 4일 오후 3시에서 8시 사이, 흉기는 식칼로 추정된다.
기계식 손목시계 수집가인 피해자는 시장 가격으로 수백만 엔을 호가하는 손목시계를 여럿 가지고 있었지만 시계들은 무사했다. 유가증권과 귀금속도 도난당하지 않았다. 없어진 것은 지갑과 현금을 넣어둔 조그만 금고뿐이었다.

"제법 수완이 좋군."
잔갸 군이 말했다.
"어차피 한가한 사람이걸랑요."

두광인은 배배 꼬인 말투로 대답했다.

"공통점 발견. 어느 사건이든 얼핏 보기에는 절도범의 소행 같네요."

aXe가 입을 열었다.

"게다가 현금만 노린 것 같구먼."

반도젠 교수가 동의했다.

"전부 미해결입니까?"

"그럴 거야." 두광인이 대답했다.

"거야?"

"살인은 매일 네 건이나 일어난다고. 연간 발생 건수는 약 1500건. 프로야구 전 경기 수보다 많아. 살인 따위는 전혀 특별한 일이 아니지. 그런 일상다반사를 일일이 자세하게 보도할 리가 없잖아. 사건이 특종감이 아니면 제1보만 내보내고 마무리 짓는 경우도 드물지 않다고. 지방에서 일어난 수수한 살인사건이면 범인이 체포돼도 전국판에 실리지는 않아. 프로야구 오릭스 대 라쿠텐 전이 결과밖에 전해지지 않는 것처럼 말이야. 그러니까 지금 설명한 여섯 건의 사건도 미해결인지, 아니면 범인은 체포됐지만 보도되지 않았는지는 정확하지 않아. 아차, 나고야 사건은 틀림없이 미해결이야. 그 사건은 상황이 상당히 충격적이라서 지금도 속보가 나와."

"이게 전부 사카모토의 짓이라면 엄청난데! 사건 수도 그렇지만 전국에 흩어져 있어."

잔갸 군이 감탄하듯 말했다.

"하지만 똑같은 냄새가 나잖아. 이번 나가타 레나 살해 사건도 포함해서."

"공통점을 한 가지 더 찾았어. 일곱 건 모두 집합주택에서 발생했어."

"그래, 단독주택에서 일어난 사건은 하나도 없지. 거기에도 뭔가 의미가 있을지 몰라."

"좋아. 그 여섯 건의 미해결 사건을 좀 더 조사해봐야겠군. 더 세밀하게 분석해서 나가타 레나 사건과 비교하면 게임의 정체가 보일지도 몰라."

"그럼 92, 912, 928, 1013, 1024, 1104는 날짜로 확정이지?"

두광인이 확인했다.

"그렇다기보다 잠정적으로 날짜라는 해석을 내린 다음에 진행해보겠다는 거지. 번지다, 주파수다, 2진수다, 음가 흉내다, 이렇게 나온 가운데서 제일 가망 있어 보이거든. 만약 진행해보다가 막히면 날짜설은 버리고 다른 패턴을 생각하면 돼."

잔갸 군이 그렇게 정리했다.

"지각한 주제에 마무리하는 겁니까? 그런 거예요?"

aXe가 헤살을 놓자 잔갸 군이 (생략).

12월 3일

"도서관에 다녀왔습니다." aXe가 말했다. "도립 히비야 도서관.

거기에는 전국 마흔여섯 개 도도부현都道府縣*의 지방지가 전부 갖추어져 있거든요. 아차차, 도서관 명칭을 구체적으로 꺼내면 제가 사는 곳이 드러나죠. 안 되지, 안 돼."

"아무도 네 집과 가족을 알고 싶어 하지 않는다, 바보야. 그리고 도도부현 수는 마흔일곱이다, 등신아."

바로 잔갸 군이 끼어들었다.

"아니요, 아니요, 마흔여섯이면 충분합니다. 그렇다면 여기서 문제. 2006년 12월 현재, 어느 한 현에서 발행되는 지방지는 히비야 도서관에서 읽을 수 없습니다. 그건 어느 현일까요? 셋, 둘, 하나. 자, 타임 오버. 정답은 시가현입니다. 뭐, 시가현에서는 일련의 살인사건은 일어나지 않았으니까 놓아두지 않아도 문제는 없어요."

"자랑질 쩌네. 문제 있는 것만 지껄여."

"특별히 전할 사항이 없으니까 제 자랑을 할 수밖에 없거든요."

"지방지에서 아무것도 못 건졌냐?"

"그런 표현법도 있습니다."

"온갖 폼은 다 잡아놓고 헛스윙이라니."

"결국 기자 클럽에 눌러붙어 있기만 하고 자기 발로는 조사하지 않았겠죠. 단 한 가지 확실한 건 여섯 건 전부 미해결이라는 사실입니다. 범인 체포가 보도되지 않은 게 아니라 피의자로 지목된 사람이 없어요. 애당초 이 정보도 지면에 실려 있던 게 아니라

* 일본의 광역자치단체인 도쿄도, 홋카이도, 오사카부와 교토부, 나머지 43개 현을 가리킨다.

제가 각 지방지 사회부에 전화해서 확인한 거지만요. 어떻습니까, 진짜 탐정 같지 않습니까? 안 그래요?"

"나고야 사건에 대한 새로운 정보도 없냐?"

"그건 제법 나왔습니다. 남편이 교살이고 아내가 액살이었던 건, 한창 남편을 죽이고 있는 도중에 아내가 눈을 뜨는, 범인으로서는 예측 불가능한 사태가 일어난 통에 당황해서 맨손으로 목을 조른 것이라든가."

"그 따위는 굳이 해설할 필요도 없잖아. 아내 목에 남은 손자국으로 범인의 특징을 알아냈다든가 하는 정보는 없어?"

"없습니다."

"경찰도 하잘것없네 뭐."

"나머지는 홀로 남은 다섯 살짜리 딸을 중심으로 한 인정미 넘치는 이야기뿐이라서 나가타 레나 살해 사건과 이어질 만한 기사는 하나도 없습니다. 지금 보냈으니까 잠깐 보세요."

aXe의 말에 이어 두광인의 컴퓨터에 화상 파일이 도착했다. 도카이 지방의 블록지* 기사를 스캔한 파일이다. 파일이 스무 개 정도 되어서 일 분 남짓 만에 읽어낼 수는 없다. 모두 기사에 빠져들어서 자연스레 대화가 끊어졌다.

두광인은 자택의 자기 방에 있다. 자기 혼자 있는 방이다. 이야기 상대는 오늘도 컴퓨터 속에 존재한다.

액정 모니터 속에는 창 다섯 개가 열려 있다. [두광인] 창 속에

* 여러 지역을 판매 대상으로 삼은 중규모 지방지.

는 다스베이더 마스크를 쓴 두광인 자신의 모습이 비쳐 있다. [반도젠 교수] 창 속에는 노란 아프로 머리 가발과 소용돌이 안경을 쓴 인물이, [aXe]에는 하키 마스크를 쓴 인물이, [잔갸 군]에는 늑대거북이, [044APD]에는 자동차가 각각 나오고 있다. 모두 여느 때와 다를 바 없다.

[044APD]에 비치는 자동차는 진짜 자동차가 아니라 자동차 사진이다. 낡아서 거무스름해진 푸른색 푸조403 컨버터블로, 넘버는 044APD. 그 사진은 네모난 사진 액자 속에 들어 있다. 사진 액자의 검정색 나무 틀에는 영정사진처럼 윗부분 중앙에서 좌우로 검은 리본이 늘어뜨려져 있다.

"분명 아무래도 상관없을 이야기뿐이로군. 이토 부부가 오 년 동안 불임 치료를 받았다든가, 딸이 외상후 스트레스 장애PTSD에 시달린다든가."

다 읽고 나서 두광인이 말했다.

"그렇습니다. 나가타 레나 살해 사건과의 접점이 전혀 보이질 않아요. 교살, 자살刺殺, 박살撲殺, 살해 방법은 제각각인 데다 밀실 같은 수수께끼가 있는 것도 아니고, 피해자 이름으로 끝말잇기를 하는 것도 아닙니다."

aXe도 의견을 내놓았다.

"일관성 없는 살해 방법은 제법 신경 쓰이는데. 푹 잠든 사이에 덮쳐서 괴롭지 않게 죽였는가 싶었더니, 한낮에 쳐들어가기도 하고 말이야. 고베의 할아범은 재갈을 물린 데다 난도질이라고. 입을 막아서 그대로 질식사시켰어도 됐을 텐데, 이 얼마나 잔인하냐. 역시 전부 사카못 짱의 짓이라고 하기에는 무리가 있어."

잔갸 군이 주장했다.

"그렇지만 그 고베 사건을 예로 들자면, 집 안에는 유가증권이랑 귀금속, 파텍필립*이 있었는데 그런 재물에는 눈길도 주지 않고 현금만 훔쳐갔지. 이 묘한 고지식함이 다른 사건과 비슷해."

두광인이 반론했다.

"그럼 그 부분은 양보해서 사카못 짱이 전부 저질렀다고 치자. 그러면 이 연쇄살인은 지적 게임이 아니라 단순히 살인을 즐기고 있는 것뿐이야. 단순한 놀이라고 보면 조르고, 때리고, 찌르는 등 살해 방법에 일관성이 없는 점도 이해가 가지. 여러 가지를 시도해보는 편이 즐거운 법이거든."

"그렇다면 가까운 곳에서 죽이면 됩니다. 지방까지 죽이러 가지 않아도 된다고요."

aXe가 말했다.

"야 인마, 근처에서만 죽이면 꼬리가 잡히기 쉽잖아."

"그렇다고 해도 도호쿠나 규슈**까지 원정할 필요가 있습니까? 수도권으로 충분하죠. 교통비도 무시할 수 없다고요."

"그러니까 매번 돈을 훔치는 거야. 엇? 어쩐지 이야기가 들어맞아 가는데."

"훌쩍 떠나는 전국 살인 순례 여행입니까?"

* 스위스에 본사를 둔 명품 시계 브랜드.

** '도호쿠'는 일본 혼슈의 동북부 지방, '규슈'는 일본 본토 남단에 해당하는 지방이다. 양쪽 다 수도권에서 상당히 멀다.

"농담이 아니라 그럴지도 몰라. 봐봐, 일곱 건의 사건은 전부 다른 현에서 발생했어. 이와테, 가나가와, 가고시마, 군마, 아이치, 효고, 도쿄. 47도도부현을 제패하려고 한 거 아닐까? 살인 스탬프 랠리인 거지."

"그렇다면 어떤 순서로 도도부현을 돌아다니는 건데요? 홋카이도에서부터 남하하는 것도, 오키나와에서부터 북상하는 것도 아니에요. 지도에 다트를 던져서 정하는 겁니까? 그건 그것대로 게임입니다만, 도저히 이지적인 방법이라고는 할 수 없죠. 좀 더 체계적인 규칙이 있어야 합니다."

"그래. 그러니까 말하잖느냐, 이건 우리가 하는 추리게임과는 다른 것 같다고. 사람 이야기를 좀 잘 처들어라, 이 망할 자식아."

"모리오카에서 한붓그리기를 하면서 철도 노선을 돌아다니는 걸까? 잠깐 확인해봅시다. 시각표, 시각표."

"야, 이 자식아, 무시하지 마."

잔갸 군의 기분이 레드 존에 들어섰기 때문에 두광인이 끼어들었다.

"여섯 단계 이론의 실증 실험이라든가."

"뭐라고?"

"아는 사람을 여섯 번만 거치면 전 세계 사람들과 간접적으로 지인이 될 수 있다는 가설. 예를 들어 나한테 아는 사람이 50명 있다고 치고, 그 50명에게 아는 사람을 소개해달라고 부탁한 다음, 그렇게 소개받은 사람들에게도 아는 사람을 소개해달라고 하는 식으로 네트워크를 넓혀가면 여섯 단계 후에는 지구상의 모든 사람과 연결된대."

"친구의 친구는 모두 친구로군."

"첫 단계로 A씨를 죽인다. A씨의 주소록에서 임의로 한 사람을 골라 다음에는 그 B씨를 죽인다. B씨의 주소록에서 한 명을 골라 내 그 C씨를 죽인다. 이렇게 살인을 이어나가는 거야. 목표는, 돌고 돌아서 A씨까지 돌아올 수 있는가, 아니면 미합중국 대통령까지 도달할 수 있는가, 등등 여러 가지를 생각할 수 있겠지."

"일곱 명 죽였어."

"여섯 명은 이론적 수치랄까, 상징적인 숫자야. 실제로는 겨우 두 명 만에 목표 인물에 도달할지도 모르고, 백 명을 죽여도 도달하지 못할지도 몰라."

"뭐, 어쨌거나 그런, 친구 연결망 살인이 아닐까 하는 것도 그냥 상상일 뿐이지. 근거는 제로야."

"그래. 피해자의 휴대전화랑 수첩을 볼 수 없으니까 상상으로 이야기를 진행시킬 수밖에 없잖아."

분하지만 두광인은 정색하고 뻗댈 수밖에 없었다.

"아." 반도젠 교수가 흐리멍덩한 목소리를 냈다.

"뭐?" 두광인이 불끈 화가 난 목소리로 대꾸했다.

"피해자가 가지고 있던 물건 이야기가 나왔으니, 이 기회에 말해둘까 싶어서."

"그러니까 뭐?"

"피해자가 아니라 가해자의 소지품 말이네만."

"그, 래, 서?"

"앞서 유출된 수사 자료 가운데 사카모토 스미토의 소지품 사진이 있었잖은가. 책장에 죽 꽂아놓은 미스터리 만화책이라든가, 호러 영화 DVD, 우주에서 온 침략자를 마구 쏘아대는 게임 소프트 같은 사진 말이야. 그중에 지갑 사진이 있던 걸 기억하는가?"

"동전 넣는 포켓에 동전이랑 같이 항불안제가 들어 있었어."

"그렇지. 하지만 그쪽은 아무래도 상관없네. 지폐 넣는 곳에 영수증이 몇 장인가 들어 있었을 거야. 그리고 지폐와 영수증을 밖으로 꺼낸 상태의 사진도 찍혀 있었지. 문제는 그 사진일세. 파일명은 IMG2001542.jpg."

"뭐가 문젠데?"

"영수증 가운데 선술집 영수증이 있었네. 사카모토의 자택 부근에 위치한 점포인데, 인원은 네 명, 지불 금액은 1만 2500엔. 지불 일시는 10월 24일 새벽 12시 57분."

"그게 뭐?"

"10월 24일."

"10월 24일이라고?"

그렇게 말한 사람은 잔갸 군이다.

"그러하네. 10월 24일."

"나고야에서 살해 사건이 일어났던 날이잖아."

"그러하다네. 사건 발생 시각은 10월 24일 오전 2시 전후로 추정되었지. 하지만 한 시간 전에 사카모토는 선술집에 있었어. 나고야의 선술집이 아니라 도쿄 조후의 선술집에."

반도젠 교수는 말을 멈추고 카메라를 향해 과시하는 태도를 취했다.

"한 시간 만에 나고야까지 갈 수는 없지."

aXe가 중얼거렸다.

"그리고 한 장 더. 신주쿠에 있는 노래방 영수증 말인데, 인원은 다섯 명, 날짜는 11월 4일이라고 나와 있다네. 이 영수증에는 가게에 들어간 시간과 계산한 시간이 둘 다 찍혀 있는데, 가게에 들어간 시간은 오후 3시 12분, 계산한 시간은 오후 8시 10분이로군. 어지간히 불러댄 모양일세."

"11월 4일은 고베에서 사건이 발생한 날이야. 사건 발생 추정 시각은 오후 3시에서 8시 사이, 하지만 사카모토는 그때 도쿄의 노래방에서 시간을 보냈다……."

"그런 영수증이 있다고 해서 사카모토가 선술집과 노래방에 갔다고는 할 수 없지. 길에서 주웠는지도 몰라."

두광인이 말했다.

"보통 그런 걸 줍겠냐?"

잔갸 군이 코웃음을 쳤다.

"친구에게 빌려준 돈을 돌려받았을 때 지폐 사이에 끼여 있던 거지."

"두 장이나 끼여 있었는데 몰랐다고? 사진을 봐봐, 노래방 영수증 폭은 1만 엔짜리 지폐 폭보다 넓어."

"그럼 그 영수증을 어떻게 설명할 건데?"

두광인이 모니터에 집게손가락을 들이대고 화난 듯 소리쳤다.

"어떻게고 저떻게고 사카모토 스미토는 나고야에서 이토 부부를 죽이지 않았어. 고베에서 스가누마 다몬을 죽이지도 않았고. 그렇다면 모리오카, 사가미하라, 가고시마, 다카사키에서도 안 죽이지 않았을까? 사카모토가 죽인 사람은 나가타 레나 한 명뿐. 즉 92, 912, 928, 1013, 1024, 1104를 날짜로 해석하는 건 잘못이야. 출발점으로 되돌아가는군."

"사망 추정 시각은 절대적이지 않아. 온도나 화학물질 따위에 영향을 받아 생각지도 못한 차이가……."

두광인은 또다시 반론을 했지만 목소리가 서서히 작아졌다. 그때 aXe의 목소리가 울려 퍼졌다.

"그게 아니면 이 게임은 알리바이 무너뜨리기일까요? 내 알리바이를 무너뜨려보라고 사카모토가 도발하고 있다?"

12월 7일

두광인은 자택의 자기 방에 있다. 자기 혼자 있는 방이다. 이야기 상대는 오늘도 컴퓨터 속에 존재한다.

액정 모니터 속에는 여느 때처럼 창 다섯 개가 열려 있다. [두광인] 창에는 다스베이더 마스크를 쓴 두광인 자신의 모습이 비쳐 있다. [반도젠 교수] 창에는 노란 아프로 머리 가발과 소용돌이 안경을 쓴 인물이, [aXe]에는 하키 마스크를 쓴 인물이, [잔갸 군]에는 늑대거북이, [044APD]에는 푸조403 컨버터블 사진이 담긴 검은 틀의 사진 액자가 각각 나오고 있다.

거기에 더해 오늘은 창 하나가 더 열려 있다. 그 창에서는 잔갸 군이 찍어온 비디오 영상이 재생되고 있다.

프레임 중앙에 남자가 있다. 어깨까지 내려오는 머리카락에 턱수염을 다보록하게 기른 젊은 남자가 벤치에 앉아 있다. 인물은 이 남자 한 명밖에 찍혀 있지 않다. 배경으로는 잎이 어지러이 돋아난 나무가 서 있다. 어딘가에 있는 공원인 듯하다.

"마셨어."

남자가 말했다. 약간 얼굴을 들어 올린 느낌으로 카메라를 보고 있다.

"사카모토 스미토 씨랑 마셨죠?"

다른 사람이 말했다. 잔갸 군의 목소리다. 모습은 비치지 않는다. 비디오카메라로 촬영하면서 이야기하는 것이리라.

"그래, 사카모토랑."

"둘이서?"

"아니, 두 명 더 있었지."

"네 사람은 어떤 관계입니까?"

"고등학교 시절 친구. 오랜만에 동네에서 마시려고 모였어."

"제안한 사람은 사카모토 씨입니까?"

"아니, 내가 소집했지."

"넷이서 마신 날짜는 10월 23일이죠?"

"맞아."

"10월 23일, 틀림없습니까?"

"아까 보여줬잖아."

남자가 점퍼 주머니에서 휴대전화를 꺼내 잠시 버튼을 조작하더니 메인 화면을 카메라로 돌렸다. 카메라가 줌업하며 다가갔다. 휴대전화 화면에는 일정표가 표시돼 있었다. 10월 23일 난에 있는 맥주잔 이모티콘을 선택하자 "20:00. 아사카, 사카모토, 미타"라는 내용이 나타났다.

"모임은 10월 23일 오후 8시부터였군요?"

"그래. 처음에 불고기집에 갔다가 다음에 술집."

"술집을 나왔을 때는 날짜가 바뀌어 있었고요. 24일 오전 1시 전으로요."

"그 정도겠지."

"사카모토 씨는 1차와 2차 둘 다 참석했고요."

"맞아."

"도중에 사카모토 씨가 모습을 감춘 적은?"

"없어."

"사카모토 씨는 오후 8시부터 오전 1시까지 줄곧 당신들과 함께 있었군요."

"화장실은 따로 갔지만."

이때 갑자기 화면에서 남자가 사라지더니 교대하듯 젊은 여자 두 명이 나타났다. 배경도 나무에서 빌딩으로 바뀌었다. 아까 나오던 남자 영상에 다른 영상을 이어 붙였으리라.

"11월 4일에 사카모토 스미토 씨랑 노래방에 갔죠?"

잔갸 군의 목소리가 물었다.

"갔어요."

왼쪽 여자가 대답했다. 아주 짧은 커트 머리에 빨간 테 안경을 꼈다.

"당신들과 사카모토 씨의 관계는?"

"같은 전문학교에 다녀요."

"11월 4일 몇 시쯤에 노래방에 갔는지 기억납니까?"

"느지막이 점심을 먹고 갔으니까 3시쯤?"

왼쪽 여자가 동행에게 얼굴을 돌렸다. 머리카락이 갈색인 오른쪽 여자가 고개를 끄덕였다.

"점심도 사카모토 씨와 같이 먹었습니까?"

"예."

왼쪽 여자가 대답하자 오른쪽 여자가 보충했다.

"학교 그룹 과제가 있었어요. 아침부터 패밀리 레스토랑에 모여서 했는데, 나른해질 즈음 점심 먹자는 이야기가 나왔어요. 먹고 났더니 더 나른해지더군요. 의욕이 뚝 떨어졌어요. 그래서 노래방 가자는 이야기가 나왔지요."

"그럼 사카모토 씨와는 아침부터 같이 있었군요."

"예."

"노래방은 몇 시까지?"

"올."

"예?"

"올 나이트."

"8시 넘어서 가게를 나오지 않았습니까?"

"과제를 하자고 다시 패밀리 레스토랑에 갔지만 역시 의욕이 안 생기더라고요. 그래서 또 노래방에 갔어요. 막 흥이 올라서요, 결국 올."

"사카모토 씨도 아침까지?"

"예."

"11월 4일 아침에 만나서 다음 날 아침에 헤어질 때까지 사카모토 씨랑 계속 함께였죠?"

"화장실은 같이 안 갔어요!"

"뭔가 볼일이 있다면서 사카모토 씨가 몇 시간 정도 자리를 비운 적은?"

"없어요, 없어."

오른쪽 여자가 얼굴 앞에서 손을 내저었고 왼쪽 여자도 고개를 끄덕였다.

창이 깜깜해졌다.

"이상."

잔갸 군이 말했다.

"사카모토 스미토의 알리바이는 성립됐구먼. 사망 추정 시각의 오차를 고려해도 문제가 되지 않을 정도로 완벽해."

반도젠 교수가 한숨을 쉬었다.

"10월 24일 새벽 12시 57분에 조후의 선술집을 나온 후에 2시까지 나고야에 가기는 불가능합니다. 조후 비행장에서 자가용 제트기를 띄울까요? 11월 4일은 노래방 화장실에서 고베로 순간이

동이라도 할까요?"

aXe가 항복이라는 포즈를 취했다.

"나고야와 고베에서 일어난 살인에는 알리바이가 성립했지만, 나머지 네 건은 알 수 없어."

두광인이 미련이 남은 듯이 말했다.

"여섯 건 중 한 건이라도 사카모토가 저지르지 않았다면, 예의 숫자가 '사카모토가 사람을 죽인 날'이라는 가설은 성립하지 않아."

잔갸 군이 쐐기를 박자 두광인은 입을 다물 수밖에 없었다.

"하지만 귀공은 사건의 한복판에 선 인물의 관계자와 잘도 접촉할 수 있었군그래."

두광인이 기가 죽어 있자니 반도젠 교수가 감탄한 모습으로 입을 열었다.

"뭐, 그럭저럭."

잔갸 군은 쿨하게 대답했다. 화면에는 여전히 늑대거북밖에 비치지 않지만 그 옆에서 잔갸 군이 히죽대고 있으리라.

"댁은 여전히 분위기를 못 읽는군요. 교수님은 말이죠, 도대체 어떻게 알아냈느냐고 간접적으로 묻는 겁니다."

aXe가 목을 움츠렸다.

"듣고 싶냐? 듣고 싶지?"

"말하기 싫으면 됐네요."

"어쩔 수 없군. 그렇게 듣고 싶다면 가르쳐주도록 할까?"

"아, 안 들린다. 안 들려, 아."

"변호사로 가장했지. '사카모토 스미토 씨의 변호를 담당하고 있습니다, 사카모토 씨를 구하기 위해 이야기를 들려주십시오, 흘려들으면 안 되니까 비디오로 기록하겠습니다.' 요렇게."

"배지는 어찌 했는가?"

반도젠 교수가 물었다.

"그건 준비하질 못해서, 변호사 배지를 보여달라고 하면 도망칠 수밖에 없었지만 가짜 명함만 보고도 믿어주더라고."

"신고당했으면 좋았을걸."

aXe가 밉살스런 말을 하자 잔갸 군이 (생략).

즐거운 듯 이야기를 나누는 세 사람을 남겨두고 두광인은 조용히 로그아웃했다.

12월 15일

오 분 늦게 잔갸 군이 로그인해서 멤버가 모두 모였다. aXe가 덤벼들기 전에 두광인이 입을 열었다.

"돌파구를 찾았어."

"무슨?" 반도젠 교수가 물었다.

"당연한 걸 가지고 그래. 사카모토가 말하는 '게임'에 대한 돌파구 말이야."

"어떤 돌파구인가?"

"이번 주 일요일에 도쿄에서 살인사건이 발생했잖아."

"아니, 모르네만."

"12월 10일 오전 3시경, 도쿄도 신주쿠구 하라마치의 스퀘어 도쿄 307호실에 남자가 피를 흘리며 쓰러져 있다고 도쿄 소방청에 119 신고가 들어왔어. 신고한 사람은 같은 맨션 306호실에 사는 사람인데, 옆집에서 수상한 소리가 나기에 상황을 보러 갔더니 307호실 현관문이 몇 센티미터 열려 있었고 실내에 남자가 쓰러져 있었대. 구급대원이 도착했을 때 이미 심폐 정지 상태였던 남자는 실려간 병원에서 사망이 확정됐지. 사망자는 307호실에 거주하는 마시마 히로키, 35세. 이 년 전에 처자와 함께 이 맨션으로 이사 왔지만 반년 전에 이혼하고 혼자 살고 있었어. 직업은 텔레비전 제작 프로덕션의 프로듀서. 마시마 씨는 날붙이 같은 물건으로 좌우 가슴을 찔려서 출혈성 쇼크로 사망했어. 파자마 소매와 자락도 몇 군데 베여 있던 걸로 보아 살해당하기 전에 범인과 격투를 벌인 걸로 추정돼. 그때 난 소리가 306호실 사람 귀에 들어간 거지. 범인은 307호실 현관 자물쇠를 자물쇠 따기 기술로 열고 도어체인은 금속 절단기로 절단했어. 307호실 안은 엉망진창으로 어질러졌고 지갑이 사라졌어."

두광인은 말을 멈추고 웹캠 렌즈를 가만히 쳐다보았다. 아무도 반응하지 않았다.

"이상." 두광인이 한마디 덧붙였다.

"그게 어쨌는가?"

반도젠 교수가 관심 없다는 목소리로 물었다.

"집합주택에서 발생했고 현금을 강탈당했어. 나가타 레나 살해사건 및 9월 2일, 9월 12일, 9월 28일, 10월 13일, 10월 24일, 11월

4일에 발생한 미해결 살인사건과 동일한 상황이야."

"그래서?"

"일요일에 일어난 마시마 히로키 살해 사건을 포함해 여덟 건의 살인은 한 줄기 선으로 연결할 수 있지."

"등신이냐? 사카모토는 구류 중이야."

화를 낸다기보다 될 대로 되라는 느낌으로 잔갸 군이 말했다. 두광인의 입장에서는 예상 가능한 냉랭함이었다.

"그런데 현장백편現場百遍이라는 말 알아?"

아무도 대답하지 않았다.

"현장에는 몇 번이든 발걸음을 옮겨라, 무슨 단서가 나올 것이다, 라는 형사 수사의 격언인데 말이야, 우리는 유감스럽게도 현장에는 들어갈 수 없지. 그래서 유출된 나가타 레나 사건의 수사자료를 되풀이해서 훑어봤어. 그랬더니 사진 한 장이 마음에 걸리더라고. 파크하임 301호실 안을 찍은 사진인데, 텔레비전이 정면으로 포착됐지. 잠깐 봐봐, P004211.jpg."

"볼 가치가 있다면."

잔갸 군이 한층 차갑게 말했다.

"부모에게 생활비를 받는 스무 살짜리 여자가 어떻게 42인치 디지털 풀 하이비전 액정 텔레비전을 가지고 있느냐는 질투심은 옆으로 밀어두기로 하고, 주목해줬으면 하는 물건은 AV 선반 왼쪽 가장자리에 있는 탁상 캘린더야. 귀여운 새끼 고양이 사진 역시 아무래도 좋으니까, 주목해줬으면 하는 건 달력 부분. 두 달치 날짜가 인쇄되어 있어. 현장 검증이 실시된 게 11월 18일이니까

11월과 12월 달력이 나와 있지. 12월 10일에 주목해줘. 10이라는 날짜 위에 빨간 가위표가 쳐져 있을 거야. 12월 10일? 마시마 히로키가 살해당한 날이잖아. 사카모토는 레나 짱을 죽인 현장에 다음에 행할 살인의 예고장을 남긴 걸까?"

"어느 사진인가?"

약간 흥미롭다는 듯이 반도젠 교수가 물었다.

"P004211."

두광인이 그렇게 일러준 지 삼십 초쯤 뒤 aXe가 입을 열었다.

"확실히 12월 10일에 가위표가 쳐져 있네요. 하지만 이걸 사카모토가 쳤다는 말은 견강부회입니다. 나가타 레나 본인이 생전에 쳐놓았는데 우연히 그날에 비슷한 사건이 발생했을 뿐이겠죠."

"뭐, 보통은 그렇게 해석하겠지. 하지만 사진을 좀 더 주의 깊게 보게나, 라고 교수의 말투로 이야기해볼까나. 11월 3일과 5일에도 가위표가 쳐져 있어. 이 두 개의 가위표와 12월 10일의 가위표는 필적이 달라. 다른 사람이 쓴 티가 나."

12월 10일의 가위표가 ∝처럼 한 획으로 이루어져 있는 반면, 11월 3일과 5일의 가위표는 선 두 개가 깨끗하게 떨어져 교차해 있다.

"그 다른 사람이 사카모토 스미토?"

"그밖에 또 누가?"

"방에 놀러 온 남자 친구라든가 친구요."

"보통 놀러 간 집의 달력에 뭘 써넣거나 하진 않아."

"12월 10일은 데이트야, 잊지 마, 하고 표시를 했는지도 모르죠."

"가위표를? 동그라미를 친다든가 하트 마크라면 알겠지만 엑스는 아니지. 아니야, 아니야."

"음, 하지만 이 가위표를 사카모토가 쳤다는 증거는 없습니다. 필적의 차이도 겉보기의 인상에 지나지 않고요."

"있어."

"어디에요?"

"12월 10일 날짜 밑에 뭔가 적혀 있을 거야. 알아볼 수 없으면 확대해봐."

두광인의 말 뒤로 십 초가 지났을 때 aXe가 반응했다.

"3?"

"그래, '3'이라는 글자가 있지. 그리고 IMG2001684.jpg를 봐봐. 취조실에서 사카모토가 쓴 메모를 찍은 사진. 예의 숫자가 나열된 사진이지. 그중에 3이 있잖아. 1013의 일의 자리. 그걸 달력의 글자랑 비교해봐."

이 분 후.

"음, 닮은 것도 같지만 사진인 데다 너무 작아서 정확한 감정은 불가능할 것 같네요."

aXe가 어깻부들기 쪽으로 손을 들어 올려 항복 포즈를 취했다.

"3 옆은 뭔가?"

반도젠 교수가 물었다.

"실Seal이야."

두광인이 대답했다. 12월 10일에는 3이라는 글자와 비슷한 크기의 작은 실이 붙어 있었다. 브이 사인을 한 사람 손 모양 일러스트다.

"브이 사인에는 자화자찬하는 마음이 담겨 있으려나?"

"그렇겠지. '예이, 또 죽여주마.'"

두광인은 웹캠을 향해 브이 사인을 날렸다.

"그렇다면 3에는 어떤 의미가 있다는 말인가?"

"음, 그건 아마도."

"이것 참, 잠자코 듣고 있자니 네놈들 뭘 그렇게 무의미한 검토를 하는 거냐!"

잔갸 군이 질렸다는 듯이 끼어들었다.

"그 가새표랑 브이 사인이 사카모토랑 관계있을 리 없잖아. 백 번 양보해서 사카모토가 그려놓았다고 해도 그냥 낙서일 뿐이지, 살인 예고일 리는 없다고. 뭐라 뭐라 해도 사카모토는 11월 23일부터 신병身柄을 구속당했단 말이지. 어떻게 하면 12월 10일에 사바 세계에서 인간을 죽일 수 있냐? 그야말로 순간이동 능력이 필요하다고."

"그렇게 결론 짓는 놈은 아마추어."

두광인은 쯧쯧 하고 집게손가락을 흔들었다.

"이 자식이."

"사카모토는 게임을 하고 있었다고 했어. 혼자서?"

"뭐라?"

"우리도 평소에 추리게임을 하고 있지. 혼자서?"

"응?"

"혼자서도 이런 종류의 게임은 할 수 있어. 밀실이라든가 알리바이 같은 공들인 트릭을 사용해 사람을 죽이고는 '자, 풀어봐라' 하고 경찰에게 도전하는 거지. 특별한 트릭 따윈 없이 단순히 누군가를 적당히 죽이고 '잡을 수 있으면 잡아봐라, 뻐큐' 하고 경찰을 도발하는 행위도 생각할 수 있고. 봐봐, 일부러 세 번 연속 경적을 울리면서 속도를 50킬로미터 오버해서 경찰서 앞을 쌩하니 지나가는 놈이 있잖아. 그거랑 마찬가지야. 하지만 그런 놀이는 혼자 하는 것보다 동료를 모아서 하는 편이 흥분되지. 그러니까 보통 혼자보다는 무리를 지어 폭주족으로 활동하는 거야. 살인게임도 똑같아. '역시 랜달사社의 전투 나이프는 베는 맛이 최고야' '이 밀실 문제를 풀어봐라, 회색 뇌세포 놈들아!' '뭐냐, 그 알리바이 트릭은?' '실망이야' 하는 식으로 여럿이 왁자지껄 떠드는 편이 즐거운 데다 분위기도 방방 뜨지."

"사카모토한테도 동료가요?"

aXe가 몸을 쑥 내밀었다.

"게임 동료가 있어도 이상하지는 않다고 봐. 아니, 없는 것보다 있는 편이 더 자연스럽지. 동료가 있다면 그 녀석들은 지금 뭘 할까? 사카모토랑 같이 하던 게임은 어떻게 됐지? 사카모토가 저질러야 했을 살인을 동료가 이어받았을 가능성은?"

"있죠. 있어요."

"동료라. 멍청하게도 그 가능성은 머리에서 배제해두었다네."

반도젠 교수가 아프로 머리 가발을 긴다이치 고스케*처럼 벅벅

* 미스터리 소설가 요코미조 세이시가 창조한 탐정 캐릭터.

긁었다.

“증거는? 동료가 있다는 증거. 그 동료가 닷새 전에 살인을 했다는 증거 말이야.”

잔갸 군이 불쾌한 듯이 말했다.

“확실한 증거는 없어.”

“네 장기인 상상이냐?”

“하지만, 동료가 있다고 생각하면 사카모토가 제시한 여섯 개의 숫자를 설명할 수 있어. 역시 그건 날짜야. 그리고 그날에는 사카모토가 관여한 살인이 일어났지. 다만, 사카모토는 각 사건에 관여는 했지만 실제로 그가 죽였다고는 할 수 없어. 동료 중 누군가가 죽였지. 나고야랑 고베의 살인이 그래. 사카모토는 죽이지 않았으니까 알리바이가 있는 게 당연하지. 신기할 거 하나 없어.”

신기할 거 하나 없다고 다시 한 번 말하고 두광인은 가볍게 거들먹거렸다.

“알리바이에 관해서는 신기한 점이 없네만…….”

반도젠 교수가 고개를 갸웃거렸다.

“사카모토를 포함한 몇 명이 교대로 사람을 죽인단 말입니까?”

aXe도 어쩐지 석연치 않은 모양이다.

“아마도.”

“그거, 도대체 무슨 게임이냐? 모두가 돌아가면서 죽이자는 거야? 지적인 면이 전혀 없잖아, 야.”

잔갸 군이 점점 호전적으로 변했다. 자자, 하고 두광인은 화면을 향해 손을 들고 말했다.

"변덕스럽게 죽이는 건 아니야. 규칙은 있어."

"어떤 규칙인데?"

"죽이는 순번이 포인트 아닐까? '누구를' 죽이느냐가 아니라 '누가' 죽이느냐."

"응?"

"살해한 녀석이 다음 살인 대상과 날짜를 지정하는 거 아니겠냐고. 나가타 레나 살해 사건을 예로 들자면, 사카모토는 그녀를 죽인 후에 현장에 있던 달력의 12월 10일에 가위표를 치고 '3'이라고 적었어. 다음에는 12월 10일에 3이 살인을 저지르라는 뜻이지. 각 멤버에게는 1, 2, 3…… 이렇게 숫자가 지정되어 있는 거야. 등번호인 셈이지."

"서로 숫자로 부르다니, 서먹서먹한 집단이네."

"무슨 그런 시대착오적인 소리를. 이름 같은 건 단순한 기호잖아. 개개인을 구별한다는 역할을 다할 수만 있다면 3이라는 숫자든, 잔갸 군이라는 닉네임이든, 호적에 기재된 가네코 유조라는 이름이든 가치는 전부 똑같아."

"뭐, 그렇겠지. 그리고 3이 살인을 실행하면 그 녀석은 현장에 다음 살인을 지정하는 거로군? 그걸 되풀이하는 거야."

"맞아. 봐, 왕 게임이나 야마노테선 게임* 같은 종류의 놀이랑 똑같아."

* 문제로서 한 가지 주제를 정해놓고, 문제의 답을 참가자가 순서대로 말해나가는 게임. 같은 답이 두 번 나오거나 정답이 모두 나오면 종료된다.

"목표는?"

"지정된 날에 살인을 못 하면 지는 거 아닐까?"

"굉장히 수수한데!"

"야마노테선 게임도 마찬가지잖아. 잘못 말하면 패배. 단지 그뿐인걸. 뭐, 진 사람은 벌칙을 받을지도 모르지."

"그 말은 결국 우리가 하는 것처럼 지적 흥분을 동반한 추리게임이 아니라, 벨튀랑 같은 종류의 장난질이라는 거냐?"

"그렇지."

"납득이 안 가는데."

"어? 하지만 잔갸 군은 분명 우리 말고 밀실살인 게이머는 인정하지 않겠다고 씩씩거렸잖아. 사카모토는 우리 라이벌이 아니었으니까 잘됐네 뭐. 축하해."

"아니야. 이 어르신이 납득할 수 없는 건 다스베이더 경의 추리라고."

"엥?"

두광인은 얼빠진 소리를 냈다.

"이봐, 그런 건 추리가 아니야. 다른 살인 현장의 달력에도 가새표가 쳐져 있고, 그 날짜가 다음 살인 발생일과 연결되어 있다면 그야말로 훌륭한 추리지. 하지만 한 가지 사례만으로 그런 추리를 늘어놓다니 너무 억지라고. 최소한 두 가지 사례를 비교 검토하지 않으면 이야기할 가치가 없어. 근거가 희박한 그런 생각을 뭐라고 하는지 알려주마. 상상, 아니면 공상, 또는 망상, 혹은 억측. 바꿔 말하면……."

"발명이나 발견을 할 때 어떤 능력이 제일 중요한지 알려주지. 직감. 발명이나 발견뿐만이 아니야. 사물의 본질은 직감으로밖에 꿰뚫어볼 수 없어. 탐정도 마찬가지야. 모래톱의 쓰레기를 1밀리미터 크기의 유리 조각에 이르기까지 남김없이 주워 모아, 그 속에서 단서를 찾아내려는 비효율적인 발상을 하는 인간은 경찰관을 목표로 삼아야 해. 탐정은 조직의 일부로서 일하지 않아. 단 혼자서 조직 이상의 활동을 해야 한다고. 그러기 위해서는 절차를 단축할 수밖에 없어. 감으로 추리의 방향성을 정하고 증거는 나중에 찾는다. 명탐정이라고 칭송받는 사람들을 봐봐. 직감력이 얼마나 뛰어나냐."

이야기하는 동안에 자신의 말에 열이 오른 나머지 두광인은 입을 다물 수가 없었다.

"근거를 찾는다고는 하지만 찾을 방도가 없지 않은가."

그렇게 말한 사람은 잔갸 군이 아니라 반도젠 교수였다.

"유출된 수사 자료는 나가타 레나 살해 사건의 자료뿐이지? 다른 사건의 현장 사진이 없어서야 범인의 예고 같은 것이 남아 있는지 어떤지 확인할 수 없다네."

"현장 사진이 없으면 직접 현장을 보면 되지."

"어떻게? 분명 잠겨 있을 걸세."

"안 잠겨 있을지도 모르고, 그밖에도 들여다볼 방법이 있을지도 몰라."

"운 좋게 들어갈 수 있다고 해도 사건이 발생했을 때의 모습 그대로 보존되어 있지는 않을 거야. 상식적으로 생각해보건대 집안

사람들은 떠났겠지. 리폼도 끝나서 다른 사람이 입주했는지도 모르네."

"아, 진짜, 잔갸 군이고 교수고 어째서 그렇게 비관적인 소리만 하는 거야! 아무리 문이 잠겨 있을 개연성이 높다고는 해도 실제로 현장에 가보지 않고서는 어떻게 되어 있는지 알 수 없어. 설령 문이 잠겨서 못 들어갔다고 해도 보도되지 않은 귀한 이야기를 근처에서 건질 수 있을지도 모르지. 어쨌든 지금은 막다른 곳에 다다른 상태니까, 여기서 이렇다 저렇다 할 여유가 있으면 헛걸음을 각오하고 행동하는 편이 낫다니까. 좋아, 모리오카든 가고시마든 가주마. 같이 가달라고는 안 하겠어. 분담해서 돌아다니자는 소리도 안 해. 혼자서 갈 거야. 내일 여행을 떠날 거라고. 어차피 난 한가한 인간이거든. 너희들은 내일도 책상에 들러붙어서 92, 912, 이하 생략의 숫자에 관한 다른 해석이라도 열심히 생각해봐."

두광인의 흥분 상태는 여전히 계속됐다.

"그럼 이 몸은 다른 사건의 수사 자료가 유출되지 않았는지 인터넷을 구석구석 조사해보도록 할까."

기가 죽었는지 반도젠 교수가 중얼거리듯 말했다.

"파일 공유 소프트웨어는 사용하지 않는다는 주의 아니었습니까?"

aXe가 작은 목소리로 놀렸다.

"비상사태라네."

"그럼 저는 수사 관계자에게서 자료를 훔쳐내겠습니다."

"어떻게?"
"컴퓨터를 해킹할 겁니다."
"호오, 귀공한테 그런 능력이 있었는가?"
"해보지 않으면 모릅니다. 그렇죠, 다스베이더 경?"

12월 16~19일

도쿄라고 해서 녹음이 없지는 않다. 신주쿠구라고 해서 구 전역이 초고층 빌딩과 손님들에게 돈을 갈취하는 업소만 가득한 게 아니다. 초등학교도 있거니와 정원 딸린 단독주택도 있다. 하라마치 역시 절의 녹음과 단층집 기와지붕이 이어지는, 옛날의 자취가 남아 있는 주택지다. 12월 16일 토요일 아침, 두광인은 스퀘어 도코를 찾아갔다. 한바탕 흥분하여 연설을 한 후유증으로 전날 밤은 잠이 잘 오지 않아 결국 잠깐잠깐 선잠만 자다가 침대에서 기어 나왔다.

스퀘어 도코는 골목길 깊숙한 곳에 세워져 있었다. 창문 디자인과 외벽의 도장塗裝이 케케묵은 것이 아마도 1980년대 당시에 세워진 건물 같았다. 건물과 마주한 길은 4톤 트럭이 겨우 지나다닐 정도로 좁았다.

찔려 죽은 텔레비전 프로듀서 마시마 히로키가 살던 맨션이다. 사건이 발생한 날은 육 일 전, 현장이 그대로 보존되어 있다고 한다면 여기가 제일 가능성이 높다.

길에 자동차는 없었다. 큰 거리에서 주의 깊게 살펴보았지만 경찰 차량이라고 추정되는 차량은 확인할 수 없었다. 맨션 입구에는 오토록은커녕 문도 없었다.

두광인은 안으로 들어가 보았다. 입구에는 우편함이 나란히 줄지어 있었다. 1층에서 4층까지는 각 일곱 세대, 5층만 두 세대였다. '마시마'라는 이름이 들어간 307호실 우편함 투입구에는 잔뜩 밀어 넣은 피자집 메뉴와 이삿짐 센터 광고지가 비어져 나와 있었다.

안으로 들어가서 1층 복도를 들여다보자 엘리베이터가 있고, 그 옆에 현관문이 있었다. 철제 문짝과 동그란 알루미늄 손잡이 역시 한 시대 전의 물건이다.

제일 앞쪽 집은 101호실이었다. 즉, 마시마가 살던 307호실은 3층의 가장 안쪽이라는 말이다. 두광인은 그것만 확인한 후 엘리베이터에는 타지 않고 일단 밖으로 나왔다. 행동은 서두르지 않는 편이 좋다. 아무튼 사건이 발생한 지 얼마 지나지 않았다. 어디에 누가 있을지 모를 일이다.

두광인은 건물 옆으로 돌아가 보았다. 그러자 그쪽 골목길과 마주 보는 곳에 지하로 이어지는 비탈길이 있었다. 주위에 사람이 없다는 사실을 확인하고 나서 두광인은 비탈길을 내려갔다.

역시나 주차장이었다. 내려가자마자 엘리베이터, 그리고 관리실이나 창고 같은 작은 방이 있는 것을 제외하면 콘크리트가 그대로 드러난 무미건조한 공간이다. 거기에 2단으로 된 주차 팔레트가 죽 늘어서 있었다. 수용할 수 있는 자동차 수가 세대 수보다 훨씬 많은 것으로 보아 입주자 외의 사람에게도 월 단위로 빌려주고 있으리라. 주차 공간은 3분의 2 정도 메워져 있었는데, 그 가운데 하양과 검정으로 나누어 칠한 경찰 왜건이 있었다.

307호실 침입을 포기한 두광인은 외관 사진만 몇 장 찍고 스퀘어 도코에서 물러났다.

그 길로 미타카로 향했다. 나가타 레나가 살해당한 파크하임이다. 현장 사진은 유출됐기 때문에 방을 볼 필요는 없다. 하지만 현지에 실제로 발걸음을 옮기면 새로운 뭔가를 발견할지도 모른다.

파크하임은 밖에서 얼핏 보기에도 원룸이라고 짐작되는 5층짜리 맨션이었다. 입구는 오토록이 아니었기 때문에 두광인은 안으로 들어가 보았다. 사건이 발생한 지 한 달, 경찰은 없으리라고 판단했다.

들어가서 정면에 엘리베이터가 있고, 엘리베이터 앞쪽 공간에 만들어진 자전거 주차장에는 홈센터* 같은 곳에서 팔 듯한 상표 불명의 자전거가 죽 세워져 있었다.

엘리베이터 옆쪽 벽에는 우편함이 있었다. 1층이 다섯 세대, 2층부터 4층이 각각 일곱 세대, 5층이 네 세대로 구성되어 있었다. 1층은 자전거 주차장 몫만큼 세대 수가 줄어들었다. 꼭대기 층의 세대 수가 적은 이유는 건축 규제와 관련된 문제 때문이리라. 스퀘어 도코도 그랬다. 이름이 들어 있지 않은 301호실 우편함에서는 광고지 따위가 흘러넘쳐 바닥까지 떨어져 있었다.

* 가정용 목공 재료나 잡화를 취급하는 대형 소매점.

두광인은 엘리베이터를 타지 않고 계단으로 3층에 올라갔다. 계단에서 복도로 들어서자마자 바로 나오는 집이 301호실이었다. 문패에는 이름이 들어 있지 않았다. 들어갈 마음은 없었지만, 두광인은 무심결에 손잡이를 돌려보았다. 문은 잠겨 있었다.

이웃과의 교제가 드문 세상이다. 하물며 지방에서 상경한 젊은이가 임시로 거주하는 장소다. 이런 곳에서는 이웃에게 관심을 두는 사람이 오히려 기분 나쁘다. 하지만 두광인은 모처럼 발걸음을 옮겼으니, 큰 기대는 없이 302호실부터 순서대로 이야기를 들어보기로 했다.

수확은 없었다. 한 달 전 사건에 관한 정보를 아무도 갖고 있지 않았던 게 아니라 아무도 인터폰에 응답을 하지 않았다. 토요일이라 밖으로 나간 걸까, 아니면 있으면서 없는 척하는 걸까?

아직 해가 남아 있어서 두광인은 사가미하라에도 가보았다. 두 번째 살인(이라고 두광인이 멋대로 정했을 뿐이지만)이 발생한 맨션이 있는 지역이다.

선라이프는 JR과 게이오 전철이 연장 운행되는 하시모토 역에서 걸어서 십 분 거리에 있었다. 벽돌을 모방한 타일을 발라 외관을 장식한 세련된 맨션이다. 오토록도 달려 있었다. 입주자, 또는 입주자에게 허가받은 외부인이 드나들 때를 잘 포착해서 들어갈 수밖에 없다.

두광인은 오늘 본 건물 가운데서는 건축 연수가 제일 짧아 보인다고 생각하거나, 1층부터 4층이 각각 일곱 세대에 5층이 두 세대라는 사실을 관찰하거나, 여기에 살던 니시야마 시오리는 한낮에 살해당했으니 범인은 물건 배달을 가장해서 문을 열게 만들었으리라고 추측하면서 기다렸지만, 도대체 어찌 된 일인지 한 시간을 기다려도 나오는 사람이나 들어가는 사람이 없었다.

해가 떨어지고 바람도 불기 시작하자 두광인은 어쩔 수 없이 물러가야만 했다.

다음 날 17일, 두광인은 오전 중에 신칸센으로 모리오카에 갔다.

첫 번째 살인이 일어났던 모리오카 하이츠는 이와테 대학교 근처에 있었다. 1층부터 4층이 각각 일곱 세대, 5층이 두 세대인 학생용 5층 원룸 맨션이다.

오토록이 아니어서 두광인은 안으로 들어가 엘리베이터를 타고 5층으로 올라갔다. 501호실에는 '사다카네'라는 문패가 내걸려 있었다. 옆집 학생에게 물어봤더니 범인이 붙잡힐 때까지 집을 그대로 두고 싶다는 의향을 부모님이 밝혔다고 한다. 501호실 현관문은 잠겨 있었다. 이웃 사람에게서 그밖의 유용한 정보는 얻을 수 없었다. 4층에서도 탐문을 벌였지만 전부 헛수고였다.

두 시간 반과 1만 5천 엔을 들여 찾아왔는데 이대로 맥없이 돌아가려니 몹시 실망스러웠다. 두광인은 도서관으로 발길을 옮겼다. 히비야 도서관이 소장하지 않은 지방지를 읽을 수 있을지도 모른다는 생각이 들었다.

신문은 있었다. 하지만 이웃 주민이 한 말을 뒷받침하는 신파조 칼럼을 발굴했을 뿐, 그밖에 눈길을 끄는 기사는 없었다.

두광인은 도쿄행 야마비코를 탔다. 종점까지는 가지 않고 오미야에서 조에쓰 신칸센으로 갈아타고 다카사키로 향했다. 컨퍼트 다카사키는 달걀색 벽을 쌓아올린 가정용 맨션이었다. 건물의 1층 부분이 주차장이라서, 2층부터 5층까지가 각각 일곱 세대인데 반해 1층은 세 세대밖에 없었다.

입구는 오토록이었지만, 잠시 기다리자 요행히 안에서 사람이 나왔다. 두광인은 그 기회를 이용해 안으로 들어갔다. 범행 현장에는 인감이 떨어져 있었어, 범인은 물건 배달을 가장해 침입했을 거야, 따위의 생각을 하는 동안 엘리베이터가 4층에 도착했다. 402호실로 가봤더니 문패는 '다사카'가 아니라 '가나자와'로 바뀌어 있었다. 입주자가 바뀌었다면 안을 봐도 소용없다.

때마침 집에 있던 403호실 사람에게 시체를 발견했을 때의 상황을 물어볼 수 있었지만, 다음번 범행 예고라고 받아들일 만한 것은 파악할 수 없었다. 그 후에 두광인은 폐관 직전의 도서관에서 지방지를 뒤적였지만 여기서도 수확은 없었다.

18일, 두광인은 오전 중에 비행기를 타고 가고시마로 날아갔다.

세 번째 살인이 일어난 그린맨션은 가고시마 대학교 가까이 있었다. 1층부터 4층이 각각 일곱 세대이고 5층이 두 세대인, 학생을 상대로 한 건물이다. 5층 세대 옆의 옥상 공간에는 물탱크와 나란히 소비자 금융의 큼지막한 광고 간판이 설치되어 있었다.

입구는 오토록이 아니었다. 하지만 103호실은 빈집이 되어 있었다. 고가 고스케의 시체를 발견했다는 이웃 주민도 기분이 나쁘다면서 이사 가고 말았다.

조사를 마친 두광인은 여느 때처럼 도서관으로 발길을 옮겼다. 역시나 특필할 만한 기사는 건지지 못했지만, 10월 2일 지면에 나온 한 줄에 몹시 마음을 빼앗겼다.

그것은 사람의 이름이었다. 이쿠타 요시유키. 사건 관계자는 아니다. 그 이름이 나온 곳은 사회면이 아니라 신문사 사업부가 게재한 알림난이다. 두광인의 지인도 아니다.

하지만 이쿠타 요시유키라는 이름이 두광인에게 뭔가를 강하게 호소했다. 분명히 과거에 어딘가에서 봤든가 들은 적이 있는 이름이다.

휴대전화로 인터넷 검색을 해보았지만 이쿠타 요시유키가 누구인지는 알 수 없었다. 그 이름으로는 한 건도 검색되지 않았다.

도대체 누구였더라? 기억 속 깊숙한 곳을 더듬으려 하면 할수록 기억이 분열되어 점점 종잡을 수 없어졌다. 초조감과 불쾌감에 휩싸인 채 두광인은 오사카행 비행기에 올랐다.

12월 19일. 전날 밤 오사카 시내에 숙박한 두광인은 숙소를 떠나 한큐센을 타고 고베로 향했다.

소피아포트는 롯코산山 기슭에 파묻힌 것처럼 세워져 있었다. 경사면에 지어져서 1층 일부는 문자 그대로 흙에 파묻혀 있었는데, 그 부분은 쓸 수 없는 공간이었다. 그리하여 벼랑 바깥으로 노출된 1층 부분은 다섯 세대, 2층부터 4층은 각각 일곱 세대, 5층은 네 세대인데, 5층 가장자리에 있는 집 하나를 건물주가 사용하고 있었다.

스가누마 다몬이 죽은 후 장녀가 건물을 소유하게 되었지만, 501호실은 남에게 빌려주지 않았고 물건도 그대로 두었다는 이야기를 바로 들을 수 있었다. 하지만 문단속이 아주 완벽해서 501호실 안을 들여다볼 수는 없었다.

정해둔 방침대로 두광인은 도서관에 갔다. 이때쯤에는 이골이 난 터라 새로운 기사를 보지 못해도 전혀 실망스럽지 않았다. 그런데 이번에는 조용한 도서관에서 소리를 지를 정도로 놀라운 사실을 발견했다.

고베의 지방지에도 '이쿠타 요시유키'라는 이름이 나와 있었다. 11월 9일자 신문에.

어제는 누구인지 전혀 떠오르지 않았던 이름이다. 그런데 오늘은 그 이름을 발견한 순간, 언제 어디서 기억 속에 새겨진 이름인지 알아차렸다. 동시에 이쿠타 요시유키의 정체도 알아낸 느낌이 들었다.

번뜩인 생각을 확인하기 위해 두광인은 신칸센을 탔다. 나고야에 도착하자 그는 덴파쿠 레지던스보다 먼저 도서관을 찾았다.

12월 21일

"일을 하다 보면 귀에 못이 박일 정도로 이런 소리를 듣는 법이지. '생각보다 먼저 몸을 움직여!' 경영자나 관리자라고 일컬어지는 인간들은 직원들에게 그렇게 말하면 생산성이 올라간다고 맹신하고 있거든. 그러니까 그놈들의 회사는 경기가 조금 나빠졌을 뿐인데도 망하는 거야. 생산성을 올리려면 상식적으로 생각해서 '몸을 움직이기 전에 생각해!'가 맞을 텐데 말이야. 무턱대고 움직여봤자 피곤하기만 하잖아. 요즘 세상에 토끼뜀으로 운동장 열 바퀴라니, 시대착오도 이만저만이 아니지……."

잔갸 군이 으스대며 이야기하고 있다. 이야기를 시작한 지 몇 분이나 됐을까? 입을 다물 기색은 전혀 보이지 않는다.

"이번 검증만 해도 이 잡듯이 샅샅이 조사하는 건 어리석기 짝이 없는 짓이야. 일단 뭘 조사하고 싶은지 목적의식을 명확하게 가질 것. 뭘 조사하고 싶지? 반도젠 군, 대답해봐."

"사카모토 스미토가 관여한 혐의가 있는 살인 현장에 다음 살인의 예고가 남아 있었는가?"

"잘했어. 그렇다면 그 목적을 달성하기 위해서는 우선 어느 현장을 조사해야 할까? 사건이 발생한 후 시간이 지나면 지날수록 현장 상태는 원형을 상실하지. 온도나 미생물 따위의 작용으로 자연스레 변하기도 하고 인위적으로 세간이 정리돼서 변하기도 해. 따라서 현재에 제일 가까운 시간에 발생한 사건 현장이 원형을 가장 온전히 유지하는 셈이야. 구체적으로는 신주쿠구 하라마치 스퀘어 도코 307호실이 이에 해당하지. 하지만 사건이 발생한 지 일주일이면 경찰이 아직 현장에 드나들 가능성이 높아. 그러므로 스퀘어 도코로 발걸음을 옮기는 건 어리석은 짓.

다음으로 독신자 세대도 제외해야 해. 혼자 살던 사람이 죽은 집에는 아무것도 남지 않아. 그 사람이 살았던 공간의 흔적을 남겨놓자고 집을 계속 유지하기는 어렵지. 유족이 집을 정리해 퇴거하는 게 보통이야. 다스베이더 경의 보고에 따르면 모리오카 하이츠 501호실은 주인이 사라진 지 세 달 이상 지난 지금도 임차 상태가 유지되고 있다지만, 그건 극히 특수한 경우야. 결과적으로 우연히 특이한 경우와 마주치는 건 어쩔 수 없지만, 미리 특이한 경우를 기대하고 행동하는 건 어리석은 짓이지. 우편함에 현금이 투입되는 사건이 가끔 발생하긴 하지만, 매일 그러기를 기대하면서 우편함을 들여다볼 거야?"

여느 때라면 이쯤에서 분명 aXe가 걸고넘어졌을 것이다. 그런데 aXe는 어처구니가 없어 입을 열 기분이 아닌지 엉뚱한 방향으로 턱을 괴고 있다. 그 자세 그대로 움직이지 않는 것으로 보아 어쩌면 자고 있는지도 모른다.

"따라서 모리오카, 가고시마, 다카사키, 고베는 통과한다. 나고야는 3인 가족이지만, 어른 둘이 죽고 아이가 혼자 남겨졌어. 고작 다섯 살배기 아이가. 자기 힘으로 살아가기는 불가능하니까 당연히 친척이 거둘 거야. 그때 집은 정리돼. 사는 사람이 없다는 이유로 처분될 가능성도 충분히 생각할 수 있지. 실제로 다스베이더 경의 보고에 따르면 재빨리 리폼해서 팔려고 내놓았어. 그랬지?"

두광인은 곤란 표정으로 대답을 거부했다.

"그렇게 헛걸음칠 만한 현장을 걸러내 나가면 사가미하라의 선라이프 305호실이 남아. 사건이 발생한 지 세 달이나 지났으니 현장은 원형을 유지하고 있지 않을 거야. 하지만 다스베이더 경이 주장하는 범행 예고가 실제로 행해졌다면, 그 예고는 여전히 남아 있으리라고 어느 정도 기대할 수 있지. 나가타 레나의 집에서는 달력에 적혀 있었어. 마찬가지로 달력에 적힌 데다 그 달력이 달마다 찢어내는 타입이 아니라면 충분히 가능해.

그리고 고베의 소피아포트에 대해 보충할게. 살해당한 할아범은 혼자 살았어. 그래서 아까 전에 걸러냈지만, 잠깐 기다려 봐. 할아범은 그 맨션의 주인이었어. 그럴 경우, 자기가 사는 집만 다른 세대 집들과 다른 사양으로 만들지도 몰라. 방을 널찍하게 한다든가, 붙박이 가구를 놓는다든가. 그런 특별한 집이라면 상속한 유족이 그대로 사용하려고 할지도 모르지. 할아범은 시계 수집가였다니까 수집품 보관 장소로 이용할 만한 가치도 있어. 수집벽이라는 말이 있다는 사실에서도 알 수 있듯이, 무릇 수집이란 천성으로서, 고유한 뭔가를 좋아해서 모은다기보다 뭐든지 상관없이 물건을 모으는 행위 자체를 좋아하는 거야. 따라서 고베의 할아범 역시 손목시계 말고도 이것저것 모았을 가능성이 커. 그런 물건들 때문에라도 집은 필요하고, 그렇다면 501호실은 그대로 남았을 가능성이 크지.

그러므로 패자 부활한 고베와 사가미하라 두 군데를 우선적으로 조사하는 게 현명한 방식이야. 그러면 돈, 시간, 체력 모두 절약할 수 있지."

분명히 자신을 비아냥거리는 말이라고 생각한 두광인은 마스크 아래에서 얼굴을 찌푸렸다.

"그래서요? 뭐 좀 알아냈습니까, 현자님."

aXe는 일어나 있던 모양이다.

"92, 912, 928, 1013, 1024, 1104는 사카모토 스미토 패거리가 게임 살인을 저지른 날짜. 이번 달 10일에 일어난 마시마 히로키 살해 사건 역시 사카모토 패거리가 저지른 일. 사카모토 패거리는 살인을 할 때마다 다음 살인에 관한 예고를 현장에 남김. 이상의 내용이 확인됐어. 즉, 다스베이더 경이 상상한 그대로야. 완벽한 정답. 멋진 직감이다, 야."

두광인은 반응하지 않고 입술을 깨물었다.

"더 자세하게 설명하면 말이야, 이 어르신은 우선 사가미하라의 선라이프에 갔어. 아내를 잃은 남편은 여전히 305호실에 살고 있었지. 그래서 잠깐 그 집을 살펴봤더니 현관 신발장 위에 달력이 있더라고. 한 달치 날짜가 종이 한 면에 인쇄된 타입인데, 열두 장의 종이가 코일 모양의 가느다란 철사로 철해져 있었지. 즉, 달마다 그 달치 달력을 찢지 않고 뒤로 넘기는 식이야. 이 어르신은 그저께 갔으니까 보통이라면 달력이 12월로 넘겨져 있어야 할 텐데, 그렇지 않고 9월인 채로 남아 있었단 말이지. 필시 남편은 아내를 잃은 충격으로 시간이 멈춰버린 거겠지. 마음속을 헤아려보니 이 어르신의 마음도 괴롭더라고. 아니, 진짜로. 야, 여기는 웃을 대목이 아니란 말이다. 그건 어쨌든 간에 달력이 다행히 9월로 되어 있어서 들어간 지 겨우 일 분 만에 알아차릴 수 있었어."

잔갸 군이 이야기하는 동안 사진이 전송됐다. 9월 달력을 확대해서 찍은 사진이다. 위쪽 3분의 1은 장난치는 강아지들 사진이 차지하고 있고, 아래쪽에 달력이 인쇄돼 있다. 28일에 가위표와 '2'라는 글자가 있다. 9월 28일, 가고시마의 그린맨션 103호실에서 고가 고스케가 살해당한 날이다.

"솔직히 다스베이더 경의 가설은 80퍼센트 정도 의심스럽다고 생각했어. 다스베이더 경, 미안해. 하지만 선라이프 305호실의 달력을 본 순간 소름이 돋았지. 틀림없어, 이건 살인 예고 확정이다. 너무 흥분해서 그 길로 고베로 날아갔어. 거기서 소피아포트의 주인집은 그대로 남아 있다고 하기에 들어가 봤지. 이 어르신이 꿰뚫어본 대로 죽은 할아범은 수집가 체질이었어. 기계식 손목시계뿐만 아니라 구舊 국철 넥타이핀에, 지방산産 빈 맥주캔에, 타이거스 우승 호외에……. 뭐 그건 접어두고 물건이 너무 어수선하게 널려 있었어. 그래서, 이래서는 유족도 어디서부터 손을 대야 할지 모르겠네, 방을 그대로 놓아두는 것도 당연해……가 아니라 너무 어수선해서 달력을 못 찾겠더라고. 삼십 분 정도 찾다가 포기했다고 할까, 만사가 귀찮아져서 화장실에 갔거든. 갔는데 달력이 있더라. 문 안쪽을 다 덮을 만큼 커다란 포스터형 달력. 이 어르신은 그림에는 어두워서 잘 모르지만, 로트렉인지 무하인지 뭐, 그런 느낌을 주는 그림이 떡하니 박혀 있고 아래쪽은 달력이었어."

사진이 전송됐다. 사막을 배경으로 피부가 검은 여자가 잠들어 있다. 손에 지팡이가 들려 있고, 만돌린 같은 현악기가 그녀 곁에 바싹 붙어 잠든 듯이 놓여 있다. 등 뒤에서는 꼬리를 쳐든 사자 한 마리가 맛이라도 보려는 듯 여자의 몸에 코를 갖다 대고 있다. 하늘에서는 보름달이 맑고 밝게 빛나고 있다. 로트렉이나 무하가 아니라 앙리 루소의 〈잠자는 집시 여인〉이다. 그림 아래쪽에 일 년치 달력이 2열로 인쇄되어 있었다. 그리고 11월 18일에 가위표가 쳐져 있다. '2'라는 글자도 읽어낼 수 있었다. 11월 18일, 나가타레나 살해 사건이 일어난 날이다.

"사례가 하나뿐이라면 상상의 영역을 벗어나지 못하겠지만, 셋이라면 더 이상 우연으로 취급할 수 없지. 살인자가 써서 남긴 메시지야. 가새표를 쳐놓은 날은 다음에 살인이 발생한 날과 완벽히 일치해. '2' '3'이라고 함께 적은 숫자는, 추리의 재료가 부족해서 아직 상상의 영역에 머무르지만 다스베이더 경 말처럼 플레이어의 식별 번호겠지. 숫자 하나라니 처음에는 시시한 데도 정도가 있다고 생각했지만, 이건 왕 게임 계통의 놀이니까 서로 번호로 불러도 상관은 없어. 왕 게임은 말이지, 참가자에게 번호를 부여하고 '1이 6에게 물을 입으로 옮기기'라는 식으로 왕이 명령하는 거잖아. 마찬가지로 살해 한 건을 마친 사람이 왕이 돼서 '다음은 1이 몇 월 며칠에 죽여라'라고 명령하는 거야. 지명당한 사람이 지정된 날짜에 살해하지 못하면 패배. 다스베이더 경이 말했듯이 벌칙이 있겠지. 이것도 아직 상상의 영역에 머물러 있지만."

두광인의 직감은 옳았다. 하지만 그 사실이 증명된 지금, 가슴 속에 찾아드는 감정은 굴욕감이었다.

"그런데 잔갸 군님, 방에는 어떻게 들어갔는가?"

반도젠 교수가 물었다.

"커다란 주걱을 들고 오늘 저녁은 뭐냐고 물으러 갔지."

"정말인가?"

"그럴 리 없잖아. 야야, 왜들 그러냐, 여기는 말꼬리를 붙잡고 늘어져야 할 부분인데. 모두 오늘은 어쩐지 박자가 딱딱 안 맞는걸."

잔갸 군이 웃었지만 아무도 따라 웃지 않았다.

"지난번에 제대로 상대해주지 않아서 미안해. 이렇게 사과하잖아. 그러니까 삐치지 마, 다스베이더 경."

"삐친 거 아냐."

두광인은 기분 나쁜 듯이 대답했다.

"질투하는군그래."

"별로."

"자기는 전국을 일주했는데도 수확이 없었는데, 겨우 두 군데밖에 가지 않은 놈한테 공을 빼앗겼다."

"별로."

"그럼 더 질투하게 만들어주마. 집안사람이 집을 비운 틈을 노려 자물쇠 따기 기술로 자물쇠를 열고 들어갔어."

"귀공은 그런 기술을 지니고 있었는가?"

반도젠 교수가 감탄한 듯이 말했다.

"섬턴Thumb Turn* 돌리기도 할 수 있다고."

"오오."

"실린더 틀 빼내기**, 도어뷰를 통해 자물쇠 따기, 실린더 떼어

* 문 안쪽에서 손으로 잡고 회전시켜 문을 잠그고 여는 부품.

** 겉으로 드러난 실린더 틀을 잡아당겨 공간을 만든 후 그 사이로 공구를 집어넣어 자물쇠를 여는 기술.

내기, 우유 투입구 부수기, 쇠지레로 비틀어 열기, 경첩 벗기기, 빗장 절단, 달군 유리 깨기*, 삼각 깨기**."

"이 손은 뭡니까?"

aXe가 끼어들었다.

"그거, 신경 쓰인단 말이야."

두광인도 aXe의 이야기에 참여했다.

"나가타 레나의 집에도 있었습니다."

"있었지. 브이 사인."

"브이 사인이라서 '또 죽이겠다 예이'라고 해석했는데요."

"응. 하지만 이쪽은 브이 사인이 아니야."

나가타 레나의 방에 있던 달력에는 '3'이라는 글자 옆에 브이 사인 모양의 실이 붙어 있었다.

사가미하라의 선라이프 305호실 달력에도 '손'이 있었다. 다만 브이 사인이 아니라 주먹을 쥔 모양이었고, 실이 아니라 '2'라는 글자를 쓴 것과 같은 필기구를 사용해 손으로 그린 그림이었다.

'손'은 고베의 소피아포트 501호실 달력에도 있었다. 이쪽은 펼친 손바닥을 내보이는 형태로, 손으로 그린 그림.

"아?"

두광인의 머릿속에서 뭔가가 번뜩였다. 자신도 모르게 몸을 내민 탓에 마스크가 모니터에 닿았다.

* 불과 물을 도구로 삼아 급격한 온도 차를 이용해 유리를 깨는 수법.

** 드라이버를 사용해 소리 없이 유리를 깨는 수법.

"나가타 레나의 달력에 있던 실, 그거 브이 사인이 아니라 가위라고 해석하는 거 아닐까? 가위바위보의 가위. 그러면 사가미하라의 그림은 바위, 고베는 보."

"뭐, 그렇게 볼 수도 있기는 한데."

"플레이어끼리 가위바위보로 승부한 거 아니야?"

"어떻게?"

"죽인 다음에 가위, 바위, 보 중 하나를 남겨두는 거지. 다음번 플레이어도 손 모양 하나를 내서 승패를 결정할 수는 없구나. 나중에 낸 쪽이 당연히 이기지……."

스스로 부정한 두광인은 다음 생각이 떠오르지 않아서 머리를 감싸 안았다.

"날카로운 직감, 물러터진 결론. 그게 바로 다스베이더 경. 마치 루크에게 패배한 아나킨 그 자체*."

잔갸 군이 노래하듯이 말했다. 그리고 두광인이 되받아치기 전에 재빨리 말을 이었다.

"가위, 바위, 보의 의미를 이해했을 때 한다 하는 이 어르신도 전율했다니까. 이 자식들 너무 무서워. 발상이 위험하다고. 절대로 동료가 되고 싶지 않아. 권해도 거절할래."

"자랑질 쩌네."

"살해의 종류는 도대체 얼마나 많을까? 사살射殺, 독살, 역살轢

* (영화 〈스타워즈〉의 스포일러가 포함되어 있습니다.) 이 영화에 등장하는 아나킨과 루크는 부자 관계다. 후일 다스베이더가 된 아나킨과 루크가 대결을 벌인다.

殺[*], 압살壓殺, 소살燒殺, 폭살, 익살溺殺[**], 감전살, 역 플랫폼이나 빌딩 옥상에서 밀어 떨어뜨리는 건 무슨 살이라고 할까? 돌살突殺? 압살押殺? 낙살落殺? 그건 접어두고, 수많은 살해 방법 중에서도 빼어나게 대중적인 건 박살, 자살刺殺, 교살, 세 가지일 거야. 박살에는 구살毆殺[***]도, 교살에는 액살도 포함돼. 박살, 자살, 교살은 살해 수단의 삼대 산맥이라고 일컬어지지. 지금 이 어르신이 정했지만 말이야. 자, 지금까지의 이야기를 들은 시점에서 살해 현장에 남겨진 가위바위보 마크를 봐봐. 그런데도 아무것도 느끼지 못했다면 탐정 실격, 이 밀실살인 추리게임 멤버에서 제명."

"아!"

잔갸 군이 말을 끝내기도 전에 두광인이 소리를 질렀다.

"살해 방법과 연결된 건가!"

두광인이 말하려고 했는데 반도젠 교수에게 앞지르기 당했다. 게다가 옆에서는 aXe가 끼어 들어왔다.

"바위은 주먹, 때리는 걸 의미하죠. 즉 박살. 가위는 가위질. 예리한 날붙이를 의미합니다. 즉 자살. 보는 목에 댄 펼친 손으로 잡고 조른다. 즉 교살의 은유. 즉 왕은 살해 방법도 지정한 건가요? '다음에는 1이 몇 월 며칠에 죽여라'가 아니라, '다음에는 1이 몇 월 며칠에 교살해라.'"

달력의 9월 28일에는 '바위'가 표시되어 있었고, 실제로 9월 28

* 차 바퀴로 깔아 죽임.
** 물에 빠뜨려 죽임.
*** 손으로 때려죽임.

일에 남자가 맞아 죽었다.

달력의 11월 18일에는 '보'가 표시되어 있었고, 실제로 11월 18일에 여자가 교살당했다.

달력의 12월 10일에는 '가위'가 표시되어 있었고, 실제로 12월 10일에 남자가 찔려 죽었다.

"정답이긴 하지만 너무 늦게 알아차렸어."

잔갸 군이 감정이 담겨 있지 않은 박수를 쳤다.

"살해 방법까지 지정해놓았다니. 허들이 높네요. 응? 잠깐만요. 박살, 자살, 교살 세 가지로 한정해도 되겠습니까? 가위바위보 말고 마크가 또 있어도 상관없잖아요. 자동차라면 역살, 해골 마크면 독살이라든가요."

"폭탄 마크면 어떻게 할 거냐? 그렇게까지 허들을 높이면 아무도 통과할 수 없어. 게다가 가위, 바위, 보 세 가지니까 세계관이 통일돼서 아름다운 거라고."

"미적 감각은 사람마다 제각각입니다. 그리고 여덟 군데 현장 중 세 곳밖에 조사하지 않고 단정 짓다니 좀 그런데요."

"이 자식아, 이 어르신이 그만큼 자상하고 친절하게 설명해줬는데 뭘 들었냐, 망할 놈아. 남은 현장 다섯 곳은 조사하러 가봤자 헛걸음칠 가능성이 높다고. 두 개 추가할 수 있었던 것만으로도 감지덕지란 말이다. 그것보다 네놈이야말로 경찰 컴퓨터를 해킹한다는 말은 어떻게 됐냐? 감식반이 찍은 사진이 있으면 일부러 현장에 갈 필요는 없어."

"유감스럽게도."

"썩을. 교수는? 다른 사건 수사 자료는 유출되지 않았냐?"

"이 몸의 눈길이 닿는 범위에는 떨어져 있지 않았다네."

"하메도리 사진만 찾으니까 그렇지."

"그 무슨 실례의."

"결국 결과를 낸 사람은 이 어르신뿐이잖아. 이놈이고 저놈이고 한심하기는. 탐정이 듣고 기가 탁 막히겠네. 이제 안 놀아줄 거야."

잔갸 군이 악담을 퍼부었다.

"그럼 안녕히 가세요."

aXe가 미니어처 도끼를 살랑살랑 흔들어대자 잔갸 군이 또 반응하려는 참에 두광인이 입을 열었다.

"슬슬 하이라이트가 나가도 되겠어?"

"뭐냐?"

"분명 덜떨어진 방법이었어. 무턱대고 전국을 종단해놓고는 현장 한 군데에도 못 들어가고 끝났지. 꼬박 삼 일이랑 총액 12만 엔의 교통비가 날아갔어. 뭐, 부모님 통장에서 슬쩍했으니까 내 쌈짓돈에는 별 탈이 없지만. 아니지, 그만큼 유산이 주니까 탈이 있나?"

"콩트 하냐?"

"졌어. 탐정으로서의 능력은 그쪽이 위야. 심사숙고한 끝에 행동을 했지. 정말로 낭비가 없어."

"비행기 태우고 있네."

"하지만 효율이 전부는 아니라고 생각해. 헛걸음을 치거나 가짜 루이비통을 5만 엔에 구입해서 얻는 것도 있어."

"오사카에서 사기라도 당했냐?"

"아까 삼 일이랑 12만 엔이 날아갔다고 했는데, 실은 여행이 끝날 무렵에 본전을 찾았어. 그걸 찾아서 싸돌아다닌 건 아니지만, 정신을 차려보니 굴러들어와 있더군. 참치 낚으러 갔다가 고래를 잡은 거랑 비슷해."

"적당히 좀 해두지."

"이 이름을 보고 감이 오면 110번*."

두광인은 키보드를 두드려 그 문자를 다른 멤버들에게 보냈다.

이쿠타 요시유키

"누구야?"

"기억 안 나?"

"안 나. 도대체 얼마나 자의식이 강한 놈이냐, 이쿠타노 요시유키幾多の善行**라니."

"알 가능성이 제일 높은 사람은 액스인데, 어때?"

"어째서 제가?"

aXe가 고개를 갸웃거렸다.

"히비야 도서관에서 지방지를 뒤졌으니까."

"지방지에 실린 이름?"

* 일본의 경찰 전화번호.

** '숱한 선행'이라는 뜻.

"그래."

"무슨 사건의 피해잡니까?"

"아니야."

"피해자의 관계자?"

"아니."

"어느 지방지에 실렸습니까?"

"이와테, 군마, 도쿄, 가나가와, 아이치, 효고, 가고시마."

"전부인데요."

"그래, 전부."

"의미 불명."

aXe가 목을 움츠렸다.

"지금 인터넷으로 검색했네만, 이쿠타 요시유키로는 한 건도 나오지 않는군."

반도젠 교수가 말했다.

"가공의 이름이거든."

"알았다. 사카모토랑 함께 살인 왕 게임을 한 멤버 가운데 한 사람이죠?"

aXe가 손도끼를 한 번 휘둘렀다.

"그렇다고도 할 수 있고, 그렇지 않다고도 할 수 있지."

"슬슬 답을."

"살인 왕 게임 참가자 전원이 공동으로 사용하는 아호."

"뭐요?"

"이쿠타 요시유키라는 이름이 신문의 어디에 실렸느냐 하면 말이지, 극도로 지방색이 넘치는 지방지의 지역면이라는 페이지 한 구석에 쥐 죽은 듯 존재하는 기부 보고란에 실려 있었어. 각 신문사들은 연중 신문사를 통해서 사회복지 관련 단체에 대한 기부를 접수하는데, 희망하면 기부한 금액과 이름, 주소를 초町 이름까지 실어줘. 선행善行을 으스대는 셈이지. 그 가운데 이쿠타 요시유키의 이름이 있더군. 이와테의 지방지에도, 군마의 지방지에도, 이하 생략."

두광인은 가고시마의 도서관에서 이쿠타 요시유키의 이름을 알아차린 후, 고베의 도서관에서도 그 이름을 발견하고서는 모리오카와 다카사키에서 본 지방지에도 나왔던 이름이라는 사실을 떠올렸다. 그리고 나고야에 가서 조사해보자 과연 이 지역 신문의 기부자 보고란에도 이쿠타 요시유키의 이름이 있었다. 도쿄로 돌아와 도쿄와 가나가와의 지방지를 보자 여기에도 역시. 더 주의를 기울여 살펴보자 기부를 한 날짜는 죄다 그 지역에서 문제의 살인이 발생한 지 며칠이 지난 날짜였다.

"살인 왕 게이머들은 살인을 한 다음 반드시 이쿠타 요시유키의 이름으로 기부를 한다는 뜻입니까? 뭐야 그게, 속죄라도 할 생각인가?"

aXe가 손도끼로 십자를 그었다.

"그런 기특한 마음으로 하는 게 아니야. 끝을 알 수 없는 무자비와 허무주의. 그들의 행동 목적을 이해했을 때 한다 하는 나도 전율했다니까. 이 자식들 너무 무서워. 발상이 위험하다고. 절대로 동료가 되고 싶지 않아. 권해도 거절할래."

"흉내 내지 마라, 망할 놈아."

잔갸 군이 덤벼들었다.

"그들은 말이지, 현장에서 훔쳐간 돈을 기부하는 거야."

"훔친 돈을? 기부한다고? 영문을 모르겠네."

"기부금 액수가 점수야."

"점수?"

"게임 스코어."

"점점 더 무슨 소린지 모르겠는데."

"그들은 살인 왕 게임을 하는 한편으로, 누가 돈을 제일 많이 훔칠 수 있는지 경쟁한다는 뜻이야. 하지만 죽이러 갈 때는 혼자니까 실제로는 1만 엔밖에 못 훔쳤는데도 자기는 1백만 엔 훔쳤다고 허풍을 떨 수도 있잖아. 그래서 기부를 하는 거지. 기부해서 신문에 나면 그 액수는 속임수가 없는 숫자니까. 즉, 살인 왕 게임은 왕의 명령대로 죽이지 못하면 게임 오버, 그리고 그 시점에서 기부액 총합이 제일 많은 사람이 우승. 일반적으로 왕 게임에서는 패자는 결정되지만, 승자는 따로 없잖아. 하지만 거기다 옵션으로 기부금 적립 게임을 덧붙이면 승자도 결정할 수 있지."

"웃어도 되냐? 좋아, 웃는다. 와하하."

"물론 사비를 털어서 기부액을 올릴 수는 있어. 하지만 보통, 고작 이런 게임 때문에 그렇게까지는 하지 않지. 그리고 카드를 훔쳐서 인출하거나 보석이랑 고급 시계를 돈으로 바꿔서 기부하면 스코어는 단숨에 올라가지만, 카드를 사용하거나 물건을 팔면 꼬리 잡히기 쉬우니까 그건 금지야. 어디까지나 현금 승부."

"그래서 돼지 저금통 배까지 갈랐구먼."

반도젠 교수가 신음했다.

"아까 사비는 털지 않는다고 했는데, 반대로 훔친 돈 중에서 얼마쯤을 자기 호주머니에 챙길 수는 있다고 봐. 장롱 속에서 몇백만 엔이나 되는 현금을 찾아내면 전액 기부하지 않아도 충분히 이길 수 있을 것 같지 않아? 실제로 사가미하라의 현장에서는 1백만 엔이 도난당했지만, 신문에 실린 이쿠타 요시유키의 기부액은 60만 엔이었어. 이러한 미묘한 술책도 게임성을 높여주지."

모두 망연자실했는지 두광인이 설명을 마쳐도 입을 열지 않았다.

"또 장기인 상상이 시작됐다고 하면 그뿐이지만."

익살을 떨어보아도 마찬가지였다.

시간이 상당히 흐르고 나서야 잔갸 군이 입을 열었다.

"뭐, 왕 게임은 어차피 파티 때 난리법석 피우는 거니까. 우리가 하는 추리게임하고는 지성의 수준이 다르지. 쓸데없는 걱정 해서 손해 봤네, 손해 봤어."

"그럼 수고했다는 뜻에서."

aXe가 글라스를 드는 흉내를 냈다.

"사다놓은 맥주가 있는지 몰라."

두광인은 의자에 앉은 채 기지개를 켰다.

"오오, 벌써 시간이 이렇게 되었나? 이 몸은 이만 실례하겠네. 내일 일찍 일어나야 하거든."

반도젠 교수가 가볍게 손을 들자 잔갸 군이 물고 늘어졌다.

"거짓말하고 자빠졌네. 고등학교 중퇴한 니트족[*]이."

"디즈니랜드에 가는 걸세."

"뺑 까시네."

"믿지 않아도 상관없네. 하지만 로그인했을 때 양해를 구했을 텐데, 오늘은 12시에 물러나겠다고."

"삼십 분 정도는 괜찮잖아. 하다못해 건배만이라도 하고 가라고."

그렇게 분위기가 누그러졌을 즈음에 텍스트 메시지가 전송됐다. 모니터에 새로운 창이 열리고 전광 게시판처럼 문자가 흘러간다.

아직 안 끝났어.

"뭐야, 콜롬보 짱!"

044APD가 쳐서 보낸 텍스트였다.

사카모토 스미토 패거리가 하던 놀이는 살인 왕 게임. 왕은 '언제' '누가' '어떻게' 죽이는지 명령해.

"그래, 맞아."

명령이 하나 빠졌어.

* 일하지 않고 일할 의지도 없는 청년 무직자를 뜻하는 신조어.

"뭐라고?"

'어디서' 죽이는가.

12월 22일

처음 단계에서 거론됐는데도 그 후에 계속 방치된 사항이 있어.

044APD는 자기 목소리를 내지 않고 키보드로 텍스트를 보냈다. [044APD] 창에는 044APD 본인의 모습 대신 앞 범퍼가 뒤틀리고 차체가 움푹 들어간 외제차 사진으로 장식한 검정 틀의 액자 사진이 비쳐 있다. 푸조403 컨버터블. '형사 콜롬보'의 애차로 차량 번호는 044APD. 닉네임은 여기서 따왔다.

사건은 전부 집합주택에서 발생했어.

"그걸 말한 사람은 이 어르신이지."
잔갸 군이 말했다.

한 가지 더 고찰할 필요가 있는 사항은, 현장이 전국에 널리 퍼져 있다는 사실.

"그건 신기할 게 하나도 없는데. 실제로 얼굴을 맞대고 게임을 한다면 살인 현장은 한 지역에 집중되겠지. 예를 들어 도쿄 사람이 모여서 놀면 사건은 도쿄를 중심으로 발생할 거야. 하지만 야, 살인 왕 게임을 하는데 얼굴을 맞댈 필요는 없어. 인터넷으로 연결되면 홋카이도 사람이랑 도쿄 사람이랑 홍콩 사람이 같이 놀 수 있다고. 각각 자기가 사는 지역에서 죽이면 되니까. 우리 역시 인터넷으로 서로를 알고, 인터넷에서 추리게임을 하지 않냐. 이 어르신으로 말씀하자면 맨해튼에 거주하고 말이야. 56번가 트럼프타워라고. 하지만 여름에는 생모리스에 머무르지. 이봐, 무슨 말 좀 해봐. 민망하잖아."

참가자가 전국에 퍼져 있을 수는 있겠지. 해외에 사는 사람이 있어도 이상하지 않아. 하지만 주거지만으로는 설명되지 않는 부분이 있어.

"어디가?"

현장에 있던 달력에 남겨진 숫자는 플레이어의 식별 번호라는 결론이 났지.

"아니냐?"

확실한 증거가 없는 현시점에서는 식별 번호라고 단정할 수 없어. 하지만 그걸 부정할 결정적인 재료도 없으니까 지금은 식별 번호라는 전제를 두고 이야기를 진행할게.

"변함없이 집요하다니까."

식별 번호라면 번호와 이름이 일대일로 대응해. 예를 들어 잔갸 군의 식별 번호가 1이라면 1이라는 숫자는 잔갸 군을 나타내지. 반도젠 교수를 나타내지는 않아.

"당연하지. 그렇지 않으면 식별 번호가 아니잖아."

그렇다면 사가미하라의 선라이프 305호실에 있던 달력에 적힌 2와 고베 소피아포트 501호실에 남겨진 2는 같은 인물을 나타내는 셈이지. 그럼 그 인물이 누구인가 하면 바로 사카모토 스미토야.

소피아포트 501호실에 있던 달력에는 11월 18일에 2라고 표시되어 있었다. 11월 18일에는 나가타 레나가 살해당했고, 그 사건의 범인은 사카모토 스미토였으니까 2는 사카모토라고 추측할 수 있다.

선라이프 305호실에 있던 달력에는 9월 28일에 2라고 표시되어 있었고, 그날에 가고시마의 그린맨션에서 살인이 발생했지. 살해한 사람은 2, 즉 사카모토 스미토야. 이상한 이야기지.

"아무것도 모순되지 않았는데?"

도쿄 조후에 있는 사카모토의 집에서 나가타 레나가 살던 미타카의 파크하임은 자전거로 갈 수 있을 정도로 가까워. 하지만 가고시마는 거주지에서 멀리 떨어져 있지.

"그게 이상하다고? 근처에서만 죽이면 꼬리가 잡히기 쉬우니까 먼 곳까지 발길을 뻗친 거야. 이거 전에 누가 말했는데."

"댁입니다만. 이십 일 전의 일을 벌써 잊어버리다니, 뇌가 심상치 않군요."

aXe가 자기 머리를 손도끼로 두드렸다.

"너한테 안 물었어, 망할 놈아."

안전을 위해서 원정하려는 마음을 먹을 수는 있겠지. 하지만 그럴 경우도 가까이에서 먼저 죽인 다음에야 멀리 갈 거야. 사카모토는 멀리서 먼저 죽이고 가까이에서는 나중에 죽였어.

"그런 건 기분 문제지. 그건 그렇고 별 사소한 걸 까다롭게 따진다고 할까, 말꼬투리를 잡고 늘어진다고 할까."

추리란 구석구석에 남은 사소한 찌꺼기의 집대성이야.

"말발 죽이네. 도쿄에 사는 사카모토가 가고시마로 원정한 데는 더 명확한 이유가 있다고 말하고 싶은 거지?"

그게 '어디서'의 답이야.

"왕이 '가고시마에서 죽여라'라고 명령했다? 그건 아니지. 달력에 표시되어 있던 건 날짜에 가새표, 살해 방법, 실행범, 세 가지뿐이라고."

두광인은 여덟 군데 현장 전부를 돌아다니면서 사진을 찍어 왔어.

044APD가 이야기를 바꾸었다.
"현장이라고 해봤자 안에는 못 들어갔어. 한 군데도."
두광인은 삐친 듯이 말했다.

그 사진에 답이 있어.

"어느 사진?"

2012, 2035, 2051, 2066, 2073, 2099, 2105, 2122

두광인은 ss2012.jpg를 열어보았다. 신주쿠의 스퀘어 도코 건물 사진이다. ss2035.jpg는 나가타 레나가 살던 미타카의 파크하임, 이하 사가미하라의 선라이프, 모리오카의 모리오카 하이츠,

다카사키의 컨퍼트 다카사키, 가고시마의 그린맨션, 고베의 소피아포트, 나고야의 덴파쿠 레지던스. 전부 외관을 찍은 사진이다.

"봤는데."

두광인은 그렇게 말할 수밖에 없었다.

뭔가 알아차린 사람?

아무도 대답하지 않았다.

2012, 2035, 2099, 세 장만 봐.

ss2012.jpg는 1980년대를 연상시키는 케케묵은 맨션, 2035는 상앗빛 타일을 붙인, 척 보면 그러리라고 짐작이 가는 원룸 맨션이고, 2099는 옥상에 있는 소비자 금융 간판이 눈길을 끈다. 그 이상 뭘 느끼라는 말인가?

"앵글이 약간 아쉽구먼."

반도젠 교수가 말했다.

"미안하게 됐수다. 시노야마나 아라키, 가노가 아니라서*."

두광인은 벌컥 화를 냈지만, 사실 시시한 사진이다. 어떤 아기자기한 맛도 없이 건물을 바로 옆에서 찍은 사진이다. 지나가는 길에 도둑촬영하듯 셔터를 누른 것이라 어쩔 수 없다.

* 유명 사진작가인 시노야마 기신, 아라키 노부요시, 가노 덴메이를 말한 것.

앵글은 이게 베스트야.

"비꼬지 마!"

2012에 이어 경찰에서 유출된 현장 사진 004211을 봐.

ss2012.jpg는 스퀘어 도코의 외관, P004211.jpg는 파크하임 301호실의 달력이 찍힌 사진이다.

2035에 이어 잔갸 군이 촬영한 00899를 봐.

2035는 파크하임의 외관, IG_00899.jpg는 소피아포트 501호실의 달력.

2099에 이어서 마찬가지로 00851을 봐.

2099는 그린맨션의 외관, IG_00851.jpg는 선라이프 305호실의 달력.

그렇게 견주어 봤는데 아무것도 느끼지 못했다면 이제 안 놀아준다. 이놈이고 저놈이고 한심하기는. 탐정이 듣고 기가 탁 막히겠네.

"어이, 콜롬보 짱이 농담을 했어. 내일은 해가 서쪽에서 뜨겠네.

야호."

잔갸 군이 손뼉을 치며 웃었다. 그 투박한 목소리를 지워 없애듯이 아앗 하고 큰 소리가 났다.

"그런 겁니까?! 거짓말! 진짜?"

aXe가 흥분한 기색으로 되풀이해 말했다. 자리에서 일어선 모양인지 [aXe] 창에는 대사증후군 낌새가 느껴지는 배가 커다랗게 비쳤다.

눈에 보이는 게 진실이지.

"뭐가 어쨌는데?" 잔갸 군이 물었다.

"눈에 보이는 게 그대로 정답." aXe가 대답했다.

"제대로 설명해. 설명해주십쇼."

"달력과 집이 일치합니다."

"일치?"

"오오, 이 몸도 알았다네."

반도젠 교수가 박수를 치듯이 손을 마주치며 말을 이었다.

"건물 전체 세대의 배치가 달력과 닮은꼴일세. 가위표를 친 날에 대응하는 집에서 살인이 발생했어."

두광인도 드디어 이해가 갔다.

살인 왕 게임의 무대가 된 맨션은 전부 5층 건물이고, 한 층의 세대 수는 최대 일곱. 앞에서 보면 일반적인 한 달치 달력의 날짜 배열과 똑같은 형식이다. 게다가 그 맨션에서 살인이 발생한 달의 날짜들과 배열이 동일하다. 달력에 있는 날짜 하나하나가 집 하나하나와 짝을 이루기 때문에 건물을 앞에서 본 도면과 달력을 겹치면 완전히 일치하는 것이다.

9월 28일에 살인이 발생한 가고시마의 그린맨션은 1층부터 4층까지는 층마다 일곱 세대, 5층에 두 세대가 있다. 2006년 9월의 한 달치 달력을 보면 두 번째 주부터 다섯 번째 주는 각각 이레고 첫 번째 주는 이틀이다. 맨션의 1층이 달력의 다섯 번째 주와 짝을 이루고, 2층이 네 번째 주, 3층이 세 번째 주, 4층이 두 번째 주, 5층이 첫 번째 주와 짝을 이루는 방식이다.

11월 18일에 살인이 발생한 미타카의 파크하임은 1층이 다섯 세대, 2층부터 4층까지가 층마다 일곱 세대, 5층이 네 세대로 구성되어 있다. 11월 달력은 다섯 번째 주가 닷새, 두 번째 주부터 네 번째 주는 각각 이레, 첫 번째 주가 나흘.

12월 10일에 살인이 발생한 신주쿠 스퀘어 도쿄의 세대 수는, 지하가 하나, 1층부터 4층이 각각 일곱, 5층이 둘. 12월 달력은 여섯 번째 주가 섣달 그믐날 하루뿐이고, 두 번째 주부터 다섯 번째 주가 이레, 첫 번째 주가 이틀. 여섯 주가 있는 이 달은 여섯 번째 주가 지하와 짝을 이루었다.

일치한 것은 건물 전체의 세대 배치와 달력 한 달치의 배열뿐만이 아니다. 살인이 발생한 집과 달력의 가위표도 일치했다.

달력의 9월 28일에 가위표가 쳐져 있는 한편으로 달력의 9월 28일 위치에 해당하는 집에서 살해 사건이 일어났다. 그린맨션을 보면 9월 30일 위치가 101호실, 29일 위치가 102호실, 그리고 28

일 위치가 고가 고스케의 집인 103호실이다.

달력의 11월 18일에 가위표가 쳐졌고, 달력의 11월 18일 위치에 해당하는 집에서 살해 사건이 일어났다. 파크하임을 보면 11월 18일 위치가 나가타 레나의 집인 301호실이다.

달력의 12월 10일에 가위표가 쳐졌고, 그 위치에 해당하는 집에서 살해 사건이 발생했다. 스퀘어 도코의 12월 10일 위치가 마시마 히로키의 집인 307호실.

"가새표를 친 달의 날짜들과 같은 배열로 이루어진 맨션의, 해당 날짜와 짝을 이루는 집에서 죽여라. 그게 '어디서'란 말이로군."

잔갸 군치고는 희한하게도 순순히 탄복하는 모습이다.

"그래서 집합주택에서만 발생했군요."

aXe도 감탄한 듯이 말했다.

"확실히 베스트 앵글이야."

두광인은 쓴웃음을 지었다. 바로 옆에서 찍어서 모든 세대의 창문이 보이는 사진이 아니면 달력과 맞추어 볼 수 없다.

"요컨대 다음 플레이어에게 지명당하면 우선 그 달의 날짜와 세대가 똑같이 배치된 집합주택을 찾아내야 한다는 말이로군. 그것참 번거로운 작업이로세."

반도젠 교수가 팔짱을 끼고 신음했다.

발을 사용해서 찾으면 끝도 없을 거야. 인터넷으로 조사하겠지. 부동산 중개소 사이트를 보면 맨션 구조를 알 수 있어.

044APD가 키보드로 대답했다.

"그래도 상당한 끈기가 요구될 걸세."

대부분의 달이 다섯 주이기에 찾는 물건은 5층짜리 집합주택인 셈이다. 이 조건은 어떻게 할 도리가 없다. 하지만 집합주택의 태반은 1층부터 꼭대기 층까지 층마다 같은 수의 세대가 배치되어 있다. 그러나 달력에서 첫 번째 주부터 마지막 주까지 각 주의 날짜 수가 같은 달은 아주 드물게밖에 나오지 않는다. 윤년이 아닌 2월에 그럴 가능성이 있을 뿐이다. 가능성이 있다고 해도 십 년에 한 번 정도밖에 기대할 수 없다.

대부분의 달은 두 번째 주부터 네 번째 주가 이레씩이고, 첫 번째 주와 다섯 번째 주는 이레를 채우지 못한다. 따라서 중간층과 비교해 1층과 5층의 세대 수가 적은 집합주택을 찾아내야 한다.

2006년 9월 같은 달은 비교적 찾기 쉬울 듯하다. 1층부터 4층까지는 세대 수가 같고 꼭대기 층만 세대 수가 적다. 이런 집합주택은 그런대로 눈에 띈다.

10월도 어떻게든 될 듯하다. 2층부터 5층까지는 세대 수가 같고 1층만 세대 수가 적다. 1층 부분에 주차장이나 공용 공간이 있으면 그런 구조일 것이다.

11월이 되면 난이도가 높아진다. 1층과 꼭대기 층의 세대 수가 양쪽 다 적다. 조건이 더 혹독해진 12월에는 가장 아래층에 공간이 하나만 있는 건물을 찾아내야 한다.

"조건에 맞는 맨션을 꼭 자기 지역에서 발견할 수 있다고는 할 수 없지. 사건 발생 현장이 전국에 흩어진 이유는 그거야."

두광인은 그렇게 말하고 거듭 고개를 끄덕였다.

"하지만 말이다, 사카못 짱이 가고시마까지 원정할 필요가 있었을까? 9월의 형태를 띤 맨션이라면 근처에서도 찾을 수 있을 것 같지 않냐?"

잔갸 군이 궁금한 듯이 물었다.

"찾기가 귀찮으니까 처음에 걸려든 건물을 보고 여기로 해야겠다고 결정하지 않았겠어? 더 가까운 곳에도 건물은 있었지만 거기는 방범이 철저해서 침입하기 어려울 것 같았다, 라고 생각할 수도 있지. 여느 때와 마찬가지로 상상이지만."

"뭐, 학생이라 시간은 있었을 테고, 여비는 부모 돈을 슬쩍하면 되니까 일부러 멀리 가는 편이 여행 기분이 나서 좋을지도 모르겠네. 샛줄멸회, 쓰케아게*, 돈코쓰**, 소금에 절여 말린 가다랑어 배 껍질. 역시 가는 편이 낫겠어***."

"사카모토 스미토는 마음 씀씀이가 대장부로군그래."

반도젠 교수가 말했다.

"어떻게 돼먹은 감각이냐? 부모 돈을 슬쩍한 게 대장부의 마음 씀씀이라니."

"아니, 다른 이야기일세. 사카모토는 11월 18일에 나가타 레나를 죽이고 왕이 되어 다음 살인을 지시했네만, 지정일은 한 달 가까이나 지난 후야. 이건 12월 달력 형태의 맨션은 찾기가 어려우

* 간 어육에 소금, 설탕, 녹말, 당근, 우엉 등을 섞어 기름에 튀긴 식품.
** 흑돼지 갈비를 생강과 흑설탕 등을 넣고 졸인 음식.
*** 위에 나온 음식은 전부 가고시마 향토 요리다.

니까 찾는 기간을 충분히 주려 한 게 아닐까? 싸우는 모습이 참으로 정정당당하지 않은가."

"글쎄다."

"그리고 체포된 후에도 동료에 관한 일은 일절 입 밖에 내지 않았네. 사내대장부 아닌가."

"첫 번째는 어쨌든 간에, 두 번째는 대장부의 마음 씀씀이하고는 거리가 멀어. 동료에 대해 지껄이면 여죄가 늘어나서 극형이 확실하잖아."

두광인이 말했다. 그러자 aXe가 반론했다.

"제 의견은 다릅니다. 징역 사 년이든, 사형에 처해지든 그다지 신경 쓰지 않으리라고 생각합니다. 동료에 관해 입을 다물고 있는 건, 말해버리면 즐거움이 없어지니까 그런 거죠. 감옥 안은 자유가 없어서 심심합니다. 그래서 경찰과 검찰을 상대로 게임을 하고 있는 거죠. 내가 어떤 짓을 했는지 맞혀보라면서요. 숫자를 적은 메모지를 건넨 것도 도발하는 행위겠죠. 그러면서 스릴을 맛보고 있는 겁니다. 전에 다스베이더 경이 말한 것처럼 개조차를 타고 경찰서 앞을 가로지르는 거랑 마찬가지입니다. 조만간에 제2탄, 제3탄의 암시를 줄 겁니다, 반드시."

"하지만 아무리 사카모토가 묵비권을 행사해봤자 진상이 밝혀져서 동료들이 검거되는 건 시간 문제야. 그 녀석 컴퓨터 속에는 동료들 정보가 잔뜩 들어 있다고. 그걸 놓칠 정도로 경찰 수사 능력이 낮진 않아."

"글쎄, 그건 어떨까요? 아니, 경찰이 무능하다는 소리가 아니라 범죄의 증거가 될 만한 파일은 그때그때 완전히 삭제했는지도 모르지 않습니까? 실제로 저는 그렇게 하고 있고요. 채팅 기록도 보존해두지 않습니다. 그런 파일을 애지중지 간직해둔 탓에 험한 꼴을 당한 경우는 너무 많아서 일일이 셀 수도 없습니다. 그렇죠?"

"분명 그래. 그건 나도 주의를 기울이고 있어."

두광인은 마스크 아래에서 동의한다는 표정을 지었다. 반도젠 교수도 고개를 끄덕였다.

살인 왕 게임. 살인을 마친 플레이어는 왕으로 승격하고, 승격한 다음에 '언제' '어디서' '누가' '어떻게' 죽일지 명령한다. '언제'와 '어디서'는 가위표를 친 날짜, '누가'는 식별 번호, '어떻게'는 가위 바위 보로 지시한다. 옵션 게임으로, 현장에서 훔친 현금을 이쿠타 요시유키 명의로 사회복지 단체에 기부한 후 그 총액을 겨룬다.

044APD가 자리의 분위기도 읽지 않고 정리에 들어갔다.

보안이 허술한 맨션은 침입하기 쉽지만, 그런 맨션에서는 좋은 성적을 바랄 수 없다. 부유층이 사는 맨션을 노리면 고득점을 기대할 수 있지만, 그런 맨션은 보안이 철저해서 침입하기 어렵다. 여러 후보를 늘어놓고 어느 집에 들어가야 할지 너무 고민하면 시간이 다 돼서 패배하고 만다. 많은 액수의 현금이 놓여 있으면 있는 대로 조금 삥땅쳐둬야겠다는 기분이 솟겠지만, 욕심을 너무 부리면 점수가 낮아진다. 이와 관련된 판단과 결단, 임기응변은 포커나 블랙잭 계열의 도박과 공통점이 있을지도 모른다.

"이번 MVP는 이 어르신? 당연히 이 어르신일 거야."

잔갸 군이 으스댔다.

"콜롬보 님이겠지."

반도젠 교수가 끼어들었다.

"누가 베스트 앵글로 건물 사진을 찍어 왔더라? 그 사진이 없었다면 콜롬보도 추리할 방법이 없었어."

두광인도 입을 열었다.

"달력 사진을 찍어 온 건 이 어르신이야. 가위, 바위, 보의 의미를 알아차린 것도 이 어르신이고."

"사카모토가 남긴 숫자 메모를 해독한 사람은 누구지? 달력의 가위표를 처음으로 발견한 사람은? 사카모토에게 동료가 있을 거라고 꿰뚫어본 사람은? 이쿠타 요시유키의 존재를 알아차린 사람은?"

"이런 건 말이지, 양이 아니라 질이라고."

"질적 승부라면 역시 콜롬보 님 아닌가. 어엇, 콜롬보 님……."

어느 틈엔가 [044APD] 창이 캄캄해져 있었다. 로그아웃한 것이다.

"변함없이 협조성이라고는 한 조각도 없는 놈이로군. 대부분 롬ROM하고 있다가 알짜배기만 낚아채고, 하고 싶은 말만 하고 나면 바이바이라니까."

이야기에 끼지 않고 듣기만 하는 사람이나 행위는 롬Read Only Member이라고 불리며 경멸당한다.

"그럼 이 몸도 슬슬."

반도젠 교수가 오른손으로 경례를 했다.

"그러니까 건배 정도는 하고 가라고."

"맞다, 힘이 쭉 빠지는 계열 문제의 답은요?"

aXe가 도끼를 웹캠에 들이댔다.

"치유 계열."

"잠깐, 잠깐. 이 어르신은 아직 문제를 못 들었어. 교수, 그 힘이 쭉 빠지는 문제인가 뭔가를 이야기해봐. 들어줄게."

"치유 계열."

"지난번 풍선 트릭보다 힘 빠지냐?"

"치유 계열이라는데도."

2006년 10월 17일 오전 2시 무렵, 오사카부 경찰 본부의 통신 지령실에, 민가에 수상한 인물이 숨어들었다는 110번 신고가 들어왔다. 다이토시에 거주하는 고등학생 신고자는, 십오 분도 전부터 맞은편 집 마당에 남자가 있었는데 체격으로 보아 그 집의 나이 든 주인은 아니라고 했다.

신고를 받고 다이토시 호조 4초메의 현장에 시조나와테 경찰서 직원이 출동해 봤더니, 산울타리에 둘러싸인 낡은 2층집 마당에 사람이 한 명 있었다. 테라스에서 허리를 반쯤 구부린 채 집 안으로 통하는 유리문에 열심히 뭔가를 하는 중이었다. 경찰관이 말을 걸자 그 사람은 뒤돌아보았지만 대답 없이 뛰어서 집 뒤편으로 사라졌다. 경찰관은 산울타리를 헤치고 민가 부지 안으로 들어가 수상한 사람을 쫓아갔다.

추격전은 금세 끝났다. 약간 뚱뚱한 그 남자는 블록 담을 넘어서 옆집으로 도망쳐 들어갔지만, 착지할 때 다리를 다쳤는지 앙감

질로 두세 걸음 나아가다가 그 자리에 주저앉고 말았다.

젊은 남자였다. 검은 운동복 상하의를 입고 데이팩을 등에 메고 있었다. 뭘 하고 있었느냐고 경찰관이 직무질문을 하자 남자는 길을 잃어버렸다는 등 영문 모를 변명을 했다. 떠들썩한 소리를 듣고 나온 주민에게 남자에 대해 물어보자 이 근처에서는 본 적 없는 얼굴이라고 했다. 경찰관은 남자를 순찰차에 태워 시조나와테서로 데려갔다.

현장에는 경찰관이 한 명 남아 실황조사*를 하기로 했다. 남자가 침입했던 집에 가보니 안에서 벨은 울렸지만 아무도 나오지 않았다. 그래서 경관은 마당으로 돌아 들어갔다. 불이 켜진 맥라이트 손전등이 테라스에 아무렇게나 놓여 있었다. 그밖에 피아노선과 낚싯줄도 떨어져 있었다.

경관은 유리문을 두드렸다. 응답은 없었다. 유리문에는 커튼이 쳐져 있었다. 경찰은 새시에 손을 댔다. 유리문은 아무 저항 없이 열렸다. 커튼을 젖혔다. 실내는 캄캄했다. 상야등도 켜져 있지 않았다. 경관은 장갑을 낀 손으로 맥라이트를 집어 들고 실내를 향해 비추었다.

다다미 여섯 장 정도 크기의 방이었다. 한가운데 이부자리 두 채가 나란히 깔려 있었다. 잠옷 차림을 한 사람 두 명이 누워 있었다. 두 사람 다 접착테이프로 입이 막힌 상태였다. 경관은 실내로

* 수사기관이 수사상 필요에 의해 범죄 현장 및 기타 장소에서 실황을 조사하는 임의수사를 말한다.

들어가 두 사람의 입에서 테이프를 떼어냈다. 인공호흡과 심장 마사지도 시도했다. 하지만 두 사람 모두 다시는 숨을 쉬지 않았다.

사망한 사람은 이 집의 주인 이가라시 고키치(67)와 그의 아내 이가라시 와카코(64)였다. 경관이 발견했을 때 두 사람에게서는 여전히 체온이 느껴졌으며, 후속 조사에 의해 사후 삼십 분 정도밖에 경과하지 않았다는 사실이 밝혀졌다. 집 안에 다른 사람은 없었다. 이가라시 부부에게는 아들이 둘 있는데 모두 독립해서 오사카 시내에 살고 있었다.

당연히 방금 전 붙잡힌 수상한 인물이 살해 혐의를 받게 됐다. 남자의 이름은 벳쇼 유키. 다이토 시내에 거주하는 대학생으로 나이는 19세. 거기까지는 순순히 이야기했지만, 질문이 이가라시 고키치의 집에 있었던 이유에 다다르자 묵비권을 행사하며 입을 다물었다. 하지만 하룻밤이 지나 피해자의 입을 막은 접착테이프에서 채취한 지문이 그의 지문이라는 사실이 확인되자 벳쇼는 이가라시 부부 살해를 시인했다.

돈이 목적이었느냐고 취조관은 질문했다. 피해자의 집에 있던 지갑은 텅 빈 상태였고, 거실의 물건 정리함과 침실의 옷장도 어질러져 있었다. 벳쇼의 데이팩 속에는 아무렇게나 쑤셔넣은 지폐와 피해자 명의로 된 카드가 들어 있었다. 하지만 벳쇼는 고개를 저으며, 이건 꿩을 먹은 다음 알도 먹은 격이라고 수줍은 듯이 웃었다.

그렇다면 이가라시 부부 중 누군가에게 원한이 있었느냐고 취조관은 질문했다. 그들과는 한 번도 만난 적이 없다고 벳쇼는 대답했다. 그리고 거침없이 이야기를 늘어놓았다.

"죽인 다음에 유리문을 통해 테라스로 나가서 피아노 선이랑 낚싯줄을 이용해 자물쇠를 잠그려고 했거든요. 그런데 생각 외로 시간이 걸려서. 집에서 연습할 때는 잘됐는데 말이죠. 새시 상표가 달랐던 게 패인敗因이려나. 뭐 때문에 자물쇠를? 당연히 밀실을 만들기 위해서죠. 뭐 때문에 밀실에? 밀실살인, 해보고 싶지 않습니까? 그뿐이냐고요? 예, 그뿐입니다."

Q2

밀실 따위는 없다

12월 22일

"이런 식으로 저택은 완전한 밀실 상태인 셈이지. 범인은 그 밀실을 어떻게 돌파했겠는가?"

결국 반도젠 교수는 로그아웃하지 않고 남았다.

"내부범은 아닐세. 사전에 저택 안의 음식물에 독을 타두지도 않았다네. 가네코 유조는 맞아 죽었거든. 봉 모양의 흉기를 타이머로 작동시키지도 않았어. 그런 트릭으로 죽이려면 살해 실행 이전에 한 번은 집 안에 들어갈 필요가 있지만, 이 범인이 가네코 저택의 부지에 들어간 건 살해를 실행했을 때가 처음이라네. 그리고 하늘에서 낙하산을 타고 내려오지도 않았지. 되풀이해 말하네만, 이 밀실 공략법은 지극히 현실적이고 실용적이야. 일반적으로 낙하산 강하는 현실적이라고 할 수 없으니까. 그렇다면 그밖에 어떤 방법을 생각할 수 있겠는가?"

"한낮에 방문한 사람이 그대로 저택 안에 머무르면서 밤이 되기를 기다렸다가 죽였다."

두광인이 대답했다.

"유감이지만 그날 가네코 저택을 방문한 사람은 없었다네. 가스 검침이나 물건 배송도 없었지. 우편물은 배달되었지만, 우편함이 담에 달려 있었기 때문에 우체부는 부지 안에 들어오지 않았네. 유일하게 집 안에 들어온 제3자는 가정부지만, 그녀는 출퇴근하기 때문에 사건이 발생했을 때는 가네코 저택에서 2킬로미터 떨어진 자택에 있었지. 이건 전에도 설명했을 거야."

"그날 방문자는 없었다?"

"그렇다고 했네만."

"그날은 없었지. 그날은."

"응?"

"전날 가네코 가를 찾아온 손님이 묵은 거지. 그리고 다음 날 밤에 주인을 살해했어."

"허어."

반도젠 교수가 푸르스름한 턱을 문질렀다.

"정답?"

"유감이네만."

"아니야?"

"전날 묵은 사람은 없었다네. 전전날도, 한 주 전에도."

"그래서, 정답은?"

잔갸 군이 될 대로 되라는 식으로 물었다.

"좀 더 생각해보는 게 어떻겠나?"

"생각하면 할수록 헛짓거리, 뇌세포의 손실. 어차피 여느 때와 같이 시시한 답일 텐데."

"그 무슨 실례의."

"힌트."

두광인이 요구했다.

"이미 커다란 힌트가 나왔단 말일세. 노골적인 형태로."

"어디에?"

"그 정도는 스스로 생각하게나."

"싫어."

"발견자라네."

"맞은편 집에 사는 아줌마였나?"

"그러하네."

"그 여자가 범인이구나."

"그런 말은 하지 않았어. 가령 그 여자가 범인이라고 쳐도 어떻게 밀실을 돌파했다는 말인가?"

"그럼 그 여자는 사건과 어떻게 관련되어 있는데? 그 여자의 뭐가 힌트야?"

"이보게, 그걸 가르쳐주면 답을 밝히는 셈이 아닌가. 그렇다면 한 가지 더, 다른 방면의 힌트를 주겠네. 영상화는 좀 어려우려나."

"서술트릭?"

"뭐야, 그런 거였습니까?"

aXe가 쿡쿡 웃더니 하키 마스크 이마 부분을 찰싹 때렸다.

"알아냈어?" 두광인이 물었다.

"알아냈습니다. 어째서 첫 번째 발견자가 맞은편 집 사람인가, 라는 말이지요."

"명답일세."

반도젠 교수는 고개를 끄덕였지만, 두광인은 이해가 가지 않았다. aXe가 말을 이었다.

"맞은편에 사는 아줌마가 어떻게 가네코 씨 시체를 발견할 수 있었을까요? 가네코 저택의 문단속은 철저했습니다. 안에 들어갈 수 있을 리 없지 않습니까. 담도 높아서 부지 밖에서 들여다볼 수도 없었습니다."

"듣고 보니 그러네."

"맞은편 아줌마뿐만이 아닙니다. 때린 편 아줌마가 발견할 일도 없을걸요."

"아, 그래. 재미있다, 재미있어."

잔갸 군이 헤살을 놓았다.

"애초에 가네코 씨 시체를 발견할 수 있는 사람은 저택 출입이 자유로운 사람밖에 없습니다. 구체적으로는 가정부 단 한 사람이죠. 여느 때처럼 일을 하러 가네코 저택으로 옵니다. 하지만 주인은 나오지 않지요. 일단 빨래와 청소를 합니다. 그래도 안 나옵니다. 수상하게 여기고 침실을 들여다보았을 때 시체를 발견. 이렇게 전개되지 않으면 이상하죠. 하지만 실제로는 그렇게 되지 않았습니다. 외부인이 가정부보다 먼저 발견했죠. 왜일까요?"

"네놈이 해답자일 텐데. 냉큼 답을 말해. 나 돌아간다."

"안녕히 가세요."

"이 자식."

"알았다." 두광인이 손뼉을 쳤다. "가정부가 맞은편 아줌마야."

"뭐라고?"

"가정부의 집은 가네코 저택의 맞은편에 있었어."

"얼간이."

"근처 사람을 사용인으로 고용하면 안 돼? 아니면 가정부로 채용된 다음에 통근 수단을 생각해서 가까이로 이사 왔는지도 모르지."

"문제를 제대로 들어라. 가네코 저택과 가정부의 자택은 2킬로미터 떨어져 있다고."

"2킬로미터 떨어져 있든지 말든지 맞은편은 맞은편."

"뭣이라?"

"가네코 유조는 부자잖아. 부지 면적은 얼마나 될까? 몇 평방미터나 몇 평 정도는 아닐걸. 몇 헥타르지. 숲, 언덕, 강이 있어서 승마나 골프, 사냥도 할 수 있어. 그런 저택이라면 맞은편 집까지 2킬로미터나 떨어져 있을 거야."

"영국의 컨트리 하우스라도 되냐."

"가네코 저택이 국내에 있다고는 안 했잖아."

"이보쇼."

"국내라 해도 홋카이도 정도면 그런 엄청난 저택이 있을 법해."

"대단하구먼."

반도젠 교수가 손뼉을 쳤다. 하지만 이렇게 말을 이었다.

“발상으로서는 재미있지만, 맞은편 아줌마가 가정부였다고 해도 대세에 영향은 없다네.”

“범인은 가정부. 그 여자랑 맞은편 아줌마는 다른 사람이라고 생각하게끔 만들었지만 실은 동일 인물이었다. 영상화가 어려운 것도 당연하지. 서술트릭 계열의 1인2역 트릭이니까 그림을 보여주면 완전히 들통나.”

“가정부는 늘 저택 밖에서 일하는가?”

“응?”

“범인은 살해를 실행했을 때 처음으로 가네코 저택에 들어갔다고 말했을 텐데. 그렇다면 가정부는 필연적으로 용의자에서 제외된다네.”

“종료.”

잔갸 군이 쾌활하게 말했다. 두광인은 한순간 말문이 막혔지만, 동요했다는 사실을 들키지 않으려고 발끈해서 말을 마구 내뱉었다.

“그럼 발견자가 맞은편 아줌마라는 사실이 어떻게 힌트가 되냐고?”

“시체가 밖에서 훤히 보였습니다.”

aXe가 느닷없이 말했다.

“시체가 훤히 보여?”

“훤히 보였죠. 맞은편 집에서도 훤히 보였다고요.”

“높은 담이 있었는데?”

“예.”

"맞은편 건물은 맨션이고, 아줌마네 집은 4층에 있었기 때문에 담 위로 볼 수 있었다, 라는 결말은 아니겠지."

"설령 담 위로 부지 안을 들여다볼 수 있었다고 해도 건물 안 모습까지는 알 수 없죠, 보통."

"덧문이나 커튼을 안 달아놓았으면 들여다볼 수 있어."

"높은 곳에서는 각도 때문에 실내까지 시선이 닿지 않습니다. 넓은 정원 따위가 있어서 담과 저택 건물 사이에 나름대로 거리가 생기면 창문 안쪽까지 시선이 닿기는 합니다만, 거리가 멀어지면 물체는 작아 보이는 데다 세세한 부분이 흐릿해집니다. 사람의 모습이 보였다고 해도 과연 살았는지 죽었는지 판단할 수 있겠습니까?"

"그럼 훤히 보인다는 건 말이 안 되잖아."

"보이죠, 담과 창문이 없으면."

"뭐라고?"

"창문을 열고 가네코 저택을 봤더니 평상시는 눈가리개처럼 존재하던 담이 없는 데다 그 건너편 창문도 없고 실내에 사람이 쓰러져 있었다고요."

"담이 없어? 창문이 없어? 무슨 의미인지 모르겠는데."

"담과 창문이 전부 부서진 겁니다."

"점점 더 영문을 모르겠네. 어떻게?"

"삽차로 쾅."

"엥?"

"포클레인이라고 말하면 알려나요."

"건설기계?"

"예, 파워 셔블이라고도 하죠."

"그게 뭐?"

"그러니까, 삽차로 담을 쿵쾅, 정원을 돌진해서 저택의 창문도 와장창."

"와장창이라니……."

"삽 부분으로 부순 겁니다."

"그건 알겠는데……."

"담을 부수고, 창문을 부수고, 그리고 가네코 씨도 부쉈다. 삽을 머리에다 내리쳐서요. 분명 가네코 씨는 맞아 죽었다고 했죠. 아마도 미니 셔블이라고 불리는 소형 삽차를 사용했을 겁니다. 좁은 곳에서 자유로이 방향을 바꿀 수 있고 다루기도 편하니까요. 일반 주택을 부순다면 그 정도 크기로도 충분합니다."

"뭐야, 그게……."

"담과 저택이 부서졌으니까 밖에서 훤히 보이죠. 뭐랄까, 뜻하지 않은 큰 소리에 잠이 깬 맞은편 집 사람이 무슨 일인가 싶어 봤더니만 건너편 집에 큰일이 난 겁니다. 시체가 보이지 않더라도 담이 부서져 있다면, 보통 그 일만으로도 경찰을 부르겠죠. 그렇죠?"

"정답."

교수가 고개를 끄덕였다.

"그런 게 가능해?"

두광인은 다스베이더 마스크 아래에서 얼굴을 찌푸렸다.

"가능하기도 가능하거니와 실제로 빈번하게 사용되는 수법 아닌가. 포클레인으로 현금인출기를 쾅, 트럭으로 귀금속점에 쾅, 그렇게 해서 현금과 금괴를 강탈해 가지. 그래서 미리 말해두지 않았는가, 밀실 공략법으로서는 극히 현실적이고 실용적이라고."

"실용적……이야, 뭐, 그렇기는 하다만."

두광인은 한숨을 쉬었다.

"일단 보면 곧장 방법을 알아차리기 때문에 영상화도 어렵지."

"……."

"교수의 문제는 매번 이 정도라는 게 뻔하니까 일일이 실망하지 마. 그보다 제대로 생각해서 어쩌자는 거야."

잔갸 군이 코웃음을 쳤다.

"응, 맞아. 어른답지 못했어."

두광인은 다스베이더 마스크의 이마 부분을 찰싹 때렸다.

"이보게, 묘한 부분에서 납득하지 말게나."

반도젠 교수가 솜을 집어넣은 뺨을 더 부풀렸다.

"저는 도저히 못 받아들이겠습니다."

그렇게 말한 사람은 aXe이다.

"아아, 물론 실용적입니다. 루팡이나 이십면상*은 가구 배달을 위장해서 경계가 엄중한 저택에 감쪽같이 숨어들지요. 그러고 나서 저택 주인 행세를 하며 여러 사람의 눈이 있는 가운데 보석을 훔쳐냅니다. 그런데 그런 위험하기 짝이 없는 짓을 실제로 할 수

* 추리소설가 에도가와 란포가 쓴 소년 대상 추리소설 『소년 탐정단』에 등장하는 괴도.

있느냐는 말입니다. 보석에 도달하기까지의 단계도 너무 많아요. 포클레인으로 쿵 하고 돌진하는 편이 얼마나 간단하고 이점이 많습니까. 공사 현장에서 훔쳐낸 포클레인을 쓰면 꼬리도 잡히지 않습니다. 현장에 버리고 갈 수도 있지요. 현실이란 그런 법입니다. 이지理智나 낭만 따위는 없죠. 필요한 건 담력과 근력뿐입니다."

"너무 많이 마셨냐?"

잔갸 군이 훼방을 놓았지만 aXe는 상대하지 않고 책상에 양손을 짚으며 반쯤 몸을 일으켰다.

"밀실을 만드는 것도 그렇습니다. 바늘이나 실, 얼음을 사용하면 이제 와서 무슨 짓이냐며 미스터리 팬들은 자기도 모르게 웃음을 터트리겠죠. 하지만 실제로 밀실에서 타살 시체가 발견된 경우에 범인이 과연 어떻게 밀실을 만들었는가 하면, 피해자가 가지고 있던 열쇠를 빼앗아 문을 잠근 경우가 대부분입니다. 이 얼마나 시시합니까. 수수께끼도 아니거니와 트릭도 아니죠. 너무 썰렁해서 웃음도 안 나옵니다. 또한 실제로 밀실을 만든다고 하면 그 이유는 대부분 시체 발견을 늦추기 위해서, 혹은 자살로 위장하기 위해서죠. 이 얼마나 좀스럽습니까. 마치 공금을 유용하고서 벌벌 떠는 공무원 같지 않습니까? 리얼이라고 불리는 세상은 왜 이리도 재미가 없는지 원. '밀실'이라는 단어의 신비성을 모독하고 있어요.

그건 모두가 느끼고 있던 사실이고, 따라서 우리의 출현은 역사의 필연이라고도 할 수 있죠. 이지와 낭만을 현실 세계로 끌어들이는 겁니다. 실행은 가능하지만 실제로는 누구도 쓰지 않는 역동적인 트릭을 사용해보는 겁니다. 현실과 동떨어져 있을수록 바람직합니다. 기압, 수압, 음압, 자력, 전위, 전자파, 마찰력, 물레방아, 거울…… 생각만 해도 두근두근하지 않습니까? 생각으로 그치는 게 아닙니다. 생각하고 실제로 써먹어 보는 거죠. 밀실 트릭은 어린애 장난이다, 탁상공론이다, 라는 소리를 쏙 들어가게 하는 겁니다.

시체 발견을 늦추기 위해서만이 아닙니다. 자살 위장도 아니죠. 밀실을 만들고 싶으니까 만드는 겁니다. 밀실을 만드는 행위 그 자체가 목적이죠. 필연성 따위는 엿이나 먹으라지. 캔버스와 마주한 고흐가 실리적인 이유를 가지고 있었다는 겁니까? 그려도 팔리지 않는다는 사실을 알면서도 붓을 계속 쥐고 있던 데 필연성이 있습니까? 있다고 하면, 작가의 마음이 그리 하기를 원했다는 거겠죠. 그렇습니다, 밀실살인은 혼의 발로發露, 즉 예술입니다.

밀실살인 게임은 현실에 대한 안티테제로서 탄생했습니다. 그런데 실제로 발생할 법한 사건을 창작해서 어떻게 하자는 겁니까? 이번처럼 기분전환을 위한 문제라고 해도 말이에요. 삽차로 쿵쾅? 웃기지 마세요! 우아함이라고는 눈곱만큼도 없지 않습니까. 우리의 사명은 낭만의 복권입니다."

목소리를 뒤집어가면서 토해낸 열변이었다.

"브라보, 브라보!"

잔갸 군이 마음이 담기지 않은 박수를 치더니 말을 꺼냈다.

"그럼 네놈이 낭만 넘쳐나는 밀실 문제를 내보란 말이다."

"온 마음을 다해 준비 중입니다."

"영원히 준비 중이겠지."

"이제껏 예가 없는 대규모 트릭이라서요."

"이 입만 산 녀석이. 도대체가 너 인마, 조금 전까지 교수의 문제를 재미있어했던 주제에 뭐냐, 손바닥을 홱 뒤집는 듯한 변덕은."

"대답하는 도중에 화가 울컥 치밀어서요."

"낭만을 이해하지 못해 미안하구먼그래."

교수가 말했다. 불쾌한 듯한 목소리였다.

"실실대며 어울리던 저 자신한테도 화가 났거든요."

aXe가 손도끼 등 부분으로 자기 머리를 딱 때렸다.

"저기, 저기, 이런 건 어때?"

두광인이 실없이 웃으며 끼어들었다.

"교수가 낸 문제를 리메이크하는 거야. 피해자는 혼자 사는 할아버지. 이름을 생각하기는 귀찮으니까 가네코 유조를 돌려서 쓰자. 다만 아까 가네코 유조와는 달리 이쪽 가네코 유조는 일반 시민이야. 부인과는 몇 년 전에 사별했고 자식은 없음, 옛날 쇼와昭和* 시대 때 지은 작은 목조 2층집에서 연금과 저금으로 그럭저럭 생활하고 있어. 어느 날 시청 복지과에 전화 한 통이 걸려왔어. 최근 가네코 씨의 모습이 보이지 않는데 무슨 일 있는 거 아니냐, 집의 덧문도 계속 닫혀 있다고 말이야. 즉시 상태를 확인하러 간 복지과 직원이 벨을 눌렀지만 아무도 나오지 않았지. 마당으로 돌아들어가 가네코 씨, 가네코 씨, 하고 큰 소리로 부르면서 덧문을 두

* 쇼와 천왕 때의 연호. 1926~1989.

드렸지만 대답은 없었어. 현관으로 되돌아가 문손잡이를 돌려봤지만 움직이지 않았어. 뒷문 역시 잠겨 있었고. 덧문은 바깥에서 열 수 있었지만 창문은 잠겨 있었지. 창문에는 커튼이 쳐져 있어서 안쪽 상황은 알 수 없었어. 화장실이랑 욕실 창문도 잠겨 있었어. 사다리가 없어서 2층 창문은 확인하지 못했고. 직원이 경찰에 신고해야 하나, 아니면 그전에 상사의 지시를 요청해야 하나 고민하고 있자니 드르르르 하고 무한궤도 소리를 내며 미니 셔블 한 대가 지나갔지. 무한궤도란 속칭 캐터필러라고 불리는 그거야."

"어째서 포클레인이 주택지를 지나가는 건데? 엄청 수상하잖아."

잔갸 군이 웃음을 터트릴 듯한 표정으로 말했다.

"그래, 이 녀석이 범인. 범인 맞히기가 아니니까 숨길 필요도 없지."

두광인은 담담하게 흘려 넘기고는 출제를 계속했다.

"미니 셔블을 운전하던 남자가 무슨 일이냐고 말을 걸었어. 직원은 사정을 이야기했지. 그러자 남자는 도와주겠다면서 미니 셔블의 팔을 위쪽으로 뻗치고, 차량을 산울타리에 닿을락 말락 한 거리까지 가까이 댔어. 팔을 사다리 대신 사용하라는 거야. 마당은 고양이 이마만큼 좁았기 때문에 팔을 타고 2층 베란다에 매달릴 수 있었지. 하지만 2층도 잠겨 있어서 안으로 들어갈 수는 없었어. 베란다 옆 작은 창문도 열리지 않았고. 땅으로 내려온 직원은 상사와 연락을 취하기 위해서 휴대전화를 꺼냈어. 그때였어. 우지끈 뚝딱 하고 엄청난 소리가 났지. 웬걸, 미니 셔블의 삽 끝부분이 가네코 씨네 집 벽에 박혀 있는 게 아니겠어. 안에 들어갈 수 없다고 해서 부수다니, 아무리 그래도 너무하다고 직원은 낯빛을 바꾸고 말했지. 남자는 팔을 잘못 조작했다면서 머리를 깊이 숙이고 사과했어."

"뭐냐, 뭐야, 일부러 그런 것 같잖아."

"모르타르도 칠하지 않은 약한 나무 벽에 구멍이 뻥 뚫렸지. 다행인지 불행인지 구멍은 실내까지 관통했고, 직경은 30센티미터나 됐어. 그래서 시청 직원이 몸을 우겨넣어 집 안으로 들어갔지. 가네코 유조는 1층의 일본식 방에 있었어. 다다미에 누워 있었지. 의사를 부를 필요도 없이 생사는 명백했어. 피부색이 심상치 않았거든. 실금도 한 상태였어. 그리고 목에는 전기선이 두세 겹으로 감겨 있었지.

여기서 문제. 시체를 발견했을 때 가네코 씨네 집의 출입문 및 창문은 전부 잠겨 있었습니다. 범인은 어떻게 밀실을 만들었을까요? 피해자에게서 실례한 열쇠로 밖에서 평범하게 잠갔다는 대답은 안 돼. 현관문에는 체인이, 뒷문에는 슬라이드식 보조 자물쇠가 걸려 있었으니까. 전부 집 밖에서는 여닫을 수 없는 종류의 자물쇠야. 낡은 목조 주택이라 문의 여닫이 상태가 나빠서 외과 수술용 봉합 실이나 마술에 쓰이는 보이지 않는 실이 통과할 틈은 있었어. 하지만 이번 트릭은 그런 자잘한 종류가 아니라고 이 자리에서 말해둘게. 자, 알아낸 사람?"

말을 마친 두광인은 김이 완전히 빠진 맥주를 마스크 틈을 통해 빨대로 빨아들여 입술과 목을 적셨다.

"아무리 생각해도 포클레인으로 벽을 때려 부순 거랑 관계있는 거 같은데."

잔갸 군이 말했다.

"뭐, 보통 그쪽에 시선이 가겠지."

"아무리 낡은 목조 주택이라고는 해도 팔을 잘못 조작해서 문지른 정도라면 기껏해야 깨지기만 했겠지. 삽을 의도적으로 힘 있게 부딪치지 않으면 구멍은 안 뚫려."

"그래서?"

"녀석은 벽에 구멍을 뚫고 싶었어."

"왜?"

"꼭 안에 들어가고 싶었거든."

"왜?"

"뭔가를 회수하려고."

"뭐를?"

"트릭에 관계된 뭔가를. 그걸 사용해서 밀실을 만든 거지. 경찰이 수사를 시작하기 전에 실내에 남은 그걸 회수할 필요가 있었어."

"물증을 회수하고 싶었다면 시청 직원보다 자기가 먼저 들어가려고 하지 않았을까?"

"뭐, 그렇겠지."

"힌트. 벽에 구멍을 낸 데 의미가 있어."

"그러니까 그건 안으로 들어가기 위해서잖아."

"아니야. 구멍을 낸 행동 자체가 중요해."

"구멍을 낸 행동 자체?"

"안에 들어갈 필요는 없었어. 구멍을 낸 단계에서 목적은 달성

됐지."

"모르겠는데."

"알아냈다네."

반도젠 교수가 손을 들었다.

"예, 반도젠 군."

"창문을 깨고 싶었던 걸세."

두광인은 바로 대답하지 않고 맥주를 한 모금 마신 후에 모니터에 비친 아프로 머리의 괴인을 가리키며 말했다.

"정답."

"창문? 벽이겠지." 잔갸 군이 말했다.

"으으응, 창문."

"아니, 문제 속에서는 벽이라고 그랬어."

"말했지, 벽이라고."

"그럼 왜 창문 이야기가 나오는 건데? 애초에 창문을 깨려고 했는데 포클레인 팔을 잘못 조작해서 옆의 벽을 뚫었다는 말이야?"

"옆이 아니야. 뒤."

"뒤?"

"벽 뒤에 창문이 있었다네."

반도젠 교수가 대답했다.

"벽 뒤에 창문이라고? 그럼 열리지 않는 창문이잖아. 벽에 가려져서 창문 구실을 못 해."

"애당초 벽은 없었어. 보통 창문이었지. 나중에 그 위에다 벽을 만든 걸세."

"엥?"

"언제 벽을 만들었는가 하니, 가네코 유조가 살해당한 다음이지."

"응?"

"범인은 가네코 유조를 죽인 후에 집 안에서 문과 창문을 잠갔네. 다만 거리와 마주한 조그만 창문 하나만 잠그지 않고 그 창문을 통해 밖으로 나갔지. 그러면, 그 창문은 밖에서는 잠글 수 없으니, '아아, 범인이 이 창문을 통해 나갔구나' 하고 훤히 알 수 있으므로 신기할 건 하나도 없네. 하지만 창문을 판자로 덮으면 어떨까? 출입이 가능했던 유일한 통로가 없어져서 가네코의 집은 밀실이 되지. 위장에 사용할 판자를 진짜 벽에 사용되는 판자와 똑같은 폭으로 만들어서 진짜와 마찬가지로 더럽혀두면 일체화되어 얼핏 봐서는 알아볼 수 없다네. 다만 밖에서 볼 때는 위장이 통해도 집 안에서 보면 창문이 막혔다는 사실은 일목요연하지. 낮인데도 창문 건너편이 캄캄하니까. 그래서 범인은 손을 댄 부분을 삽차로 파괴했네. 부수어서 거기 존재했던 단서를 소멸시킨 거야."

"창문이랑 손을 댄 흔적 전부를 뒤죽박죽으로 만들었다는 말이냐?"

"나뭇잎은 숲에 숨겨라, 라는 말의 응용이라고 할 수도 있지."

"그렇다고는 해도 어처구니가 없네."

"괜찮잖아. 트릭의 62퍼센트는 어처구니없으니까. 물리 트릭에 한정하면 93퍼센트로 뛰어오르지."

두광인이 끼어들었다.

"뭐냐, 그 숫자는? 출전은 어디야?"

"자사自社에서 조사."

"잘도 나불대는구나."

"관점을 바꾸면, 그 어처구니없는 부분, 즉 비현실적인 부분이 재미있단 말이야. 교수가 낸 문제는 어처구니없는 부분이 현실에 가까웠기 때문에 재미가 느껴지지 않았지. 그런 점에서 볼 때 이번 문제는 현실적으로는 있을 법하지 않기 때문에 은근히 낭만이 느껴지지 않아?"

두광인은 줄곧 팔짱을 끼고 침묵을 지키고 있던, 하키 마스크를 쓴 인물을 향해 말을 건넸다.

"그런 재미있는 문제를 고안했는데, 왜 실행하지 않습니까?"

aXe가 골난 표정으로 입을 열었다.

"무리한 소리 하지 마. 지금 막 생각난 참이니까."

"이 자리에서는 입 다물고 있다가 훗날 실행하면 됐을 텐데요."

"음, 그것도 어려우려나. 포클레인은 다뤄본 적도 없고."

"강습을 받으면 되죠."

"뭐?"

"다스베이더 경에게는 그 정도 열정도 없습니까? 우리는 뭣 때문에 모였습니까? 범인 맞히기 소설 출제 놀이를 하기 위해서는 아니죠. 그런 소꿉놀이는 반세기도 전부터 있었습니다. 지혜를 짜내 고안한 트릭을 실제로 사용하는 데 의미가 있지 않겠습니까? 비행 시뮬레이터에서 F-35 스텔스 전투기를 조종할 수 있으면 실제 조종간을 잡고 이라크를 공중 폭격할 수 있습니까? 머릿속 이

미지와 이미지의 실천은 전혀 별개 문제예요. 컴퓨터로 수치를 산출해서 코스에서도 테스트를 거듭한 F1 머신이 어째서 포메이션 랩* 도중에 흰 연기를 내뿜을까요? 한창 밀실을 만들고 있는데 이웃 사람이 찾아오면 어떻게 하죠? 준비한 밧줄 길이가 모자라면 어떻게 합니까? 열차가 시각표대로 오지 않으면?

시뮬레이션이라면 정지 버튼을 누르고 생각하면 됩니다. 리셋하고 처음부터 다시 시작하면 되죠. 하지만 실전에서는 전부 임기응변으로 대응해야 합니다. 순서는 맞는지, 시간은 초과되지 않았는지, 누가 보고 있지는 않은지…… 긴장감도 장난이 아니죠. 그런 점들을 극복하고 밀실살인을 달성하는 데 의의가 있지 않겠습니까? 그런데……."

"네놈이야말로 고견高見을 지껄이시기 전에 실천이나 하시지."

잔갸 군의 참을성도 여기까지였다.

"그러니까 준비 중이라고요."

"무슨 준비인데."

"장치 개발에 애를 먹고 있어서."

"장치라고 나왔겠다, 장치란 말이지."

"장치니까 어쩔 수 없습니다."

"그래서, 언제 선보여주시려고?"

"적절한 때가 오면요."

"십 년 후에?"

* 경주를 하기 전에 마지막으로 코스 및 자동차를 점검하기 위해 트랙을 한 바퀴 도는 일.

그리고 또 언제 끝날지도 모를 욕설 싸움으로 발전하는가 싶었는데.

"뭐, 네 녀석은 입만 살았으니까 기대 안 해. 어디 보자, 이 어르신이 본보기를 선보여주지. 다음 주에 또 집합이다."

"문제 낼 거야?" 두광인이 물었다.

"낼 거야."

"추리 퀴즈가 아니라 제대로 죽여서?"

"죽여야지."

"덧붙여 무슨 계열?"

"토막살인."

"오오."

"머리와 사지를 토막토막. 내장도 줄줄."

"그야말로 잔갸 군*이네."

"잔학하면서도 냉철, 연출과 지성의 합작, 눈을 크게 뜨고 기다리라고."

* '잔갸 군(ざんぎゃくん)'은 '잔학(ざんぎゃく)'과 일본어 발음이 유사하다.

2006년 8월 25일 밤, 후쿠오카현 가스야군 가스야마치의 JR규슈 사사구리선(통칭 '후쿠호쿠유타카선') 하루마치-초자바루역 구간에 깔린 선로 위에 사람이 들어가 있었다. 후쿠오카 현경 가스야 경찰서의 경찰관이 이를 발견하고 전차 교통 방해 혐의로 그를 현행범으로 체포했다. 체포된 사람은 직업과 일정 주거지가 없는 28세의 고가 마사히데. 25일 오후 9시 반쯤에 사사구리선 노선 안에 들어간 용의자 고가는 선로 위에 자전거 두 대를 방치하여 열차 운행을 방해하려 한 혐의를 받고 있다. 자전거는 두 대 다 도난 자전거였다.

8월 17일 이후, 사사구리선 하루마치-초자바루역 구간에서는 선로 위에 자전거나 폐자재가 놓여 있는 사건이 잇달았다. 그 가운데 세 건에서는 놓인 물건에 충돌한 열차가 급정차하는 바람에, 사망자는 없었지만 철도 운행에 큰 지장이 있었다. 이에 대해 후쿠오카 현경에서는 동일범의 소행일 거라고 보고 현장 부근을 감시하는 등 범인 색출을 서두르고 있었다.

조사에서 혐의를 전면적으로 인정한 용의자 고가는 과거 네 건의 방해 행위에 대해서도 진술을 시작했다고 한다. 동기에 관해서는 "알리바이 트릭을 위한 데이터를 모으고 있었다"라고 진술했다.

덧붙여 이 사건 이후에는 이런 일이 있었다. 안전 확인을 위해 요시즈카-유스역 구간에 특급 가이오 2호선 열차가 일시정지했다. 이때 차내에서 한 승객이 비상용 도어 레버를 조작하자 승객 삼십여 명이 노선 안으로 내려가 선로 위를 걷기 시작했다. 그 바람에 상하행선 운행이 최대 사십 분 지연되었다.

Q3

살인마 잭 더 리퍼, 삼십 분의 고독

12월 28일

형편 때문에 내일로 연기.

12월 29일

하루만 더 기다려줘.

12월 30일

“세밑이 바싹 다가온 이 시기에 네놈들 꼬라지하고는. 대청소는? 오세치 요리* 준비는? 하다못해 자기 방 정도는 정리해라. 엄마 우신다."

잔갸 군이 험담을 퍼붓자 바로 aXe가 응수했다.

"네놈들 속에는 댁도 포함되는데요."

"오히려 우아하다고 해줬으면 좋겠구먼. 송구영신에 들뜬 세간을 거들떠보지도 않고 밀실살인 수수께끼 풀이를. 이 얼마나 고등하고 고상하게 여가를 즐기는 족속인가."

반도젠 교수가 야단스레 양손을 펼쳤다.

"밤중에 대청소하는 쪽이 비상식적인 것 같은데."

두광인은 다스베이더 마스크를 쓴 머리를 움츠렸다.

여느 때와 같이 다섯 명이 모여 있었다.

그 가운데 한 사람은 평소처럼 이야기의 테두리 속에는 들어오지 않았지만, [044APD] 창에 푸조403 컨버터블의 영정사진이 비치고 있으니 044APD도 이야기는 듣고 있을 터이다. 로그인하지 않으면 창은 캄캄한 상태에 머무른다.

"그런 것보다 책임지고 설명하세요. 거기 거북이 화면 속에 있는 사람, 댁한테 하는 말입니다."

aXe가 미니어처 손도끼를 흔들어댔다.

"무슨 설명?"

[잔갸 군] 창에는 오늘도 졸린 듯한 눈을 한 늑대거북이 나오고 있었다.

* 섣달 그믐에 만들어두었다가 정월에 먹는 명절 요리.

"잘 알 텐데요. 왜 예정을 직전에 취소했는지 책임지고 설명하세요."

"양해를 구하는 메일을 보냈을 텐데. 게다가 취소가 아니야. 연기지."

"양해를 구하든지 말든지 직전에 변경하는 건 매너에 어긋난다고 봅니다만. 게다가 이유에 대한 설명이 한마디도 없었어요."

"이유 따위는 뭐든지 상관없잖아. 뭐라고 한들 변명이다, 변명이다, 하면서 퇴짜 놓을 게 뻔한데."

"아니요, 아닙니다. 독감으로 드러누워 있었다면, 몸은 좀 어떠십니까, 하고 위로해드리죠. 똑같이 드러누워 있었다고 해도 그 원인이 숙취라면 '뒈져라'입니다만."

"너나 뒈져라."

"이 몸도 이유를 알고 싶네만."

반도젠 교수가 말했다.

"하늘이 심상치 않았어."

"날씨?"

"날씨."

"폭풍우가 쳐서 나가지 못했는가?"

"요즘 계속 따뜻했지. 더울 정도였어. 그저께는 17도였다고. 지구는 맛이 갔어."

"맛이 간 건 댁이겠죠. 적당한 소리로 얼버무리려고나 하고. 역시 '뒈져라'네요."

aXe가 손도끼로 십자를 그었다.

"연작이 어찌 홍곡의 뜻을 알 수 있으랴."

"뭐요?"

"해석. 바보는 알 턱이 없다."

"설마하니 날씨가 트릭이랑 관계있나?"

두광인이 물었다.

"노코멘트."

"관계있구나."

"오늘은 상당히 건조하였네. 바지직바지직 정전기가 일어났지."

반도젠 교수가 말하자 잔갸 군이 받아쳤다.

"아저씨가 사는 지방은 그랬는지도 모르지."

다섯 명은 한 자리에 모여 이야기를 나누는 게 아니다. 이것은 화상 채팅이다. 각자 따로 떨어진 장소에서 인터넷 회선을 통해 연결되어 있다. 두광인은 도쿄에 살지만, 다른 네 사람도 그렇다고는 할 수 없다. 어떤 사람은 왓카나이, 어떤 사람은 오사카, 어떤 사람은 규슈 방면에 있을지도 모른다. 해외에 살 가능성도 있다. 거주지가 다르면 당연히 오늘 날씨도 다르다.

"귀공이 사는 지방의 오늘 기상 상태는 어떠했는가?"

"멍청아, 사는 곳에서 죽였다고는 할 수 없잖아. 뭐이냐, 네놈들은 항상 자기 동네에서 죽였어? 위험도가 높은데 용기 있구나. 날씨는 이번 문제에 관계없진 않지만, 지금은 아직 신경 쓸 단계가 아니야. 문제를 듣기도 전부터 까다롭게 따지고 들어서 어쩌겠다는 거야!"

"그럼, 문제, 플리즈."

두광인이 재촉했다.

"준비됐냐? 이 자식들 놀라지 마라. 이 어르신은 말이지 지금 막 한 명을 죽이고 왔어. 그 길로 이 채팅을 하러 달려왔다고."

"어머나, 깜짝!"

"내친김에 네 녀석도 죽여주랴?"

aXe가 바로 놀려대자 잔갸 군이 민감하게 반응했다.

"괜찮은데. 채소든 살인이든 산지 직송이 최고지. 그래서, 어떻게 죽였어?"

두광인이 달래듯이 말했다.

"현장은 이세하라."

"가나가와의?"

"그래, 오야마산이 있는 이세하라. 그렇다고는 해도 저쪽 아래 산기슭에 있는 번화가야. 오다큐 이세하라역에서 걸어서 약 십 분 거리에 있는 조그만 잡거 빌딩 지하."

"주소는?"

"빌딩 이름은 곤도 제2빌딩. 동네 이름이랑 번지는 몰라. 나중에 각자 조사해."

"뭡니까, 적당적당히 넘어가는 그 태도는?"

aXe가 도끼를 휘둘렀다.

"등신."

"뭐라!"

"저기 말이지, 출제자인 이 어르신이 주소를 파악하고 있지 않다는 건, 바꿔 말하자면 이번 수수께끼 풀이에 동네 이름이나 번지는 필요 없다는 뜻일 텐데. 쓸데없는 정보로 뇌 용량을 압박하지 않도록 은연중에 배려해줬단 말이다. 탐정이라면 적어도 그 정도는 알아차려야지."

"이……."

"피해자는 곤도 고지. 나이는 50세 정도. 조금 더 먹었으려나. 그래도 환갑은 안 지났을 거야. 이크, 이 부분도 걸고넘어지면 안 돼. 이 어르신도 그자의 나이는 모른다고. 즉, 피해자의 연령도 수수께끼 풀이에는 필요 없어. 학습했냐?"

"'곤도 고지'는 어떤 한자를 씁니까?"

"학습 못 했네. 필요하면 가르쳐준다고."

"야……."

"곤도의 사인은 뇌와 관계된 장애, 과다출혈, 외상성 쇼크, 그 정도겠지."

"뇌 장애랑 외상성 쇼크면 전혀 다……."

"그러니까 걸고넘어지지 말라잖아. 야, 이 어르신은 죽이기만 했다고. 검시는 안 했으니까 사인 같은 건 몰라. 일단 살해 방법을 설명하자면, 처음에 뒤통수를 몇 번인가 쾅쾅 때렸더니 녀석이 바닥에 쓰러져서 움직이지를 않았는데, 만일에 대비해 가슴을 몇 번 찔렀지. 머리랑 심장, 어느 쪽이 직접적인 사인이려나. 뭐, 내일이 되면 알 수 있겠지."

"글쎄."

반도젠 교수가 말했다.

"당연히 알 수 있지. 시체는 바로 발견돼서 경찰 수사가 시작됐다고. 내일 아침부터 꽥꽥 보도를 해댈걸."

"어허, 그것참."

"뭐냐, 그 도전적인 태도는."

"연말연시에는 보도를 날림으로 한다는 사실을 잊은 거 아닌가? 텔레비전 뉴스 시간은 줄어들고 와이드쇼는 휴방. 신문도 석간이 나오지 않고 지면도 적어진다네. 요컨대 사건이 일어나도 사소하게 취급한다는 말일세. 방송 시간이 적으면 상세한 정보는 전해지지 않지. 매스컴이 다루지 않으면 인터넷에서도 정보를 뜻대로 수집할 수 없어. 인터넷의 힘이 이만큼 거대해진 현재도 역시 매스미디어가 있어야만 인터넷이 기능을 발휘하지. 더욱이 이런 형사 사건과 관련해서 인터넷의 독자적인 정보는 그다지 기대할 수 없다네."

"그러니까 이 어르신이 일으킨 사건도 연말연시의 특별 태세 아래서는 제대로 취급을 못 받을 뿐 아니라, 자칫 잘못하면 기사가 나지 않을지도 모른다는 말이로군."

"그러하네."

"하지만, 구미가 당기는 사건이라면 지면이나 방송 시간이 적어도 빈틈없이 전해줄걸."

"응?"

"머리를 몇 번이나 때린 데다 가슴도 몇 번이나 찔렀어. 상당히 잔혹하다고. 하지만 그 정도로는 매년 아메요코에서 되풀이하는 중계를 밀어낼 수 없겠지. 게다가 피해자는 험상궂은 아저씨고 말이야."

그렇게 잔갸 군이 이야기하는 동안 두광인의 컴퓨터에 화상 파일 하나가 전송됐다. 열어보니 시체 사진이었다.

남자가 위를 보는 자세로 바닥에 누워 있었다. 성긴 머리숱에 섞인 백발이 제법 많다. 옛날에 무슨 스포츠를 했는지 나이치고는 몸이 좋다. 키와 체격도 상당하다. 배에도 관록이 붙었다.

남자는 푸른 벤치코트를 입고 있다. 코트의 가슴팍에는 파랑, 하양, 빨강으로 된 휘장이 달려 있다. J리그, 요코하마 F·마리노스의 휘장이다. 겹쳐진 코트 앞자락에는 검붉은 물체가 비어져 나와 있었다. 그것은 코트 앞길 전체를 더럽히고는 바닥에까지 떨어져 있었다. 사진에서도 질척질척하고 미끈미끈한 느낌이 전해져 온다.

혈액, 지방, 그리고 내장이었다. 소장이 커다란 뱀처럼 꿈틀거리고 있다. 누에콩 모양을 한 것은 간장일까?

"이게 피해자?"

두광인이 물었다.

"피해자. 다리는 이쪽."

다른 화상 파일이 전송됐다. 정강이 털이 더부룩한 다리 두 개가 바닥에 아무렇게나 놓여 있었다.

"토막살인?"

"토막살인."

"그러고 보니 예고했었지."

"손은 이거야."

세 번째 화상 파일에는 오른손이 절단되고 남은 손목부터 손끝까지가 찍혀 있었다. 손목에는 팔찌 타입의 염주를 차고 있었다.

"왼쪽은?"

"왼쪽은 몸에 붙어 있어."

"오른쪽만 잘라낸 게 수수께끼 풀이의 중요 사항이야? 그렇게 물어도 안 가르쳐주려나."

"구미가 동하지 않냐?"

"동하는데."

"따라서 신문과 텔레비전이 여러 가지를 가르쳐줄 테니 각자 체크해두도록. 이 자리에서는 사건의 기본적인 흐름만 설명할게. 이세하라 시내에 빌딩과 연립주택을 몇 채나 가지고 있던 곤도 고지는 거기서 나오는 임대 수입으로 생활했어. 별다른 직업은 없이 오늘은 골프, 내일은 낚시, 하는 식으로 우아하게 살았지. 아내는 먼저 저세상으로 갔기 때문에 곤도 고지는 동네 언니들이랑 마구 놀아났어. 우, 부러워라. 뭐, 오늘 밤을 끝으로 그런 생활과도 안녕이지만. 나무아미타부울.

곤도는 자신이 소유한 빌딩의 한 방에서 살해당했어. 한 층에 방이 하나씩밖에 없는 조그만 4층 빌딩이야. 그의 시체가 발견된 곳은 지하층인데, 여기는 두 달 전에 세입자가 나간 이후 사건이 발생했을 때도 빈 공간으로 남아 있었지. 시체를 발견한 사람은 곤도 미유키. 피해자의 딸이야. 나이는 서른이 넘었으려나. 미혼에 무직이고 본가에서 부친과 둘이서 살고 있었어. 홀몸인 아버지를 돌보기 위해서라고 떠들고 다녔다는데, 실상은 허울 좋은 기생이지. 부친이 살해당한 데다 무참한 시체를 봤으니 엄청난 충격이겠지만 슬픔은 한때, 유산은 독점, 만만세라네. 그건 그렇고 이번 살인의 뭐가 수수께끼냐 하면, 웬걸 현장이 밀실이었단 말씀이지."

"거의 매번 밀실살인 문제입니다만."

aXe가 나직이 말했다.

"그렇게 어깃장을 놓는 건 무효야."

"하하, 알았네. 눈雪과 관련되어 있구먼."

반도젠 교수가 손뼉을 쳤다.

"호오."

"역시 그러한가? 날씨 탓에 실행이 늦었다는 발언과 연결해보았네. 딱 잘라 밀실이라고 꿰뚫어보았지. 지금 인터넷으로 이세하라의 날씨를 조사했는데, 오늘은 오후 3시 무렵부터 눈이 내렸다고 하지 않는가. 살인 현장인 빌딩 주위에도 눈이 쌓였을 테지. 거기에는 피해자의 발자국이 선명히 남아 있다네. 하지만 범인의 발자국은 없어."

"그럴듯한 그림이군. 그야말로 본격미스터리. 하지만 나한테 아무리 그런 그림을 그리고 싶은 마음이 있어도 현실은 산문적이거든."

"눈 밀실이 아닌가?"

"이세하라에는 눈이 왔어. 지금도 내려."

"그렇군. 발자국이 지워져버린 거야."

"적당히 해. 처음부터 발자국 따위는 안 찍혀 있단 말이야. 범인 발자국도, 피해자 발자국도."

"응?"

"제법 퍼붓고 있지만 내리자마자 녹는 상태거든. 기온이 높아서 그런지, 수분이 많아서 그런지."

"아아."

"여기는 니가타나 아사히카와가 아니야. 간토 남쪽 지방에 내리는 12월 눈은 그런 법이지. 기대하며 기다려봤자 그렇게 그림으로 그린 듯한 상황은 나오질 않아. 처녀설에 피해자의 발자국만 찍힌 풍경 따위는 덧없는 꿈이지. 사실 눈을 기다리긴 했지만 밀실과는 관계없어. 비라도 괜찮았고. 아차차, 입을 놀리고 말았네."

"일부러 들려준 주제에."

aXe가 제이슨 마스크를 쓴 얼굴을 획 돌렸다.

"눈 밀실이 아니라면 어떤 밀실이야?"

두광인이 물었다.

"발견했을 때 문이 열리지 않았어. 지하 공간으로 들어가는 문이."

잔갸 군이 대답했다.

"정말이지 평범한 밀실이네요."

aXe가 툴툴댔다.

"문손잡이는 돌아갔어. 그러니까 잠겨 있지는 않았지. 하지만 문을 밀어도 열리지 않았어."

"문은 밖으로 열리는 형식이었다는 결말입니까? 그렇습니까?"

"안으로 열리는 거다, 얼간아. 닥치고 마지막까지 들어. 밀어도 열리지 않았지. 문 반대편에서 뭔가가 방해하는 듯한 느낌이었어.

그래서 딸 미유키는 문에 어깨를 대고 체중을 실어서 문을 밀었어. 그리하여 조금씩 열린 문으로 미유키가 본 건, 내장 줄줄, 다리 두 개가 데구르르, '몰라보게 변했다'라는 한마디로 넘기기에는 너무나도 몰라보게 변한 아버지였지. 그렇다면 뭐가 문 여는 걸 방해하고 있었을까? 문 안쪽에는 절단된 다리 두 개가 문짝에 밀착된 형태로 놓여 있었어. 도어스토퍼인 셈이지. 하지만 진짜 도어스토퍼처럼 틈에 쐐기처럼 끼워둔 게 아니라 그냥 놓아두었기 때문에 미유키가 힘주어 문을 밀자 움직일 수 있었어. 이 상황을 일반화해서 설명하자면, 문에는 안쪽에서만 걸 수 있는 자물쇠가 걸려 있었다는 소리야. 문 앞에 누름돌 대신 놓인 잘린 다리가 걸쇠나 체인에 해당하지. 그렇다면 안에서만 걸 수 있는 자물쇠를 건 후에 범인은 어떻게 방에서 나갔을까? 이게 이번 문제야. 설마 이런 소리를 할 놈은 없다고 생각한다만, 다른 문으로 나갔다는 답은 안 돼."

화상 파일이 스무 장 정도 전송됐다. 현장을 다양한 앵글로 촬영한 사진이다.

회색 바닥에 하얀 벽, 하얀 천장. 개성 없는 방이다. 조명 역시 직관형 형광등이 천장에 삽입된, 사무실에서 흔히 볼 수 있는 형태다. 넓이는 사방 10미터 정도일까? 세입자가 빠져나가서 책상이나 선반도 없다. 그런 살풍경한 방인 만큼 기이한 시체의 모습이 더 두드러진다.

벤치코트를 입은 시체는 방의 거의 중앙에 있었다. 거기서 몇 미터 떨어진 문 앞에 다리 두 개가 아무렇게나 놓여 있었다.

"그건 밀실을 만들기 전에 촬영한 사진이야. 곤도 미유키가 문을 열려고 했을 때 다리는 문에 딱 붙어 있었어."

두광인이 확인하려는 것을 예상한 듯 잔갸 군이 말했다.

"이 방에는 문이 하나 더 있는 것 같네만."

반도젠 교수가 말했다.

"하지만 보다시피 그쪽으로 나가려고 열어봐도 말 그대로 막다른 골목이지."

화장실 문이었다. 사진에서는 문이 이쪽으로 90도 열린 상태다. 양식 변기 하나만 있는 좁은 일인용 화장실이다. 앞쪽에는 거울이 달린 작은 세면대가 있다. 창문은 없다. 천장에 환기팬이 있지만 환기팬을 떼어내도 고작 머리가 들어갈 정도이리라.

그밖에 문은 없다. 창문 역시 하나도 없다. 천장에 가까운 벽에 공기 조절을 하기 위한 네모난 구멍이 있었지만, 이것도 사람이 통과할 정도로 크지는 않다.

잔갸 군이 말했다.

"문을 닫지 않고서는 잘린 다리로 문을 고정해놓을 수 없어. 하지만 잘린 다리로 문을 고정하면 그 문은 여닫을 수 없으니까 범인은 나갈 수 없지. 그밖에 사람이 드나들 수 있는 통로는 없어. 실은 찍지 않은 문이나 창문이 있다는 사기는 안 쳤다고. 즉, 이런 장치로 밀실을 만들면 범인은 밀실에서 나갈 수 없게 되는 거지, 보통은. 하지만 이 범인은 멋지게 탈출에 성공해서 지금 이 자리에 있어. 연기가 되어 배기구를 통해 밖으로 나왔으려나."

"설마 그건 아니겠죠? 그거라면 댁은 만번 죽어 마땅합니다."

aXe가 손도끼를 정면에 들이댔다.

"그거라고 하면 모르잖아."

"엄청나게 고전적인 수법."

"그러니까 뭐냐고."

"문은 안쪽으로 열린다."

"그렇다고 했을 텐데."

"밖에서 문을 밀어서 열면 문짝 뒤편 공간은 사각이 되죠."

"문 뒤에 숨어서 발견자를 지나가게 한 다음에 빈틈을 노려서 탈출? 이제 와서 그런 돼먹지도 않게 고전적인 수법을 쓰는 놈이 있으면 때려죽일 테다."

"그러니까 확인한 거잖아요."

문 뒤편 말고 숨을 수 있는 장소는 없을까? 빈방이어서 책상, 선반, 칸막이 따위의 가구는 일체 없다. 쓰레기로 남기고 간 듯한 박스나 비닐봉지도 없고. 존재하는 것은 중앙의 시체와 절단된 두 다리뿐. 벽에 기둥이 튀어나와 있거나 천장에 굵은 파이프가 달려 있으면 거기에 몸을 숨길 수 있겠지만, 벽과 천장도 깔끔하다.

"이것도 형식적인 확인인데, 화장실이라는 답은 아니지?"

두광인이 물었다.

"곤도 미유키가 찾아왔을 때 범인은 화장실에 틀어박혀 있었다?"

"그래, 문을 닫고."

"이것 봐, 그런 건 트릭 이전의 문제잖아."

잔갸 군이 한숨을 쉬었다.

"그럼 말 나온 김에 이것도 물어야겠다. 절단한 두 다리에 미리 연결해둔 낚싯줄 따위의 한쪽 끝을 문을 통해 복도로 내놓은 다음에, 자신도 밖으로 나가서 실을 조작해 문까지 끌고 온 다리로 문을 닫는 거야. 이 단계에서는 낚싯줄이 안에서 밖으로 나와 있기 때문에 문은 완전히 닫히지 않아. 그 상태에서 실을 세게 당기면 실과 함께 다리도 잡아당겨지지만, 문에 막혀서 움직이지 않지. 그래도 억지로 실을 계속 당기면 실이 두 다리에서 쑥 빠질 테니, 그 후에 문을 제대로 닫으면 드디어 밀실 완성."

"그러니까, 손때가 잔뜩 타서 이제는 아무도 거들떠보지 않는 그런 방법은 아니라고. 그래서는 문제가 안 될 텐데. 그 트릭을 사용하지 않은 증거? 있지. 지금 당장 현장에 갔다 와. 시체는 아직 실려나가지 않았을 테니 다리를 찬찬히 보라고. 뭔가를 묶은 흔적은 없을 테니까."

"또 그런 억지소리를 하네. 절차를 밟으며 확인했을 뿐이야. 우리 멤버들은 자기 현시욕 덩어리니까 새로운 맛이 없는 짓은 안 한다는 걸 안다고."

두광인은 목을 움츠렸다.

"아, 이 몸도 한 가지 괜찮겠는가?"

반도젠 교수가 손을 들었다.

"수준 낮은 질문에는 대답 안 할 거야."

"시체의 오른손은 절단되었지?"

"그래, 사진 보여줬잖아?"

"처음에 받은 사진 말이로군. 그런데 그다음에 뭉뚱그려서 보내준 현장 사진 중 어디에도 오른손은 안 찍혀 있네만. 절단된 두 다리는 찍혀 있는데 말일세."

"관찰력은 합격이다. 하지만 유감스럽게도 오른손은 아무래도 상관없어. 밀실 수수께끼 풀이와는 아무 관련도 없거든."

"무슨 이야기인지 이해를 못 하겠네만."

"경찰 대책용 위장이지. 오른손은 현장에서 가지고 사라졌어. 봐."

[잔갸 군] 창에 검은 그림자가 비쳤다. 그때까지 나오던 늑대거북을 가로막으며 손이 나타났다. 그 손은 손을 쥐고 있었다. 손목부터 절단된 피투성이 오른손을.

"그밖에 지갑이랑 이것도 빼냈지."

오른손이 사라지더니 대형 도시 은행의 현금카드가 나타났다.

"이 카드에는 생체 인증 기능이 내장되어 있지. 현금인출기에서 돈을 인출할 때 비밀번호 외에 손가락의 정맥 패턴이 필요해. 비밀번호를 훔친 제3자가 인출하려고 해도 생체 인증을 체크할 때 걸려. 그런 카드가 손목과 함께 사라지면 경찰은 돈을 인출하기 위해 손을 가져가지 않았을까 생각하겠지. 즉, 이 살인은 금전이 목적이라고 보는 거야. 사실 시체의 손으로는 정맥 패턴을 인증할 수 없어. 하지만 범인은 그 사실을 모른다고 해석하지 않을까? 생체 인증에는 여러 종류가 있는데, 지문을 읽어내는 종류라면 시체의 손으로도 오케이이기 때문에 그럴 목적으로 손을 가져가는 사건이 실제로 몇 건이나 발생했지. 그런 이유로 손목 절단은 수수께끼 풀이와 아무 관계도 없으니까 머리에서 지워줘. 그리고 손목이랑 카드는 충분히 신경 써서 처분할 테니까 안심해. 또 다른 질문은? 없으면 다음에 모일 날을 정해."

01027

갑자기 화면에 가늘고 긴 창이 새롭게 열리더니 숫자가 표시됐다.

"뭔데, 콜롬보 짱?"

01027 사진

IG_01027.jpg는 시체를 왼쪽 옆에서 찍은 사진이다. 전신이 아니라 가슴에서 허리까지 찍혀 있다. 벤치코트가 보이지 않을 정도로 내장과 체액이 흘러나왔고, 부근 바닥도 질척질척하게 더러워져 있었다.

온도계

"누가 알아차리나 했더니만, 역시 콜롬보 짱이로구나."

프레임 왼쪽 구석에 막대기 형태의 작은 물체가 찍혀 있었다. 확대해보자 유리관 속에 빨갛게 착색한 백등유를 주입한, 옛날 모습 그대로의 온도계였다. 길이는 5센티미터 정도밖에 안 되는 것으로 이화학용이 아니라 창고 같은 곳에 달려 있는 간이 온도계

같았다.

“시체의 직장 내 온도를 쟀는가?”

반도젠 교수가 물었다.

“사후 몇 시간이 경과해야 여기까지 내려간단 말이냐.”

눈금을 읽어보자 섭씨 4도였다.

“그렇다면 이 온도계는 도대체? 피해자의 소지품인가?”

“아니, 이 어르신의 사유물.”

“그렇군. 트릭과 연관된 거로구먼.”

“관계없어.”

“응?”

“네놈들에게 주는 서비스다.”

“서비스?”

“소거법 추리를 할 때 도움이 되지.”

“소거법 추리?”

“일일이 되묻지 마. 지금은 머리 한구석에 넣어둬. 애당초 이미 이해한 녀석도 있는 모양이지만. 콜롬보 짱?”

00937

“칭찬하고 있으니까 무슨 말 좀 해봐.”

00952

"정말이지 로봇 같은 놈이라니까. 실은 음성자동응답 장치를 설치했다거나."

00937이 밖, 00952가 안?

"뭐라고? 937이랑 952? 아아, 그래, 937이 밖과 마주한 쪽, 952가 실내 쪽."

IG_00937.jpg와 IG_00952.jpg는 둘 다 문을 정면에서 화면에 가득 차게 촬영한 사진이다.

"이봐, 이봐, 어디까지 알고 질문하는 거냐?"

확인했을 뿐이야. 다른 뜻은 없어.

"그렇겠지. 지금 단계에서 거기까지 꿰뚫어보고 질문했다면 너무 무섭지."

두광인은 다시 한 번 사진 두 장을 비교해보았다. IG_00937.jpg의 문은 손잡이가 오른쪽에 있고, IG_00952.jpg의 문은 왼쪽에 있다. 복도 쪽에는 열쇠구멍이 있고 실내 쪽에는 열쇠구멍이 아니라 잠금 뭉치(섬턴)가 달려 있기 때문에 일부러 묻지 않아도 판단할 수 있다. 그밖에도 복도 쪽에는 이전 세입자가 붙인 이름표를 떼어낸 자국이 있고, 실내 쪽의 그 위치에는 코트나 모자걸이로 사용하는 듯한 작은 고리가 달려 있다. 우유 투입구나 도어뷰는 달려 있지 않다. 문 사진을 보고 번뜩이는 생각은 하나도 없다.

다음은?

"다음?"

다음 모임. 해답편.

"벌써 이야기가 바뀌었냐? 음, 다음 말인데, 3일은 어때?"

"1월 3일?"

aXe가 놀란 듯이 되물었다.

"할머니 집에 친척 일동이 모여? 아버지랑 어머니를 온천에 데리고 갈 거야? 여자 친구랑 새해 첫 참배? 네 녀석들한테 정월이 뭔 상관이야."

"상관없죠. 홍백가합전紅白歌合戰*은 안 보고, 설날 아침에는 빵 먹으니까요."

"그럼 정초 초사흘 사이라도 괜찮을 텐데."

"시간이 모자라다는 겁니다. 내일, 모레, 글피, 그글피, 실제로는 삼 일하고 한나절밖에 안 되네요. 게다가 세상은 정월이니까 아무리 거창한 사건이라도 보도되는 양은 보통 때보다 훨씬 적습니다. 즉, 정보를 만족스럽게 수집할 수 없다고요. 정보가 부족하

* 매년 12월 31일 밤에 NHK에서 방송하는 가요 프로그램.

면 추리도 뜻대로 안 됩니다."

"그러니까 그 핸디캡을 보충해주려고 처음부터 힌트를 줬잖아. 날씨가 관계되어 있다든가, 온도계라든가."

"그렇다고 해도 3일은……."

"이 몸도 불만이라네."

반도젠 교수도 aXe의 편을 들었다.

"음, 그럼 좀 늘릴까? 마쓰노우치*까지면 어떻게든 될까? 7일로 할래? 그러고 보니 내년은 8일 월요일이 성인의 날이구나. 세상이 평소대로 기능하기 시작하는 건 9일부터려나. 빠듯하게 양보해서 8일이로군. 하지만 그렇게까지 늘리면 위험해. 4, 5일이 평일이니까 그쯤에 보도되지 않으리라는 보장은 없지."

"뭐가 보도된단 말인가?"

"이번 문제에는 한 가지 약점이 있거든. 경찰이 일반적인 수사를 진행하면 이른 시기에 진상을 알아차릴 거야."

"댁은 바보입니까? 질이 낮다는 걸 알면서 왜 실행하나요?"

aXe가 도끼를 카메라에 들이댔다.

"오, 이 어르신이 붙잡히는 걸 걱정해주는 거냐? 사랑이로군."

"붙잡혀버려라."

aXe가 가운뎃손가락을 세웠다.

"아항, 자기 몸을 걱정하고 있구나. 이 어르신이 붙잡히면 자기들한테도 수사의 손이 뻗칠 테니까."

* 정초에 대문에 소나무 장식을 세워두는 기간. 1일에서 7일까지.

"아닙니다."

"걱정 마. 이 어르신은 안 붙잡혀. 절대 안 잡힌다고. 특별한 개인에 주목할 만한 물건은 현장에 남기고 오지 않았고, 피해자랑 친분이 있는 것도 아니야. 밀실의 수수께끼가 해명될 뿐이지. 하지만 그게 보도되는 날에는 이 문제를 제출한 의미가 없어져. 그러니까 스포일러 당하기 전에 추리 대결을 할 필요가 있어."

"붙잡히고 말고를 걱정하는 게 아니라니까요. 경찰이 순식간에 꿰뚫어볼 만한 저질 문제를 내는 데 문제가 있습니다. 여봐요, 좀 더 풀 보람이 있는 문제를 생각하라고요."

"진리를 전혀 바라볼 줄 모르는군."

"뭐요?"

"네 녀석은 이렇게 단정하고 있어. 경찰은 명탐정을 돋보이게 하는 역할이자 잘못된 범인을 체포하는 얼간이 담당. 그건 픽션 속의 이야기지. 경찰도 알아차린다, 즉 수준이 낮다. 명탐정이 푼다, 즉 난이도가 높다. 아니야. 수수께끼란 말이지, 희한하게 여기고서는 머릿속이라는 작은 세계에서 이것도 아니다, 저것도 아니다, 하고 상상만 하니까 점점 더 희한해지는 거야. 머리가 아니라 몸을 쓰면 어처구니없이 해결되는 경우도 있다고. 명탐정은 우연의 산물로 수수께끼를 풀면 안 돼. 결과가 아니라 과정이 요구되니까. 하지만 경찰에게 요구되는 건 결과일 뿐, 과정은 잘라내도 상관없어. 소가 뒷걸음질치다가 쥐를 잡으면 그걸로 만사 땡.

구체적인 예를 들어주마. 용의자가 붙잡혔지만 철벽 같은 알리바이로 보호받고 있을 경우, 명탐정은 그 녀석의 행동을 표로 만들어 전화나 전철 트릭을 생각하지. 하지만 이런 식으로 해도 될 거야. '네가 저질렀지?' 하고 자백을 강요해서 '예, 그렇습니다'라는 대답을 끌어낸 후에 어떤 식으로 알리바이 공작을 했는지 묻는 거지. 탐정은 밀실살인을 앞에 두고 건물 구조에 비밀이 있지는 않을까, 피해자는 실내에서 살해당한 게 아니라 시체가 옮겨지지는 않았을까, 목격자의 심리적 착각 때문에 밀실로 보이는 게 아닐까, 하고 모든 가능성을 머리로 생각해. 그러는 사이에 경찰은 근처를 닥치는 대로 탐문해서 '벽에 구멍을 뚫고 방에서 나오더니 그 구멍을 회반죽으로 바르던 사람을 봤습니다. 이웃에 사는 사토 씨입니다'라는 목격 증언을 확보하지. 요전에 교수가 출제한 힘 빠지는 문제에서도 배웠듯이 현실은 때때로 이지적이지 않아. 이지는 때때로 문제 해결을 방해하지. 명탐정은 명탐정이고 싶은 나머지 즉흥적인 해결을 거부하고 자신의 작은 머리에만 의존한 결과 쓸데없이 수수께끼 난이도를 높이는지도 몰라.

이 어르신이 이번에 출제한 밀실살인도 머리만으로 생각하면 희한하지만, 현장에서 수사하는 경찰관에게는 간파될 우려가 있어. 뭐랄까, 만약 그런데도 뭔가 번뜩이지 않는다면 그런 경찰한테 생활의 안전은 맡길 수 없지. 아마도 경찰은 수사를 시작한 지 몇 시간도 지나지 않은 지금 단계에서 추리에 필요한 정보를 벌써 손에 넣었을 거야. 다만 경찰 수사에서는 명탐정처럼 정보를 모으면서 리얼 타임으로 추리를 하지는 않지. 제일 첫 탐문과 현장의 증거 채취는 기계적으로 진행하기만 할 뿐, 거기서 획득한 정보의 의미는 나중에 생각하기 때문이야. 게다가 수사원 전원이 추리를 하지는 않아. 그러므로 이미 증거를 잡았다고 해도 증거에 입각한 진상이 내일 신문에 날 일은 일단 없어. 정월 초사흘까지도 괜찮을 거야. 설령 그동안에 알아냈다고 한들 서둘러야 할 이야기는 아니니까 기자 발표는 안 하겠지. 매스컴 역시 모자란 뉴스 방송 시간에 무리해서 전할 정도의 사건은 아니라고 판단할 거야. 수요 문제지.

텔레비전 드라마 속에서 일어난 밀실살인 수수께끼를 흥미진진하게 지켜보는 사람도 실제로 그런 사건이 일어난 경우에는 밀실보다 범인과 범인의 동기에 흥미를 나타내. 이번 사건이라면 곤도 미유키의 범행이기를 은근히 바랄 테고, 매스컴 역시 그런 편견을 가지고 보도할 테지. 내기해도 좋아. 외동딸, 미혼, 무직, 재산, 첫 번째 발견자, 자잘한 항목 하나하나가 심금을 울리거든. 나이에 비해서 젊어 보이는 외모에 자못 남자를 밝힐 듯한 분위기도 동정보다는 반감을 살 것 같아. 미유키 입장에서야 당치도 않은 누가 되겠지만, 뭐, 남은 긴 인생을 놀고먹을 수 있으니까 그 정도 고생은 해도 괜찮잖아."

"결국, 3일?"

두광인이 잔갸 군의 긴 장광설을 막았다.

"그게 최고지. 무리라면 늘리겠지만, 하루 늘어날 때마다 스포일러 당할 확률이 높아진단 말이야."

잔갸 군이 여전히 투덜대고 있자니 텍스트 창이 열렸다.

1월 3일에 모이고, 그때 정답자가 나오지 않으면 8일에 다시 한 번 모이자. 만약 그사이에 보도되면 이번 승자는 경찰.

12월 31일

이세하라에서 일어난 토막살인은 조간신문뿐 아니라 아침 뉴스에서도 크게 다루어졌다.

살해당한 사람은 이세하라시 이타도에 거주하는 임대 경영업자 곤도 고지, 54세. 시체가 발견된 곳은 피해자가 이세하라 1초메에 소유하고 있던 곤도 제2빌딩 지하의 빈방. 발견한 사람은 피해자의 장녀 곤도 미유키, 32세.

30일 오후 8시경, 곤도 고지의 자택에 전화가 걸려왔다. 곤도 제2빌딩으로 오라는 내용을 들은 그는 자동차로 집을 나섰다. 자택에서 해당 빌딩까지는 자동차로 십 분 정도 걸리는 거리다.

8시 반경 자택에 있던 미유키의 휴대전화에 고지가 전화를 걸었다. 차가 고장 났으니 데리러 오라는 내용이었다. 미유키는 자기 차로 곤도 제2빌딩에 갔다. 그리고 지하층에 있는 방에서 고지의 시체를 발견했다.

곤도는 뒤통수를 몇 차례 얻어맞고 복부를 몇 차례 찔린 상태였다. 직접적인 사인은 과다출혈이었다. 흉기는 불명. 사망 추정 시각은 30일 8시 반 전후.

시체는 가슴에서 아랫배까지 갈라졌을 뿐 아니라 두 다리와 오른손이 절단되어 있었다. 적출된 내장은 시체 주변에 어지러이 널려 있었다. 두 다리는 동체 부분과는 떨어진 장소에 있었다. 오른손은 행방불명. 해체에 사용된 도구도 발견되지 않았다. 한편, 지갑 속에서 현금과 은행 현금카드가 도난당했다. 신용카드, 휴대전화, 자동차 키는 남아 있었다.

곤도는 부모 대부터 이세하라 시내에서 빌딩과 연립주택을 경영해왔다. 가나가와 현경은 그를 전화로 불러낸 인물이 사건에 관여되었다고 보고 소재 파악을 서두르는 동시에 임대 물건을 둘러싼 문제는 없었는지 수사를 진행하고 있다.

각 미디어의 보도를 정리하면 이상과 같다. 시체가 발견되었을 때 절단된 다리가 방해를 해서 문이 열리지 않았다는 사실은 어디에서도 보도하지 않았다.

낮 뉴스에서도 각 방송국은 톱뉴스나 그다음으로 다루었지만 추가된 정보는 하나도 없었다.

오후에 두광인은 이세하라로 향했다.

전날 내리던 눈은 비로 바뀌었다. 양은 대단치 않았지만 바람이 세서 우산은 그다지 도움이 되지 않았다.

곤도 제2빌딩은 바로 찾을 수 있었다. 오다큐선 이세하라역에서 어림짐작으로 걸어가자 검정색 대형 승용차와 대절 승용차가 전세라도 낸 양 좁은 길에 세워져 있었다. 보도 관계자가 타고 온 차량이다. 더 나아가자 확실히 보도 관계자임을 알 수 있는, 완장을 찬 사람이 눈에 들어왔다. 노란 테이프를 쳐놓은 빌딩 앞에는 비옷을 입은 정복 경관이 위압적인 태도로 서 있었다. 두광인은 운이 좋으면 어떻게 될 거라는 생각에 발걸음을 옮겼지만, 이래서는 탐문이든 침입이든 가능할 것 같지 않았다.

하지만 수확이 없지는 않았다. 곤도 고지의 장례식은 1월 2일과 3일에 시내 장례식장에서 치른다는 정보를 언뜻 들었다.

1월 2일

"춘부장께 전화가 온 건 몇 시쯤입니까?"

"8시 무렵이었어요."

"좀 더 정확하게 기억하지는 못하시나요?"

"8시보다 전, 7시 50분이 조금 지나서였어요."

"어떤 분이 전화를 거셨죠?"

"모르겠습니다. 이름을 밝히지 않았대요."

"전화는 고지 씨가 받으셨군요?"

"예."

"상대가 남자인지 여자인지는 아십니까?"

"남자라고 그랬어요."

"용건은 뭐였습니까?"

"곤도 제2빌딩의 비어 있는 지하층에 사람이 숨어들었다는 내용이었습니다."

"그러니 나오시라고 불러냈다?"

"아니요, 수상한 사람이 있다고 전하기만 했대요."

"그 말을 듣고 고지 씨는 상황을 보러 가셨군요."

"예, 저는 부동산 업자에게 봐달라고 하면 된다고 했지만, 연말이라 바로는 연락이 안 될 거라고 하셨어요. 그럼 경찰에 신고하는 게 어떻겠냐고 했더니 일단은 상황을 확인하는 게 먼저라면서 스스로 보러 가셨죠. 어째서 가시게 내버려뒀는지……. 하다못해 내가 함께 있었다면……."

"춘부장은 전화를 받은 다음에 바로 나가셨습니까?"

"예."

"그렇다면 8시 정각 정도에?"

"그럴 거예요."

"그리고 잠시 후에 고지 씨가 미유키 씨 휴대폰에 전화를 걸었군요."

"예."

"몇 시였습니까?"

"8시 반쯤요. 아, 통화 이력을 한번 볼게요. 8시 23분이네요."

"용건은 뭐였습니까?"

"자동차가 고장 났으니 빌딩까지 데리러 오라고요."

"빌딩에 숨어들었다는 수상한 인물에 대해서는 아무 말씀도 없으셨습니까?"

"제가 물었더니 괜찮다고만."

"그 전화 목소리는 틀림없이 춘부장이셨습니까?"

"예?"

"목소리가 어쩐지 이상하지는 않았습니까? 멀리 있는 느낌이라든가, 쉬어 있었다든가."

"아니요, 아버지 본인이었어요. 틀림없습니다."

"그 전화를 받고 미유키 씨는 직접 차를 운전해 춘부장을 모시러 갔죠?"

"예."

"전화를 받은 직후에 집을 나갔습니까?"

"화장을 대충 고치고 나갔어요."

"그렇다면 8시 40분 정도에 집을 나섰나요?"

"그럴 거예요."

"곤도 제2빌딩에 도착한 시각은 8시 50분 무렵."

"9시였는지도 모르겠어요. 비가 내려서 신중하게 운전했으니까요."

"빌딩에 도착했을 때 신경에 거슬리는 일은 없었습니까? 사람의 모습을 봤다든지, 낯선 뭔가가 있었다든지."

"아니요, 아버지 벤츠가 길 위에 주차되어 있었을 뿐입니다."

"미유키 씨도 차를 주차하고 빌딩 안에 들어갔죠."

"예."

"빌딩에 불이 켜진 창문은 있었습니까?"

"없었다고 생각하지만, 신경 써서 보지는 않았으니 자신은 없어요."

"계단의 전등은 켜져 있었습니까?"

"예, 그건 켜져 있었습니다."

"계단을 내려가는 도중, 그리고 다 내려가고 나서 사람을 보지는 않았습니까?"

"아니요."

"계단이나 방 앞에 뭔가 이상한 물건이 떨어져 있지 않았습니까? 끈, 바늘, 거울, 드릴 따위요."

"특별하게 신경에 거슬리는 물건은 없었어요."

"그러고 나서 미유키 씨는 방으로 들어가려고 했죠."

"처음에는 아버지를 부르면서 문을 두드렸어요. 그런데 대답이 없어서 문을 열려고 했습니다."

"하지만 손잡이는 돌아가도 문이 열리지 않았군요?"

"조금은 움직였어요."

"안을 들여다볼 수 있을 정도의 틈이 생겼습니까?"

"그렇게까지는. 덜컥거릴 정도였어요."

"그걸 어떻게 열었습니까?"

"몸으로 누르듯이 밀자 조금씩 열렸습니다."

"문 반대쪽에 놓인 뭔가가 열리는 것을 방해하는 느낌이었습니까?"

"예……."

"결국 문이 열렸습니다. 안에는 고지 씨가 쓰러져 계셨죠."

"……."

"쓰러진 곳은 방 중앙쯤이고, 문 근처에는 절단된 다리 두 개가 있었습니다."

"……."

"미유키 씨가 발견했을 때 이 사진과 같은 상태였죠? 뭔가 다른 점은 있습니까?"

"죄송합니다……."

"저야말로 실례했습니다. 방 전등은 처음부터 켜져 있었습니까? 아니면 미유키 씨가?"

"켜져 있었어요."

"실내에는 고지 씨 말고 다른 누군가가 있었습니까?"

"아니요."

"사진 한 장을 더 봐줄래요? 고지 씨가 찍히지 않은 사진이거든요. 저쪽 편에 문이 있습니다. 이건 그 방의 화장실 문인데, 미유키 씨가 방을 들여다보았을 때 이렇게 열린 상태였습니까?"

"예."

"확실합니까?"

"예, 방문을 열었더니 마침 정면에 있던 문이 이렇게 직각으로 열려 있었어요."

"그렇다면 화장실 안도 보였겠군요?"

"예."

"사람은 없었죠?"

"예."

"실내 상황을 보고 수상하다고 느낀 점은 없었습니까? 익숙하지 않은 뭔가가 놓여 있었다. 아니면 있어야 할 뭔가가 없어졌다."

"그때까지 한 번도 가본 적이 없어서……."

"그렇습니까? 그럼."

"다만……."

"뭐죠? 아무리 사소한 것이라도 괜찮으니 얘기해주세요."

"그때는 알아차리지 못했지만, 시간이 얼마쯤 흐른 뒤에 옷이 이상하다고……."

"옷?"

"아버지가 입고 있던 벤치코트요. 그건 아버지 옷이 아니에요."

"고지 씨 옷이 아니라고요?"

"그날 밤 아버지는 플리스* 재킷을 입고 나가셨어요. 그런데 제2빌딩에서는 재킷 위에 벤치코트를 입고 계시더군요."

"벤치코트를 차 안에 놓아두셨던 건 아닐까요? 차에서 밖으로 나갔더니 추워서 위에 걸치신 거죠."

"아니요. 아버지가 그 코트를 가지고 계실 리 없어요. 저한테 말도 없이 사셨을 리도 없고요. 아버지는 축구를 좋아했어요. 하지만 마리노스가 아니라 쇼난 벨마레의 서포터였죠."

"그렇군요. 그 사실은 벌써 경찰에? 아, 가나가와 현경 말입니다."

"말했어요."

"그렇다면 그다음 이야기를. 쓰러진 고지 씨를 발견한 미유키 씨는 어떻게 했습니까?"

"불렀어요. 몇 번이고 몇 번이고. 하지만 전혀 대꾸가 없는 데다 꼼짝도 하질 않으셔서……."

"가까이 다가갔나요?"

"예, 흔들어봤지만 역시 반응이 없으셔서 손을 잡고 귓전에다

* 보온용으로 사용되는, 안감의 보풀이 부드러운 직물.

또 아버지를 불러보았어요. 아버지, 아버지, 하고 몇 번이나 불렀어요. 어머니 때는 그렇게 부르고 있자니 어머니가 희미하게 눈을 뜨고 제 손을 마주 잡으시더군요. 그런데 아버지는 전혀 반응이 없으셔서……."

"그래서 경찰을?"

"예."

"구급차를 부르지 않고 직접 경찰에 거셨군요? 110번."

"예. 아무리 봐도 보통 상태가 아니었고 맥박도 뛰지 않았거든요. 처음에는 연결되지 않아서 119에도 걸어보았어요."

"연결이 안 돼요? 110번이 통화중이었습니까?"

"아니요. 휴대폰 전파가 닿질 않았어요. 하지만 저는 그때 너무 놀라 정신이 없던 상태라서 다른 번호라면 걸리지 않을까 하는 생각에 119에 전화를 건 모양이에요. 그것도 연결되질 않아서 다시 한 번 110에 걸었는데 여전히 연결되질 않더라고요. 그제야 겨우 지하라서 전파가 들어오지 않는다는 사실을 깨닫고 밖으로 나가서 다시 걸었어요. 눈이 내리고 있어서 차 안에서 걸었죠."

"그래서 통화가 됐군요?"

"예. 바로 순경 아저씨가 오더니 뒤이어 차가 잇달아서."

"경찰에 전화한 시각을 알려주세요. 통화 이력을 확인해주시겠습니까?"

"잠깐만 기다리세요. ……9시 18분이네요."

"차 안에서 전화를 건 다음 미유키 씨는 그대로 차 안에?"

"예."

"차를 몰고 빌딩 앞을 떠나지는 않았습니까?"
"안 떠났어요."
"경찰이 도착할 때까지 뭔가 별난 일이 일어나진 않았습니까?"
"아니요."
"빌딩에 드나든 사람은 있었습니까?"
"아니요."

1월 3일

"이봐, 제법인걸."
음성 파일을 다 들은 잔갸 군이 휘파람을 휙 불었다.
"어떻게 곤도 미유키와 접촉을?"
aXe가 몸을 내밀고 물었다.
"홋카이도 도경 경찰관으로 위장했어. 여름에 아사히카와에서 일어난 살인사건과 관련 있는 듯하여 조사하러 왔다, 이미 몇 번이나 이야기했겠지만 그쪽은 가나가와 현경이니까 다시 들려줬으면 한다, 이렇게. 옛날에 인터넷 옥션에서 낙찰받은 이게 있어서 그다음에는 명함을 척척 만들기만 하면 됐지."
두광인은 모조품 경찰수첩을 웹캠을 향해 들어 올렸다.
"이런 시기에 관계자의 자택에 들어가다니 기가 막히구먼. 경찰과 매스컴이 우글우글했을 텐데."
반도젠 교수가 숨을 크게 내쉬었다.

"자택이 아니라 장례식장이야. 그리고 모 아니면 도라는 식으로 육탄 돌격을 한 건 아니거든. 경찰과 매스컴이 적을 것 같은 시간을 제대로 노렸지. 어제는 경야經夜* 날이라서 친족들은 그대로 장례식장에 남아 밤을 새웠는데, 그 자리를 찾아간 거지. 친족이 스무 명은 있었던가, 하지만 이미 12시가 지난 터라 술에 곯아떨어져 코를 드르렁드르렁 골거나, 옛날이야기에 푹 빠져서 이쪽 일에는 관심이 없더라고. 딸은 슬픔과 혼란과 피로가 겹쳐 머리가 제대로 돌아가질 않았을 거야. 가짜 수첩과 명함을 보여주고는 '삿포로에서 마지막 비행기로 왔는데 악천후로 도착이 늦어진 데다 이쪽 교통기관도 번잡해서……' 하며 접근했더니 순순히 믿어주더군."

설명하는 동안에 어젯밤의 흥분이 되살아나서 두광인의 말투는 자신도 모르게 열을 띠었다.

"그 노력만으로도 이번에는 MVP로 인정할 만하겠어. 대화를 녹음해 온 것도 포인트가 높아."

잔갸 군이 말했다.

"하나도 안 기뻐."

"그럼 인정 안 할래."

"노력이라니, 이 정도는 하는 게 보통이잖아. 해답 기한까지 별로 시간이 없는데 필사적으로 하지 않으면 어떡하자는 거야! 그런데도 모두 고타쓰** 밑에서 신문을 읽고, 텔레비전을 보고, 인터

* 장사 지내기 전에 가까운 친척이나 친구들이 관 옆에서 밤샘을 하는 일.
** 탁자 밑에 방열 기구를 넣고 그 위에 이불을 덮은, 일본의 겨울철 난방기구.

넷 서핑을 했을 뿐이라고? 정월이니까 정보가 들어오지 않는다는 걸 처음부터 알고 있었으면서. 할 생각 없으면 때려치워."

"그렇지, 때려치워, 네 이 녀석들."

"오늘 정답이 나오지 않으면 8일에 다시 한 번 모일 예정이었으니까 다음번에 걸어보자는 생각에……."

aXe가 손도끼로 머리를 긁적였다. 두광인은 바로 쏘아붙였다.

"변명만은 반응이 빠르네."

"이 몸도 연장을 예상하고 내일부터 진짜로 하자고 생각하고 있었다네."

반도젠 교수가 말했다.

"평생 내일로 미루면서 살아라."

"듣기 괴롭구먼. 어찌 되었든 이번 1번 타자의 영예는 다스베이더 경님에게 돌아가는 것이 적합하이."

"당연하지. 말해두겠는데, 2번 타자는 없어."

"정답을 맞힐 자신이 있다는 말인가?"

"있지. 뭐랄까, 이것 말고는 불가능해."

"좋아, 들어보자고."

잔갸 군이 바보 취급이라도 하듯이 손뼉을 쳤다. 두광인은 [잔갸 군] 창에 비친 늑대거북을 향해 가볍게 주먹을 내밀어 보인 후 의자에 몸을 깊숙이 묻고 혼신의 추리를 펼치기 시작했다.

"이번 밀실의 구조적인 특징은 실내에서만 잠글 수 있는 자물쇠가 잠겨 있었다는 점이야. 방법은 크게 두 가지로 나눌 수 있지. ①실내에서 잠근 후 실외로 나간다. ②먼저 실외로 나간 다음 무슨 조작을 해서 자물쇠를 잠근다. 그런데 현장인 방에는 인간이 지나갈 수 있는 통로가 한 군데밖에 없었어. 그 문을 실내에서 봉쇄하면 밖으로 나갈 수가 없지. 따라서 이번에는 ②만 검토하면 돼.

그런데 이번에 사용된 자물쇠는 엄밀하게 말하면 자물쇠가 아니라 자물쇠에 상당하는 물건으로, 보조 자물쇠나 체인과는 성질이 조금 달라. 무게가 무거운 물체가 문을 막고 있었지. 이 물체와 보조 자물쇠의 결정적인 차이는 형태가 아니라 문과의 관계야. 보조 자물쇠는 문의 부속물, 즉 문과 일체화되어 있어. 하지만 누름돌은 문과 일체화되어 있지 않지. 일체화되어 있지 않으면 문에서 떨어진 위치로 움직일 수도 있어. 이 특징을 트릭에 활용할 수는 없을까? 절단한 양다리에 끈을 연결한 후, 문틈으로 끈 한쪽 끝을 밖으로 꺼내서 끌어당기는 행동도 '움직인다'에 포함되는 방법 중 한 가지겠지. 하지만 출제자는 그런 진부한 방법은 사용하지 않았다고 분명히 밝혔어.

그럼 그밖에 어떻게 '움직일까'? 여기서 ②를 되새겨보도록 하자. '먼저 실외로 나간 다음 무슨 조작을 해서 자물쇠를 잠근다'라고 했지만, 범인 자신이 직접 조작한다는 사실에 얽매일 필요는 없어. 방에서 나가기 전에, 두 다리가 사람 손을 빌리지 않고 문 앞까지 이동하게끔 하는 장치를 설치해두면 되거든. 하지만 성인 남성의 다리 두 개는 무게가 상당하지. 그걸 움직일 수 있을 만한 장치는 무게에 걸맞을 정도로 크지 않을까? 그런 장치가 실내에 있었다면 시체를 발견했을 때 당연히 곤도 미유키의 시선을 끌었을 텐데 말이야.

아니, 아니야, 무거운 물체를 움직인다고 해서 꼭 장치의 규모가 커진다고는 할 수 없어. 무게를 이점으로 활용하면 반대로 장치는 단순해지지. 예를 들어 절단한 두 다리를 문 위쪽에 놓아두고, 나간 다음에 떨어지도록 하면 어떨까? 하지만 사진을 보면 문 위에 다리를 놓을 만한 공간은 없어. 차양처럼 튀어나온 부분이 있거나 천장에 파이프가 지나간다면, 문을 세게 닫았을 때의 진동으로 거기에 불안정한 상태로 놓아둔 다리를 떨어트릴 수 있겠지만. 문에 훅이 달려 있으니 거기에 매달까? 이런 작은 훅으로 무게를 견딜 수 있으려나. 게다가 매달려면 낚싯줄 따위의 보조 도구가 필요한 데다 현장에 보조 도구가 남고 말지.

이쯤에서 발상을 전환하자. 세로에서 가로로 변화를 주는 거지. 위에서 떨어트리는 게 아니라 옆에서 굴리는 거야. 옆? 상하 이동은 중력으로 일어나는 자연낙하이므로 어떤 도구도 필요 없지. 하지만 수평 이동을 하려면 동력이 필요하니까 장치가 커지지 않을까? 아니, 그렇지 않아. 책상 위에 놓은 연필을 옆으로 움직이려면 손가락으로 밀어야 해. 다만, 그건 평평한 곳에 놓인 책상일 때의 이야기지. 책상이 기울어 있으면 연필은 멋대로 굴러가. 이것도 중력이 이룩한 업적이야. 이제 알았지? 경사진 판자 위에 절단한 다리를 놓으면 다리는 낮은 방향으로 미끄러져. 그 앞에 문이 있으면 문에 밀착하면서 멈추겠지. 미리 가져다놓은 언덕길 모양 판자의 낮은 쪽을 문을 향해 설치하고, 높은 쪽에 절단한 두 다리를 놓는 거야. 그리고 자신은 서둘러 밖으로 나가서 문을 닫아. 다리가 판자를 미끄러져 내려와 누름돌처럼 문을 막으면 밀실 완성.

주의할 점이 몇 가지 있어. 판자를 문에 너무 가까이 두면 문이 충분히 열리지 않기 때문에 자기가 밖으로 나갈 때 방해를 받겠지. 반대로 너무 멀면 다리가 문 바로 앞까지 굴러가지 않을 테니 밀실은 완성되지 않아. 또, 판자의 경사가 너무 급하면 미끄러져 떨어지는 속도가 빨라서 자신이 밖으로 나가기 전에 문을 막을지도 몰라. 경사가 완만하면 판자 중간에서 멈출 우려가 있고. 이런 사항은 사전에 실험을 거듭해서 검증할 수 있어. 문제점 하나 더. 계획에 사용한 경사진 판자가 밀실 안에 남는다는 점이야. 이래서는 트릭이 훤히 들여다보여. 그렇다면 판자를 없애버려야지. 얼음이나 드라이아이스를 가공해서 만든 특제 판자를 사용하면 돼. 이리하여 일정 시간이 지나면 증거는 흔적도 없이 사라진다는 말씀. 이상. 아, 묻지 않아도 돼. 알아서 말할게. 최종 답변."

두광인은 의자에서 한쪽 무릎을 세우고 웹캠을 가리켰다.

몇 초 후에 잔갸 군이 손뼉을 쳤다.

"너무 대단해."

"으랏차."

두광인은 등받이에 대고 몸을 크게 뒤로 젖히면서 글리코의 골인 마크*처럼 양손을 쳐들었다.

"완벽하게 덫에 걸렸어."

"어?"

* 일본 제과회사 글리코에서 사용하는 심볼 마크. 육상선수가 양손을 들고 결승점에 골인하는 모습이 새겨져 있다.

"친절하게도 주의까지 주었는데, 뭘 들었냐?"

"정답 아니야?" 당황한 두광인이 확인했다.

"정답 아니야."

"그럴 리 없어. 그것 말고도 다리를 이동시킬 방법은 고안할 수 있지만, 전부 규모가 커서 실용성이 없다고. 자연의 힘을 이용한 이 방법이 제일 간단하고 쓸 만하단 말이야. 트릭이 사라진다는 점 역시 중요하지. 기계나 전기를 이용한 장치로는 이렇게 안 된다고."

"자, 2번 타자는 어느 녀석이……."

"기다려, 기다리라고. 어디가 틀렸는지 분명히 설명해."

"곤도 고지가 살해당한 시각은요?"

그렇게 말한 사람은 잔갸 군이 아니라 aXe였다.

"8시 23분에서 9시 사이."

두광인이 대답했다. 8시 23분이란 곤도 미유키가 고지와 전화로 이야기를 나눈 시각, 9시는 미유키가 곤도 제2빌딩에 도착한 시각이다.

"곤도 고지를 사칭한 범인이 전화했다면, 곤도 고지는 8시 23분 이전에 살해당했다고도 생각할 수 있습니다. 알리바이 공작 수단으로 자주 사용되는 수법이지요. 하지만 딸은 아버지 본인이었다고 단언했습니다. 같이 사는 부녀이니 잘못 듣지는 않았을 겁니다."

"그래, 그러니까 만약에 대비해서 물어보고 온 거잖아."

"8시 23분은 전화가 온 시각이니까, 통화를 마친 시각은 25분 정도일까요?"

"통화할 때 용건만 간단히 이야기했으니까 그렇겠지."

"그렇다면 통화를 마친 직후인 8시 25분에 죽였다고 해볼까요? 범인은 그 후에 두 다리와 오른손을 절단하고 배를 갈라 끄집어낸 내장을 주변에 흩어놓았습니다. 이렇게 하는 데 시간이 얼마나 걸릴까요? 사전에 연습했다고 해도 십오 분은 걸리지 않겠습니까? 죽일 때도 일격이 아니라 뒤통수를 몇 번이나 때리고 나서 가슴을 몇 차례나 찔렀고요."

"그렇겠지. 경사진 판자를 설치하거나 뒷정리하는 시간도 필요해. 우리에게 나누어줄 사진도 찍어야 하고."

"그렇다면 8시 25분에 살해를 시행했다고 치고, 방을 나갈 수 있는 최단 시각은 8시 40분."

"곤도 미유키가 도착하는 시각은 9시, 아무리 일러도 8시 50분일 테니 마주칠 우려는 없다고."

"음, 그런 문제를 말하는 게 아닌데요. 8시 40분에 밀실을 만들고 나서 9시에 곤도 미유키가 찾아오기까지 이십 분. 고작 이십 분 만에 판자가 사라지겠습니까?"

"응?"

"실온은 섭씨 4도였습니다."

"아."

"얼음은 문제 축에도 안 듭니다. 증발은커녕 거의 녹지 않겠죠. 드라이아이스라도 이십 분 만에는 완전히 승화되지 않습니다. 두 다리를 얹을 만한 폭, 미끄러뜨리기 위한 길이를 고려하면 상당한 면적이 필요할 테니까요."

두광인은 할 말이 없었다.

"소거법, 소거법."

유쾌한 듯이 잔갸 군이 되풀이해 말했다. 누군가가 번쩍이는 감으로 이 트릭을 떠올리리라고 예상하고는 그 트릭을 객관적으로 부정할 재료로써 온도계를 촬영해둔 것이다.

"그런 고로 2번 타자 희망자는?"

잔갸 군은 기가 꺾인 두광인을 본체만체하고 해답편을 계속 진행했다.

"외람되지만 이 몸이."

"자, 어서."

"추리라고 할 정도로 정리된 게 아니라 보잘것없는 발상 수준이네만. 아무튼 이 자리에서 떠오른 생각이라서 검증 작업은 하나도 거치지 않았다네."

"싸우기도 전에 졌을 때의 변명이냐?"

"자석을 사용하지 않았겠는가? 실내 쪽 문 가까이에 절단한 다리 두 개를 놓고, 바깥으로 나가서 자석으로 문에 밀착할 때까지 끌어당긴 걸세."

"인간의 다리를 어떻게 자석으로 끌어당길 수 있다는 거야?"

"곤도 님은 과거에 다리가 부러져서, 아니면 관절에 장애가 있어서 금속정을 삽입하지 않았겠는가? 뼈를 접합하기 위한 재료라네. 볼트나 플레이트라도 상관없지. 그것들은 금속, 대부분은 티탄이나 스테인리스 합금으로 만들어져 있다네. 양쪽 다 자석에 붙지.”

“그렇다고 해도 무리야. 다리가 얼마나 무거운지 아냐? 자석과의 거리는 또 얼마나 되고. 사이에는 두꺼운 문도 있다고.”

“네오디움 자석이라는 아주 강력한 영구 자석을 아는가?”

“아니.”

“저는 압니다. 하지만 네오디움 자석으로도 무리일걸요. 티탄이 자석에 붙는다고는 해도 사알짝입니다. 전자석을 사용하면 거리가 얼마든, 중량이 얼마든, 상자성常磁性*이 약하든 간에 끌어당길 수 있을 겁니다. 하지만 커다란 자력을 발생시키는 전자석은 나름대로 크죠. 그만한 장치를 어떻게 반입하겠습니까? 전원 확보도 문제입니다.”

“그렇기는 하지만……. 이번 밀실 트릭에 관해 잔갸 군님은, 경찰이 이른 단계에서 알아차릴 거라고 말했네. 경찰이 조사하면 피해자의 다리에 금속이 삽입되어 있다는 사실이 금세 발각되기 때문 아닌가?”

“사진으로 보기에 수술 흔적은 없는 것 같습니다만. 01034는 제법 클로즈업해서 찍었는데도 말이죠.”

“음.”

“그것보다 제가 신경 쓰이는 건 피해자가 입고 있었던 옷입니다. 어째서 집을 나갈 때랑 다른 차림을 하고 있었을까요?”

“범인이 벤치코트를 입혔겠지.”

* 자장(磁場) 안에 놓으면 자장과 같은 방향으로 자력을 띠는 물질의 성질.

"그런 건 압니다. 입힌 이유는?"

"음."

"범인은 벤치코트를 입고 해체 작업을 했다, 이런 생각도 한번 해봤죠. 벤치코트는 기장이 기니까 온몸이 더러워지는 걸 막아줍니다. 작업 후에 벗어버리면 벤치코트 안에 입었던 옷은 깨끗하니까 그대로 거리를 돌아다녀도 의심받지 않죠."

"오오, 그 이유가 맞지 않겠는가?"

"아니, 그게요, 그럴 거면 벗어버리기만 하면 되지 않겠습니까? 일부러 시체한테 입히지 않아도 상관없을 텐데요."

"확실히 그렇군."

"그렇다면 합리적인 이유가 있어서 입힌 게 아니라 한 가지 연출인지도 모르겠습니다."

"연출?"

"온도계도 그렇잖아요. 이 밀실살인에 필요한 아이템이 아니라 추리의 흥을 돋우기 위해 범인이 가지고 들어간 장식품입니다. 마찬가지로 이 벤치코트에도 우리 탐정에게 보내는 메시지가 담겨 있는지도 모른다는 말입니다."

"온도계와 마찬가지로 뭔가 힌트가 되겠는가?"

"그럴지도 모르죠."

"어떤?"

"그러니까 생각해주세요."

"음, 제일 인상적인 건 가슴의 휘장이로구먼."

"요코하마 F·마리노스. 쇼난 벨마레나 국가대표가 아니라 굳이

이 팀을 고른 이유가 있으려나. 교수님은 마리노스에서 뭐가 연상됩니까?"

"축구."

"또 그렇게 직접적인 연상을."

"선원*."

"갈매기."

"파랑, 하양, 빨강."

"닛산日産**."

"……."

"……."

"네놈들도 그른 것 같구나. 그럼 슬슬 4번 타자를 나오라고 할까? 콜롬보 짱, 네 녀석은 알지?"

몰라.

"호오, 콜롬보 짱도 모른단 말이야? 어쩐지 기쁘군. 그렇지, 기분이 좋으니까 힌트를 주마. 이봐, 다스베이더 경, 살아 있어?"

"그럭저럭."

두광인은 느릿느릿하게 입을 열었다.

"그럼 힌트를 보낸다. 이래도 모르면 오 일 후에 연장전이야."

* '마리노스'는 스페인어로 '선원'을 의미한다.

** 닛산 스타디움은 요코하마 F · 마리노스의 홈구장이다.

파일 하나가 전송된다. 진행 상황을 보여주는 진행 막대가 뻗어 나가는 속도가 느리다. 용량이 제법 크다.

동영상 파일이었다. 열어보자 갑자기 자극적인 영상이 튀어나왔다. 정강이 털이 더부룩하게 난 다리다. 바닥에 뒹굴고 있다. 두 개가 나란히 놓여 있다. 둘 다 대퇴부부터 위쪽이 없다. 절단면에 불규칙한 층이 생긴 것으로 보아 상당히 막무가내로 절단했다는 사실을 짐작할 수 있다.

"곤도 고지의?"

aXe가 물었다. 잔갸 군이 그렇다고 대답했다.

절단된 다리 뒤쪽에는 문이 있다. 줌으로 상당히 끌어당겨서 찍은 사진이라 아래쪽밖에 비치지 않는다. 다리는 문에 밀착된 상태다.

이십 초가 흘렀다.

문 앞에 절단된 다리가 있다.

일 분이 지났다.

문 앞에 절단된 다리가 있다. 때때로 화면이 미묘하게 떨릴 뿐, 변화라고 할 만한 움직임은 전혀 없다.

"뭡니까, 이건?"

aXe가 물었다. 닥치고 보라고 잔갸 군이 말했다.

정지 화면 상태로 삼 분이 되려고 할 즈음 똑똑 소리가 났다. 잠깐 있다가 다시 똑똑 소리가 난다. 문을 두드리는 소리 같았다. 그리고 사람 목소리가 들렸다. '아버지! 아버지! 계세요?'

"곤도 미유키?"

aXe가 묻자 잔갸 군이 (생략).

덜컥덜컥 소리와 함께 바닥에 있는 다리 두 개가 살짝 흔들렸다. 문을 열려고 하는 모양이다. 몇 번 되풀이해서 시도하지만 다리는 흔들리기만 할 뿐 위치는 바뀌지 않는다.

잠시 후에 다리가 움직이기 시작했다. 조금씩 조금씩 앞쪽으로 움직인다. 똑같은 속도로 문 역시 이쪽으로 열린다. 문이 30도 정도 열리자 틈으로 부츠 발부리가 보였다.

문이 점점 더 열린다. 45도, 60도, 90도, 120도 정도까지 열렸을 때 오른쪽 부츠가 살짝 한걸음을 내딛었다. 이어서 왼쪽도 앞으로 나온다. 계속해서 오른쪽, 왼쪽, 오른쪽, 거기서 발끝 방향이 약간 왼쪽으로 향하고…….

절규.

화면이 줌아웃된다. 부츠 무릎 부분, 다운재킷 자락, 가슴, 그리고 전신이 비친다. 귀마개가 달린 니트 모자를 쓴 여자가 입에 양손을 댄 채 눈을 크게 뜨고 있다. 두광인에게는 낯익은 얼굴이었다. 겨우 스물네 시간 전에 가짜 형사로서 만나고 왔다.

'아버지! 아버지!'

곤도 미유키가 허둥대며 아버지를 부르는 장면에서 동영상은 끝났다.

"이건?"

aXe가 물었다.

"일일이 시끄럽기는. 보면 짐작이 갈 텐데 말이야. 딸이 아버지 시체를 발견하는 순간을 포착한, 그야말로 특종 영상이지."

"인터넷에 올리면 조회수 1위는 틀림없겠구먼."

반도젠 교수가 감탄했다.

"등신아. 이런 보물을 공짜로 처분해서 어쩌자고. 여차하면 텔레비전 방송국에다 팔 거야. 1백만 엔은 확실하겠지. 뭐시냐, 그런 건 아무래도 상관없어. 알아차린 녀석?"

"힌트를 부탁합니다."

"힌트에 힌트를 낼 수 있겠냐, 등신아. 이 영상이 엄청난 힌트라니까. 거의 스포일러야."

"스포일러?"

"아차, 입을 잘못 놀렸네. 그래도 모르겠냐? 너무 둔하네. 한 번 더 봐봐. 그래도 모르겠거든 한 번 더 보는 거야."

두광인은 다시금 머릿속으로 재생해보았다.

"냉큼 알아차려라. 이 어르신이 시간을 주체 못 하고 있잖아. 한가하니까 잡담이라도 해볼까? 이번 사건에서 언급되지 않은 에피소드를 이야기해주지. 수수께끼 풀이와는 직접적인 관련이 없으니까 적당히 흘려들어. 배경음악이야.

곤도 고지를 곤도 제2빌딩으로 꾀어낸 사람이 이 어르신이라는 사실은 말할 필요도 없지. 전화는 공중전화에서 걸었어. 좀처럼 찾을 수 없어서 큰일이었다고. 곤도는 지하에 수상한 사람이 숨어들었다는 전화였다고 딸한테 이야기했다는데, 그건 정확하지 않아. 이 어르신은 수상한 사람이라는 추상적인 표현은 쓰지 않았어. 그게 그렇잖아, 수상한 사람이라는 말을 듣고 뭐를 상상하겠어? 조직원이 약물 거래를 하고 있는 걸까, 아니면 불량배 패거리들이 린치를 하고 있는 걸까? 누군지 모르면 자기 혼자서 보러 가기는 무섭다고. 보통 관리 회사나 경찰에게 연락하지 않겠어? 하지만 그러면 이 어르신이 곤란하단 말이야. 곤도가 혼자 오지 않으면 죽일 수 없거든.

그래서 마법의 말을 속삭였지. '가출한 여고생이 잠잘 곳을 찾아서 멋대로 숨어들었다.' 그러자 어땠을까? 곤도가 혼자서 어슬렁어슬렁 나타났단 말이지. 뭘 기대했으려나? 어째서 딸한테 가출한 여고생이라고 알리지 않고 수상한 사람이라는 표현을 써서 얼버무렸을까? 뭔가를 기대했을 거야. 물론 곤도가 에로 아저씨가 아니라서 올곧게 경찰한테 연락할 가능성도 충분히 있었지. 여고생이라면 같은 여자인 딸한테 처리를 맡기는 편이 낫겠다면서 딸하고 같이 왔을지도 몰라. 혼자서 올지 안 올지는 도박이었지. 하지만 별달리 문제는 없었어. 만약 녀석이 혼자 오지 않았다면 계획을 중지하면 그만이거든. 위험은 제로야. 결과적으로 이 어르신은 도박에서 이겼어. 정말이지, 녀석의 글러먹은 마음이 자기 생명을 단축시킨 거라니까."

"정신 사납습니다."

aXe가 참을 수 없다는 듯이 투덜댔지만 잔갸 군은 무시하고 이야기를 계속했다.

"빌딩 앞의 그늘진 부분에 잠복하고 있자니 곤도가 혼자 나타났어. 차에서 내려 건물로 들어가더니 소리를 신경 쓰는 듯한 신중한 발걸음으로 계단을 내려갔지. 이 어르신도 조심조심 뒤를 밟았어. 계단을 다 내려가자 곤도는 여기서도 소리 나지 않도록 천천히 문손잡이를 돌리고는 슬그머니 문을 밀었어. 서서히 넓어진 틈으로 푸르스름한 형광등 불빛이 새어 나왔지. 까치발로 선 곤도는 몸을 앞으로 기울여 문틈으로 머리를 집어넣었어. 여고생은 없었지. 불량소년이나 폭력배나 노숙자도 없었어. 하지만 문이 안 잠긴 것으로 보아 그때껏 누가 있었던 건 틀림없었지. 그런 생각을 하던 곤도의 목줄기에 차가운 물체가 닿았어. 이 어르신은 곤도를 칼로 위협해서 딸한테 데리러 오라는 전화를 하게 했지. 이게 8시 23분. 그 통화가 끝난 다음에 뒤에서 퍽, 후려갈기고는 앞에서 칼로 숨통을 끊었지."

"닥치세요!"

두 번째 경고가 나왔다.

"그리고 양다리를 서혜부에서, 오른손은 손목에서 절단, 배를 찢고 내장을 꺼내서…… 아차, 위험하다, 위험해. 그다음은 아직 말하면 안 되지. 시체를 해체하는 연습은 해뒀어. 언제, 어디서, 누가 대상인지는 비밀이야. 이번 사건과는 관계도 없고. 사용한 도구는 손도끼와 메스, 부처 나이프Butcher Knife. 부처 나이프는 곤도를 위협하는 데도 사용했지. 또 무슨 이야기를 할 수 있으려나. 곤도 제2빌딩 건물 입구에는 셔터도 없거니와 문도 없어. 경비 회사랑 계약도 하지 않았지. 그렇게 보안이 허술했기 때문에 현장으로 빌린 거지만 말이야. 방 자물쇠도 구식이라서 이 어르신 수준의 자물쇠 따기 기술로도 손쉽게 열 수 있었지."

"닥치라고!"

aXe가 결국 짜증을 냈다. 그 목소리가 자극을 주었을까?

"아?"

두광인은 얼른 등을 폈다. 다음 몇 초 동안 지금 번뜩인 생각을 되새겨본 후, 일단 모순이 없다는 생각이 들자 입을 열었다.

"재도전도 인정돼?"

"오! 알아냈냐?"

"응, 이번에야말로."

"특별히 허가해주지 못할 것도 없지."

두광인은 무릎을 내리고 앉음새를 바로 했다. 그리고 말을 꺼냈다.

"이 영상에서 느껴야 할 건 찍혀 있는 무언가가 아니야. 어떻게 이런 영상이 있을 수 있는지 그걸 신기하게 여겨야 하지. 도대체 이 영상의 출처는 어디일까? 방범 카메라 영상? 아까 잔갸 군이 깔아준 배경음악에 따르면 곤도 제2빌딩의 보안은 상당히 물러터졌어. 그런 곳에 방범 카메라가 설치되어 있다고는 도저히 생각할 수 없지. 애당초 방범 카메라는 높은 위치에서 넓은 범위를 촬영하는 장치이기 때문에 이런 낮은 장소를 확대해서 찍지는 않아. 도중에 줌아웃하지도 않지. 따라서 이 영상은 범인이 촬영했다고 생각하는 게 자연스러워."

"마침 지나가던 애송이가 숨어 들어와서 도둑촬영했다고는 생각하기 어렵겠지."

"그래, 범인이 찍었다고 해석할 수밖에 없어. 하지만 잠깐, 그건 이상하잖아. 이 영상은 밀실 내부의 모습을 포착한 거야. 이때 밀실 안에는 시체밖에 없었어야 하지 않나? 발견자도 그렇게 단언했어. 다른 사람은 없었단 말이야. 화장실 안에도 숨어 있지 않았고. 그런데도 이 영상이 존재한다는 말은 시체 외에 살아 있는 사람이 있었고 그 사람이 카메라를 조작하고 있었다는 뜻이지. 뭐야, 이 모순은? 이걸 유일하게 합리적으로 설명할 수 있는 길은……."

"범인이 시체로 위장하고 있었는가?!"

반도젠 교수가 목소리를 높였다.

"그것밖에 없잖아. 그러니까 코트 안에라도 숨겨놓은 비디오카메라를 조작하고 있던 거야."

"꼭 그렇다고는 할 수 없죠."

제일 결정적인 대사를 가로채인 두광인은 기분이 좀 나빴다. 더욱 불쾌하게도 aXe가 이의를 제기했다.

"카메라 곁에 계속 붙어 있을 필요는 없다고 봅니다. 카메라를 시체의 옷 안에 설치하고 녹화 버튼을 누른 다음에 방에서 나갑니다. 무슨 방법을 써서 밀실을 만들고는 가까운 곳에서 대기하지요. 시체를 발견한 곤도의 딸이 경찰에 신고하기 위해 밖으로 나오면 바로 지하로 되돌아가 카메라를 회수해서 도주합니다. 이러면 되지 않겠습니까? 곤도 미유키는 차 안에서 전화를 걸었다니까 빈틈을 노려서 드나들 수 있다고 생각하는데요."

"어디 보자, 그건…… 아니, 무리야, 안 돼. 도중에 한 번 줌아웃하잖아. 카메라를 그냥 내버려두면 줌아웃은 못 해. 사람이 스위치를 조작해야지."

두광인은 생각에 생각을 거듭한 끝에 되받아쳤다. 이제 막 번뜩인 생각인지라 아직 검증이 불충분했다.

"리모컨은요? 비디오카메라에는 대개 리모컨이 딸려 있습니다. 방 바깥에서 리모컨으로 줌 스위치를 조작한 거죠."

"소용없어. 적외선 리모컨의 작동 범위는 기껏해야 10미터밖에 안 돼. 곤도 미유키에게 들키지 않을 만한 장소에서는 거리가 너무 멀어. 그 이전에 벽이 차폐물로 작용하기 때문에 절대 작동하지 않아."

"가정용 비디오카메라가 아니라 방범용 무선 카메라라면요. 이건 휴대폰이나 무선 전화기랑 똑같이 준準 마이크로파를 사용하기 때문에 먼 곳까지 전파가 닿습니다. 장애물에도 강하고요."

두광인은 말문이 막혔다. 반론을 생각하면 할수록 머릿속이 마구 뒤섞여서 사고가 한 걸음도 나아가지 않는다.

그 참에 생각지도 못한 구원군이 나타났다.

영상이 떨리는 건 살아 있기 때문에.

044APD다. 두광인은 바로 의미를 알아차리고 힘주어 말했다.

"맞아. 영상은 이따금 미묘하게 흔들렸잖아. 그건 바로 시체가 살아 있는 탓에 호흡과 근육의 세세한 경련이 전달됐기 때문이야. 카메라를 설치한 대상이 진짜 시체였다면 영상은 미동도 하지 않았을걸."

aXe가 아아, 하는 소리를 내더니 항복하듯 양손을 들고 말했다.

"이해했음."

두광인은 안도의 한숨을 내쉬고 이야기를 계속했다.

“그렇다면 여기 있는 영상에서 조금 시간을 거슬러 올라간 부분을 설명할게. 곤도 고지를 살해하고 해체하는 과정까지는 잔갸 군이 설명한 그대로야. 그다음에 범인은 시체의 동체 부분과 오른손, 그리고 해체에 이용한 도구를 방에서 밖으로 옮겨. 1층과 2층 사이의 층계참으로 가지고 갔겠지. 시체를 놓을 수 있을 만큼 널찍한 데다 사람 눈에 띄지 않고 지하에서 가장 가까운 장소를 고른다면 여기야. 범인은 시체를 내려놓은 후에 지하에 있는 방으로 되돌아가. 문을 닫고 그 앞에 절단한 두 다리를 딱 붙여둬. 그래, 밧줄이나 자석, 얼음으로 만든 경사진 판자도 필요 없어. 그저 손을 써서 놓아두기만 하면 돼. 그리고 자신은 시체인 척하고 바닥에 드러눕지. 복부에는 곤도의 시체에서 꺼낸 내장을 흩어놔. 옷 안에는 비디오카메라를 넣어놓고.

머지않아 곤도 미유키가 찾아와. 범인은 눈을 감고 숨을 죽인 채 입에 거품을 문 시체를 연기하는 거야. 그 한편으로 손 안에 감춘 리모컨으로 줌 기능을 조작해. 곤도를 죽였을 때보다 시체인 척한 이때가 훨씬 긴장됐겠지. 이윽고 곤도 미유키가 전화를 걸기 위해 방을 나가면 범인도 일어나서 방을 나가. 1층과 2층 사이 층계참에 있는 시체를 짊어지고 지하로 되돌아와서 벤치코트를 입히고 아까 자기가 쓰러져 있던 위치에 눕혀둬. 그리고 곤도 미유키의 눈을 속여 빌딩을 탈출……이 아니지.

시체인 척한 게 전반의 볼거리라면, 여기서부터가 후반의 하이라이트야. 범인은 지하에서 나가도 빌딩은 나가지 않아. 다시 한

번 1층과 2층 사이 층계참으로 가는 거야. 여기에는 사전에 준비해둔 물건이 있어. 경찰관의 정복과 모자야. 진짜를 입수하기는 어려우니 드라마를 촬영할 때 사용하는 모조품이나 경비회사 유니폼이겠지. 어두우니까 약간만 못 알아볼 만하면 충분해. 정복과 모자를 위에서 착용하고 밖으로 나가. 경찰관 정복을 입는 이유는 두 가지. 하나는 피로 더러워진 옷을 감출 수 있으니까. 다른 하나는 당당히 도주할 수 있기 때문이지. 곤도 미유키의 빈틈을 노려 빌딩에서 나갈 수는 있을 거야. 하지만 만약 목격당하면 일이 귀찮아져. 그렇다면 처음부터 곤도 미유키가 보리라는 걸 전제로 두고 행동하는 편이 오히려 주의를 끌지 않아. 거기는 살인 현장이고, 경찰에 신고를 한 다음이니까 경찰관이 있는 게 당연하거든.

잔갸 군은 말했어. 경찰은 이른 단계에서 밀실 트릭을 간파하리라고. 그야 그렇겠지. 현장에 제일 먼저 출동한 파출소 근무 경찰관이 자기보다 먼저 도착한 경관이 있었다는 말을 들으면, 그 녀석은 어디의 누구냐고 의심할 거야. 만약 의심하지 않는다면 이것도 잔갸 군이 말한 대로 경찰 조직으로서 문제가 있는 거지. 그리고 그날 안에 발견될 층계참의 혈흔 역시 밀실 트릭을 푸는 중요한 열쇠가 될 거야.

마지막으로 한 가지 보충할게. 범인은 시체를 발견한 곤도 미유키가 그 자리에서 경찰에 신고하고서는 경찰이 도착할 때까지 그대로 머무르는 사태가 벌어지는 걸 제일 바라지 않았어. 밀실을 만들 속셈이었는데, 반대로 곤도 미유키가 밀실을 만드는 지경이 돼서 도망치려 해도 도망칠 수 없으니까. 여자인 데다가 보통은 그런 처참한 현장에서 멀어지려고 할 테지만, 보증은 없어. 여차하면 곤도 미유키를 죽이고 도망쳐도 되겠지만, 그러면 밀실살인 게임 문제로는 출제를 못 해. 죽이고, 해체하고, 시체를 짊어진 채 계단을 오르고, 밀실을 만들고, 사진이랑 비디오까지 찍었는데 그만한 수고를 헛일로 만들기는 너무 아까워. 게다가 실패한 후에 다시 한 번 하려고 해도 적당한 사람이 바로 눈에 띄지는 않겠지. 빌딩 주인, 빌딩의 허술한 보안, 비어 있는 방, 여고생이라는 미끼에 어슬렁어슬렁 기어 나올 만한 엉큼함, 이런 다양한 조건이 들어맞았기 때문에 곤도 고지를 범행 대상자로 선택했을 테니까.

그렇기 때문에 범인은 곤도 미유키를 확실하게 밖으로 몰아낼 계획을 짰지. 휴대전화 통신기능 억제장치라는 물건이 있어. 방해전파를 이용해 휴대전화 단말기와 기지국 사이의 통신을 막아버리는 장치야. 요컨대 부근의 휴대폰을 권외 상태로 만드는 거지. 상당히 야단스런 장치 같지만, 건전지로 작동하는 조그만 타입도 있어. 가격도 1만 엔 정도. 아마도 범인은 이 장치를 사용하지 않았을까? 휴대폰을 사용할 수 없으면 곤도 미유키는 자연스레 밖으로 나가겠지. 이상. 이번에야말로 최종 답변."

두광인은 과시하듯이 턱을 치켜 올렸다.

허영심이 충족된 시간은 아주 잠깐이었다.

"시체 흉내를 냈다고 했는데, 귀공이 공개한 녹음에 따르면 곤도 미유키는 시체의 맥박이 뛰지 않는다는 사실을 확인했단 말일세. 숨은 멈출 수 있어도 맥박은 멈출 수 없어."

반도젠 교수가 말했다.

"그 정도는 간단하잖아. 팔 윗부분을 고무줄 따위로 미리 묶어 둔 거야. 잠깐 동안이라면 참을 수 있어."

"그러하군. 하지만 그렇게 시체인 척했다고 쳐도 곤도 님의 흉내는 어떠할까?"

반도젠 교수는 거듭 이의를 제기했다.

"발견자는 피해자의 딸입니다. 같이 살면서 매일 얼굴을 맞대고 있죠. 쓰러져 있는 사람이 아버지인지 아닌지는 한눈에 식별 가능하리라고 생각합니다만."

aXe도 거들었다.

"시체 주변은 내장과 피로 엉망진창, 자기 앞에는 두 다리가 데구르르. 그런 상황에서 얼굴을 똑바로 쳐다볼 수 있겠어? 아버지는 이 방의 상태를 확인하러 나갔다, 밖에 아버지 차도 있다, 이런 정보가 미리 입력되어 있기 때문에 시체를 잘 보지도 않은 채 쓰러진 이 남자는 아버지라고 단정해도 이상할 거 없어."

두광인은 마치 자신을 설득하듯이 말했다.

"음, 그런 지레짐작을 할 법도 하지만, 곤도 미유키는 시체 곁까지 갔거든요. 손을 잡고 귓전에 대고 말을 걸었습니다."

"아무리 가까이 다가갔다고 해도 얼굴을 제대로 봤다고는 할 수 없어. 가까이 다가간 탓에 오히려 똑바로 쳐다볼 수 없게 됐는지도 몰라."

"음, 하지만 곤도 미유키는 제법 냉정하게 살폈는걸요. 화장실 문이 열려 있었고, 안에 사람이 숨어 있지 않다는 사실을 확인했습니다. 옷이 다르다는 것도 알아차렸죠. 아버지 옷이 아니라는 사실을 알아차린 시점에서, 아버지 옷을 입지 않았으니 아버지와는 다른 사람이라는 식으로 보통 생각하지 않겠습니까?"

"모든 사항은 정확하게 언급해줬으면 좋겠어. 곤도 미유키가 옷이 다르다는 사실을 알아차린 건 시체를 발견했을 때가 아니야. 시간이 어느 정도 흐르고 나서지. 즉, 발견한 당시에는 판단력이 둔했다는 소리야. 얼굴이 다른 것 같다고 의심한다고 쳐도 역시 시간이 좀 흘러야겠지. 확인하러 지하로 내려가봤자 그때는 이미 가짜 시체가 진짜 시체로 바뀌었을 테니 문제없어."

"그럴까요?"

"그래."

"옷이 걸립니다만."

"옷?"

"곤도 고지인 척을 하려면 그의 옷을 입고 바닥에 드러누워야겠죠. 다른 옷을 입고 있으면 어서 의심해달라는 식으로 말하는 것과 다를 바 없다고 봅니다만."

"곤도의 옷을 입으면 오히려 의심받잖아."

"뭐라고요?"

"모르겠어?"

"모르겠는데요. 아, 알았다. 사실 곤도의 옷을 입고 시체인 척하려고 했는데, 깜빡하고 자기 벤치코트를 입은 채 드러누운 모습을 곤도의 딸이 보고 말았기 때문에 어쩔 수 없이 벤치코트를 곤도 고지의 시체에 입힌 거군요. 발견했을 때 입고 있던 코트를 경찰이 왔을 때 입고 있지 않으면 수상하니까요. 그러면 그렇지, 범인의 실수로군. 그 범인이라면 저지를 만한 일입니다."

"이 새끼가, 죽여버린다."

잔갸 군이 민감하게 반응했지만 두광인은 잔갸 군의 반발을 제쳐놓고 말을 이었다.

"아니야. 어쩔 수 없이 입힌 게 아니라 처음부터 그럴 작정이었어. 왜냐하면 곤도 고지의 윗옷은 기장이 허리까지밖에 내려오지 않는 플리스 재킷이기 때문이지. 즉 하반신을 감출 수 없어. 그걸 입고 바닥에 누우면 다리가 있는 시체잖아. 그런데 현장에는 절단된 두 다리가 있으니까 다리가 네 개가 된다고. 그러면 당연히 쓰러진 사람과는 또 다른 사람이 살해됐으리라고 의심받는단 말이야."

"아아."

"하지만 벤치코트를 입으면 발끝까지 푹 싸서 감출 수 있지. 얼핏 보기만 해서는 그 아래 다리가 있는지 없는지 몰라. 그리고 동체와 떨어진 위치에 다리 두 개가 뒹굴고 있는 모습을 보면 '아아, 저 몸에서 다리를 잘라냈구나. 코트 밑에 다리는 없구나', 그렇게 해석하겠지."

"뭐, 확실히 그러네요."

"자기 옷을 이용할 수밖에 없었던 이유는 또 한 가지 있어. 옷 안에 비디오카메라를 장치해둬야 하거든. 그저 숨기기만 하면 만사땡이 아니라 문이 제대로 찍히는 위치에 렌즈 구멍을 뚫을 필요가 있어. 빼앗은 곤도의 옷에다 그 자리에서 적당히 구멍을 뚫으면 과연 잘 될까? 그래서 미리 가공해둔 자기 옷을 사용한 거야."

"음, 뭐, 그렇겠습니다만 뭔가 본말전도 같은……."

aXe는 석연치 않은 듯한 모습이었지만 일단 입을 다물었다. 하지만 한 사람이 더 있었다.

"이 몸은 한 가지 더 이해가 안 가는 부분이 있네만."

"예예, 뭣입니까요?"

"곤도 고지는 건장한 사내라네. 사진으로 판단하건대 80킬로그램은 좋이 나가겠구먼. 80킬로그램 이상의 짐을 짊어지고 1.5층분의 계단을 올라간다고? 입으로 말하기는 간단하지만 실제로 할 수 있을까? 게다가 단시간에 해치우지 않으면 안 되네. 또한 원래대로 되돌려놓기 위해 짊어지고 1.5층분의 계단을 내려와야 하지. 이것도 재빠르게 해낼 필요가 있어."

"그러니까 두 다리를 절단했잖아."

"응?"

"문을 막기 위한 누름돌이 필요하다면, 죽인 다음에 시간과 격투를 벌이며 다리를 절단할 필요 없이 콘크리트 덩어리나 흙 부대를 준비해두었으면 됐잖아. 그런데 굳이 비효율적인 방법을 채택한 이상 그렇게 해야 할 합리적인 이유가 배후에 감추어져 있는 거라고. 그리고 그 이유는 바로 무게를 줄이기 위해. 사람의 한쪽 다리 무게는 체중의 18퍼센트 정도라고 들었어. 다리는 뼈가 굵고 근육량도 많아서 상당히 무거워. 곤도 고지의 체중이 80킬로그램이라고 치고, 두 다리를 잘라버리면 30킬로그램 가까이 가벼워지지."

"오오."

"배를 갈라서 내장을 꺼낸 것도 그만큼 무게를 줄이기 위해서

지. 이건 크게 기대할 수 없을지도 모르지만, 다리와 합치면 80킬로그램을 절반 가까이 감량할 수 있을 거야."

"오오. 아니."

"어?"

"엉겁결에 감탄하고 말았지만 다시 생각했네. 40킬로그램이라도 상당한 무게라네. 바닥에서 들어 올리려고만 해도 제법 애먹지 않겠는가? 이 몸의 경우, 10킬로그램짜리 쌀가마를 슈퍼에서 집에 들고 돌아오는 길에 몇 번이나 내려놓는지 원."

"그건 교수가 자기를 기준으로 생각하니까 그렇지. 곤도는 체격이 좋아. 범인은 그의 시체로 위장했지. 그렇다면 범인도 곤도와 마찬가지로 체격이 좋다고 생각해야 자연스럽지 않겠어? 40킬로그램을 어렵지 않게 옮길 수 있을 정도로."

"오오."

반도젠 교수는 몇 번이나 고개를 끄덕이더니 입을 다물었다. 하지만 일단 물러난 aXe가 망령처럼 모습을 드러냈다.

"해체해서 무게를 가볍게 만들었다는 점은 이해가 갑니다. 합리적이죠. 항복하겠습니다. 하지만 역시 가까이에서 본 아버지의 얼굴을 못 알아본다는 점이 석연치 않습니다."

"아무리 그쪽이 이해를 못 해도, 곤도 미유키가 본 사람은 결코 곤도 고지가 아니야. 추리의 출발점으로 되돌아가서 생각해보라고. 아까 전 영상은 밀실 안에 있던 범인이 촬영한 영상이야. 그리고 시체로 위장하지 않는 한 촬영할 수 있는 방법은 없어."

두광인은 약간 열 받은 상태로 말을 쏟아내다가 질렸다는 듯

한숨을 내쉬었다.

"이야기가 결론에 가까워진 것 같으니 이쯤해서 출제자 본인의 판정을 들어볼까?"

"정답."

반도젠 교수가 제안하자 잔갸 군이 시원스레 말했다. 두광인은 의자에서 일어나 웹캠을 향해 두 주먹을 불끈 쥐어 보였다.

"으로 취급해야 하려나."

두광인은 그 자리에 털썩 주저앉았다.

"뭐야, 그건?"

"이 어르신은 시체를 영치기 영차 옮기거나 필사적으로 죽은 사람의 표정을 흉내 내지도 않았어. 즉, 다스베이더 경의 추리는 진실이 아니야."

"뭐?"

"하지만 다스베이더 경의 추리는 일단 이치에 맞단 말이야, 이게. 불만이 제기된 얼굴 문제 역시, 비일상적인 장면에서 육친을 잘못 알아보는 사례는 셀 수 없을 정도로 많거든."

"하지만 사실과는 다르다고? 어디가 어떻게 틀렸다는 거야."

"문제는 그거야. 다스베이더 경의 추리는 진실을 맞히지는 못했어. 하지만 곤란하게도 어떻게 요점에서 빗나갔는지를 논리적으로 설명해주질 못하겠거든. 이야, 큰일 났네. 녹아서 사라지는 경사진 판자 추리가 나오리라는 건 예측하고 반증 재료로 온도계를 준비해두었는데 말이야. 다른 사람의 생각을 완전히 읽는 건 무리라고 절실히 느꼈어. 그게 이번 문제의 수확이로군."

"혼자서 납득하지 마."

"따라서 다스베이더 경의 추리도 정답이라고 칠게. 입시 문제에서도 예상 외의 답이 나중에 정답으로 인정되는 경우가 종종 있고 하니, 뭐, 어쩔 수 없지."

"뭐야, 그 될 대로 되라는 식의 태도는?"

"출제자의 예상을 뛰어넘었으니까 자랑스러워해도 되잖아. 축하해."

"하나도 안 기뻐."

"이 어르신도 정답이 아닌 대답을 정답으로 인정해야 하다니 속이 터진다고."

"그럼 인정 안 하면 되지. 틀린 점을 지적해."

"그러니까 논파論破 못 하겠다니까. 어디어디가 틀렸다고 알려주는 건 간단하지만, 그 이유를 논리적으로 들지 못하면 안 받아들일 거잖아?"

"그거야 뭐."

"하지만 이대로 놓아두기는 어중간하기도 해."

"맞아, 기분 나쁘다고."

"좋아, 결정했다. 오류를 바로잡아 주지."

"논파 못 하는 것 아니었습니까?"

aXe가 말했다.

"논파는 포기했어. 힘으로 비틀어놓을 거야."

"엥?"

"선인들은 자주 이렇게 말씀하셨지. '논리보다 증거.' 논리 따위는 결국 머릿속 놀이. 증거가 있으면 논리 따위는 필요 없어."

"무슨 의미인지 모르겠는데요."

"논리에 실체는 없어. 하지만 증거는 눈에 보이지."

잔갸 군이 그렇게 경구警句 같은 말을 입에 담은 직후에 [잔갸 군] 창에서 늑대거북이 사라졌다. 그리고 영상이 불규칙하게 흔들리기 시작했다. 뭐가 나오는지 확인하려고 지켜보고 있자니 차멀미와도 같은 불쾌감이 치밀어 올랐다.

화면의 흔들림은 이십 초 정도 만에 가라앉았다.

늑대거북은 없었다. 사람이 서 있었다.

왜소한 인물이다. 적갈색 스웨터에 회색 스웨트 바지를 추레하게 차려입었다. 성별과 연령은 불명. 눈과 입을 제외하고 얼굴 전체를 감싸는 마스크를 썼기 때문이다. 새카만 선글라스까지 빈틈없이 끼고 있다. 다만 굴곡이 없는 체형으로 보아 남자 같은 인상이기는 하다.

"무슨 말 좀 해봐." 익숙한 목소리가 났다.

"잔갸 군?" 두광인이 물었다.

"여어, 이 어르신이다."

입 부분에 뚫린 구멍으로 보이는 입술이 움직였다.

"잔갸 군님인가?" 반도젠 교수도 물었다.

"끈질기기는. 그러니까 이 어르신이라고. 봐."

마스크를 쓴 인물은 뒤로 돌린 손을 앞으로 꺼내더니, 카메라를 향해 팔을 똑바로 뻗었다. 투명한 비닐봉지를 들고 있었다. 안에는 피로 더러워진 손목이 들어 있었다.

"그래서, 댁은 뭘 하고 싶은 겁니까?"

aXe가 김이 샜다는 듯이 말했다.

"보면 알 텐데, 멍청아."

"꼬맹이라서 시체를 옮길 수 없다고요?"

"알면 묻지 마, 등신아."

등 뒤의 커튼과 비교한 결과 160센티미터가 안 되는 것처럼 보였다.

"몸집이 작아도 힘센 사람은 있습니다만. 레슬링이나 보디빌딩 경량급 선수요. 뜻밖의 예를 들자면 기수騎手. 그래 보여도 벗으면 제법 근육질이거든요."

"비꼬냐? 뒈져라."

잔갸 군은 마스크를 누르면서 스웨터를 벗고 그 아래의 운동복도 벗더니 빨래판 같은 가슴팍을 두드렸다.

"체지방률을 듣고 놀라지 마. 25퍼센트야. 체중이 49킬로그램밖에 안 나가는데 비만기가 있다는 판정을 받았다고. 하지만 이건 비만이 아니야. 지방이 많다기보다 근육량이 너무 적은 거지."

팔꿈치를 구부렸지만 위팔에는 도무지 알통이라고는 부를 수 없는 돌기가 생겼을 뿐이다.

"창피를 주다니. 기억해둬라."

잔갸 군은 운동복을 주워들고 난폭하게 팔과 머리를 끼워 넣었다. 그리고 스웨터를 휘두르며 앞으로 성큼성큼 다가와서 카메라 위치를 바꿨다.

잠시 동안 화면이 흔들리더니 늑대거북이 되돌아왔다.

"이렇게 멋대가리 없는 정보 제공은 어느 의미로는 반칙이야. 하지만 누군가를 납득시키려면 이럴 수밖에 없었어. 납득했냐?"

잔갸 군이 물었다.

"납득했어."

두광인은 힘없이 대답했다. 시체를 운반할 수 없으면 교환 트릭은 사용할 수 없다.

"원점 복귀의 장章."

aXe가 한숨을 섞어 말했다.

"날을 다시 잡을까? 그때까지 경찰이 알아차리지 못하기를 빌면서."

반도젠 교수가 말했다.

원점까지 되돌아가지는 않았어.

아무 일도 아니라는 듯이 044APD가 끼어들었다.

"무슨 뜻이지?" 두광인이 물었다.

두광인의 추리는 빗나갔어.

"상처에 소금 뿌리지 마."

하지만 화살이 날아간 방향은 맞아. 조준을 잘못해서 날아갈수록 과녁에서 멀어져버렸지만.

"위로도 안 되잖아."

"아니, 위로가 아니야. 콜롬보 짱, 알아차린 것 같은데. 계속해봐."

잔야 군이 말을 끝내기도 전에 새로운 텍스트가 떠오르기 시작했다.

다리를 절단한 건 무게를 줄이기 위해서가 아니라 부피를 줄이기 위해서야.

두광인은 고개를 갸웃했다.

다리와 내장이 없어지면 거기 공간이 생기지. 공간에는 물체를 넣을 수 있어. 피해자는 몸집이 크고 가해자는 몸집이 작아.

"어?"

곤도 고지를 살해하고 해체한 범인은 시체의 옷을 벤치코트로 갈아입힌 다음에 절단한 두 다리로 문을 봉쇄하고는 자기 몸을 벤치코트 안에 넣었어.

"에엥?!"

내장을 뺀 동체 부분에 상반신을 쑤셔 넣는 식으로. 태아처럼 몸을 웅크리면 될지도 모르겠군. 어떤 부자연스러운 자세라도 상관없어. 위에

다 벤치코트를 덮어버리면 아래가 어떻게 되어 있는지 모르니까. 곤도는 상당한 대사증후군이었던 것 같으니까 동체 부분이 부풀어 있어도 위화감은 없어.

누군가가 우웩, 하고 구역질을 했다.

시체와 일체화된 모습 그대로 기다리고 있으면 곤도 미유키가 찾아올 테니 그 모습을 비디오카메라로 촬영하는 거지. 이건 두광인의 추리와 마찬가지야. 카메라는 코트 어깨 부분에 장착하고 조작은 리모컨으로 했을 거야. 시체의 상반신은 곤도 본인이고, 얼굴도 당연히 곤도 자신의 얼굴이니까 가만히 있으면 의심받을 일은 없어. 만약 곤도 미유키가 꼿꼿하게 맥박을 확인하려 했다 쳐도, 손목 역시 곤도 본인의 손목이라 맥박은 없을 테니 문제는 발생하지 않아.
제일 염려되는 문제는 곤도 미유키가 시체 앞에서 경찰이나 구급차를 부른 다음 도착할 때까지 계속 그 자리에 머무르는 거야. 그래서 곤도 미유키를 확실하게 떼어내기 위해 휴대전화 통신기능 억제장치를 사용했어. 이것도 두광인의 추리와 똑같아. 경관으로 위장해서 탈출하는 부분도 두광인과 똑같지만 순서에 차이가 있어. 옷을 갈아입은 곳은 층계참이 아니라 지하 현장. 정복 세트는 문 안쪽에 달린 훅(IG_00952.jpg 참조)에 걸어두었지. 해체에 사용한 도구도 봉지에 넣든지 해서 같이 걸어두었을 거야. 문은 실내 쪽으로 열리기 때문에 밖에서 열면 사각이 된 그 부분은 곤도 미유키의 눈에 보이지 않아. 문 안쪽에 걸려 있었다는 사실은 비디오 영상에서도 짐작할 수 있지. 영상은 처음에 문 아랫부분만 비췄어. 전체를 비추면 훅에 걸린 옷이 나올 테니까. 전체를 비추는 건 문이 열려서 옷이 걸린 안쪽 문짝이 가려진 후지. 줌 기능을 교묘하게 활용한 시각 트릭이라고도 할 수 있겠지.
두광인과의 차이는 한 가지 더 있어. 해체한 인체와 딱 붙어 있던 탓에 범인의 온몸은 체액으로 더러워졌지. 목부터 아래는 정복을 입어서 은폐할 수 있지만, 머리는 숨길 수 없어. 서둘러야 하기 때문에 충분히 닦아낼 수도 없지. 특히 머리카락의 오물을 그 자리에서 해결하기는 무리이기 때문에, 모자 밖으로 나온 부분이 부자연스럽게 뻣뻣해 보일 거야. 그래서 정복 위에 비옷을 입었으리라고 생각해. 후드를 뒤집어쓰면 뒤통수와 얼굴 좌우를 가릴 수 있지. 가릴 수 없는 정면만 열심히 닦으면 돼. 비옷은 고무로 방수 가공되어 있기 때문에 체액 냄새가 나는 걸 막아주리라는 기대도 할 수 있어. 이상.

막힘없이 흘러나가던 텍스트가 딱 멈췄다. 마이크가 잡아내던 키보드 소리도 사라지자 기묘한 침묵이 쏟아져 내렸다.
키보드를 치는 소리가 났다.

정답?

"어쩐 일이야, 오늘은 어린애처럼 조르는군."
정답?

"그래, 정답이야, 정답. 또 MVP를 낚아챘네."

잔갸 군이 기가 막힌다는 듯이 말했다.

두광인의 추리를 초안으로 삼았으니까 수훈首勳의 절반은 두광인 쪽에 있어.

"필요 없어."

두광인은 나지막이 내뱉었다. 칭찬을 받으면 오히려 굴욕이다.

"그래서 미뤘구나."

aXe가 손도끼 등 부분으로 머리를 두드렸다.

"마른 날에 비옷을 입고 후드를 뒤집어쓰면 수상함 백 퍼센트죠. 그 모습으로 당당하게 돌아다닐 수 있도록 날씨가 궂어지기를 기다리고 있었단 말이군요. 과연."

"예보에서는 28일에 비가 온다고 했어. 그런데 저기압의 진로가 예상보다 남쪽인 탓에 비가 안 왔지. 기상 예보사는 배를 갈라 사죄하라."

잔갸 군이 투덜거렸다.

"해답편을 서두른 이유는요?"

"그건 다스베이더 경이 말한 대로야. 경관으로 위장한 사실은 바로 들통 날 테니까. 그게 알려지면 문제의 난이도를 유지할 수 없지. 콜롬보 짱이 말한 것처럼 분명 다스베이더 경의 추리는 중요한 곳곳에서 들어맞았어."

"그만 지껄여."

두광인은 다스베이더 마스크 위로 귀를 막았다.

"그건 그렇고 잘도 질척질척한 시체 속으로 들어갈 결심을 했네그려."

반도젠 교수가 한숨을 내쉬더니 몹시 감탄했다는 듯이 고개를 살짝 내저었다.

"이삼일이나 함께였던 건 아니잖아. 십 분이나 십오 분 그 정도지. 더러워진 옷은 버리면 되고 더러워진 몸은 씻으면 그만이야."

"하지만 냄새도 보통이 아닐 텐데."

"분명 냄새에는 두 손 들었어. 소화기관을 쨌으니까."

"이 몸은 일 초라고 해도 싫으이. 그 트릭을 고안했다고 쳐도 절대 실행 못 할 걸세."

"아무도 안 할 것 같으니까 좋은 거지. 스이젠지 기요코[*]도 다른 사람이 할 수 없는 일을 하라고 그랬어."

호시노 데쓰로[**].

"응?"

애당초 그 가사를 생각한 사람은 작사가.

"역시 오늘은 활력이 넘치는데."

* 1945~. 가수이자 여배우.

** 1925~2010. 작사가.

"정했다."

두광인은 책상을 두드리고는 일어섰다.

"설욕하겠어."

"이제 늦었어. 남은 수수께끼는 없다고."

"다음에 말이야, 다음에."

"좋아, 힘내라."

"다음번에 출제하겠어."

"오오, 그러냐?"

"토막살인이라고 예고해두지."

"흉내 내지 마."

"같은 토막살인이라도 취향이 달라. 이번에는 잔학, 다음번에는 귀축鬼畜*."

"친척 비슷한 것 아니냐?"

"그쪽은 다리를 절단했지만, 난 목을 잘라낼 거야."

"자르는 부분이 다를 뿐이잖아."

"지금 실컷 놀려둬라. 극한의 트릭에 전율하게 될 거다."

"이 어르신도 극한까지 몸을 내던졌다고."

"하지만 수수께끼가 풀렸잖아. 내 문제는 아무도 풀지 못할걸. 미스터 MVP도."

두광인이 [044APD] 창에 눈길을 주자 당사자는 이미 로그아웃해서 창이 캄캄해져 있었다.

* 사전적 의미와는 달리 본문에서는 반사회적, 반인륜적 행위를 가리킨다고 볼 수 있다.

2006년 7월 5일, 시즈오카 현경 오히토 경찰서 형사과 경사(31)의 자택 컴퓨터에서 경찰 내부 정보와 수사 정보를 포함한 약 5만 건의 데이터가 인터넷상에 유출됐다.

전부터 경사는 경찰서에서 사용하는 컴퓨터의 데이터를 CD 등의 기억 매체에 복사해와 자택에서도 업무를 보곤 했다. 자택 컴퓨터에는 파일 공유 소프트웨어인 Winhihi가 인스톨되어 있었는데, 폭로 바이러스에 감염된 탓에 컴퓨터 안의 데이터가 Winhihi를 거쳐 외부 네트워크로 유출됐다고 추정된다. 유출된 데이터는 국내외의 업로더 여럿에게도 전송되었다. 결국 수많은 인터넷 이용자의 눈에도 띄어 이른바 '폭발적인 유포' 상태가 되었다.

시즈오카 현경에서는 수사 정보 등을 개인 컴퓨터에 보존하는 행위를 내규로 금지하고 있다. 유출의 자세한 경로는 현재 조사 중이며, '결과를 기다려 처분을 하겠다. 재발 방지를 철저히 하겠다'고 시즈오카 현경은 소견을 밝혔다.

Q4

상당한 악마

1월 23일

이번 주 토요일 오후 1시 반에 로그인해주겠어? 출제에 앞서 출정식을 하고 싶으니까 꼭 참석했으면 해. 출제하는 건 아니니까 억지로 오라는 소리는 아니지만, 한 사람도 배웅해주지 않으면 서운할 테니 가능한 한 모였으면 좋겠어. 십 분 정도면 끝나는 간단한 모임이야. 잘 부탁해.♡

1월 27일 오후 1시 30분

전파시계의 액정 화면에 13:30이 비친 것을 확인하고 두광인은 입을 열었다.

"아무도 안 오면 어떡하나 걱정했는데, 막상 뚜껑을 열어보니 이렇게나 출석률이 높을 줄이야. 모두 가족이나 연인, 친구도 없어? 토요일 오후라고. 외로움이 하늘을 찌르는구나."

[잔갸 군] 창에는 수조 속의 늑대거북이 비치고 있다. [aXe] 창에는 제이슨 마스크를 쓰고 손도끼를 든 사람이 있다. [044APD] 창에는 푸조403 컨버터블의 영정사진이. [반도젠 교수] 창만 열려 있지 않다.

"'모두'에는 네 녀석도 포함되어 있을 텐데. 그것보다 영상이 이상해."

[두광인] 창에는 두광인이 비치고 있지 않았다.

"응, 오늘은 사정이 있어서 얼굴 노출은 불가. 어떤 사정이냐 하면, 다스베이더 마스크를 안 쓰고 있거든. 왜 마스크를 안 썼느냐 하면, 벌써 어렴풋이 알아차린 사람도 있겠지만 여기가 바깥이라서. 도쿄 국제전시장도 아닌데 그 마스크를 쓰고 돌아다닐 수는 없잖아. 겁쟁이라서 미안해."

두광인은 발치를 촬영하던 카메라의 렌즈를 정면으로 향했다. [두광인] 창에 벽이 하얀 맨션이 비친다.

"다스베이더 경 집이야?"

"우리 집은 좀 더 고급이야. 창문 너머로 도쿄 타워랑 오다이바* 가 보이거든. 날씨가 좋은 날 밤에는 베란다에 나가서 브랜디 잔을 한 손에 들고 생햄과 멜론을 즐긴다고."

"거창하시군."

* 도쿄만에 있는 대규모 인공 섬. 상업, 레저 및 주거 복합지구로 활용되고 있다.

"여기는 말이지, 이번 문제의 무대 중 하나."

두광인은 9백 그램짜리 미니 노트북을 한 손에 들고 앞으로 나아갔다. 윗도리 옷깃 뒤쪽에는 엄지손가락 크기의 웹캠을 클립으로 고정해두었다. 노트북과는 블루투스 무선접속장치로 연결되어 있다. 블루투스 헤드셋도 보청기처럼 귀에 끼워 넣었다. 인터넷에는 고속 모바일 통신으로 접속한 상태다.

두광인은 맨션 입구에 도착하자 발을 멈추고 카메라를 대각선 위쪽으로 향했다. 차양 부분에 박아 넣은 플레이트를 잠시 비춘다.

"읽을 수 있어?"

"리버 크레인."

aXe가 대답했다.

"이 맨션 이름이야. 이름 한번 이상하지. 리버는 그렇다 치고 크레인이 뭔가 싶어 조사했더니 '학'이었어. '학의 보은' 할 때 그 학. 강의 학, 가와쓰루川鶴? 건물주의 성씨려나."

이야기하면서 두광인은 맨션 모퉁이까지 이동했다. 담에 붙은 주거 표시 플레이트를 화면에 꽉 차게 담는다.

마치다시 노가야마치 7**

"아아, 가나가와현 마치다시로군. 이렇게 말하면 이 동네 사람들한테 된통 얻어터지겠지. 마치다시는 도쿄도니까. 지도를 보면 알겠지만, 분명 콜롬보는 벌써 지도 검색 사이트로 날아갔겠지? 여기서 가장 가까운 역은 오다큐선의 쓰루카와鶴川야. 그래, 학의

강이니까 리버 크레인. 크레인 리버 아니냐고? 그러면 운율이 별로잖아. 자, 이제부터 위험한 이야기를 해야 하니까 차 안으로 들어갈게. 삼십 초 정도 영상이 흔들릴 텐데 양해해줘."

두광인은 종종걸음으로 길을 되돌아갔다. 차종과 넘버가 비치지 않도록 주의해서 차에 올라타고는 글러브박스 안에서 꺼낸 사진에다 카메라 렌즈를 향했다.

"리버 크레인 303호실에 사는 여자야. 도쿄 메트로폴리탄 대학교 학생이고 이름은 후지타니 루카."

"도쿄 메트로폴리탄 대학교? 이름 짓는 센스하고는."

잔갸 군이 웃음 섞인 목소리로 말했다.

"옛날의 니시도쿄 대학교야. 2001년에 다나시랑 호야가 합병해서 니시도쿄시가 된 걸 계기로 대학 이름을 바꿨어. 니시도쿄에 없는데 니시도쿄 대학교라고 하면 혼동하기 쉽다는 게 그 이유지."

"어디 있는데?"

"여기서 걸어서 이십 분 정도 걸리는 곳에. 자전거를 타면 십 분이 안 걸리고, 자동차라면 오 분."

"마치다에서 메트로폴리탄이라는 이름을 짓다니 배짱도 좋다."

"대학교는 마치다에 없어. 가와사키시 아사오구에 있지."

"도쿄 아니네."

"도쿄 디즈니랜드랑 신新도쿄 국제공항도 지바에 있다고."

이제 신도쿄 국제공항이라고는 안 해. 2004년 4월 1일에 민영화되면서 나리타 국제공항으로 이름이 바뀌었어.

044APD가 콕 집어 지적했다.

"그럼 지바현 우라야스시의 디즈니랜드처럼 니시도쿄시에 없어도 니시도쿄 대학교라고 하면 될 텐데."

"대학 나름의 형편이 있는 법이지. 요즘 같은 저출산 시대에 비주류 사립대학이 살아남으려면 겉치레로 끌어들이는 것도 중요하거든."

"그렇다고는 해도 도쿄 메트로폴리탄 대학교? 오히려 마이너스일걸. 도쿄 메트로폴리탄 대학교, 입에 담은 내 얼굴이 다 붉어지는군. 너무 두루뭉술해."

"그것이야말로 어른의 센스."

"두루뭉술하다고 하면 사진의 그 여자도 두루뭉술한데."

"차라리 유감스럽다고 할 수 있죠."

aXe도 가차 없이 딱 잘라 내뱉었다. 확실히 그런 낯짝이기는 하다.

"이제 곧 후지타니 루카를 죽일 거야."

두광인은 꽉 쥐어 구긴 사진을 어깨 너머로 뒷좌석에 내던졌다.

"예고살인이란 말이지. 끝내주는군. 지금까지 아무도 안 하지 않았나?"

"인물과 실행일을 분명하게 밝힌 건 우리 나라에서 처음이지."

잔갸 군이 감탄하자 두광인은 가슴을 쫙 폈다.

"이제 곧이라니, 지금 방에 침입할 거냐?"

"후지타니 루카는 지금 방에 없어. 오사카에 있지."

"오사카?"

"응, 오사카. 그러니까 잠깐 다녀올게."

"으엥?"

"그러니까, 이제부터 오사카에 가서 죽이고 오겠다고."

"뭐냐, 그게! 애당초 그런 주먹구구식 계획이 문제로 성립하겠냐? 죽이기만 하면 만사 땡이 아니라고. 너 이 자식, 요전 문제에서 한 방 제대로 먹고 자포자기한 거 아니냐?"

"오사카에서 죽이기 때문에 수수께끼가 생기는 거야. 여자는 오사카에서 살해당했다. 하지만 범인은 오사카에 갈 수 없는 환경에 처해 있었다. 도대체 어떻게 죽였을까?"

"과연, 이번에는 알리바이 무너뜨리기입니까?"

aXe가 손도끼로 얼굴을 부채질했다.

"정답. 그러니 일단 지금 시각을 머릿속에 잘 새겨둬. 오후 1시 39분. 알리바이 문제는 시간이 생명이거든. 그리고 6시쯤에 다시 한 번 모였으면 좋겠는데."

"오늘 오후 6시?"

"응, 최소한 한 명은 와줘."

"그때 또 시각을 확인하려고요? 우리를 알리바이의 증인으로 삼으려는 거군요."

"정답."

"괜찮겠죠. 로그인하겠습니다."

"그럼 이 어르신은 필요 없겠구나. 최저 인원은 확보했으니까."

aXe는 두말없이 승낙했지만 잔갸 군은 내키지 않는 모양이었고, 나머지 한 사람 044APD는 아무런 의사 표시도 하지 않았다.

1월 27일 오후 6시 14분

"늦었잖아."

두광인이 로그인하자 잔갸 군의 불평이 기다리고 있었다. 두광인은 바로 되받아쳤다.

"오후 6시 14분이 오후 6시쯤이 아니면 오후 6시쯤은 도대체 몇 시 몇 분부터 몇 시 몇 분의 범위에 들어가는지 가르쳐주라. 얼레? 넌 분명 참가 안 한다고 하지 않았나?"

"참가 안 해도 문제없겠다고 했을 뿐, 안 온다고 한 적은 없어."

"의무도 아닌데 군이 오다니, 제법 한가하구나. 토요일 밤에."

aXe와 044APD도 로그인한 상태였다. 참가하지 않은 사람은 다섯 시간 전과 마찬가지로 반도젠 교수뿐이었다.

"시끄러. 확 돌아가 버린다. 그래서? 거기는 오사카의 어디냐? 앙?"

"자, 어디일까요? 정답을 정확하게 맞히면 1백만 엔."

[두광인] 창에는 상점가 입구가 비치고 있다.

"상점가 이름도 안 나왔는데 알 게 뭐냐?"

"자알 관찰하면 알 수 있을지도 모르지. 여러 가지를 보여줄 테니까."

두광인은 웹캠을 옷깃에 달고 걷기 시작했다. 귀에 거는 식의 헤드셋은 긴 옆머리로 감추면 곁에서는 결코 알아차릴 수 없다.

"도코모 숍*, 가스토**, 텐야***. 그 옆은 선술집? 음식점이 많군. 그건 그렇고 길이 엄청 좁은데그래."

잔갸 군이 본 그대로의 인상을 입에 담았다.

"그 맞은편 두 집도 선술집이네요. 음식점이 많다면 역에 가깝다고 봐야죠."

aXe가 말했다.

"KFC에 미스터도넛. 정말이지 먹을거리 파는 곳밖에 없네. 그 다음은 뭐냐? 자전거? 더럽게 많이도 세워놨다. 미쓰이스미토모 은행? 설마하니 그거 전부 방치된 자전거냐?"

"역시 역에 가깝군요. 가까운 게 뭐야, 거의 정확하게 역 앞이죠? 은행, 방치된 자전거 하면 척입니다."

"그 정도는 누구나 알아차릴 수 있어. 문제는 어느 역 앞이냐는 거지."

은행 모퉁이에서 발걸음을 멈춘 두광인은 지나가는 사람에게 방해가 되지 않도록 자전거 사이로 몸을 밀어 넣었다.

"은행 지점명은…… 안 쓰여 있구나. 상점가 간판도 없나 보네."

잔갸 군이 말했다.

"지금까지 보인 가게를 AND 검색하면 될 것 같기도 한데요."

aXe가 말하자 044APD가 키보드를 쳐서 대답했다.

* 주식회사 NTT도코모의 휴대전화 전문 판매 대리점.
** 일본의 유명 패밀리 레스토랑 체인점.
*** 튀김덮밥 전문 체인점.

해봤어. 특정 역 이름은 안 나왔어.

"그럼 이 채팅은 전부 보존되도록 해두었으니, 차분하게 다시 볼까요?"

"공교롭게도 시간이 급해서. 정답 발표."

두광인은 자전거 사이에서 나와 좁은 길을 대각선으로 건넜다. 정면 깊숙이 들어간 곳에 네모난 입구가 입을 쩍 벌리고 있다. 거기서 사람들이 줄줄이 나오고 있다. 안으로 들어가는 사람도 제법 되지만, 나오는 사람이 더 많은 듯도 하다.

"그게 역이야? 굉장히 옹색한 역이로군. 오? 위에 있는 게 역 이름? 쓰나시마역 서쪽 입구…… 도요코선의 쓰나시마?"

"쓰나시마!"

aXe가 괴상한 소리를 내질렀다.

"시끄러, 멍청아."

"쓰나시마라고요, 쓰나시마. 아아, 쓰나시마."

aXe는 숫된 처녀처럼 자신의 양 어깨를 껴안고 몸을 비비 꼬았다.

"아주 미쳐 날뛰는구나, 야."

"쓰나시마라는 지명에 불타오르지 않는 미스터리 팬은 짜가일 텐데요[*]."

"우리는 그런 팬이 아니잖아. 그건 그렇고 아직 도쿄에 있었

[*] 추리소설가 시마다 소지의 『점성술 살인사건』에서 주인공의 사무실이 도요코선 쓰나시마에 있다.

냐?"

"쓰나시마는 도쿄가 아니야. 가나가와현 요코하마시 고호쿠구지."

두광인은 정정했다.

"그런 걸 보고 도쿄라고 하는 거야. 너 이 자식, 한신 타이거스를 효고 지방 구단이라고 하냐*, 앙? 그런 것보다, 두루뭉술한 면상을 가진 그 여자를 오사카까지 쫓아가서 죽인다고 하지 않았나? 1시 반에 마치다에 있었으니까 여유롭게 오사카에 도착할 수 있잖아. 쫄았냐?"

"여유롭게 죽이면 의미가 없잖아."

"응?"

"아까 마치다에서 헤어지고 나서 네 시간 반 정도 지났나? 네 시간 반 만에 도쿄에서 오사카까지 가봤자 뭐가 신기하겠어? 한 시간 안에 도쿄와 오사카를 왕복했다든가 하지 않으면 수수께끼는 만들 수 없어. 알리바이 트릭 수수께끼란 그런 거잖아**."

"제법 그럴듯한 소리를 지껄이는군. 그럼 지금부터 한 시간 안에 가서 죽이고 돌아와."

"한 시간은 무리지만 상식은 넘어주마."

두광인은 역 구내로 들어갔다. 역내 방송이 시끄럽게 흘러나오고 있다.

* 한신 타이거스의 연고지는 효고현이지만 같은 간사이 지역의 오사카의 상징처럼 여겨지는 구단이다.
** 도쿄와 오사카는 550킬로미터 정도 떨어져 있다.

"살해를 완료한 시점에 다시 한 번 불러낼 예정이군요."

aXe가 말했다.

"응, 바쁠 텐데 미안하지만."

"짜증 나는 녀석이라니까."

잔갸 군이 혀를 찼다.

"시간은 그렇지, 9시쯤. 쯤이라고."

"끈질기기는."

"이번에도 억지로 모이라고는 안 하겠어. 그때도 문제는 안 낼 테니까. 다만 지금까지는 없던 뭔가를 보여줄 수 있을 듯하니까 와도 손해는 안 볼 거야."

"뭘 볼 수 있는데?"

"글쎄, 뭘까? 그건 온 다음의 즐거움으로 남겨두자고. 누가 교수한테 메일 좀 보내줄래?"

발매기 앞에 선 두광인은 허리 높이에 위치한 돌출부에 노트북을 놓고 표를 샀다.

"현재 시각을 똑똑히 기억해둬. 그럼 이따가 봐."

역 구내의 아날로그시계는 6시 33분을 가리키고 있었다. 행선지 표시판에 설치된 디지털시계도 '18:33'이었다. 두광인은 자동 개찰기를 빠져나와 플랫폼 계단으로 향하면서 로그아웃했다.

1월 27일 오후 9시 5분

"9시 5분은 9시쯤이라고 받아들여도 괜찮을까?"

로그인한 두광인은 제일 먼저 그 말을 입에 담았다.

"쇠심줄처럼 질기네. 그렇다기보다 이제 김이 확 샌다고."

잔갸 군이 툭 내뱉었다. aXe, 044APD, 반도젠 교수도 로그인해서 채팅룸에 들어와 있었다. 반도젠 교수는 여느 때와 마찬가지로 노란 아프로 가발을 쓰고 렌즈 부분에 나루토마키*처럼 소용돌이가 그려진 안경을 쓰고 있다.

"오사카?"

aXe가 물었다.

"오사카."

"죽였어요?"

"죽였어."

"얼굴 노출 불가라고 하지 않았습니까?"

[두광인] 창 속에는 다스베이더 마스크를 쓴 두광인의 얼굴이 정면으로 포착되어 있었다.

"밀실에 혼자 있으니까 괜찮아."

"밀실?"

"방금 전까지만 해도 두 명이었지만. 아니, 엄밀하게는 지금도 두 명인가? 아니지, 한 명, 두 명 이렇게 헤아리는 대상은 생명 활

* 단면에 소용돌이 무늬가 나타나게, 식용 색소로 착색한 어물을 넣어 만든 어묵.

동을 하는 인간뿐이니까 역시 한 명이라고 하면 될 거야."

"거기 시체가 있는가?"

반도젠 교수가 놀란 목소리로 말했다.

"있어. 갓 죽여서 따끈따끈해."

"오오, 그걸 보여줄 수 있겠는가?"

"물론이지. 그러려고 일부러 모이라고 했으니까. 예고살인도 국내 최초였거니와 살인 현장에서 방영하는 생중계도 첫 시도지. 실은 살해 장면도 보여주고 싶었지만, 죽이는 데 실패해서 흉한 꼴을 보일까 봐 그만뒀어. 좀 후회된다."

두광인은 자기 정면에 놓아둔 웹캠을 손에 들고 렌즈 방향을 바꿨다. [두광인] 창에 가득하게 펼쳐진 신문지가 비친다.

"짜잔, 후지타니 루카藤谷流花 양의 존안입니다."

신문지를 치우자 젊은 여자의 얼굴이 나타났다.

"이름이 아깝구먼……."

반도젠 교수도 무례한 감상을 입에 담았다.

"확실히 죽었어."

뺨을 두드려도 여자는 눈을 뜨지 않는다. 신음소리도 내지 않는다.

"만약에 대비해 이런 확인도."

두광인은 장갑을 낀 손으로 여자의 코를 잡고 입을 막았다. 삼십 초 동안 그러고 있어도 여자는 꼼짝달싹도 하지 않았다.

"사인은 이거."

카메라를 여자의 목줄기에 가까이 댄다. 목을 조른 검붉은 자국을 두 줄 확인할 수 있다.

"흉기는 이거."

두광인은 직경 7밀리미터짜리 폴리에스테르 밧줄을 카메라 앞에 내밀었다.

"그래서, 어디냐 거기는?" 잔갸 군이 물었다.

"그러니까 오사카라고."

"멍청아. 이번 문제는 알리바이 무너뜨리기잖아. 현재 위치를 구체적으로 밝히지 않으면 알리바이를 검증할 방법이 없어. 미노오의 산속도 오사카고, 기시와다의 바다도 오사카란 말이다. 남북으로 길쭉욱하다고. 도쿄보다 넓어."

면적 : 오사카부 < 도쿄도

오사카부 면적은 47도도부현 중 46위

044APD이다.

"시끄러. 도쿄보다 좁다고 해도 넓다는 건 변함없잖아. 거기가 우메다인지 가와라나가노인지에 따라 이야기가 완전히 달라질 텐데. 쓰나시마에서 가는 데 걸리는 시간이 전혀 달라."

"여기가 오사카 시내든, 오사카 성이든, 곤고산山 속의 치하야 성터든 간에 오사카이기만 하면 알리바이 검증에는 지장이 없어."

"앙?"

"시각표를 보면 알아. 지금은 시간이 없으니까 나중에 각자 검토해봐. 그것보다 지금은 지금밖에 할 수 없는 일을 할 테니까 두 눈에 똑똑히 새겨두라고."

두광인은 시체의 얼굴을 옆으로 돌리고 목덜미 부분의 갈색 머리카락을 들어 올렸다.

"목덜미의 움푹 들어간 곳에 점이 세로로 두 개."

다음으로 오른쪽 귀에 카메라 렌즈를 향한다.

"모양이 희한하네."

귓불 아랫부분이 반원형으로 움푹 들어가 있다. 얼굴 방향을 바꿔 왼쪽 귀를 비춘다. 이쪽 귓불도 마찬가지로 들어가 있다.

"다음으로는 이거."

엄지손가락과 집게손가락으로 입술을 벗겨내듯 뒤집는다. 위아래 이에는 치열 교정 브래킷이 끼워져 있었다.

"외관상의 특징은 이 정도려나. 주걱턱도 잘 기억해둬."

"어두워서 잘 안 보이네만, 이건 이 몸의 환경만 그러한 건가?"

반도젠 교수가 불만을 제기하자 두광인은 LED 라이트를 꺼내서 목을 조른 자국, 목덜미의 움푹 들어간 곳, 오른쪽과 왼쪽 귀, 치열 교정 장치, 턱 순서로 비추면서 다시금 웹캠으로 보여주었다. 그리고 LED 라이트를 끄면서 말했다.

"이제부터는 그다지 밝지 않은 편이 심장에 좋을 것 같아."

"이번에는 뭐가 시작되는가?"

"마지막 상연 목록이자 메인 이벤트. 요전에 한 예고 기억해? 이번 문제는 토막살인이라고 했잖아."

"그랬지, 그랬어. 이 어르신의 표절이라고."

잔갸 군이 손뼉을 치며 야단법석을 떨었다.

"하지만 후지타니 루카는 아직 오체만족 상태인데."

"오체만족이라니, 죽은 사람에게 쓸 말이 아니잖아."

"블랙조크야."

두광인은 가방에서 시스나이프Sheath Knife를 꺼내 날 전체를 시체의 목줄기에 댔다.

"흣. 눈앞에서 토막 내주려고? 참치 해체쇼 같다."

"그럴 계획도 있었는데, 시간이 걸릴 것 같으니까 나중에 천천히 하기로 하고, 일부를 기념품 삼아 가지고 돌아갈게."

"귀라도 잘라 올 거냐?"

"전리품 하면 수급首級이 일반적이잖아."

"오오, 그렇지."

"그렇다고 해서 이 자리에서 아무것도 안 하면 모처럼 모였는데 미안하니까."

두광인은 나이프를 내려놓고 대신에 가위 한 자루를 집어 들었다. 전체 길이 20센티미터. 그중 날 길이는 5센티미터밖에 되지 않고 15센티미터는 손잡이다. 손잡이가 길다는 건 지레의 원리로 큰 힘을 전할 수 있다는 뜻이다.

"날의 소재는 바나듐과 몰리브덴을 배합한 AUS8 하이카본 스테인리스강. 엄청 세 보이지 않냐? 실제로 위험할 정도로 잘 들어. 금속판도 싹둑싹둑 잘랐다니까."

두광인은 벌린 가윗날을 두세 번 벌렸다 오므렸다 해보았다. 날끼리 단단히 조여져 있는 탓에 경쾌하게 찰칵대지 않고 끼익 하는 둔한 소리가 났다.

시체의 오른손을 신문지 아래에서 끌어내서 새끼손가락이 카메라에 잘 비치게 놓는다.

가위를 벌린다.

날 사이에 시체의 오른쪽 새끼손가락을 넣는다.

끝이 예리하고 뾰족한 짧은 날은 기다란 자루와 짝을 이루어 대각선으로 기울어져 있다. 그 사이에 손가락을 넣자 마치 까마귀가 먹이를 물고 있는 듯한 모습 같다.

두광인은 별달리 망설이지도 않고 종이를 재단할 때와 똑같은 기분으로 손잡이를 꽉 쥐었다.

새끼손가락이 뿌리 부분부터 뚝 떨어져나갔다.

"사후 절단이라서 피는 거의 안 나오네. 다르게 표현하면, 출혈이 없다는 건 이 여성이 틀림없이 죽었다는 증거이기도 해."

두광인은 주워든 새끼손가락의 절단면이 잘 보이도록 카메라 렌즈를 향해 돌렸다.

"이상으로 오늘 공연은 모두 끝났습니다. 가까운 시일 안에 다시 불러 모아 정식으로 출제할 테니 잠시만 기다려주십시오. 그럼 안녕히 계십시오."

2월 9일

"다스베이더 경, 너무 느긋하잖아. 너무 오래 기다리면 긴장감이 떨어진다고."

두광인이 로그인하자 잔갸 군의 불평이 기다리고 있었다.

"지각 안 했는데. 너희들이 먼저 로그인했지만 나도 약속 시간 삼십 초 전에 들어왔어."

"그게 아니야. 오늘 로그인 말고 불러 모으는 게 늦었다고. 죽인지 며칠이나 지났냐? 2주라고, 2주. 이 놀이는 신선함이 중요해. 이러다가는 문제가 썩을 거야."

"시체도 썩을 테지."

"얼쑤, 좋다!"

aXe가 손뼉을 쳤다.

"좋기는 개뿔. 후지타니 루카의 시체는 벌써 화장됐을 텐데."

"대충 보도되기를 기다리고 있었어. 출제할 때 어느 정도 예비지식을 가지고 임하면 내가 간략하게 설명할 수 있잖아."

"그러면 그렇다고 메일 정도는 보내란 말이다. 경찰한테 잡혀간 줄 알았잖아."

"걱정해줘서 고마워. 어디 보자."

"자의식과잉도 이만저만 아니네. 우리한테 불똥이 튈까 봐 걱정했다고."

"그것참 미안하게 됐수다. 그럼 신선도가 떨어졌지만, 지금부터 문제편을 시작할게. 우선 현 단계에서 너희들이 후지타니 루카 살해 사건에 관해 어느 정도의 정보를 갖고 있는지 알려주겠어?"

"도쿄의 여대생이 오사카에서 살해당했고, 목을 절단당했다."

"의욕이 없으면 돌아가도 됩니다."

aXe가 손도끼를 한 번 휘둘렀다.

"할리우드의 각본가는 말이지, 시놉시스를 세 줄로 표현하라는 요구를 받는다고."

"무엇보다 후지타니 루카는 여대생이 아닙니다."

"여대생일 텐데. 도쿄 메트로폴리탄 대학교에 다니잖아."

"거긴 공학이잖아요."

"너 이 자식, 설마하니 여대에 적을 둔 학생이 여대생이라고 생각하는 거냐? 얼간아. 성별이 여자인 대학생은 모두 여대생이야. 사전 찾아봐."

개와 원숭이가 수준 낮은 말다툼을 벌이는 가운데 044APD가 글자를 쳐서 보냈다.

후지타니 루카, 21세, 도쿄 메트로폴리탄 대학교 인간환경학부 3학년. 작년 가을부터 다카하타 야스유키 교수의 연구실에 소속되어 저탄소 도시를 조성하기 위한 교통 시스템에 관해 배우고 있었다.

"계속해, 계속해. 아는 사항을 전부 말해봐. 저 두 사람은 방치."

두광인이 재촉하자 맹렬한 기세로 문자열이 떠올랐다.

1월 28일 오전 11시경, 도쿄도 마치다시 노가야마치의 임대 맨션 리버 크레인 303호실에서 임차인 후지타니 루카의 시체가 발견됐다. 발견한 사람은 다카하타 연구실의 대학원생과 연구생. 냉장고 속에 신문 크기의 보퉁이가 있기에 펼쳐보니 후지타니의 머리가 나왔다. 차후 감정 결과 입에 들어 있던 절단된 오른쪽 새끼손가락은 후지타니 본인의 것으로 판명됐다. 경찰은 시내 및 맨션 주변을 빈틈없이 수색했지만, 몸은 발견되지 않았고 혈흔과 다툰 흔적도 찾을 수 없었다. 경부에 생긴, 끈으로 조른 자국과, 결막과 안구의 내출혈로 미루어볼 때 교살당한 것으로 보인다. 살해 일시는 27일 밤. 몸이 없기 때문에 사망 시각을 좁히기는 어려웠다.

미리 작성해둔 문서에서 적당한 분량만큼 복사해서 보내는가 싶었는데, 군데군데 오자가 나오는 데다 그 후에 정정한 문장이 전송되는 걸로 보아 리얼 타임으로 키보드를 두드리는 모양이었다.

대학 관계자에 따르면 후지타니 루카는 27일부터 1박 2일 예정으로 오사카에 가 있었다. 본가에 볼일이 있다는 이유였다. 하지만 후지타니 루카는 오사카부 가시와라시의 본가에는 가지 않았다. 그녀가 본가에 올 예정도 없었다고 양친은 말했다. 한편으로 후지타니 루카는 27일 밤에 오사카 시내의 도톤보리 일대에 있었다는 일부 보도도 있다. 중고등학교 친구들 중에 그녀와 만났다, 혹은 만날 예정이었다는 사람은 현 단계에서 발견되지 않았다.

1월 31일, 몸은 발견되지 않았지만 본가 근처의 장례식장에서 임시 장례가 치러졌다. 머리와 오른쪽 새끼손가락은 여전히 경찰에 있었기 때문에 관 없이 제단만 설치했다. 장례식이 한창 치러지는 가운데 몸이 발견됐다는 소식이 유족에게 전해졌다. 발견 장소는 오사카부 다카쓰키시 간사이 대학교 다카쓰키 캠퍼스 근처의 산림으로, 레저 시트에 감싸여 있었다. 시체에는 머리와 오른쪽 새끼손가락이 없다는 특징이 있었다. 시체와 함께 발견된 여성용 숄더백 속에는 휴대전화, 휴대용 음악 플레이어, 문고본, 키홀더, 화장품 파우치 등과 함께 지갑이 들어 있었다. 지갑 속에는 후지타니 루카 명의의 운전면허증, 건강보험증, 현금카드, 신용카드가 들어 있었다. 시체를 감정한 결과, 삼 일 전에 도쿄 마치다에서 머리와 오른쪽 새끼손가락만 발견된 여대생의 몸체 부분이라는 판정이 나왔다.

여기서 텍스트가 멈추기에 잠시 기다려보았지만 텍스트는 더 이상 이어지지 않았다.

"정리하느라 수고했어."

두광인은 합장하듯이 손을 모으고 가볍게 머리를 숙였다.

"그런데 다스베이더 경님, 이번 문제는 알리바이 무너뜨리기로 알고 있으면 되겠는가?"

반도젠 교수가 물었다.

"응. 질문이 있으면 서슴없이 물어봐. 경찰이나 매스컴도 쥐지 못한 은밀한 정보를 빵빵하게 제공할게."

"사건이 일어난 일시는 1월 27일 밤, 그때 후지타니 루카는 오사카에 있었지. 한편 범인인 다스베이더 경님은 당일 저녁 시점에 요코하마에 있었다네. 과연 오사카까지 가서 살인을 저지를 수 있었을까?"

"응, 아차, 이걸 나눠줘야지."

두광인은 현장에서 촬영한 사진 스물 몇 장을 전송했다. 신문지로 감싼 여자의 머리, 입속에 처박은 오른쪽 새끼손가락, 끈으로 조른 흔적이 남은 경부의 확대사진, 서점 커버를 씌운 문고본, 영수증, 리버 크레인의 외관, 현관문 열쇠구멍의 확대사진 등등.

"느닷없이 핵심을 찔러도 상관없겠는가?"

파일을 다 보내기도 전에 반도젠 교수가 입을 열었다.

"그럼, 그럼. 핵심에 근접한 질문이라도 공평하게 대답하겠다고 맹세합니다."

두광인은 한 손을 얼굴 옆으로 들어 올렸다.

"질문이 아니라 정답이네만."

"응?"

"알리바이를 무너뜨리고 말았어."

"히엑."

"모처럼 고생해서 문제를 만들었는데 내자마자 풀어버려서 미안하네."

반도젠 교수는 더부룩한 머리를 초대初代 하야시사 산페이*처럼 긁적였다.

"미안할 거 없어. 못 풀 테니까."

"아니, 풀어냈다네. 가능성을 하나씩 배제한 결과 유일하게 남은 게 이거거든."

"아아, 그러냐. 그럼 그 유일무이한 가능성을 들어보자고."

"얕보는구먼. 뭐, 상관없겠지. 자알 듣게나. 우선 정통적으로 알

* 1925~1980, 일본의 라쿠고가(落語家). 라쿠고란 근세기에 생겨난 일본의 전통적인 화술 기반 예술 중 하나.

리바이를 검증해보자고…… 아니, 지금은 그만두겠네."

"뭐야, 자신 없어?"

"무례하기는. 듣지 않는 사람이 몇 명 있는 것 같아서."

aXe와 잔갸 군은 질리지도 않고 서로 욕을 퍼붓고 있었다.

"괜찮아. 저러면서도 10퍼센트 정도는 이쪽에 주의를 기울이고 있으니까."

두광인이 마스크 밑에서 픽 웃자 바로 잔갸 군의 목소리가 났다.

"20퍼센트다."

"저는 30퍼센트."

aXe도 끼어들었다. 그리고 다시, 이 새끼 뭐라고 지껄이냐, 이쪽은 40퍼센트다, 이런 식으로 초등학생 수준의 말다툼으로 되돌아갔다.

"맞지? 괜찮아, 내버려둬."

두광인은 고양이를 내쫓듯이 손을 흔들었다. 반도젠 교수는 으음, 하고 고개를 끄덕이더니 헛기침을 한 번 하고 이야기하기 시작했다.

"요전에 귀공은 살해 현장이 우메다인지 가와라나가노인지 모르면 알리바이를 검증할 방법이 없다고 불평하는 잔갸 군님에게, 오사카라면 어디든지 똑같다고 말했지. 시각표를 보면 알 거라고도 말했어. 그래서 순순히 조언에 따라 시각표를 읽어보았다네. 출발점은 도큐 도요코선 쓰나시마역. 여기서 어떤 경로를 따라 오사카 방면으로 향할까? 도쿄 지구에서 오사카 지구로 가는 가장 일반적인 수단은 신칸센이겠지. 게다가 쓰나시마는 신칸센 역에 가깝다네. 도요코선으로 두 정거장, JR 요코하마선으로 갈아타고 한 정거장만 가면 신新요코하마일세. 그럼 구체적으로 검증하도록 하지. 다스베이더 경님이 쓰나시마역 개찰구를 빠져나간 일시는 1월 27일 오후 6시 33분. 다음번 요코하마 방면행 오후 6시 38분발을 탔다고 치면……."

다른 창이 열리더니 텍스트가 표시됐다.

도요코선 — 쓰나시마 18:38 출발, 기쿠나 18:42 도착

요코하마선 — 기쿠나 18:45 출발, 신요코하마 18:47 도착

노조미 71호 — 신요코하마 18:50 출발, 신오사카 21:09 도착

"기쿠나와 신요코하마에서 환승하는 데 주어진 시간은 각각 삼 분뿐이지. 특히 신요코하마에서 신칸센으로 환승할 때는 거리가 제법 있지만, 표를 미리 구입해놓고 계단에 가까운 문에서 내려서 달리면 제시간에 당도하지 못할 것도 없어. 하지만 그렇게 숨을 헐떡이며 뛰어들어도 신오사카 도착은 오후 9시 9분. 다스베이더 경님이 채팅에 로그인한 오후 9시 5분보다 사 분이나 늦다네. 분명 범행 현장이 우메다인지 가와라나가노인지는 관계없어. 신오사카역 구내라고 해도 시간이 맞지 않아. 1월 27일 오후 6시 33분에 요코하마시 쓰나시마에 있던 사람은 아무리 발버둥 쳐도 오후 9시 5분까지 오사카 부내에 다다를 수 없다는 말일세."

반도젠 교수는 거기서 말을 멈추고 글루미 베어 머그컵을 입으로 가져갔다. 그러더니 "하지만" 하고 다시 운을 뗐다.

"신칸센이 안 된다면 비행기가 있지 않은가. 그래서 항공 시각표를 보니 하네다에서 출발해 이타미에 도착하는 비행기 편은 오후 7시, 7시 20분, 7시 25분이 있더군. 가장 늦은 오후 7시 25분발 JAL1592편을 타도 오후 8시 35분에는 오사카에 도착하지. 역시 비행기는 빠르구먼. 오후 9시 5분에 로그인하기까지 삼십 분의 여유가 있다네. 범행 현장이 이타미 공항에 가까운 오사카부 북서부라면 충분히 이 비행기 편으로 가서 죽일 수 있어. 문제는 오후 6시 33분에 쓰나시마에 있던 사람이 그 비행기 편을 탈 수 있느냐는 건데……."

도요코선 — 쓰나시마 18: 38 출발, 요코하마 18:54 도착
게이큐 본선·공항선 — 요코하마 18:58 출발, 하네다 공항 19:23 도착

"탈 수 없다네. 1529편의 출발까지 이 분이 남지만, 비행기는 열차와 달리 마구잡이로 뛰어가서 탑승할 수 없지. 출발하기 십 분 전까지 탑승구에 가지 않으면 탑승할 수 없어. 담당자 역시 피도 눈물도 없는 사람은 아닐 테니 부모가 위독하다고 울면서 부탁하면 출발까지 십 분도 남지 않았다고 해도 태워주겠지. 허나 하네다 공항역 플랫폼에서 탑승구까지 이 분 만에 가기란 불가능하다고 해야겠지. 지하 깊숙한 역에서 2층 출발 로비에 다다른 시점에서 이미 시간 종료일 걸세. 그 후에 보안 검사를 받고 무빙워크를 몇 번이나 갈아타야 겨우 탑승구가 보이지. 칼 루이스라고 해도 제시간에 당도할 수 없다네."

"칼 루이스가 뭐야! 케케묵었어."

"하지만 포기하기는 이르다네. 오사카 상공의 현관문은 이타미뿐만이 아니지. 간사이 국제공항과 고베가 있지 않은가. 그래서 조사해봤더니 오후 7시 50분에 간사이 국제공항으로 출발하는 비행기 편이 있더군. 오후 7시 23분에는 하네다 공항에 도착할 수 있으니 이 비행기 편에는 여유 있게 탈 수 있지. 아아, 하지만 간사이 국제공항에 오후 9시 10분에 도착하면 오후 9시 5분의 채팅에 얼굴을 내밀 수가 없다네. 그렇다면 고베는? 이쪽은 더 무리였어. 오후 8시 10분까지는 비행기 편이 없는데, 그걸 타면 고베 공항에 오후 9시 30분에 도착하니까 말 다 했지.

신칸센은 불가능, 비행기도 불가능. 그밖에 오사카에 갈 수 있는 수단은? 체포될 각오를 하고 고속도로를 2백 킬로미터로 내달려도 제때 당도할 수 없다네. 전용 제트기를 띄웠다는 진상도 아닐 터이지? 사실 지금은 2025년이라서 얼마 전에 초전도 자기부상 중앙 신칸센이 시나카와와 나고야 사이에 부분 개통됐다, 이런 초현실적인 답도 아니지? 그렇다면 역시 1월 27일 오후 6시 33분에 쓰나시마에 있던 사람은 아무리 애를 써도 오후 9시 5분까지 오사카 부내에 당도할 수 없다는 말이 된다네."

반도젠 교수는 부풀어 오른 머리를 설레설레 흔들었다.

"뭐야, 알리바이를 무너뜨리지 못했다는 보고잖아."

두광인은 목을 움츠렸다.

"무슨, 본론은 이제부터라네."

반도젠 교수는 커피를 마시며 한숨 돌리고 나서 제2부의 문을 열었다.

"되풀이하겠네만, 1월 27일 오후 6시 33분에 쓰나시마에 있던 사람은 아무리 애를 써도 오후 9시 5분까지 오사카에 당도할 수 없어. 그렇다면 시각표를 잘못 읽었다고 의심하거나 임시편이 존재하는지 조회하는 식의 발버둥질은 그만두고, 사실을 사실로서 순순히 받아들여보는 거지. 다스베이더 경님은 오사카에서 채팅에 참가할 수 없네. 하지만 채팅에 참가했지. 그렇다면 오사카 이외의 지방에서 참가했다고 생각할 수밖에 없다네. 즉, 다스베이더 경님은 오사카에는 가지 않았다는 말이야."

어떠냐고 으스대듯이 반도젠 교수는 고개를 내밀었다. "들은 바에 따르면" 하고 반도젠 교수는 말을 이었다.

"이 몸이 참가하지 않았던 이전 두 번의 채팅에서는 현재 위치를 분명하게 전했다고 하더군. 마치다에서는 주거 표시를, 쓰나시마에서는 역명을 카메라에 담았지. 주변 풍경도 빈틈없이 찍었다고 하던데. 그런데 세 번째 채팅에서는 뭐가 찍혀 있었나? 불빛을 받은 오사카성? 스카이 빌딩? 쓰텐가쿠通天閣*? 아닐세. 창문조차 비치지 않는 실내에서 확인할 수 있었던 것은 시체와 다스베이더 경의 얼굴밖에 없지 않은가. 장소를 명확하게 알려줄 만한 건 무엇 하나 비치지 않았어. 거기가 오사카라고 다스베이더 경님이 스스로 알려주었을 뿐이라네. 거기가 도쿄가 아니라고 어찌 말할 수 있겠는가.

* 오사카시에 위치한 전망탑.

그렇다네. 오후 6시 33분에 쓰나시마역 개찰구를 통과한 다스베이더 경님은 신요코하마로도, 하네다로도 향하지 않고, 쓰나시마에서 두 시간 반 범위 안에 있는 어느 역에 하차하여 그 마을에서 후지타니 루카 양을 살해한 후 오후 9시 5분에 우리 채팅에 참가한 걸세. 그리고 채팅이 끝난 다음에 시체의 목을 절단해, 머리를 리버 크레인 303호실에 가져다놓고서는 몸을 오사카로 옮겼지. 시간과 자동차만 있으면 커다란 시체를 멀리 떨어진 지방에 버리러 가는 것도 수월한 일이라네. 리버 크레인 앞에서 채팅에 참가했을 때 다스베이더 경님은 차에 타고 있지 않았는가. 따라서 이번 문제의 답은, 오사카까지 가서 죽였다고 그럴싸하게 위장했지만 실은 도쿄에서 죽였다. 알리바이 공작은 무너졌도다!"

반도젠 교수는 웹캠에 집게손가락을 들이대더니 팔짱을 끼고 의자에 떡 버티고 앉았다.

"긴 대사 하느라고 수고했어. 버벅거리지 않고 참 잘했어."

두광인은 일단 노고를 치하한 후에 얼굴 앞에서 손을 교차시키며 딱 잘라 말했다.

"유감이야."

"오답인가?"

"오답."

"어디가 틀렸는지 들어봐야겠군."

반도젠 교수는 손을 내리고 고개를 내밀었다.

"근본적으로 이상하잖아. 그날 피해자는 오사카에 갔다고. 범인도 오사카에 안 가면 죽일 수 없어."

"그러니까 살해당한 후지타니 루카 양도 실은 오사카에 안 간 걸세. 애당초 본가에 간다고 했으면서 실제로는 본가에 나타나지 않았지. 사전에 연락도 하지 않았어. 이상하지 않은가. 처음부터 오사카에 갈 생각은 없었던 거야."

"오사카에 갈 생각도 없는데 대학교 지인한테는 오사카에 간다고 했다고? 후지타니 루카한테 허언벽이라도 있었나?"

"후지타니 루카 양의 의사가 아니라 범인이 거짓말을 시킨 거지. 1월 27일에 오사카에 간다고 학교와 아르바이트하는 곳에 이야기해두라고 명령했어."

"그야말로 심리적으로 이상하잖아. 교수는 처음 만나는 사람이 말도 안 되는 요구를 하면 두말없이 따를 거야?"

"협박당한 걸세. 후지타니 루카 양의 약점을 쥔 범인은 약점을 방패 삼아 명령에 따르게 했어. 좀도둑질하는 현장을 휴대폰으로 촬영했다든지, 술 마시고 자전거를 타고 가다가 뺑소니치는 현장을 목격했다든지, 성매매한 사실의 증거를 잡고 있다는 식으로."

"후지타니 루카라면 세 번째는 아닐 것 같습니다만."

주의를 30퍼센트 기울이고 있던 aXe가 끼어들었다.

"무례하기는. 용모가 어떠하든 성적 대상으로서의 수요는 있어. 노땅 취향, 뚱땡이 취향, 추녀 취향."

빠지지 않고 잔갸 군이 따라왔다.

"댁이 더 무례한 것 같은데요."

"어쨌든."

교수가 손뼉을 쳤다.

“다스베이더 경은 비장의 카드를 슬쩍 내비치며 후지타니 양을 꼭두각시로 만들었네. 주말을 이용해 귀성한다고 말하면 범죄는 눈감아주겠다, 그밖에 금품을 요구하지도 않겠다. 이러면 거래하기에 나쁜 조건은 아니니 보통은 응하겠지. 그렇게 후지타니 양을 도쿄에 머무르게 해놓고는 약속대로 입을 다물어주마, 하고 목을 졸라 죽인 거야. 이 얼마나 비정한가. 그렇다네, 이번 문제를 푸는 열쇠는 ‘귀축’일세. 요전에 다스베이더 경님 자신이 그렇게 예고하지 않았는가.”

“교수한테는 그 정도가 귀축인가 봐?”

잔갸 군이 코웃음 쳤다.

“그렇다면 협박이니 뭐니 다 집어치우고, 막무가내로 차로 납치해서 어딘가에 가둔 다음에 풀려나고 싶으면 시키는 대로 하라면서 오사카에 간다는 전화나 메일 연락을 남기게 한 걸세. 그런 끝에 죽이고 말았으니 이건 그야말로 귀축 그 자체지.”

“나잇살이나 먹고 발끈하기는, 귀여워라.”

“상관없는 사람은 입 다물게나.”

“아니, 못 다물겠는데. 그런 식으로 후지타니를 조종해서 도쿄에서 죽일 수는 있겠지. 하지만 사실 후지타니는 오사카에 갔었다고. 신문 안 읽었구나. 사건이 일어난 날 밤에 후지타니는 도톤보리에 있었다는 기사가 났다고. 아사히 신문이었던가.”

“요미우리일세. 하지만 어디의 누가 봤다든가 이야기했다고는 안 쓰여 있지 않았는가. 얼마나 신용할 수 있겠냐는 말일세. 아마도 경찰이 후지타니 양 사진을 가지고 탐문했더니 도톤보리에서 봤다는 사람이 있었겠지. 쏙 빼닮은 다른 사람을 착각한 걸세."

"그 신문 정보의 상세한 내용을 알아보지도 않고 인상만으로 미심쩍다고 단정 짓다니 탐정으로서 미덥지 못한데요."

aXe가 말했다. 이 말을 듣고 반도젠 교수도 입을 다물었다.

"그럼 쐐기를 박아줄게. 아까 보낸 사진을 봐봐."

두광인이 말했다.

"사진? 어느 거지?"

"2561이랑 2574."

ss2561.jpg는 문고본 사진. 제목은 알 수 없다. 서점 커버가 씌워져 있다. ss2574.jpg는 영수증 확대사진. 1월 27일에 6백 엔짜리 서적 한 권을 구입했다.

"둘 다 다카쓰키의 산림에서 시체의 몸과 함께 발견된 후지타니 루카의 소지품이야. 촬영은 물론 살해를 끝마치고 시체를 유기하기 전에 했어. 영수증은 후지타니의 지갑 속에 들어 있었어. 서점 이름 아래 전화번호가 인쇄되어 있을 거야. 06으로 시작되니까 오사카 시내에 있는 서점이지. 이때 구입한 책이 2561 사진 속의 문고본 아닐까. 커버에 로마자로 서점 이름이 들어가 있지? 영수증의 서점 이름과 똑같아. 그리고 영수증에는 날짜가 찍혀 있어. 1월 27일. 사건 당일이야. 시각도 기록되어 있네. 오후 5시 2분. 즉, 후지타니 루카는 오사카에 갔어. 오사카에 갔나 안 갔나에 골머리를 썩일 필요는 없는 데다 검증에 시간을 할애할 필요도 없어. 그렇다는 말씀."

두광인은 결론 부분을 차근차근 설명하듯이 말해주었다.

"그러면 사진을 보냈을 때 그렇다고 설명하란 말이다."

잔갸 군이 말했다.

"결정적 대사는 마지막에 하는 법이거든."

두광인은 태연하게 되받아쳤다.

"영수증은 나중에라도 손에 넣을 수 있네만……."

반도젠 교수가 단념하지 못하고 웅얼웅얼 중얼거렸다.

"영수증은 범인이 준비한 속임수? 오사카에 사는 지인에게 부탁해서 문고본을 사면 영수증이랑 커버 둘 다 손에 들어오겠지. 도쿄에서 여자를 죽이고 몸을 오사카에 버리러 갔을 때, 영수증과 문고본을 지인한테 받아서 사진을 찍은 다음에 몸과 함께 유기하면 돼. 하지만 그런 수단은 사용하지 않았어. 이 말을 믿든 말든 자유지만, 그런 걸 의심하기 시작하면 한도 끝도 없다고. 진위를 밝히기 위해 오사카에 있는 이 서점까지 찾아가서 후지타니 루카의 얼굴 사진을 보여주며 1월 27일 저녁 무렵에 이 여자가 가게에 왔느냐고 물을 거야? 경찰은 그런 수사를 진행하겠지만, 개인이 혼자 그런 짓을 하면 정말 끝장을 못 봐. 추리가 앞으로 나아가질 않는다고. 이 영수증은 후지타니 루카의 지갑 속에 있던 물건이고, 후지타니 루카는 살해당한 날에 분명히 오사카에 있었어. 틀림없다고. 만약 후지타니 루카가 오사카에 가지 않았다면 이 카메라 앞에서 배를 확 가를게."

두광인은 오른손바닥이 위를 향하게 주먹을 쥔 후 배 앞에서 옆으로 그어 보였다.

반도젠 교수는 으음, 하고 신음소리를 내더니 더벅머리를 쥐어

뜬었다. 가발이 삐뚤어진 것도 모르는지 줄담배만 피워댔다.

"그러니까 아저씨의 추리는 짬날 때 들으면 충분하다고. 그 정도의 가치밖에 없거든. 패자는 냉큼 퇴장."

주역이 잔갸 군으로 교체된다. 교체되자마자 잔갸군은 갑자기 말했다.

"2인1역이지? 맞지?"

"그거야말로 당치도 않으이."

반도젠 교수가 성난 기색을 드러냈다.

"다스베이더 경님은 두 사람이었다. 쓰나시마에서 채팅에 참가한 다스베이더 경님 A와 오사카에서 후지타니 루카를 죽인 다스베이더 경님 B. 아아, 그러면 설명은 되지. 하지만 2인1역은 반칙일세. 우리는 서로에게 맨얼굴을 보여주지 않았으니 2인1역이나 3인1역은 물론, 10인1역이나 100인1역도 내키는 대로 할 수 있겠군그래."

"100인1역! 일찍이 본 적 없는 장대한 미스터리가 될 것 같은데."

두광인은 손뼉을 치며 웃었다.

"이 등신이! 대리인 따위를 사용하면 제명이야. 아니지, 때려죽일 테다."

"2인1역이라는 말을 꺼낸 건 귀공이야."

"누가 가해자의 2인1역이라고 했냐? 피해자의 2인1역이라고."

"피해자의?"

"오후 6시 33분, 쓰나시마에서 채팅을 끝내고 도쿄의 어느 곳으로 이동한 다스베이더 경은 거기서 젊은 여자를 죽였어. 이 여자는 후지타니 루카가 아니지만, 오후 9시 5분 채팅에서는 후지타니 루카라면서 시체를 보여주지. 한편 그때 진짜 후지타니 루카는 오사카에 쌩쌩하게 살아 있었어. 채팅을 마친 다스베이더 경은 오사카로 튀어가서 진짜 후지타니 루카를 살해한 후 몸을 현지에 남겨두고 머리를 도쿄로 가지고 돌아왔지. 먼저 죽인 여자의 시체는 다른 방법으로 처리했을 거야."

"아니, 하지만……."

"아, 다 아니까 말할 필요 없어. 채팅에서 본 시체가 후지타니 루카가 아니라면, 나중에 미디어에 후지타니 루카의 얼굴 사진이 나왔을 때 2인1역을 알아차리겠지. 게다가 채팅할 때 다스베이더 경은 시체의 신체적 특징을 자세하게 설명했어. 만약 대리인을 사용했다면 신체적 특징이 눈에 띄지 않도록 앵글에 신경을 썼을 거야. 얼굴이 어느 정도 닮은 사람은 준비할 수 있어도 그 별난 모양의 귓불을 가진 사람은 준비하기 어려울 테니까."

"하지만 그래서는 2인1역이 성립하지 않을 텐데."

"인간이라면 그렇지."

"응?"

"채팅에서 보여준 게 인형이었다면?"

"뭐?"

"별난 모양의 귓불을 가진 사람을 찾아내기는 어려워도 인형의 귓불을 별난 모양으로 만들기는 간단해."

"아니, 하지만……."

"마네킹 정도로는 화상 채팅에서 얼버무릴 수 없겠지만, 리얼돌 공방에 부탁하면 제법 그럴듯한 인형을 만들 수 있다고. 그건 직접 봐도 진짜 인간으로 착각할 정도니까."

"리얼돌?"

"엄청나게 정교한 성인용 섹스 인형."

"아아. 하지만 인간과 꼭 닮았을 정도로 완성도가 높다면 그리 쉽게 손을 댈 수는 없을 터인데."

"가격 말이야? 뭐, 1백만 엔은 잡아야겠지."

"1백만!"

"뭘 그걸 가지고 뒤로 나자빠지나. 전체 높이가 1.5미터인, 정가 35만 엔짜리 12분의 1 스케일 RX-78-2 건담이 어째서 팔릴까? 어째서 공공도로를 제대로 달리지도 못하는 클래식 자동차를 5백만 엔이나 들여서 복원하지? 놀이이기 때문에야말로 돈을 쓸 텐데. 이게 금전적인 문제나 치정과 연관된 말썽, 증오 때문에 일어난 살인이라면 1백만 엔이나 들여서 대역을 만들지도 않아."

"흐음."

"그런 고로 조금만 더 깊이 검증해볼게. 후지타니 루카의 사망 추정 시각은 27일 밤이었어. 따라서 그날 안에 오사카에 가서 진짜 살인을 행할 필요가 있지. 오후 9시 5분에 시작된 채팅은 몇 분에 끝났더라?"

"15분쯤이었다고 기억하고 있네."

"오후 9시 36분에 출발하는 신요코하마 신칸센이 있어. 노조미 161호, 신오사카로 가는 막차지. 신요코하마 근처에서 채팅을 하면 여기 탈 수 있어. 또는 하네다 근처에서 채팅하다가 오후 9시 45분에 출발해서 간사이 국제공항에 도착하는 ANA977편을 타든지. 양쪽 다 가까운 곳에 호텔이 있으니까 문제없이 커다란 인형을 놓아둘 수 있어.

그다음은 아까 말한 거랑 거의 똑같아. 오사카에 도착하면 바로 후지타니 루카가 있는 곳으로 가서 살해. 목을 절단하고 오른쪽 새끼손가락도 잘라내. 차로 몸체와 가방을 다카쓰키의 산속에 유기한 후, 다음 날 아침에 증표인 머리를 들고 도쿄로 개선凱旋해 리버 크레인 303호실에 바치는 거지. 그리고 인형을 놓아둔 호텔로 돌아가서 체크아웃하면 돼. 아니, 하룻밤이든 이틀 밤이든 더 머물러도 상관없어. 진짜 시체가 아니니까 썩지 않거든. 그리고 가장 중요한 주의사항. 갈 때는 신칸센을 타든 비행기를 타든 문제없지만, 돌아올 때는 반드시 신칸센을 타야 해. 비행기를 타면 엑스선으로 짐을 검사할 때 잘린 머리가 딱 걸릴 테니까."

잔갸 군은 순조롭게 마무리를 지었다. 그것이 주역으로서의 마지막 반짝임이었다.

"그건 다스베이더 경의 덫입니다."

지금까지 줄곧 잠자코 있던 aXe가 입을 열었다.

"아앙?"

"세 번째 채팅은 오사카에서 참가했습니다."

"그럴 리 없어."

"증거를 보겠습니까?"

"보여줘 봐."

aXe가 화상 파일 하나를 전송했다. 화면 전체에 신문지가 가득 차 있었다.

"원래 해상도가 낮은 파일을 확대해서 상당히 조잡합니다만, 일단 읽을 수는 있죠?"

"「이브닝 오사카」."

"그렇습니다."

"그게 뭐?"

"간사이 지방* 석간신문입니다. 선정적인 기사와 소비자 금융 광고만 늘어놓기 때문에 간사이 지방에 살아도 모르는 사람은 많을걸요."

"그러니까 그게 뭐?"

"채팅 화면에서 캡처한 겁니다. 신문지로 시체를 덮어뒀었죠? 그 신문지라고요."

"이 자식, 채팅을 보존해뒀냐? 성실하구나."

"보존 안 합니까? 탐정으로서 돼먹지 않았군요."

"디스크 용량에는 한계가 있잖아."

"그러니까 중대한 증거를 놓치고 덫에 빠지는 겁니다."

"시끄러! 이 삼류 석간지가 어쨌다고?"

"둔하군요. 간사이 지방에서만 파는 신문이라고요. 도쿄에서 채팅을 하는데 어떻게 이 신문이 비칩니까?"

"등신은 네놈이다. 오사카 신문이 비치니까 거기는 오사카라

* 교토, 오사카, 고베를 중심으로 한 일대. 도쿄는 포함되지 않는다.

고? 그런 신문은 얼마든지…….”

“예전에 간사이 방면으로 갔을 때 산 신문이라고요?”

“그래.”

“눈도 나쁜 모양이네요. 1월 27일자 신문입니다. 작년 1월 27일이 아니에요. 2007년 1월 27일입니다.”

땅바닥에 내동댕이쳐진 개구리 같은 소리를 내더니 잔갸 군은 입을 다물고 말았다.

“이런, 이런, 절망할 필요는 전혀 없다네.”

반도젠 교수가 말했다.

“신문에는 ‘판’이라는 것이 있지. 먼 곳에 배포하기 위해 이른 시간에 인쇄되는 이른 판과, 가까운 지역용으로 늦게 인쇄되는 늦은 판. 도심부는 ‘가까운’ 지역이기에 통상 늦은 판이 배포되지만, 역 매점 등지에서는 이른 판도 취급하지. 이른 판은 속보성이 높거든. 처음에는 이른 판을 진열해놓았다가, 내용을 바꿔 넣은 늦은 판이 인쇄되면 이른 판과 바꿔서 판매하지. 도심부는 사람이 많아서 수요가 높기 때문에 그런 판매방법이 유효하다네. 「이브닝 오사카」 역시 그러하지. 석간신문이라고 해서 저녁이 되어서야 가게에 진열된다는 생각은 큰 착각이야. 이른 판은 오후 이른 시간에 손에 넣을 수 있단 말일세. 그러면 다음과 같은 재주를 부릴 수 있지. 「이브닝 오사카」의 이른 판을 저녁까지 도쿄로 가지고 돌아온다.

실제 사실에 맞추어 이야기함세. 1월 27일 오후 1시 39분, 도쿄 마치다에서 채팅을 끝낸 다스베이더 경님은 오사카로 향했네. 그리고 신오사카역 또는 공항 매점에서 「이브닝 오사카」 이른 판을 입수한 후, 아메무라*도 구경하지 않고, 다코야키도 먹지 않고 바로 도쿄로 되돌아와서 오후 6시 14분부터 요코하마 쓰나시마에서 채팅에 참가했지. 오후 6시 33분에 채팅이 끝난 다음은 아까 잔갸 군님의 설명과 동일하네. 하네다 내지는 신요코하마의 거점으로 이동해서 오후 9시 5분부터 시작된 채팅에 참가했어. 후지타니 루카 양과 닮은 리얼돌에 오사카에서 구입한 오늘자 「이브닝 오사카」를 덮어놓고. 아주 사소한 위장공작이지. 겨우 신문 한 부를 손에 넣기 위해 그 정도의 돈과 품을 들이는 게 게임이라네. 그렇지 않은가, 잔갸 군님?"

반도젠 교수는 마지막에는 자리에서 일어서서 열변을 토했다. 하지만 aXe는 주역의 자리를 양보하지 않았다.

"마치다에서 로그아웃하고 쓰나시마에서 로그인할 때까지 네 시간 삼십오 분. 도쿄와 신오사카 구간을 달리는 노조미호의 최단 주파 시간은 두 시간 삼십 분, 왕복이면 다섯 시간입니다. 시각표로 검토할 필요도 없이 신칸센은 이용할 수 없죠. 한편 비행기는 어떤가 하니, 리버 크레인에서 하네다 공항은 한 시간 만에 갈 수 없기 때문에 가장 빨리 탈 수 있는 간사이 방면 비행기는 오후 3시 30분에 출발해 이타미에 도착하는 JAL1519편입니다. 이타미 도착 시간이 오후 4시 40분, 돌아올 때는 오후 5시에 출발하는

* 아메리카무라의 준말로 오사카시 니시신사이바시의 통칭. 패션숍이 즐비한 젊은이들의 거리.

ANA34 비행기 편으로 하네다에 오후 6시 10분 도착. 남은 사 분만에 쓰나시마까지 이동하기는 불가능하죠. 아니 뭐, 더 이른 비행기 편을 탈 수 있으리라고 생각한다면 실컷 시각표와 격투해보시기 바랍니다."

반도젠 교수는 으음, 하고 신음하더니 입을 다물었다.

"이 자식, 다른 사람의 의견을 부정하기만 하고, 너 자신의 추리는 없냐?"

되살아난 잔갸 군이 대들었다.

"있습니다. 처음에 말해서 정답을 맞히면, 애써 생각해온 여러분에게서 발표 기회를 빼앗는 셈이 될 테니 분위기를 읽으며 얌전히 있었을 뿐입니다."

"그런 걸 보고 분위기를 못 읽는다고 한단다."

"곧이곧대로 생각하면 됩니다. 오후 9시 5분 시점에서 다스베이더 경은 오사카에 있었습니다. 그렇다면 「이브닝 오사카」는 1센티미터의 장애도 되지 않죠. 살해 현장 옆에 위치한 편의점에서도 팔고 있을 테니까요."

"에엥? 그 시간에 다스베이더 경이 오사카에 있기는 불가능하다고. 지금까지 뭘 처들었냐, 얼간아."

"어째서 그 시간에 다스베이더 경은 오사카에 있을 수 없습니까?"

"장난치냐? 아니면 정말 등신인가? 오후 6시 33분에 쓰나시마를 출발해서 오후 9시 5분까지 오사카에 도착하는 건 불가능하다고 얼마만큼 이야기했냐!"

"쓰나오카에서 오후 6시에 출발하면 늦지 않겠습니까?"

"뭐라? 오후 6시에 출발할 수 있을 리 없을 텐데."

"오후 6시면 아슬아슬한 줄타기니까 여유 있게 오후 5시로 할까요? 뭣하면 오후 3시 정도라도 괜찮습니다."

"더 이상 말하면 죽인다. 그렇게 일찍 오사카에 갔다면 저녁 채팅에 못 나올 텐데."

"무엇을 위한 인터넷입니까? 채팅에는 런던에서도 참가할 수 있습니다."

"이 자식, 나중에 죽일 테다. 반드시 죽이겠어. 텍스트로 대화하는 채팅이라면 자기 위치는 얼마든지 속일 수 있지. 하지만 이건 화상 채팅이라고. 런던에서 참가하는데 쓰나시마역이나 역 앞 미쓰이스미토모 은행이 비치겠냐?"

"그게 리얼 타임으로 비치는 쓰나시마의 풍경이라고 단언할 수 있습니까?"

"응?"

"전날 같은 시각에 찍은 쓰나시마의 영상이 아니라고 딱 잘라 말할 수 있어요?"

반도젠 교수가 오오, 하고 소리를 질렀다. aXe가 손도끼를 지휘봉처럼 휘둘렀다.

"다스베이더 경은 오후 1시 39분에 마치다에서 채팅을 마친 후에 바로 오사카로 향했습니다. 비행기라면 아까 설명했듯이 오후 4시 40분에 오사카에 도착합니다. 신칸센이라도 여유롭게 오후 5시 반까지는 도착할 수 있습니다. 오후 6시 14분, 오사카의 어느 장소에서 채팅에 로그인하지만 웹캠을 접속하는 대신에 미리 녹화해둔 쓰나시마의 영상을 송출하면서 리얼 타임으로 해설을 덧씌웁니다. 후시녹음이죠. 자못, 지금 상점가를 걷고 있는 듯이, 쓰나시마역 서쪽 입구에 도착한 듯이 이야기한 겁니다. 만약 이게 자기 얼굴을 찍는 앵글이었다면 수상쩍었겠죠. 입의 움직임과 음성을 똑같이 맞추기는 어렵거든요. 하지만 풍경을 보여준다는 이유로 얼굴은 일절 찍지 않았습니다. 하기야 다스베이더 경은 마스크를 쓰고 있으니까 얼굴을 드러내도 입의 움직임은 알 수 없습니다만. 오후 6시 33분에 로그아웃하고 후지타니 루카를 죽이러 갑니다. 후지타니 루카가 오사카의 어디에 있든지 문제는 없죠. 다음에 로그인하는 시각은 오후 9시 5분입니다. 두 시간 반이나 있으면 우메다, 난바, 미노오, 가시와라, 이즈미사노, 다카쓰키…… 오사카의 거의 모든 곳에 갈 수 있습니다. 말할 필요도 없이 「이브닝 오사카」도 손에 넣을 수 있죠. 보존해둔 영상에 따르면 채팅이 끝난 시각은 오후 9시 17분이었습니다. 그다음에 목을 절단하고 몸체를 유기해야 하기 때문에 도쿄에는 다음 날 돌아옵니다. 돌아오는 교통편으로 비행기는 안 됩니다. 엑스선으로 짐을 검사할 때…… 얼레? 최근에 누가 말한 것 같은데요."

aXe는 익살스럽게 마무리를 지었다.

반도젠 교수가 손뼉을 쳤다.

aXe는 자랑스러운 듯 손도끼를 가슴에 댔다.

"잔갸 군, 낙담하지 마."

두광인은 침묵을 지키는 잔갸 군에게 말을 걸었다.

"내버려둬."

될 대로 되라는 식의 목소리가 되돌아왔다.

"오히려 기뻐해야 할 텐데. 다시 한 번 대답할 찬스가 주어졌으니까."

"틀렸다고요?"

깜짝 놀란 aXe가 등을 쭉 폈다.

"응."

"거짓말입니다."

"진짜야."

"거짓말이에요. 이 마당에 와서 이러다니 보기 흉합니다."

"보기 흉한 건 그쪽이지."

"어디가 틀렸습니까?"

"음, 구체적으로 지적하면 스포일러가 될 것 같은데."

후시녹음이 아니야.

두광인이 주저하고 있자니 044APD가 대답했다.

"후시녹음이 아니라고요? 증거는? 후시녹음이라는 직접적인 증거는 없지만, 후시녹음이라고 가정하면 지금까지 해결이 불가능했던 사항을 깔끔하게 설명할 수 있습니다. 즉, 후시녹음이라는 간접적인 증거죠. 후시녹음을 부정할 직접적인 증거를 보여주지 않는 한 받아들일 수 없습니다. 설령 실제로는 이 방법을 채용하지 않았더라도 정답과 동등하게 취급받아야 합니다."

aXe가 이성을 잃은 채 마구 떠들어댔다.

쓰나시마역 구내에 들어간 다음의 영상을 재생해봐.

두광인도 보존해둔 파일을 열어보았다.

역의 안내방송을 잘 들어.

"이 몸은 보존해두지 않았는데."
반도젠 교수가 주눅 든 모습으로 말한 후에 aXe가 퉁명스럽게 입을 열었다.
"안 들려요."
두광인도 알아들을 수 없었다. 주위의 웅성거림에 뒤섞이고 말았다.

안내방송 음성을 추출해서 동떨어진 주파수대의 음성을 삭제하면 안내방송을 들을 수 있어.

"CSI*라도 되냐."
잔갸 군이 말했다. 채팅의 형세가 변해서 기운을 되찾은 모양이다.

* 세계적으로 인기를 끈 미국의 대표 범죄 수사 드라마.

그런 범죄 수사대에서 사용하는 거랑 똑같은 소프트웨어.

"안 가지고 있다니까."

Winhihi에서 다운로드 받을 수 있어.

"이 자식이……."

잡음 성분을 분리한 파일을 송신 중.

"그런 건 먼저 말하라고."

두광인은 도착한 음성 파일을 열었다.

"고객 여러분께 안내 말씀 드립니다. 무사시코스기역에서 발생한 인신사고의 영향으로 상하행선에서 운행을 일시정지한 JR 난부선이 방금 전 운행을 재개했다는 연락이 들어왔습니다. 다시 한 번 안내 말씀 드립니다. 인신사고 때문에 운행을 일시정지한 JR 난부선이 방금 전 운행을 재개했습니다."

JR 동일본 홈페이지에서 확인했어. 1월 27일 오후 5시 50분경에 난부선 무사시코스기역 1번 플랫폼에서 선로로 떨어진 50대 여성이 들어오던 가와사키행 열차에 치여서 즉사했지. 이 사고로 난부선 상하행선은 최대 삼십 분 지연되어 저녁 귀갓길에 크나큰 영향을 끼쳤어.

"오사카에서 과거 영상에 해설을 덧씌웠다면 이 안내방송은 절대 들어가지 않아. 채팅은 쓰나시마에서 생중계로 진행했다는 말이야!"

잔갸 군이 완전히 부활했다. 한편 힘없이 고개를 떨어뜨린 aXe는 한마디도 하지 않았다.

"하지만 그렇다면 마침내 사방이 꽉 막힌 셈이로구먼."

반도젠 교수가 팔짱을 꼈다.

"어이, 콜롬보 짱. 설마 너 이 자식, 벌써 진상을 간파한 건 아니겠지?"

잔갸 군의 물음에 044APD는 아무 대답도 하지 않았다.

"포기했어?"

두광인이 물었다. 자신도 모르게 미소가 떠오른다.

"누가! 겨우 오늘 출제된 문제잖아."

"으음. 일단 나온 추리를 정리해보아야 할 것 같군."

반도젠 교수도 의욕을 내비쳤다.

aXe는 죽은 듯이 잠자코 있었다.

044APD 역시 아무 말도 타이핑하지 않았다.

"뭐, 모두 백기를 들 때까지 느긋하게 기다릴게. 최선을 다해 머리를 쥐어짜내 보라고."

두광인은 머리 뒤에다 깍지를 끼고 여유를 부렸다.

2월 12일

화면에 한 쌍의 젊은 남녀가 비치고 있다.

"앗쿤 선배는 지바에 별장이 있어요."

여자가 말했다. 볼륨 있는 웨이브 머리에 특별히 눈을 커 보이게 한 화장은 인간이 아니라 인형에 가까운 인상을 주었다.

"별장이랄까, 세컨드 하우스지. 주인도 내가 아니고."

남자가 말했다. 그는 여자와 대조적으로 실눈이다. 머리카락은 금색에 가까운 갈색이지만, 최근에는 염색을 하지 않았는지 검어진 아랫부분이 눈에 띈다.

"별장이랑 세컨드 하우스, 뭐가 달라?"

"뭐라니…… 왠지 다르다고. 별장은 가루이자와나 이즈* 같은 곳에 있는 거잖아. 우리 건물은 지바에 있어."

"아, 어쩐지 알겠다. 지바에 있는 그 집에는 자작나무 같은 것도 없잖아."

"뭐냐, 이 바보 커플은?" 잔갸 군이 열 받은 듯이 말했다.

"남자는 구마모토 아쓰시. 도쿄 메트로폴리탄 대학교 인간환경학부 대학원 1학년입니다. 여자는 유키 치히로. 같은 대학 같은 학부 4학년이고요. 두 사람 다 다카하타 연구실에 소속되어 있는데 일곱 달 전부터 사귀고 있다던가?"

* 둘 다 유명한 휴양지.

aXe가 설명했다.

"그것보다 언제까지 저능한 대화가 이어지는 거냐고?"

"중요한 증언은 이제 곧."

오늘 밤 모임에는 다섯 명 전원이 모였다. [두광인], [aXe], [잔갸 군], [반도젠 교수], [044APD]에 더해서 하나 더 열려 있는 창에는 aXe가 촬영해 온 비디오가 재생되는 중이다. aXe는 금요일 밤 채팅에서 KO당했지만 하룻밤 자고 부활했는지, 주말과 대체 공휴일이었던 오늘 낮에 후지타니 루카가 다니던 대학교와 관련된 지인을 탐문하고 돌아다녔다.

구마모토 아쓰시가 카메라에 시선을 주며 말했다.

"아버지가 거품경제 시절에 투기 목적으로 샀어요. 조만간에 교통이 편리해지면 자산 가치가 몇 배로 뛸 거라는 부추김을 받고요. 그런데 거품이 꺼지고 그 후로도 경기 침체 상태가 계속되는 통에 땅값은 폭락, 팔려고 해도 팔 수 없는 지경에 빠졌죠. 임대하려고 해도 도시가 아니라서 빌리려는 사람이 없어요. 그렇다고 해서 휴양지에 위치한 것도 아니니까 우리 가족이 별장으로 쓰지도 않아서 거의 방치된 상태였어요."

"하지만 언젠가는 앗쿤 선배 게 되잖아? 장남이니까."

유키 치히로가 끼어들었다. 누나가 있어서 모르는 일이라며 구마모토는 유키에게 미소를 지었다.

"소데가우라에 있는 그 집에는 역시 거품경제 시절에 산 노래방 기기가 있는데……."

"영화관처럼 커다란 스크린에 비치잖아."

"프로젝터. 하이비전에 대응하지 못하니까 이제 와서는 거추장스러운 물건일 뿐이지만. 재생장치도 과거의 유물인 레이저디스크거든요, 이게. 레이저디스크 노래방 기기죠. 새로운 곡이 나오지도 않는데 이런 물건을 가지고 있어봤자 무슨 소용이냐면서 벌써 몇 년이나 전부터 처분하자는 이야기가 나오기는 했는데, 좀처럼 가지 않으니까 결국 그대로 놓여 있어요.

보자, 연구실 회식 자리였던가, 우스갯소리 삼아 그 이야기를 했더니 가타기리 씨가 한번 보여달라고 하더라고요. 노래방 기기 말고도 아버지가 기분 내키는 김에 덥석덥석 사들인 영화나 드라마 디스크가 많거든요. 가타기리 씨 말로는 DVD화 되지 않은 레이저디스크 소프트가 있는 모양인데, 그런 귀중한 소프트가 있으면 자기가 재생장치랑 같이 사겠대요."

"〈괴기대작전〉이 이러쿵저러쿵하고 열렬히 이야기했지, 가타기리 씨가. 꽃미남인데 오타쿠 기질이 너무 많은 사람이야."

"분명 제24화 '광귀인간'은 아무리 오랜 시간이 지나도 다시 상품화되거나 전파를 탈 일은 없을 테니, 레이저디스크를 발견하면 확보해두는 편이 좋아."

두광인이 말하자 aXe가 끼어들었다.

"그 사실을 아는 댁도 오타쿠로군요."

"야, 지금까지 나온 이야기는 사건이랑 관계없잖아."

잔갸 군이 소리를 질렀다.

"중요한 증언은 이제 곧."

"어차피 버릴 작정이었으니까 가져가도 아무 상관 없는 데다 사주면 제 용돈이 되니까 엄청 운 좋잖아요. 그래서 확인하러 가기로 했는데, 어차피 갈 바에야 모두 함께 가서 술이라도 마시자는 결론이 났어요. 독채인 데다 이웃과도 떨어져 있으니까 시끌벅적하게 놀 수 있거든요. 술에 떡이 돼도 그대로 잘 수 있고. 그래서 연구실에서 사람을 모아 여섯 명이서 가기로 했어요. 연구생 가타기리 씨, 대학원 1학년생 사에키랑 누카타, 학부 3학년인 후지타니, 그리고 얘랑 저 그렇게 여섯 명. 졸업논문이랑 석사논문 마감 전이었으니까 뭐 그 정도였죠."

"전 4학년이지만 유급이 결정됐으니까 참가했어요."

"그런데 당일 연구실에 모여 슬슬 출발할 때쯤 돼서 후지타니가 오늘은 참가 못 하니까 죄송하다고 하더라고요."

"그건 어떤 형식으로 들었습니까? 직접? 아니면 전화? 메일?"

"이 질문을 한 사람은 접니다. 목소리를 변조했습니다만."

aXe가 해설을 했다.

"직접."

"참가하지 못하는 이유는 뭐였습니까?"

이 역시 aXe의 질문이다. 목소리만 나올 뿐 모습은 화면에 비치지 않는다.

"급히 본가에 돌아가야 한댔어요. 할머니가 사고로 입원했다던데요. 그래서 지바에는 후지타니를 제외한 다섯 명이 갔는데, 후지타니가 가타기리 씨의 휴대폰에 전화를 걸어왔어요. 갑작스럽게 취소해서 모두한테 사과하고 싶다고 해서 화상전화로 바꿨는데…… 틀림없지?"

구마모토는 난처한 듯이 옆에 눈길을 주었다.

"미나미에서 걸었어요." 유키가 말했다.

"미나미라면 오사카시의 미나미?"

"예, 루카 짱은 도톤보리에 있었어요. 그때 분위기가 엄청 거북해졌어요."

유키가 구마모토를 올려다보았다.

"후지타니의 본가는 분명 가시와라시였죠?"

aXe가 물었다.

"예. 우리도 장례식에 갔었어요. 역에서 엄청 멀더라고요."

유키가 구마모토를 올려다보았다.

"전화가 왔을 때 분위기가 거북해졌다는 건, 후지타니 씨는 할머니를 병문안하러 귀성했을 텐데 밤중에 번화가에 있었기 때문입니까?"

"뭐, 그런 느낌이었죠."

"후지타니 씨가 지금 도톤보리에 있다고 말하던가요?"

"말은 안 했어요. 하지만 도톤보리에 있었죠."

"예?"

"그러니까 화상전화였다고 했잖아요. 루카 짱 뒤에 에비스 타워[•]가 있더라고요. 작년에 유니버설 스튜디오 저팬에 갔을 때, 다음 날에 탔잖아."

유키가 구마모토를 올려다보았다. "탔다, 탔어" 하고 남자 친구가 동의했다.

"그 관람차는 당신들이 오사카에서 탄 관람차가 틀림없죠?"

"예? 그 관람차가 다른 데도 있어요? 어디에? 도쿄?"

"없어. 후지타니 뒤에 보인 건 '에비스 타워'가 확실합니다."

구마모토가 확고하게 보증했다.

"미나미에서 걸려온 전화는 1월 27일 몇 시에 왔습니까?"

"8시 정도?"

"8시 정도였어요."

동시에 대답한 두 사람은 얼굴을 마주 보며 웃었다.

"오후 8시죠? 오전이 아니라."

"오전 8시는 말이 안 되죠."

aXe의 확인에 구마모토는 뒤집어진 목소리로 대답하며 손을 마주치더니, 뭐가 우스운지 심벌즈를 든 장난감 원숭이처럼 계속해서 손뼉을 쳤다.

"다음 살해 대상을 이놈으로 해도 되겠냐?"

잔갸 군이 말했다.

"허락합니다."

• 대형 할인매장 '돈키호테'와 일체화된 관람차.

aXe가 고개를 끄덕였다.

"질문 후반부는 열 좀 받은 것 같은데?"

두광인도 말을 꺼냈다.

"솔직히 위험했습니다. 두세 가지 더 묻고 싶었지만 계속 물었다면 어찌 되었을지. 가방에는 칼도 들어 있었고 말이죠."

aXe가 손도끼를 대각선으로 내리쳤다. 왼쪽에서 오른쪽, 오른쪽에서 왼쪽으로 되풀이해서 비스듬히 내리치다가, 마음이 풀리자 입가에 가져가서 도끼날 끝에 입김을 내뿜었다.

"후지타니 루카가 도톤보리에 있었다는 기사의 출처는 두 사람이었더군요. 이미 서점 영수증과 석간신문 때문에 후지타니 루카가 오사카에 있었다는 사실은 뒤집기 어려웠습니다만, 그 증거들은 간접적이었습니다. 그에 비해 이번 정보는 직접적인 목격 증언이죠. 후지타니 루카는 틀림없이 오사카에 갔습니다. 오후 8시에 오사카 미나미에 있었죠. 다른 관계자에게 확인한 영상을 나중에 보여드리겠습니다만, 후지타니 루카는 정확하게 말해 오후 7시 49분부터 54분까지 통화를 했습니다. 그리고 오후 9시 5분에는 시체로 변했고요. 후지타니 루카가 살해당한 건 이 한 시간 사이입니다. 따라서 살해 현장 도쿄설은 어불성설입니다. 이제 알아들었겠죠, 교수님?"

"음. 더 이상 고집부리지 않겠네."

반도젠 교수는 고개를 끄덕거렸다.

"그럼 다음 영상을 보시죠."

화면 가운데에 젊은 남자가 한 사람 있다. 마룻바닥에 책상다리를 하고 앉아 다박수염이 자란 턱을 거듭 쓰다듬고 있다. 구마모토 아쓰시 일행과 함께 지바에 놀러 간 다카하타 연구실의 대학원생 누카타 다이스케다.

"구마모토네 별장에 도착해서 사온 반찬을 차려놓고 있는데 후지타니가 전화를 했어. 8시 좀 전이었던가. 처음에 가타기리 씨랑 둘이서 이야기하다가 화상전화로 바꾼다기에 모두 함께 가타기리 씨 휴대폰 앞에 모였어. 번갈아가며 이야기하는 동안에, 어? 싶었지. 후지타니는 할머니를 병문안하러 갔잖아? 그런데 현재 위치가 번화가 같더라고. 난 오사카에 간 적이 없어서 몰랐는데, 나중에 물어보니 도톤보리라더군. 도톤보리라면 글리코 간판이 있고, 한신이 우승했을 때 뛰어드는 곳이지*? 그런 곳에 큰 병원이 있을까? 게다가 후지타니의 본가는 오사카 시내도 아니고.

통화를 마치고 건배를 했는데 분위기가 엄청 거북했어. 병문안을 갔는데 어째서 도톤보리에 있냐고, 병문안은 구실, 실은 우리를 생까고 다른 곳에 놀러 갔겠지, 누구랑 간 거야…… 이렇게 말하면서 너무한 여자라고 험담했다면 괜찮은 술안주였겠지. 없는 사람 욕하면 어쩐지 분위기가 살잖아. 하지만 아무도 그런 말을 입에 담지 않았어. 할 수 없었다고. 왜냐하면 후지타니는 가타기리 씨의 여자 친구거든. 가타기리 씨 자신도 후지타니가 할머니를 병문안하러 본가에 갔다고 믿고 있었어. 그런데 도톤보리에서 전

* 프로야구 구단 한신 타이거스가 우승하면 열성팬들이 도톤보리가와강으로 뛰어든다.

화를 했으니 상당히 당황하는 모습이었지. 처음에는 시선이 허공을 헤매다가 무서운 표정을 지으며 입을 다물더니만, 겨우 입을 뗐나 싶자 묘하게 수다를 떠는데, 억지로 미소를 짓는 모습이 참 보기 딱했어. 술도 건배할 때만 맥주를 입에 댔을 뿐 전혀 마시지 않았다고. 마시면 난리를 칠 테니까 꾹 참은 거야.

모처럼 가진 술자린데 하나도 즐겁지 않았어. 왁자지껄 떠들면서 차로 왔을 때의 여행 기분은 어딘가로 싹 날아가 버리고, 긴장감 감도는 공기가 자리를 가득 채웠지. 정말이지 술자리를 집어치우고 싶었어. 하지만 대학 근처의 선술집이 아니잖아. 보소반도까지 왔다고. 돌아가려 해도 돌아갈 수가 없지.

그러다가 가타기리 씨가 편의점에 갔어. 비상용 휴대폰 충전기를 사온다고 했는데, 일시적인 방편이라는 건 모두 알고 있었지. 머리를 식히러 갔든지 아니면 후지타니에게 따지는 전화를 걸러 갔든지, 둘 중 하나였을 거야. 뭐, 그렇게 나가 준 덕분에 나머지 네 명은 한숨 돌릴 수 있었지만. 화상전화는 무섭구나, 하고 웃으면서 벌컥벌컥 마셨지. 그랬더니 기분이 좋아져서 가타기리 씨가 돌아와도 별로 신경 쓰이지 않았어. 가타기리 씨도 조금은 진정됐는지 우리 이야기에 끼어들어서 같이 마시고 노래 불렀지. 레이저 노래방 기기라서 새로운 곡이 없는 탓에 중간부터는 구마모토의 엉망진창 기타도 등장했다고. 캠프 같아서 참 즐거웠는데.

하지만 가타기리 씨는 전혀 개운하지 않았던 모양이야. 다음 날 아침 8시에 억지로 나를 깨우더니 후지타니네 집에 갈 테니 따라오라고 하더라고. 후지타니의 행동이 이상해서 그런다고 말했지만, 실은 후지타니가 집을 비운 사이에 그녀가 바람피운 증거를 뒤져서 밝혀내겠다는 속셈이 뻔히 보였지. 난 그런 스파이 같은 짓거리는 정말 싫거든. 속으로 엄청 켕겼다고. 하지만 선배의 부탁이니 거절할 수는 없잖아. 사에키는 숙취 때문에 별 도움이 안 되지, 구마모토와 유키는 하룻밤 더 자고 간댔으니 내가 도울 수밖에 없었어.

10시 넘어서 후지타니네 집에 도착했던가? 나한테 남자 사진이나 편지를 찾으라고 하더군. 가타기리 씨는 컴퓨터를 조사했고. 하지만 특별히 발견된 게 하나도 없어서 일단 쉬기로 했지. 가타기리 씨가 음료수가 없으면 사오겠다고 하기에 냉장고를 열었거든. 그랬더니 안에서 굴러 나온 뭔가가 쿵 하고 큰 소리를 내면서 발치에 떨어졌어. 동그란 물건이 신문지에 싸여 있었는데, 크기나 형태를 보니까 수박 같더라고. 하지만 계절이 전혀 맞지 않잖아. 그래서 뭔가 싶어서 주워 들고 신문지를 벗겼더니…….”

“바보 커플 다음이라서 정말 기분 좋게 이야기를 들을 수 있었습니다.”

aXe가 말했다.

“이 대학원생이 첫 번째 발견자야. 트라우마 확정일걸.”

두광인이 말했다.

“트라우마가 될 정도의 짓을 저지른 건 네 녀석이잖아.”

잔갸 군이 쏘아붙였다.

“그런데 액스 님, 그들에게는 무슨 명분으로 이야기를 들었는가? 후학을 위해 가르쳐주면 아주 고맙겠네만."

반도젠 교수가 부탁했다.

"프리랜서 비디오 저널리스트라고 했습니다."

"의심받지 않았는가?"

"지금 나온 남자와 바보 커플은 두말 않고 승낙했죠. 하지만 다른 한 사람은 의심이 많아서 좀 고생했습니다. 어느 방송국의 무슨 프로그램에서 방송하느냐고 묻기에, 대형 보도기관은 정당이나 기업과 연관되어 있어서 진실을 전할 수 없는 경우가 있기 때문에 블로그에 올린다고 했더니 URL을 가르쳐달라고 하더군요. 그런 일도 있을까 싶어서 가짜 블로그를 만들어두길 잘했습니다."

"호오, 일부러 그렇게까지. 이 몸에게도 주소를 알려주게나."

"담보금이 아닌 담보 블로그니까 이제 인터넷상에는 존재하지 않습니다."

"유감이로세."

"내용과 코멘트 전부 다른 사람의 블로그를 베껴서 옮겼을 뿐이지만 나름대로 시간이 들었죠. 상업적인 목적을 바탕에 둔 일이라고 이해시키기 위해 사례금도 줬고요. 한 사람당 1만 엔이나요, 흑흑."

"놀이에는 품과 돈을 들여야만 하는 법이지."

"너 이 자식, 그걸 주제로 강연회라도 열 작정이냐?"

잔갸 군이 걸고넘어지자 반도젠 교수는 짐짓 가래 끓는 소리를 내며 이야기를 돌렸다.

"하지만 그렇다면 말일세, aXe 님. 귀공의 탐문에 의해 후지타니 루카 님이 오사카에 갔다는 사실이 확정됨과 동시에 후지타니 루카 님이 살해된 시각이 좁혀지기도 한 셈이라네. 오후 8시에는 전화로 이야기를 했으니까 그 시점에는 살아 있었어. 오후 9시 5분에는 시체로 변했지. 그 한 시간 사이에 살해당한 거야. 추리의 진행 상황으로 볼 때 상당한 진전이라고 생각하네만."

"음, 실은 그래서 말이죠, 살해 시각이 좁혀진 덕분에 한 가지 가능성이 부각됐습니다."

aXe가 정면에다 도끼를 들이댔다.

"호오, 어떤 가능성인가?"

"우선은 이걸 보시죠. 후지타니 루카의 남자 친구 가타기리 다이라의 증언입니다."

2인용 소파에 남자 한 명이 앉아 있다. 한쪽 눈이 가려질 정도로 앞머리를 길렀고, 오렌지색 안경테가 세련된 느낌을 주는 안경을 끼고 있다. 옆에 놓인 관엽식물 화분 안쪽으로는 플라즈마 텔레비전이 보인다.

"후지타니에게서 전화가 걸려온 건 8시쯤입니다. 7시 49분이라고 되어 있네요."

가타기리는 휴대전화를 조작하더니 화면을 앞쪽으로 돌렸다. 카메라가 줌인해서 휴대전화를 커다랗게 잡는다. '01/27 19:49 후지타니 루카'라는 착신 이력을 읽어낼 수 있다.

"작년에 학회에서 오사카에 갔을 때 봤기 때문에 뒤에 있는 게 도톤보리의 관람차라는 사실은 금방 알아차렸습니다. 하지만 거기 후지타니가 있는 이유를 알 수 없었죠. 후지타니는 갑작스레 입원한 할머니를 병문안하려고 오사카에 갔거든요. 어느 병원에 입원했는지는 못 들었지만, 오사카 시내라고는 생각하기 어려워요. 후지타니의 본가는 가시와라거든요. 그렇다면 후지타니는 어째서 도톤보리에 있었을까요? 할머니의 용태가 안정적이라서 놀러 나왔을까요? 그럴 리는 없습니다. 전화가 왔을 때 이쪽에서 제일 먼저 할머니는 어떠시냐고 물었더니, 병세가 소강 상태라서 교대로 식사를 하기로 했다고 대답했으니까요. 그런데, 도톤보리까지 식사하러 나왔을까요?

할머니의 입원 자체가 거짓말이라는 생각이 들었습니다. 오사카에는 남자와 놀러 간 게 틀림없습니다. 동성 친구였다면 누구누구랑 놀러 간다고 있는 그대로 말했겠지요. 동창회에 간다고 해도 사실대로 이야기했겠죠. 마음에 켕기는 일이 있기 때문에 거짓말을 한 겁니다. 즉, 남자죠. 그것 말고는 생각할 수 없어요. 설마 도톤보리라는 증거가 비치리라고는 생각도 못 하고 조심성 없이 화상전화로 바꾼 겁니다. 통화하던 후지타니 옆에는 남자가 있었겠죠. 그렇게 생각하자 어찌할 바를 모르겠더군요. 하지만 바로 행동에 나설 수는 없었죠. 그날 모임의 계기를 만든 사람은 레이저디스크를 보여달라고 부탁한 저였으니까요.

그래서 그날 밤은 술자리에 계속 참석하다가 다음 날 후지타니의 집에 갔습니다. 오사카에 간 진짜 목적을 조사하려고요. 혼자 가면 무슨 짓을 할지 몰라서…… 물건을 집어던지거나, 문을 발로 차서 부술 수도 있잖아요. 그래서 누카타한테 따라오라고 했습니다. 후지타니의, 그, 완전히 변한 모습을 발견한 건 누카타였습니다. 냉장고를 열었더니…… 설마 그런 일이 일어났을 줄은…….”

가타기리는 양 무릎에 손을 얹고 고개를 떨어뜨렸다.

“후지타니 씨하고는 몇 분 정도 통화했습니까?”

aXe가 물었다. 모습은 비치지 않았다.

“처음에 둘이서 이야기하다가 그다음에 화상전화로…… 오 분 정도일까요.”

가타기리는 손가락을 꼽으면서 대답했다.

“후지타니 씨의 집에 간 건 1월 28일 몇 시였습니까?”

“10시쯤입니다.”

“당신은 집 열쇠를 가지고 있었습니까?”

“예, 여벌 열쇠를 받았습니다. 저희 집에서 대학까지는 시간이 꽤 걸립니다. 쓰루카와역에서도 제법 거리가 있어서 한 시간 반은 각오해야 하죠. 늦게까지 연구실에서 논문에 몰두하다가 다음 날도 일찍 나와야 할 때는 아주 힘들어요. 그래서 학교에서 가까운 후지타니의 집에 자주 머물렀습니다.”

“밀실 수수께끼가 있는 거 아닌가?”

반도젠 교수가 말했다.

“어디가.” 잔갸 군이 툭 내뱉었다.

“시체의 머리는 문이 잠긴 집 안에 있었단 말일세.”

“이런 건 밀실이라고 할 수 없어. 피해자에게서 뺏은 열쇠로 드나들면 된단 말이다.”

"열쇠는 몸체와 함께 오사카에서 발견됐다네."

"그랬나? 그럼 버리기 전에 여벌 열쇠를 만들어두면 되지."

"밤에 죽였네만."

"밤이라고 해도 9시 전이잖아. 도시에는 그때도 열려 있는 가게가 잔뜩 있다고, 시골 아저씨야! 여벌 열쇠는 홈센터에서도 만들 수 있어. 그렇지?"

두광인은 마지막으로 자신에게 질문을 했다고 판단하고 대답했다.

"시체 일부를 이용해서 밀실을 구성하는 거창한 짓은 안 했어. 여벌 열쇠로 침입해서 냉장고에 자른 머리를 넣었지. 단지 그뿐이야."

"그것 봐. 이번에는 알리바이 무너뜨리기니까 쓸데없이 수수께끼를 만들지 마. 혼란스러워지는 원인이란 말이다. 그것보다 도끼쟁이, 아까 하다 만 이야기를 설명해. 부각된 한 가지 가능성이라니 무슨 소리야?"

"그럼 일단 지금까지 나온 내용을 복습하겠습니다."

aXe가 텍스트를 띄웠다.

① 오후 6시 14분부터 33분까지 두광인이 전송한 요코하마 쓰나시마의 영상은 리얼타임 영상이다.

② 오후 6시 33분에 쓰나시마에 있던 사람이 오후 9시 5분까지 오사카에 당도할 수 있는 교통수단은 상식적인 범위 안에는 존재하지 않는다.

③ 「이브닝 오사카」는 수도권에서 판매되지 않는다. 또한 오후 1시 39분에 마치다 쓰루카와에 있던 사람이 간사이 지방에서 「이브닝 오사카」를 사서 6시 33분에 쓰나시마에 나타나는 것도 불가능하다.

"이러한 점으로 보아 다스베이더 경은 오사카에서 후지타니 루카를 죽일 수 없으며, 오사카에 갔다고 위장하여 도쿄에서 죽이는 것도 무리라는 내용이 저번 모임까지의 줄거리입니다. 여기까지는 아시겠죠?"

aXe가 양 어깨를 번갈아 돌리더니 "자" 하고 이야기를 계속했다.

"오후 6시 33분에 쓰나시마를 나서도 오후 9시 5분까지 오사카에 갈 수는 없습니다. 절대 안 됩니다. 하지만 교토라면 오후 9시 5분 전에 갈 수 있죠. 신요코하마 역에서 오후 6시 50분에 출발하는 노조미 71호를 타면 오후 8시 53분에 교토에 도착합니다."

"도중에 교토에서 내려서 어쩌자고. 오사카까지 안 가면 의미 없잖아."

"교토에서 죽이는 겁니다."

"에엥? 후지타니 루카는 오사카에 있었다고!"

"교토까지 오라고 하는 거죠."

"앙?"

"후지타니 루카는 오후 7시 49분에 도톤보리에서 남자 친구에게 전화를 걸었습니다. 가타기리 다이라의 말에 따르면 통화 시간은 오 분, 즉 통화 종료 시각은 오후 7시 54분이죠. 거기가 도톤보리의 어디인지는 정확하게 알아낼 수 없었습니다만, 뒤쪽에 에비스 타워가 보였으니 도톤보리가와강 남쪽이라고 추측할 수 있습니다. 그 부근이라면 지하철 난바역까지 가는 데 오 분만 잡으면 됩니다. 난바에서 신오사카까지는 미도스지선으로 십오 분. 전철을 기다리는 시간과 이동에 필요한 시간을 더해도 오후 8시 25분에는 신칸센을 탈 수 있겠죠. 이쯤에서 시각표를 뒤적여 오후 8시 25분 이후에 신오사카를 출발해 오후 9시 5분 전에 교토에 도착하는 열차를 찾아보니……."

노조미 48호 — 신오사카 20:30 출발, 교토 20:45 도착
고다마 592호 — 신오사카 20:33 출발, 교토 20: 48 도착

"이 두 편이 있더군요. 한편 아까 말했듯이 다스베이더 경이 교토에 도착하는 시각은 오후 8시 53분. 어떻습니까, 두 사람은 멋지게 교토 땅에서 합류할 수 있지 않습니까. 제한 시간인 오후 9시 5분까지 12분이나 남아 있죠. 다스베이더 경은 이곳, 천이백 년의 역사를 자랑하는 도읍지에서 후지타니 루카를 죽인 후에 채팅에 참가한 겁니다."

"오오, 그런 방법이 있었군그래. 교토라면 「이브닝 오사카」도 손에 넣을 수 있고말고."

반도젠 교수가 소리를 질렀다.

잔갸 군이 바로 불만을 제기했다.

"감탄하지 마라, 등신아. 근본적으로 이상하잖아. 어째서 후지타니 루카가 교토에 가야 하는데?"

"당연히 다스베이더 경이 불러들였기 때문 아니겠습니까?"

"어째서 범인이 하는 말에 따라야 하느냐고."

"얼레? 안 들었습니까?"

"뭘?"

"저번 채팅에서 교수님이 말했습니다. 좀도둑질이나 성매매를 약점으로 잡아 협박하면 따르지 않을 수 없다고요. 20퍼센트밖에 주의를 기울이지 않으니까 놓치는 겁니다. 저는 30퍼센트라서 분명하게 들었습니다만."

"이 자식이!"

잔갸 군이 격분했지만 해가 서쪽에서 뜨려는지 aXe는 상대하지 않았다.

"후지타니 루카가 오사카에 간 것부터 범인이 그렇게 하도록 시켰다고 생각하는 편이 자연스럽겠죠. 가령 후지타니 루카 자신의 의지로 오사카에 갔다고 친다면, 그 목적은 도대체 뭐였을까요? 할머니는 입원하지 않았고, 본가에는 얼굴도 비치지 않은 데다 고향 친구와도 만나지 않았습니다. 뭘 하러 갔는지 전혀 알 수 없어요. 남자 친구는 바람을 의심했습니다만, 아니, 그건 아닐 거라고 비디오를 찍으면서 걸고넘어질 뻔했습니다. 그 얼굴에다 대고 바람을 의심하다니, 댁은 걱정이 너무 많은 것 아니냐고요. 오히려 꽃미남인 댁이, 뭐에 눈이 뒤집혀서 그런 여자랑 관계를 가졌을까, 하고 후회하면서 여기저기서 놀아나는 거 아니냐고요. 눈 먹는 토끼 얼음 먹는 토끼 제각각이라고 하니까 어울리지 않는 커플이라고 해도 상관은 없습니다.

하지만 객관적으로 볼 때 후지타니 루카가 남자 친구를 배신하리라고는 생각하기 어려워요. 그는 꽃미남일 뿐만 아니라 부자거든요. 다카나와 프린스 호텔 뒤편의 고급 임대 맨션에 사는 데다 자동차는 벤츠 V클래스. 대학원 연구생은 무직 비슷하잖아요. 어째서 그렇게 돈이 많을까요? 부모랑 같이 살지도 않아요. 그런 남자 친구를 뻔히 눈앞에 두고서 놓치는 짓을 하리라고는 도저히 생각할 수 없습니다. 죄송합니다, 사적인 감정이 들어가서 흥분하고 말았네요. 뭐, 그런 남자 친구가 있다고 해도 자신도 모르게 마가 끼어서 다른 남자에게 눈독을 들이는 일이 없다고는 할 수 없겠죠.

하지만 만약 후지타니 루카가 다른 남자와 오사카에 갔다고 치면, 그 사실이 들통 날 만한 행동은 절대로 삼갈 겁니다. 뭐가 찍힐지 모르니까 화상전화 따위는 안 하겠죠. 한다고 해도 사전에 주변을 확인할 겁니다. 지역의 유명한 건물이 비칠 만한 위치에는 안 선다니까요. 후지타니 루카가 오사카에 관해 무지하다면 모르지만, 그녀는 오사카 출신입니다. 그런데 에비스 타워 앞에서 화상전화로 통화했죠. 이해하기 어려운 행동입니다. 그것보다는 범인의 지시에 따라 오사카에 가서 오사카에 간 증거로 쇼핑을 하고, 오사카의 유명한 건물을 배경으로 화상전화를 했다고 해석하는 편이 훨씬 자연스럽겠죠. 별난 요구입니다만 돈을 내놔라, 몸을 내놔라, 이런 요구와는 달리 후지타니 루카가 손해 볼 일은 없습니다. 그렇다면 대개 요구에 순순히 응할 테죠. 아니면 고지식하게 경찰한테 신고해서 좀도둑질한 것 때문에 협박당했다고 밝힌 다음에, 학교에서 징계를 먹고 연인과의 관계에도 찬바람이 쌩쌩 부는 편이 낫겠습니까?

후지타니 루카는 알리바이 무너뜨리기 게임의 말로 사용된 겁니다. 이후 교토로 이동하라는 지시를 받은 그녀는 거기가 골인 지점이라고 믿고 기꺼이 찾아갔지만, 결국은 진행 중인 게임에 반상의 시체로 참가하게 됩니다. 아아, 무정하여라."

aXe는 변사辯士라도 된 양 손도끼로 책상을 두드렸다.

"설명은 되는구먼."

반도젠 교수가 고개를 크게 끄덕였다.

"후지타니 루카가 범인의 지시대로 움직이는 건 그렇다 쳐도, 시간적으로 무리잖아. 십이 분밖에 없다고."

잔갸 군은 불평의 방향을 바꾸었다.

"전혀 문제없습니다. 범인은 노조미 71호가 교토에 도착하기 전에 4호차 문 앞으로 이동합니다. 오후 8시 53분에 교토 도착. 문이 열리면 눈앞에 매점이 있을 테니 준비해둔 잔돈으로 「이브닝 오사카」를 구입합니다. 그리고 도쿄 방면을 따라 플랫폼을 달립니다. 약 30미터를 나아가면 계단이 나오죠. 이 계단을 단숨에 달려 내려가 중앙 광장에 위치한 기념품 가게를 등지듯이 왼쪽으로 돌아 들어가면 눈앞에 신칸센 중앙 출구가 있습니다. 교토 역 플랫폼에 내려서 개찰구를 통과할 때까지 일 분도 걸리지 않겠죠. 범행 현장은 교토 역 근처의 호텔 아닐까요? 역 건물 안에 있는 호텔이라면 더할 나위 없고요. 오 분 만에 객실에 도착해 거기서 후지타니 루카와 합류한 즉시 그녀의 목을 조릅니다. 이 시점이 오후 9시 조금 전이거든요. 봐요, 오후 9시 5분 채팅 시간에 늦지 않았습니다."

aXe는 의자에 앉은 채 한쪽 무릎을 세우고 손도끼로 얼굴에 부채질을 했다.

"역 빌딩에 있는 호텔이라도 개찰구를 나와서 오 분 만에 객실에 올라갈 수는 없을걸. 체크인하는 데 시간이 걸려."

잔갸 군이 물고 늘어졌다.

"바보로군요. 교토에는 후지타니 루카가 먼저 도착해 있지 않습니까. 체크인은 후지타니 루카에게 시키면 됩니다. 범인은 플랫폼에서 호텔로 향하면서 휴대폰으로 후지타니 루카와 연락을 취해 객실 번호를 물어보고 직행합니다. 오 분 이상 필요합니까?"

"후지타니 루카에게 체크인시키면 곤란할 텐데. 그 후에 엽기적인 시체가 되어 대대적으로 보도될 테니까 말이야. 자기가 일하는 호텔에 숙박했다고 깨달은 종업원의 발언이 보도되면 우리 모두는 가해자와 피해자가 교토에서 만났나 보다면서 트릭을 알아차릴 테고, 그 시점에서 추리 퀴즈로서의 가치가 사라지고 말아. 스포일러지."

"바보로군요. 예약이든 숙박 카드든 간에 당연히 가명이죠. 얼굴도 가리라고 틀림없이 지시해두었을 테고요."

"그럼 이건 어떠냐. 객실에 도착하고 나서 채팅이 시작하기까지는 아무리 후하게 봐도 칠 분이야. 그리고 살해 방법은 밧줄을 이용한 교살. 교살했을 때 십 분이 지나도 숨이 끊어지지 않는 경우는 드물지 않아."

"바보로군요."

"하나하나 시끄럽기는!"

"십 분이 지나도 숨이 끊어지지 않으면 십오 분 동안 조르면 되지 않습니까. 그래서 채팅에 로그인하는 시간이 오후 9시 15분이 된다 한들 무슨 문제가 있습니까? 오후 9시 5분이라는 시각은 결과적으로 그 시각에 로그인한 사실을 나타낼 뿐, 절대적으로 그 시각에 로그인해야 한다는 당위성을 나타내지는 않습니다. 다스베이더 경은 오후 9시쯤에 모여달라고 말했죠. 오후 9시 5분에 모이라고 엄명을 내린 뒤, 자기도 약속대로 그 시각에 나타난 건 아니라고요. 이 차이를 알겠습니까? 본인의 사정에 따라 로그인이 오후 9시 5분이 되든, 15분이 되든 상관없는 겁니다. 극단적으로 이야기해서, 신칸센이 멈추는 등의 돌발 상황이 발생해 교토 도착이 두 시간 늦어지는 통에 살해하는 게 당초 예정보다 두 시간 늦어졌고, 채팅에 로그인하는 시각도 오후 11시가 됐다고 칩시다. 그렇다고 해도 지각해서 미안, 이 한마디면 상황 끝입니다. 애당초 그렇게 늦어서는 시간적으로 바싹 조여둔 알리바이 트릭이 느슨해져서 문제의 질이 떨어지겠지만요."

"그거야! 열차 사고도 그렇지만, 후지타니 루카 때문에 세밀하게 짜놓은 시간표가 엉망이 될지도 모르잖아. 후지타니 루카는 알리바이 무너뜨리기 게임의 말이지만, 그렇다는 사실을 몰랐지. 따라서 시간의 경과를 대수롭지 않게 받아들일 테니 꼭 범인의 의도대로 움직여준다고는 할 수 없어. 여섯 칸 전진하라고 했는데 세 칸밖에 안 가거나, 한 번 쉴 수도 있겠지. 화상전화를 마치고 난바역으로 향하는 도중에 배가 고프다면서 우동 가게에 들어가고 신오사카역에서는 기념품 가게를 구경한 결과, 교토 도착 시각이 오후 10시를 넘는 바람에 알리바이 무너뜨리기 문제로서는 빈틈투성이가 될 가능성이 있다고. 그렇게 믿을 수 없는 타인에 의존하는 트릭을 써먹을 수 있겠냐?"

"몇 시 몇 분에 몇 분 동안 전화를 걸어라, 몇 시 몇 분에 출발하는 노조미 몇 호에 타라, 일 분이라도 늦었다가는 쥐고 있는 정보를 뿌리겠다. 이러면 생각대로 움직일 수 있겠죠. 그래도 예측 불가능한 사태 때문에 시간표가 어긋나서 알리바이 무너뜨리기 문제로 성립하지 못한다, 그때는 출제를 중지하면 그만입니다. 후지타니 루카의 시체는 어둠 속에 묻고 다른 말을 찾아서 재도전하면 되죠. 실제로 다스베이더 경은 1월 27일 범행 당일에는 출제하지 않았습니다. 범행의 실황을 보고할 때마다 오늘은 문제를 내지 않겠다고 양해를 구했습니다. 일이 잘 되지 않으면 출제를 그만둘 수도 있기 때문에 그런 예방선 같은 말을 해둔 거죠."

"그럼……."

"이제 그쯤 해두게나. 너무 심한 발버둥은 자신의 가치를 떨어뜨린다네."

반도젠 교수가 타이르자 잔갸 군은 입을 다물었다. aXe가 세우고 있던 무릎을 내리고 자세를 바로 했다.

"채팅 종료 후의 행동도 일단 보충해두겠습니다. 교토 시내에서 여벌 열쇠를 제작, 호텔에 돌아가서 목을 절단, 몸체 부분을 렌터카에 싣고 오사카 다카쓰키로 운반해서 소지품과 함께 유기, 교토로 돌아온 후 다음 날 아침에 머리를 들고 도쿄로 가서 여벌 열쇠로 리버 크레인 303호실에 침입, 냉장고에 머리를 넣은 다음에 문을 잠그고 도주, 가타기리 다이라와 누카타 다이스케가 10시에 찾아왔으니까 6시 대에 교토를 나섰겠군요. 도쿄로 가는 상행선 첫차는 6시 15분에 있습니다. 이상이 저의 최종 답변."

힘차게 말을 끝맺은 aXe가 몸을 내밀었다. 두광인은 지체 없이 판정을 내렸다.

"유감이야."

"옛?"

aXe가 몸을 더 내밀었다.

"오답."

"어째서요!"

aXe는 두 손을 책상에다 내리쳤다.

"하지만 정답으로 취급하지 않으면 공평하지 않겠지."

두광인은 목을 움츠리고 손뼉을 쳤다.

"그럼 정답."

"뭡니까, 아무래도 상관없다는 그 말투는?"

"실제로 행한 방법과는 다르지만, 그 방법으로도 설명이 가능해. 그러니까 정답으로 인정할게. 그렇구나, 교토로 불러들여서 죽일 수도 있단 말이지. 그 패턴은 검증하지 않았어. 일종의 버그로군. 책임은 디버그가 불충분했던 이쪽에 있습니다. 실례했습니다."

"그러니까 뭐냐고요, 그 될 대로 되라는 태도는?"

"자기가 생각지 못한 패턴을 제시하는 바람에 내심 분해서 견딜 수가 없는 걸세. 평정을 가장하느라고 저런 말투를 쓰는 거야."

반도젠 교수가 말했다. aXe는 떼쟁이 아이처럼 세차게 고개를 저었다.

"분한 게 아닙니다. 또다시 엉뚱한 추리를 했다고 바보 취급하는 거라고요."

"그러니까 실질적으로는 정답이라고."

두광인이 말했다.

"본질적으로는 틀렸잖아요."

"응."

"어디가 어떻게 틀렸습니까?"

"교토에 도착했을 때 신칸센에서 안 내렸어."

"예?"

"후지타니 루카를 협박하지도 않았고."

"그것도 틀렸습니까?"

"진짜 개판이로군. 요점에서 완전히 벗어났어. 볼링으로 말하자면 거터볼*."

잔갸 군이 비웃었다. aXe는 야유에 반응할 여유도 없이 입을 열었다.

"그렇게까지 틀렸다면 제 추리가 잘못됐다는 증거를 보여주세요. 증거 제시 없이 논리적으로 부정해도 상관없습니다."

"1월 27일 오후 9시 전후에 교토에 없었다는 증거를 갖출 수는

* 볼링에서 던진 공이 핀에 맞기 전에 레인 양쪽의 홈통에 떨어지는 것.

있어."

"예, 그거면 됩니다. 보여주세요."

"싫어."

"어째서? 보여줘. 보여주십시오."

"그 증거의 제시는 즉 답의 제시를 의미."

"뭐야 그게! 엄청 스트레스 받네."

aXe는 머리를 감싸 안고 도리질을 치듯이 고개를 저었다.

"알았다!" 큰 목소리가 났다.

"누구야?"

두광인이 묻자 "이 어르신" 하고 잔갸 군이 대답했다.

"지금 다스베이더 경은 교토에 도착했을 때 신칸센에서 내리지 않았다고 했지?"

"그랬지."

"교토에서."

"응, 안 내렸어."

"나고야에서 내렸지?"

"오오!"

반도젠 교수의 목소리가 났다.

"후지타니 루카를 교토로 가게 한 게 아니야. 나고야로 불러들여서 합류한 거지. 그리고 나고야에서 살해. 「이브닝 오사카」는 어떻게 하냐고? 괜찮아. 범인이 신오사카에서 구매하라고 지시한 신문을 사서 후지타니 루카가 나고야까지 가져가면 되니까."

"자기한테 불리한 이야기는 바로 잊어먹는구나. 후지타니 루카를 협박하지는 않았다고 했을 텐데."

두광인은 손을 살랑살랑 흔들었다.

"협박하지는 않았어. 신문을 읽고 싶으니까 사오라고 부탁한 거지."

"상당히 겸손한 살인귀로군."

"나고야에서 죽였지?"

"안 죽였습니다."

그렇게 말한 사람은 aXe였다.

"그 패턴은 검증이 끝났다고요. 후지타니 루카가 오후 9시 5분까지 나고야에 가기는 불가능합니다. 아까 예로 든, 오후 8시 30분에 신오사카에서 출발하는 노조미 48호가 나고야역에 도착하는 시각은 오후 9시 23분. 오후 7시 54분에 도톤보리에서 화상통화를 마친 후 택시를 잡아타고 팁을 팍팍 질러서 속도위반에 신호무시까지 저지르면, 오후 8시 10분에 출발하는 노조미 98호에 늦지 않고 탈 가능성이 0.1퍼센트 정도 있겠지만, 그래봤자 나고야에 도착하는 시각은 오후 9시 2분입니다. 남은 삼 분 가지고는 역 위에 있는 호텔 객실에 도착하는 것도 마음대로 안 되죠."

"삼 분이라. 아깝다. 그럼 교토랑 나고야 사이에 있는 역이라면 가능하지 않을까?"

"마이바라와 기후하시마에 멈추는 신칸센은 수가 적어서 나고야보다 도착이 늦어집니다."

"안 되나……."

잔갸 군이 한숨을 쉬었다. 다음 순간.

"그렇구나!"

깨질 듯이 커다란 목소리가 울려 퍼졌다.

"침울했다가 쾌활했다가, 너도 참 바쁘구나."

두광인은 다스베이더 마스크 아래에서 얼굴을 찌푸렸다. 머리 전체를 완전히 가리는 헬멧형 마스크를 쓴 까닭에 이어폰으로 소리를 듣고 있기 때문이다.

"이 어르신이 아니야."

잔갸 군이 말했다.

"저도 아닙니다."

aXe도 부정했고, 반도젠 교수 역시 이 몸은 아니라고 입을 열었다.

"어? 뭐야? 그럼 지금 소리를 지른 사람은 콜롬보 짱?"

잔갸 군의 목소리가 뒤집어졌다.

실례.

044APD가 키보드를 두드려 응답했다.

"야야야, 사건이다, 사건."

허둥거려서 미안.

"전혀 미안할 거 없어. 콜롬보 짱이 허둥대다니 도대체 무슨 일이야? 알리바이 무너뜨리기보다 이쪽이 더 수수께끼라고."

"콜롬보 님, 머릿속에 새로운 추리라도 번뜩였는가?"
반도젠 교수가 물었다.

그래.

"호오. 그렇다면 지금 당장 피로披露해주겠는가?"

아직 말할 수 없어. 검증을 안 했거든. 증거를 찾아서 확인하고 올게.

그런 텍스트가 표시되자마자 044APD는 로그아웃했다.

2월 16일

마지막으로 044APD가 로그인해서 창이 열리자 모두가 눈을 의심했다.

[044APD] 창에는 항상 푸조403 컨버터블 사진이 비치고 있었다. 윗부분 한가운데에서 좌우로 검은 리본을 늘어뜨린 검정 틀 액자에 넣은, 마치 영정사진 같은 장식을 한 자동차 사진이 창 한가득 비쳤었다.

하지만 이날 [044APD] 창에 자리 잡은 것은 2차원이 아니라 3차원 푸조403 컨버터블이었다. 미니어처 모형이다. 36분의 1 스케일 정도 되는 모형이 기다란 외다리로 선 둥근 테이블 위에 놓여 있었다. 게다가 여느 때처럼 클로즈업하지 않았기에 주변 풍경도 비치고 있었다.

검은 실루엣 여기저기에 하양과 노랑, 빨강과 파랑색 빛이 경쟁하듯이 켜져 있다. 밤거리다. 그것도 상당히 번화한 곳이다. 엄청난 양의 빛 때문에 화면 전체는 검다기보다 오히려 갈맷빛이다. 심해를 항행하는 잠수함에서 전송하는 영상 같기도 하다.

"야, 어디 있냐?"

잔갸 군이 말을 걸었다. 044APD는 글자로 응답했다.

보다시피.

오른편 안쪽에 거대한 에비스惠比壽* 신의 모습이 떠올라 있다. 오른쪽 무릎 위에 펭귄 마스코트를 얹고 책상다리로 앉아 있다. 노란 빼대 한가운데 있는 에비스 신 주위를 빨간 곤돌라가 돌고 있다.

"도톤보리?"

보다시피.

"무슨 농담이 그래? 도톤보리 사진을 웹캠으로 찍고 있는 거지?"

* 칠복신 중 하나로 어업과 상가의 수호신.

"틀렸습니다. 정지화면이 아니에요."

aXe가 지적했다. 사람들이 자동차 모형이 놓인 테이블 뒤를 오가고 있다. 웅성거리는 소리도 들린다.

"그럼 웹캠을 끄고 도톤보리에서 찍어 온 비디오 영상을 전송하는 건가?"

잔갸 군이 말했다. 그러자 화면 왼쪽 구석에서 손이 쑥 나오더니 테이블 위의 미니카를 들어 올렸다.

"오? 그 손이 콜롬보 짱 손이야?"

미니카를 든 손이 "응" 하고 고개를 끄덕이듯이 앞으로 기울어졌다. 젊은이들 한 무리가 소리 높여 이야기하면서 그 뒤를 지나간다.

"우연 아니지? 여우를 만들어봐."

손이 미니카를 테이블 위로 돌려놓더니, 집게손가락과 새끼손가락을 꼿꼿이 세우고 나머지 세 손가락 끝을 붙였다.

"진짜로 도톤보리에서 중계하는 거냐? 그것보다 그런 곳에 테이블을 내놔도 괜찮겠어? 사람들이 이상하게 생각할걸. 뭐, 네 녀석은 다른 사람이 어떻게 생각하든 신경 안 쓰려나?"

손이 화면 밖으로 물러났다.

오후 6시 33분에 두광인은 요코하마시 쓰나시마에 있었어.

키보드를 치기 위해 손을 거두어들일 필요가 있었던 것이다. 이 역시 리얼타임 영상이라는 사실을 의미한다.

"본제로 들어갔냐? 그렇다면 그렇다고 말해."

오후 7시 49분에 오사카시 도톤보리에 있던 후지타니 루카는 오후 7시 54분까지는 화상전화를 통해 생존이 확인된 상태야. 살해당한 건 그 이후부터 오후 9시 5분 사이. 하지만 오후 6시 33분에 쓰나시마를 떠나도 오후 9시 5분까지 오사카에 갈 수는 없어. 후지타니 루카를 도쿄 방면으로 이동시켜 교토에서 합류하면 이론상으로는 살해할 수 있지만, 두광인은 그 방법을 사용하지 않았다고 해.

"정답으로 해주겠다니, 오답보다 굴욕입니다."
aXe가 손도끼를 휘둘렀다.

그렇다면 교토가 아니라 나고야에서 합류하면 어떨까? 도톤보리에서 십육 분 만에 신칸센을 타는 건 상식적으로는 불가능한 데다, 가령 탈 수 있었다고 해도 나고야에서 쓸 수 있는 시간은 삼 분밖에 없어.

"삼 분 가지고는 인기척이 없는 장소로 이동하기조차 불가능해."
잔갸 군이 끼어들었다.

하지만 정말로 십육 분 만에 신칸센을 탈 수 없을까?

"숫자상으로는 차를 냅다 달리면 시간에 맞출 수 있지만, 실제로 도착하는 곳은 신오사카역이 아니라 소네자키 서겠지. ……뭐야, 누가 좀 웃어봐."

시험해보자.

화면 왼쪽 구석에서 손이 나왔다. 테이블로 뻗어가더니 미니카를 잡았다.

"야야, 그 차로 가겠다고? 시시하기는."

044APD가 집어든 미니카가 카메라 쪽으로 다가왔다.

"그 정도로 해둬. 농담치고는 너무 재미없어. 유치원생 수준이라고."

미니카는 더욱더 카메라 쪽으로 다가왔고, 결국에는 화면 전체가 그림자로 뒤덮이고 말았다.

"젠장맞을. 이해를 못 하겠네."

aXe와 반도젠 교수도 고개를 갸웃거렸다.

[044APD] 창은 캄캄한 상태로 잠시 머물렀다.

이윽고 화면이 조금 밝아졌다. 미니카가 서서히 카메라에서 멀어져간다. 그리고 동그란 테이블 위에 미니카가 놓이더니 들고 있던 손이 화면 밖으로 물러났다.

"어?!"

누군가가 소리를 질렀다.

오른편 안쪽에 있었을 에비스 관람차가 흔적도 없이 사라졌다. 그 대신에 하얀 바탕에 파란 선이 들어간 차량이 나타나 있었다. 자동차가 아니다. 열차다. 높은 위치에는 '신오사카'라는 역명판이 매달려 있었다. 신오사카역의 신칸센 플랫폼이다. 도톤보리를 떠난 지 삼십 초도 채 지나지 않았는데 벌어진 일이었다.

신오사카에서 나고야까지는 노조미호로 오십 분 정도 걸려. 이 시간을 가령 삼십 분으로 단축할 수 있다면, 나고야에서 쓸 수 있는 시간이 이십 분 이상으로 늘어나니까 편하게 살해를 실행할 수 있어.

관중들이 어리둥절해져 있자니, 화면 밖에서 다시 나타난 손이 미니카를 잡고 카메라 쪽으로 접근시켜 화면 전체를 그림자로 뒤덮었다. 잠시 후에 화면은 다시 밝아졌고 카메라에서 멀어진 손이 미니카를 테이블로 되돌려놓았다.

방금 전과 다를 바 없는 풍경처럼 보였다. 미니카 맞은편에 신칸센 차량이 있다. 위에 역명판이 매달려 있다. 하지만 거기에는 '신오사카'가 아니라 '나고야'라고 쓰여 있었다.

"이번에는 도쿄까지 순간이동할 생각이냐? 이제 됐어. 속임수를 사용한 영상이겠지."

잔갸 군이 말했다. 044APD는 말로도, 글자로도 대답하지 않았다. 그 대신에 카메라를 움직였다.

카메라가 서서히 뒤로 물러나자 미니카를 얹은 테이블과 신칸센, 그리고 역명판이 멀어지더니 이윽고 화면 안에 은색 틀이 나타났다. 아랫부분에는 가전제품 메이커의 로고가 들어가 있다. 텔레비전이었다.

도톤보리의 비디오 영상이 나오는 대형 텔레비전 앞에 진짜 테이블과 미니카를 놓은 다음에 그것들을 웹캠으로 찍고 있던 것이다. 합성 영상이다. 신오사카역과 나고야역으로 이동할 때는 영상이 바뀌는 장면이 보이지 않도록 웹캠에 눈가리개를 했다.

하이비전 화질의 영상을 웹캠을 통해서 보면 진짜로 찍은 영상과 구별이 되지 않아.

이 영상 합성을 이용한 마술도 있다.

"즉, 후지타니 루카 양의 화상전화도 대형 고화질 텔레비전 앞에서 펼친 연기였구먼."

휴대전화 카메라의 해상도도 낮지.

"친구를 속였을 줄이야."

결과적으로는 친구를 속인 셈이지만, 후지타니 루카의 의지가 작용하지는 않았어. 속인 장본인은 후지타니 루카가 아니라 추리 퀴즈의 출제자인 두광인이지. 속인 대상은 도쿄 메트로폴리탄 대학교 학생이 아니라 우리들 해답자고. 이 화상전화는 추리 퀴즈의 출제자가 해답자를 속이기 위해서 제3자를 통해 설치한 덫이야.

"뭐, 올바르게 표현하자면 그런 셈이지만. 후지타니 루카는 범인의 말로서 사용되었고, 친구 패거리들도 본인들이 모르는 사이에 말로 사용됐다. 그래서, 실제로는 도톤보리가 아니라 어디서 걸었지?"

"그래요, 어디서 걸었습니까?"

aXe가 끼어들었다.

"도쿄, 나고야, 홋카이도 등등 어디서 걸어도 거기가 오사카라고 생각하게끔 만들 수 있습니다. 하지만 화상전화를 하지 않았다고 단언할 수 있는 곳이 딱 한 군데 있죠. 바로 오사카입니다. 실제로 오사카까지 갔으면서 오사카의 녹화 영상을 배경으로 화상전화를 하다니, 이상한 이야기지 않습니까? 그런데 후지타니 루카는 실제로 오사카에 갔단 말입니다. 오사카에서 문고본을 샀지 않습니까. 게다가, 이건 증거는 아니지만, 다스베이더 경이 후지타니 루카가 오사카에 갔다고 보증했습니다. 가지 않았다면 배를 가른다고 했었죠?"

그 질문을 받은 두광인은 고개를 끄덕여 답을 해주었다.

후지타니 루카는 오사카에 갔어. 하지만 그건 저녁 무렵의 일이야. 문고본과 「이브닝 오사카」를 사서 오후 7시 49분이 되기 전에 도쿄로 돌아가 있었지.

"예? 그 말은 즉, 알리바이 위장에 필요한 영수증과 신문을 범인이 피해자에게 조달하게 했다는 뜻입니까? 자기는 도쿄에서 움직이지 않고요."

그래.

“후지타니 루카가 심부름을 마치고 돌아온 다음에, 아직 오사카에 머물러 있는 것처럼 꾸미기 위해 도톤보리를 찍은 영상을 배경으로 삼아 화상전화를 시키고는 통화가 끝나자 살해했다? 범행 현장은 도쿄.”

맞아.

“오사카에 실제로 갔으면서 거기서는 전화를 걸지 않고, 도쿄로 돌아온 다음에 오사카에 있는 척하면서 전화를 한다. 뭐가 이리 번거롭냐! 말도 안 돼. 아니, 칭찬하는 말입니다.”
aXe는 질렸다는 듯이 하늘을 올려다보았다.
“석연치 않네만.”
반도젠 교수가 말했다.

일반적인 범죄에서 위장 공작을 시행하려고 한다면 그 목적은 세간 사람들에게 알려지지 않도록 하기 위해서, 좁은 의미로는 경찰에게 의심받지 않도록 하기 위해서지. 하지만 이번 살인은 게임이야. 위장막은 경찰 수사를 혼란시키기 위해서가 아니라 플레이어를 속이기 위해 쳐 둔 거라고. 후지타니 루카는 피해자임과 동시에 공범자이기도 했어.

“그건 알고 있네. 이건 게임이야. 일반 상식이 통하지 않는 세계지. 게임의 흥을 돋우기 위해서라면 일반 사회에서는 필연성이 없는 행동도 할 수 있어. 사람 하나를 죽이기 위해 10미터짜리 함정을 판다든가, 도금 공장에 취직한다든가. 놀이란 본래 무의미함을 즐기는 행위지."

"또 남의 말을 표절하는구나."

잔갸 군이 토를 한마디 달았다.

"하지만 후지타니 루카는 우리의 놀이 동료가 아닐세. 일반인이야. 오사카에서 책과 신문을 사서 바로 되돌아와라, 도톤보리의 영상을 배경으로 화상전화를 걸어라, 이런 명령을 받고 두말없이 생글생글 웃으며 응할 리 없어. 이치에 맞지 않는 요구이기 때문일세. 보수로 1백만 엔을 주겠다고 해도 후지타니 루카는 그건 그것대로 수상하다면서 거절할 테지. 불합리한 요구를 받아들이게 하는 유일한 길은 협박일세. 약점을 쥐고 시키는 대로 하게 만들거나 폭력으로 굴복시키는 거야. 하지만 다스베이더 경님은 후지타니 루카 양을 협박하지는 않았다고 단언했네. 그랬지?"

두광인은 고개를 끄덕였다.

협박하거나 금품으로 꾀지 않아도 사람을 조종할 수는 있어.

"어떻게 하면 되는가?"

부모의 소원이라면 받아들일 테지.

"뭐?"

아이를 가지고 있다면 그 아이가 제멋대로 하는 소리도 들어줄 테고.

"아이?"

형제자매에게 부탁받으면 싫다고는 말할 수 없어.

"콜롬보 님, 이 몸은 귀공의 이야기를 이해 못 하겠네만."

그리고 연인.

"아앗!"
반도젠 교수뿐만 아니라 잔갸 군과 aXe도 기묘한 소리를 질렀다.

남자 친구는 절대 협박하지 않았어. 부탁했을 뿐이지. 아니, 후지타니 루카에게는 부탁받았다는 감각도 없었으리라고 생각할 수 있어. 아마도 자주적으로 장난을 계획하고 있다는 감각 아니었을까? 오사카에 가 있다고 생각하게 만든 다음에 갑자기 지바에 나타나 깜짝 놀래주는 거야. 후지타니 루카는 남자 친구와 공모해서 친구들을 속일 셈이었어. 그런데 남자 친구는 어땠는가 하면, 후지타니 루카와 둘이서 즐거이 장난을 치고 있다고 꾸미고서 실제로는 후지타니 루카를 살인게임의 공범자로 활용한 끝에 죽이고 말았어.

"잠깐만. 너무 붕 튀잖아. 후지타니 루카의 남자 친구?"

잔갸 군이 허덕이듯 말했다.

가타기리 다이라.

"가타기리가 여자 친구인 후지타니 루카를 오사카로 보냈다?"

그래.

"후지타니 루카를 죽인 녀석도 가타기리 다이라?"

맞아.

"어이, 잠깐, 잠깐 기다려."

기다리고 있어.

"후지타니 루카의 목과 손가락을 잘라낸 녀석도, 그걸 후지타니 루카의 맨션 냉장고에 넣은 녀석도?"

가타기리 다이라.

"어이, 잠깐, 잠깐 기다려. 그럼 이번에 우리한테 알리바이 무너뜨리기 문제를 낸 녀석도?"

가타기리 다이라.

"그 말은 저기서 다스베이더 마스크를 쓰고 두광인이라고 칭하는 녀석이……."

"아나킨 스카이워커는 아니야."

두광인은 그렇게 말하고 다스베이더 마스크를 삼 초 동안만 벗었다.

"우왓."

aXe가 괴물이라도 본 것처럼 소리를 지르며 뒤로 몸을 젖혔다.

"요전에는 용돈 줘서 고마웠어. 비디오 저널리스트 씨."

두광인은 마스크를 쓰고 1만 엔짜리 지폐가 든 봉투를 웹캠 앞에다 흔들었다.

"다스베이더 경, 아니 가타기리? 네놈이 여자 친구한테 오사카에서 책이랑 신문을 사오라고 시켰어? 화상전화는 도톤보리의 녹화영상을 이용한 트릭이야?"

잔갸 군도 혼란스러워하고 있다.

"출제자는 마지막에 정답과 오답의 판정을 내릴 뿐이야. 우선은 이렇다 할 추리를 들려줘야지."

"후지타니 루카 양을 살해한 사람이 남자 친구인 가타기리 씨라니 근본적으로 불가능하이. 그는 지바에서 술을 마시고 있었어. 그것도 혼자가 아니라 다섯 명이서."

반도젠 교수가 말했다. 두광인의 주의 따위는 듣지 않았다.

화상전화를 마친 후 가타기리는 편의점에 간다면서 밖에 나갔어. 혼자서.

044APD가 설명했다.

"아니, 하지만 지바라고 해도 분명 소데가우라 아니었던가? 도쿄까지는 상당히 멀다네."

"그것보다, 다스베이더 경은 우리랑 채팅하고 있었다고. 채팅도 하고, 술자리에도 나가고, 살인도 저질렀다고?"

잔갸 군이 제멋대로 지껄여댔다.

"잠깐, 잠깐."

aXe가 손뼉을 쳤다.

"생각나는 대로 토막토막 예를 들어봤자 한도 끝도 없습니다. 여기는 콜롬보 씨에게 맡기죠. 우리는 하나도 모르겠으니까 순서에 따라 생략 없이 부탁합니다."

그리고 044APD의 추리가 펼쳐졌다. 윈도우 창의 영상은 여느 때와 같은 영정사진으로 되돌아와 있었다.

두광인, 즉 가타기리 다이라가 이번 문제를 떠올린 건, 같은 연구실의 구마모토 아쓰시가 지바현 소데가우라에 별택을 갖고 있다는 사실을 안 게 발단 아닐까 싶어. 레이저디스크든 낚시든 드라이브든 구실은 뭐든지 상관없었지. 어쨌거나 소데가우라에 있는 집에 놀러 가서 그곳을 토대로 삼은 교묘한 게임을 하려고 계획을 짰어. 구마모토와 둘이서만 가면 도중에 빠져나오기가 어려우니까 숙박할 예정으로 술자리가 열리도록 넌지시 유도했지. 술자리에는 교제 상대인 후지타니 루카도 참가 의사를 밝혔지만, 당일에 참가하지 않는다고 알렸어. 출발 직전에 취소한 것도, 오사카의 본가에 간다는 이유를 댄 것도 다 예정된 행동이야. 오사카에 있을 사람이 지바에서 열리는 술자리에 모습을 나타내면 모두 놀랄 거야, 사소한 여흥이라고. 가타기리는 후지타니에게 그렇게 이야기를 꺼냈으리라고 추정돼. 술자리에는 늦게라도 참석할 수 있으니까 따돌림당하지는 않을 테고, 교통비는 남자 친구가 내줘. 깜짝 카메라에 성공하면 자기가 주역이 될 수 있는 데다 무엇보다도 가타기리와 둘이서 비밀을 공유할 수 있어. 후지타니가 거절할 이유가 없지. 특실표라도 받았다면 제법 VIP 기분이 들기도 했을 거야.
1월 27일 토요일, 출발 당일에 참석을 취소한 후지타니를 제외한 일행 다섯 명은 가와사키시 아사오구의 대학 캠퍼스에서 소데가우라로 향했어. 현지에서 집합하지 않고 연구실에 다 같이 모여서 떠난 일에 관해서는 aXe가 찍어 온 영상 속에서 구마모토 아쓰시가 언급했지. 오후 1시 30분, 출발에 앞서 혼자 대학을 빠져나와 후지타니의 맨션으로 간 가타기리는 맨션 앞 도로에서 두광인이 되어 우리 화상 채팅에 참가했지. 그다음에 대학으로 되돌아가서 약간 시간을 두었다가 소데가우라로 출발했는데, 교통수단은 자동차였다고 aXe의 영상 속에서 누카타 다이스케가 언급했어. 누카타에게 확인해봤더니 가타기리의 V 클래스에 다섯 명이 타고 갔다더군. 한편 오사카로 간 후지타니 루카는 문고본과 「이브닝 오사카」를 구입하고 도쿄로 되돌아왔어. 서점 커버를 모으고 있다느니, 지방의 정보를 얻고 싶다느니 하는 이유를 붙여서 가타기리가 사게 한 거지. 서점 영수증에 오후 5시 2분이라고 찍혀 있으니까 오사카를 떠난 건 그 이후야. 교통수단은 신칸센이든 비행기든 상관없지만 돌아올 때는 시나가와에 정차하는 신칸센을 이용하는 쪽이 편리해.

"왜 시나가와지?"
잔갸 군이 물었다.

나중에 알 수 있어. 가타기리 쪽으로 돌아갈게.
오후 6시경, 일행을 태운 자동차는 요코하마시 쓰나시마에 다다랐어. 여기서 가타기리는 함께 타고 온 네 사람과는 따로 행동했지. 이 역시 누카타에게 확인해봤더니, 기름을 넣고 올 테니 그 사이에 장을 봐달라면서 대형 쇼핑센터에서 내려주더래. 네 사람과 헤어진 가타기리는 두광인이 되어 두 번째 채팅에 참가했어. 이게 오후 6시 14분. 역 앞 상점가를 걸으면서 채팅을 하고 쓰나시마역 개찰구를 통과해 안으로 들어갔지만 6시 33분에 로그아웃한 다음에 바로 개찰구를 빠져나와 자동차로 되돌아갔지. 그리고 네 사람과 합류해 다시 소데가우라로 향했어. 소데가우라에 있는 구마모토의 별택에 도착하고 얼마 지나지 않은 오후 7시 49분, 가타기리의 휴대전화에 후지타니가 전화를 걸어왔어. 처음에는 말로만 통화를 하다가 바로 화상전화로 바꿔서 모두의 앞에 들고 갔지. 화면에는 도톤보리의 야경이 비치고 있었어.

"쓰나시마에서 소데가우라까지 한 시간 만에 갈 수 있냐?"
잔갸 군이 또 이야기를 끊었다.

국도 409호선.

"응?"

도쿄만 횡단·기사라즈토가네 도로.

"아하, 도쿄만 아쿠아 라인*으로 질러갔구나."
가와사키에서 소데가우라까지는 20킬로미터, 십오 분 정도 거리다. 구마모토 아쓰시의 부친이 소데가우라에 집을 산 건 도쿄만 아쿠아 라인의 개통도 시야에 넣어두었기 때문이리라.

이때 후지타니는 가타기리의 맨션에 있었어. aXe가 찍어 온 영상에 따르면 가타기리의 집 거실에는 플라즈마 텔레비전이 있지. 이걸로 내보내는 하이비전 영상을 배경으로 화상전화를 한 거야. 이 전화 때문에 분명히 오사카에 갔으리라고 구마모토 일행은 생각할 테니 깜짝 카메라의 효과가 올라간다. 후지타니는 그렇게 믿어 의심치 않고 연기를 했겠지. 도톤보리의 영상은 가타기리가 사전에 현지에서 촬영해 왔을 거야.

* 도쿄만을 횡단해 가나가와현 가와사키시와 지바현 기사라즈시를 연결하는 고속도로.

"그래서 시나가와구나."

aXe가 중얼거렸다. 가타기리의 맨션은 다카나와 프린스 호텔의 뒤편, 시나가와역에 가깝다.

오후 7시 54분, 화상전화를 마친 후지타니 루카는 서둘러 시나가와역 동쪽 입구로 향했어. 거기서 발차하는 기사라즈행 노선버스에 타려고. 도쿄만 아쿠아 라인을 타고 가는 고속버스인데, 도중에 소데가우라에도 정차해. 소데가우라까지 가는 데 걸리는 시간은 오십 분 미만. 못 타면 택시를 이용해도 돼.

한편 가타기리는 화상전화를 마치고 한 시간 정도 있다가 휴대전화 비상용 충전기를 사오겠다며 구마모토의 별택을 나섰어. 연인이 바람을 피워서 충격을 받은 척하고 술을 마시지 않았기 때문에 자동차 운전은 문제없지. 행선지는 소데가우라 버스 터미널. 버스 터미널에서 두 사람은 합류했어. 이제부터 구마모토의 별택에 가서 깜짝 놀래주는 거라고 후지타니는 그때까지도 믿고 있었지. 하지만 자동차는 남의 눈에 잘 안 띄는 곳에서 멈췄고, 후지타니는 자동차 안에서 가타기리에게 교살당했어. 시체 위에는 후지타니가 오사카에서 가지고 돌아온 「이브닝 오사카」를 펼쳐놓았지.

오후 9시 5분, 가타기리는 세 번째로 두광인이 되어 채팅에 로그인했어. 거기가 차 안이라는 사실이 드러나지 않도록 주의해서 시체의 특징을 우리에게 보여주고 오른쪽 새끼손가락을 절단했지. 로그아웃하고 나서 구마모토의 별택으로 되돌아간 가타기리는 시체를 차에 남겨둔 채 다시 술자리에 끼어들었어. 연인의 배신에 상심해서 나갔다는 식이었기 때문에 돌아오는 시간이 좀 늦어도 사람들은 이상하게 생각하지 않아. 다만, 목을 절단하는 데는 시간이 걸리기 때문에 그 작업은 밤중에 행했지. 취해서 모두 자고 있었어. 들키지 않고 집을 나서기는 간단했을 거야.

"분명히 교토의 알리바이는 완벽하구먼."

반도젠 교수가 웃음 섞인 신음소리를 냈다.

범행 현장 교토설에 대해 두광인은, 1월 27일 오후 9시 전후에 교토에 없었다는 증거는 갖출 수 있지만 정답 공개로 이어진다면서 제시하기를 거부했다. 구마모토 일행에게 부탁하면 줄곧 지바에 있었다고 증언해주리라. 하지만 그것은 가타기리 다이라가 두광인이라는 사실을 스스로 밝히는 셈이기도 하다.

다음 날 아침에 바람난 여자 친구를 조사한다는 이유로 가타기리는 누카타와 함께 도쿄로 돌아갔어. 시체도 함께였지. 몸체는 자동차 안에 숨겼고 머리는 「이브닝 오사카」로 감싸서 가방 속에 넣어뒀어.

마치다의 리버 크레인에 도착하자, 연인의 증표로서 후지타니가 건네준 여벌 열쇠를 사용해 303호실에 들어가서 집을 조사했지. 그리고 누카타가 작업에 몰두한 틈을 타서 절단한 머리를 냉장고 속에 집어넣은 거야. 그다음에 누카타가 냉장고를 열도록 해서 그가 머리를 발견하게 만들었지. 시체의 몸체 부분은 여전히 자동차 안에 있었어. 겨울철이니까 난방을 하지 않으면 얼마 동안은 냄새와 부패의 걱정을 안 해도 돼.

몸체를 버린 건 장례식에 참석하기 위해 오사카에 갔을 때. 연구실 사람 대부분이 도쿄에서 장례식에 참석하러 갔을 테지만, 가타기리는 그들과는 행동을 함께하지 않고 홀로 자동차를 타고 서쪽으로 향하다가 다카쓰키의 산속에 몸체와 가방을 유기했어. 연인을 잃고 깊은 실의에 빠져 있었으니 혼자 행동해도 부자연스럽지는 않아. 이상.

키보드를 두드리는 소리가 멈추자 채팅 공간에 침묵이 드리워졌다.

"아냐아."

제일 처음으로 잔갸 군이 입을 열었다.

"연인을 게임 말로 이용했다고? 그건 아냐아. 말도 안 돼. 아냐아, 아냐아."

화가 난 듯이 되풀이해 말한다.

"말도 안 되기 때문이야말로 귀축인 겁니다."

aXe가 말했다.

"그렇다고 해도 아냐아. 진짜 목적을 알리지 않고 공범자로 이용한다, 이건 있을 수 있어. 하지만 그다음에 죽였다고? 여자 친구를? 교제 상대란 말이다. 어딘가에 사는 누군가를 죽이려고 여자 친구를 몰래 공범으로 써먹다가 들켜서 추궁을 당했기 때문에 입을 막았다, 이건 있을 수 있어. 하지만 처음부터 여자 친구를 죽일 예정이었다니 아무리 뭐라 해도 그건 아냐아. 아니라고."

"댁은 고양이입니까?"

"냐옹, 이라고는 안 했어."

"자자, 본인한테 물어보면 될 터이지. 다스베이더 경님, 콜롬보 님의 추리를 판정해주게나."

반도젠 교수가 카메라에 얼굴을 가까이 댔다. 두광인은 고개를 약간 기울이고 대답했다.

"일단 정답."

"일단?"

좀처럼 듣기 힘든 목소리가 반응했다.

"일단."

"일단?"

자신의 추리에 절대적인 자신이 있었기 때문에 044APD는 흘려 넘기지 못했으리라.

"아아, 하지만 이건 알리바이 무너뜨리기로 출제한 거지. 조건적인 상황 안에서 완벽하게 해결했으니까 앞서 한 말은 철회할게. '일단'은 빼고 정답. 백점 만점이야. 또다시 최고의 정답을 냈구나. 축하해."

두광인은 성대한 박수를 보냈다.

044APD는 받아들이지 않았다.

"지금 추리의 어디에 결점이 있어?"

"별달리 아무래도 상관없는 일이야."

"아무래도 상관없기는. 어디에 흠이 있지?"

"말해도 되겠어?"

"말해."

"우울해질지도 몰라."

"말해."

"제일 중요한 부분을 잘못 봤어."

"뭐?"

"후지타니는 연인 같은 게 아니야."

"어?!" 이것은 여러 사람의 목소리다.

"좋아하는 건 부수거나 버리지 않아. 좋아하지 않으니까 태연하게 부수고 버리는 거지. 옷이든 책이든 그렇잖아?"

"헤어진 여자 친구냐? 그렇다면 살처분해버릴 법도 하군."

"예전 여자 친구가 아니야."

"응? 그 말은, 그렇구나, 헤어지고 싶었던 여자 친구구나. 어쩌다 보니 관계를 가지긴 했지만, 어쨌거나 면상이 그러니까. 하지만 상대편은 헤어지길 거부했고. 그야 그렇지, 부자 꽃미남을 놓치겠냐. 그래서 죽이기로 한 거야. 그냥 죽이는 게 아니라 게임 소재로 이용했지. 일석이조야. 그렇구나, 과연."

"멋대로 해석해서 받아들이지 마. 후지타니랑은 지금이나 예전이나 연인으로는 사귀지 않았어. 단 하루도 연인이었던 적은 없다고. 애당초 이건 내 생각이고, 상대편은 연인이라도 된 양 받아들였지만."

"미안. 의미를 모르겠는데. 연애 경험이 모자라서 그런가?"

그건 관계없다고 두광인은 웃으면서 말했다.

"콜롬보는 구마모토에게 별택이 있다는 사실을 알았을 때부터 이번 문제를 만들기 시작했다고 말했는데, 그것도 아니야. 그건 두 번째 계기지. 처음에 생각한 건 '뜻밖의 범인' 창조. 이 추리게임의 결점은 '출제자가 범인'이라는 전제로 행해지기 때문에 범인 맞히기가 불가능하므로 아무리 해도 문제가 한쪽으로 치우치는 경향이 있다는 점이야.

이걸 어떻게 해볼 수 없을까 생각했거든. 그리고 범인 맞히기가 불가능한 건 어쩔 수 없지만, 문제로서가 아니라 연출로서 뜻밖의 범인을 보여줄 수 있다는 결론에 도달했어. 항상 맨 얼굴을 감추고 있으니까 마스크를 벗기만 해도 의외성은 줄 수 있어. 남자가 아니라 여자였다든가, 스무 살짜리 은둔형 외톨이인 줄 알았는데 연금 생활자였다든가. 하지만 그것만으로는 모자라.

그래서 한 발짝 더 들여놓기로 했어. 게임을 위해 생판 남을 죽이는 거랑 게임을 위해 친한 사람을 죽이는 것 중 어느 쪽이 더 의외일까? 범인과 피해자의 관계가 가까우면 가까울수록 의외성이 생기지. 부모, 자식, 형제, 배우자. 부모를 죽이는 건 나쁘지 않아. 이제는 없어도 곤란할 일이 없는 존재인 데다 오히려 장래를 생각하면 지금 죽어주는 편이 편하고, 가치가 줄어들기 전에 재산이 손에 들어오거든. 하지만 부모를 죽이면 경찰이 쉽사리 눈여겨보기 때문에 귀찮아질지도 몰라. 특히 우리 집처럼 사이 나쁜 부모 자식이라면 더 그렇지.

그래서 연인 정도가 적당하지 않을까 싶더라고. 하지만 진짜 연인을 죽이기는 싫어. 좋아하는 걸 스스로 처분하다니 사리에 맞지 않잖아. 그래서 전혀 좋아하지는 않지만 다른 사람의 눈에는 연인으로 보이는 존재를 새로 만들어서 그 녀석을 죽이기로 했어. 사귀는 동안에 좋아지면 죽이기를 망설일 것 같기에, 내 취향을 피해서 절대로 좋아질 것 같지 않은 여자를 골랐지. 그게 후지타니 루카야."

두광인의 이야기는 그렇게 끝났지만, 입을 다물고 삼십 초를 기다려도 질문이나 의견이 되돌아오지 않았다.

잔갸 군이 딱 한마디 중얼거렸다.

"귀축……."

그리고 다시 침묵의 시간이 찾아왔다.

[044APD] 창이 캄캄해져 있었다. 전부 꿰뚫어보지 못해서 분한 나머지 말없이 도망쳤으리라. 알리바이는 완벽하게 무너졌지만, 가장 큰 목적은 간파당하지 않았기 때문에 두광인도 졌다는 기분은 들지 않았다.

시간이 상당히 흐르고 나서 반도젠 교수가 입을 열었다.

"쓰나시마에서 전송된 채팅 영상에 역 안내방송이 들어가 있었지. 난부선에서 인신사고가 발생했다는."

혼잣말 같은 말투였다.

"만약 안내방송이 들어가지 않았다면, 녹화된 쓰나시마의 영상이 나올 때 이미 오사카에 가 있던 다스베이더 경님이 오사카에서 후지타니 루카를 죽였다는 추리도 실질적인 정답으로 인정했어야 했겠군."

"맙소사. 저는 실질적인 정답을 두 개나 낸 거 아닙니까. 기쁘기도 하고, 분하기도 하고……. 역시 분하네요."

aXe가 자기 머리에 손도끼를 내리쳤다.

"이 몸이 하고 싶은 말은 그게 아니라, 과연 역 안내방송이 우연이었겠냐는 말일세."

"예?"

"녹화영상을 사용했다는 추리는 누군가가 생각해낼 것 같으니까 그 추리를 부정하기 위한 재료로서 역 안내방송이 들어가도록 계획했겠지."

"말도 안 됩니다. 그 안내방송이 표준적인 방송이었다면, 예를 들어 그렇지, 열차가 들어오는 걸 알리는 방송이었다면 몇 시 몇 분에 나올지 예측할 수 있겠지만, 사고 통지 방송이었단 말입니다. 그날 그 시간에 나오리라고는 예측할 수 없지 않겠습니까?"

"몇 시 몇 분까지는 무리지만, 방송되는 걸 충분히 기대할 수 있는 상황 아래에 자기 자신을 둘 수는 있다네."

"사고 발생은 예측 못 한다니까요."

"스스로 일으키면 되지 않은가."

"예?"

"채팅에 로그인하기 전에 플랫폼에서 사람을 밀어 떨어뜨려 전철을 세웠다고는 생각할 수 없겠는가?"

"설마요."

"다스베이더 경님은 귀축이라네."

"아니야." 잔갸 군이 말했다. "인신사고가 발생한 곳은 무사시코스기라고. 쓰나시마에서는 세 정거장이나 떨어져 있지. 그때 다스베이더 경은 동행인 네 명이 장을 보러 간 찰나의 시간을 이용해서 채팅에 들어왔단 말이야. 무사시코스기까지 가서 사람을 밀어 떨어뜨릴 여유는 도저히 없어."

"아니, 하지만 무슨 트릭을 사용하면……."

"어떤 트릭인데?"

"그건……."

"야, 다스베이더 경. 전혀 모르는 아줌마도 죽였냐?"

"글쎄, 어떨까."

의자 위에서 두 무릎을 감싸 안은 두광인은 무릎 위에 마스크 턱 부분을 얹어놓고 있었다.

"어떠한가?"

반도젠 교수가 끈질기게 물었다.

"뭐, 신만이 안다고 해두자."

두광인은 무릎을 감싼 팔을 풀고 기지개를 쭉 폈다.

바로 잔갸 군이 쏘아붙였다.

"그런 소리를 할 거면 '악마만이 안다'라고 해야겠지."

2006년 6월 24일 오후 9시가 넘은 시각, 시즈오카 현 미시마 시 이즈 후생병원 응급실에 수상한 환자가 찾아왔다는 신고가 경찰에 접수됐다. 시즈오카 현경 미시마 경찰서 지역과 경찰관 두 명이 이즈 후생병원으로 달려가 보니, 상반신에 화상과 열상裂傷을 입은 중년 남자가 수술을 받고 있었다. 의사의 말에 따르면 양쪽 귀의 고막도 찢어졌다고 한다.

수술이 끝난 후 경찰은 사정청취를 실시했다. '나카무라'라고 이름을 댄 남자는 튀김을 튀기다가 기름에 불이 붙어서 물을 끼얹었더니 폭발했다고 설명했다. 하지만 자택 주소를 묻자, 여행지에서 신세를 진 집이라서 장소를 모른다, 아니 강가에서 풍로를 사용했다, 실은 불륜 상대의 집이니까 이 이상은 좀 봐달라, 이런 식으로 답이 어지러이 변했다.

경찰이 계속 추궁하자 나카무라는 사고가 일어난 곳은 임대 별장이라며 아마기 소재의 주소를 알려주었다. 해당 주소는 분명 별장지였는데, 경찰이 가봤더니 안에 남녀 두 명이 쓰러져 있었다. 둘 다 이미 숨은 끊어진 상태였다. 시체는 화상과 열상으로 몹시 상해 있었다. 하지만 튀김 때문에 발생한 화재 탓은 아니었다. 현장에는 튀김 냄비와 가스레인지가 없었을 뿐 아니라 화약 냄새가 꽉 차 있었다.

경찰이 더욱 엄하게 추궁하자 나카무라는, 별장에 죽어 있는 커플은 폭탄으로 동반 자살을 꾀한 것이고 자신은 거기에 말려들었을 뿐이라고 대답했다. 두 사람과는 면식이 없고, 하이킹 도중에 안 사이인데 별장에 초대하기에 갔더니 갑자기 폭탄 스위치를 눌렀고, 자신은 피해자라고 했다. 그렇다면 왜 처음부터 그렇게 말하지 않았느냐는 질문에는 귀찮은 일에 말려들고 싶지 않아서였다고 대답했다. 자신의 신원에 관해서도 집이나 직업 없이 인터넷 카페에 머물고 있다, 부모 형제 친척은 하나도 없다는 식으로 자못 상황에 맞추어 갖다 붙이는 말만 늘어놓았다.

얼마 안 있어 남자의 신원이 밝혀졌다. 지문이 경찰에 등록되어 있었다. 범죄 이력이 있는 것은 아니었다. 현직 경찰관이었기 때문이다. '나카무라'는 가명으로, 본명은 오노 히로아키, 1985년에 도쿄도에서 채용되었으며 현재는 경시청 회계과에 소속되어 있었다.

정체가 알려져서 체념했는지 오노는 진실을 이야기하기 시작했다.

죽은 두 사람은 남자가 쓰루마키(이름은 모름), 여자가 아즈마 미야코. 인터넷상에서 알게 된 동호인인데 다른 한 사람(본명 불명, 여자)과 오노, 네 명이서 아즈마의 임대 별장에 모여 오프라인 모임을 가졌다. 아즈마가 그 자리에 수제 폭탄을 반입해서 자살을 꾀했다. 쓰루마키가 자살을 저지하려고 했으나 힘이 미치지 못해 폭발했다. 폭풍에 휘말려 부상을 당한 오노 역시 고통과 정신적 충격으로 잠시 동안 움직일 수 없었다. 일어나보니 아즈마의 몸은 원형이 남아 있지 않았다. 쓰루마키는 겨우 숨을 쉬고 있었지만 오노는 그를 내버려둔 채 별장을 떠났다. 다른 여자 한 명의 모습은 없었다. 짐도 발견되지 않았기 때문에 먼저 도망쳤으리라고 추정됐다. 오노도 도망쳤다. 그는 아마기까지 자기 차로 왔기 때문에 도쿄까지 돌아가려고 했다. 하지만 아픔을 견디지 못하고 미시마에서 병원으로 뛰어 들어갔다.

오노가 경찰에게 사실을 이야기하지 않은 이유는 법에 저촉되는 폭탄이 관련됐기 때문이 아니다. 그가 만들거나 폭발시키지 않았다면 위법이라고 해도 아무 문제도 없다. 그는 단순한 피해자다. 오노가 경찰을 피한 이유는 그가 과거에 사람을 죽였기 때문이다. 삼 년 사이에 여덟 명이나 살해했으며, 그밖에 미수가 두 건 있었다.

오노 이하, 아마기의 별장에 모인 네 사람은 '리얼 탐정 놀이'의 동호인이었다. 범인 역할을 맡은 사람이 실제로 사람을 죽인 후에, 탐정 역할을 맡은 사람이 추리해서 어떻게 죽였는지 맞힌다. 원한, 금전, 애증 때문이 아니라 게임을 위해 사람을 죽였다. 살해 자체에 기쁨이나 도취, 흥분을 느끼는 이른바 쾌락살인과는 달리, 살해 자체에는 아무런 감정도 깃들어 있지 않았다. 게임을 성립시키기기 위해 불가결한 사항이었기 때문에 하나의 절차를 밟는 기분으로 죽였다. 낚싯밥으로 필요하니까 지렁이를 산 채로 바늘에 꿰는 것처럼.

잔혹무도함과 무자비함이라는, 일찍이 예가 없는 무서움과 역겨움을 지닌 범죄가 사회에 미칠 영향을 고려해서 각 보도사는 살인 피해자 개개인과 살해 수법을 감추는 등 상당히 모호한 보도 방식을 채택했다. 하지만 그들이 벌인 살인게임의 전모는 생각지도 못한 형태로 전 세계에 알려졌다.

7월 5일, 시즈오카 현경 오히토 경찰서 형사과에 소속된 경사가 개인 소유한 컴퓨터에서 경찰 내부 정보, 수사 정보를 포함한 약 5만 건의 데이터가 인터넷상에 유출됐다.

경사는 자택에서 업무를 볼 목적으로, 경찰서에서 사용하는 컴퓨터의 데이터를 외부 기억 매체에 복사해 집으로 가지고 왔다. 그런데 자택 컴퓨터에 인스톨되어 있던 파일 공유 소프트웨어 Winhihi가 폭로 바이러스에 감염된 탓에 컴퓨터 안의 데이터가 인터넷상에 유출되고 말았다. 유출된 데이터 중에는 오노 히로아키의 자택에서 압수한 컴퓨터에 보존되어 있던 살인게임 기록도 포함되어 있었다. 살해 계획서, 시체 사진, 살인을 안주 삼아 서로 웃고 떠드는 화상 채팅 등등.

사회는 전율을 금치 못했고, 사람들은 말로 다 할 수 없는 불안에 시달렸다.

한편 일부의 인간은 얼마나 멋지냐면서 이 살인게임을 예찬했고, 살인게임을 하던 오노 일당을 '신'으로 숭배했다. 뿐만 아니라 자신도 '신'이 되겠다며 스스로 고안한 밀실과 알리바이 트릭을 실행하기 위해 살인을 저지르는 사람도 나타났다. JR 규슈 사사구리선 열차 방해 사건, 오사카부 다이토시에서 발생한 강도 살인사건, 전국이 그 권내에 들어간 달력 살인사건, 전부 오노 일당에게 촉발당한 모방범이 저지른 짓이었다.

그 가운데에서는 오노 일당이 사용하던 캐릭터, 'aXe' '잔갸 군' '두광인' '반도젠 교수' '044APD'를 재미있어하며 그 모습과 말투를 똑같이 흉내 낸 코스튬 플레이 살인게임을 즐기는 사람들까지 나타났다.

그들이 바로 가타기리 다이라 패거리 다섯 명이다.

Q5 세 개의 빗장

3월 9일

제이슨 마스크를 쓴 aXe가 손도끼를 흔들흔들하며 이야기의 세계로 들어갔다.

"은세계의 저편에 보이는 것은 맞배지붕을 인 독채다. 현관문과 빈지문은 안쪽에서 잠겨 있다. 문을 두드려 부수고 발을 들여놓자 다다미방에 여자가 쓰러져 있다. 목에 꽂힌 짙은 잿빛의 단검. 순백의 기다란 속옷은 붉은 빛으로 흠뻑 물들었고, 맹장지와 천장까지 피거품이 어지러이 튀었다. 집 안에 있는 것이라고는 여자 시체 한 구뿐. 반침, 바닥 밑, 천장 위를 꼼꼼히 살폈지만 어디에도 사람은 숨어 있지 않다. 밖은 온 사방을 뒤덮은 처녀설, 고양이 발자국 하나 보이지 않는다…….

이거야말로 우리가 동경해 마지않는 밀실의 최고봉, 눈 밀실입니다! 하지만 현실에서는 이처럼 그림으로 그린 듯한 현장을 볼 수 없죠. 아무리 근사한 눈 밀실 트릭을 떠올려봤자 눈이 내리지 않으면 그림의 떡이니까요. 게다가 그냥 내리기만 하면 안 되고 쌓일 필요가 있습니다. 덧붙여, 죽이고 나서 시체가 발견되기를 기다리는 사이에 눈이 그치지 않으면 곤란합니다. 그렇지 않으면 현장에서 발자국이 발견되지 않았다고 해도 새로이 내린 눈이 지워버렸다는 결론이 나서 신비함이고 뭐고 다 사라져버리거든요.

현실을 보세요. 내린 눈이 쌓이다가 살해 직후에 그치는, 그렇게 기상 조건이 좋은 날이 한 해에 몇 번이나 있는지. 동일본, 서일본의 태평양 연안이라면 몇 년에 한 번밖에 없을지도 모릅니다. 결국 엘러리 퀸, 에르큘 푸아로, 긴다이치 고스케, 그 누구라도 간파하지 못할 트릭을 짜내봤자 그들에게 도전할 기회가 없는 거라고요. 적설 조건이 갖추어질 때까지 하염없이 몇 년이나 기다리겠습니까? 그런 바보 같은 이야기는 하지 않겠죠. 무릇 살인이란 절박한 이유가 있기 때문에 저지르는 거니까요. 그렇다면 눈 밀실 트릭 따위는 사용하지 말고 다른 방법으로 냉큼 죽이는 겁니다."

"애당초 눈이 있고 없고의 문제 이전에, 밀실 트릭을 생각해서 실행하려는 별난 녀석은 우리 빼고는 현실에 존재하지 않아."

듣다가 질린 두광인이 끼어들어 보았다.

"즉, 눈 밀실은 비일상적이고 비현실적인 세계에서만 존재하는 현상이고, 그런 의미에서는 판타지라고 해도 되겠지. 동물에 비유하자면 드래곤이나 유니콘."

"전설의 동물이라도 쓰치노코나 히바곤*은 격이 떨어지는 인상이 있단 말이야."

잔갸 군이 헤살을 놓았다.

"하지만 환상이라는 말을 들으면 보고 싶어지는 게 구도자의 천성이죠."

"환상의 소주 낙취희주樂醉喜酒를 마셔보고 싶다는 거랑 똑같지."

"거북이는 닥쳐. 그런 의미에서 자신의 힘으로 전설을 실현해 보자는 것이 이번 테마입니다."

aXe는 손도끼를 비스듬히 내리치며 폼을 잡았다.

"기상 조건이 갖추어지기를 끈기 있게 기다리다가 밀실살인사건을 완성시켰다는 뜻인가?"

반도젠 교수가 말했다.

"바로 그거죠. 아까 전에 저는 사람을 죽이는 데는 절박한 이유가 있기 때문에 눈이 내리기를 기다리고 있을 수는 없다고 말했습니다만, 그건 세간의 일반적인 척도에서 보았을 때 그렇다는 소립니다. 저 같은 경우는 내일 먹을 빵이 없어서 죽이지는 않으니까요. 눈 밀실의 제작 자체가 목적이니까 얼마든지 기다릴 수 있다고요.

트릭은 작년 8월 말에 떠올랐습니다. 그 후로 연말까지는 범죄현장에 알맞은 곳을 물색하고 준비물을 마련하면서 시간을 보냈

* 둘 다 일본에 존재한다고 전해지는 미확인 동물. 쓰치노코는 몸통이 땅딸막한 뱀을 닮았고, 히바곤은 유인원을 닮았다고 한다.

고, 새해부터는 오로지 계속 기다렸습니다. 눈이 전혀 내리지 않는 데다 겨우 내렸다고 해도 팔랑팔랑 흩날릴 뿐이었고, 쌓이기는 해도 그치는 타이밍이 전혀 맞지 않을 때도 있었죠. 벌건 대낮에 내리다가 그쳐도 곤란합니다. 다른 사람 눈이 있으니까 살해하거나 밀실 공작을 벌일 수는 없잖아요. 다음 날도 그다음 날도 매시간마다 일기예보를 보고, 그래서는 대략적인 날씨밖에 알 수 없으니까 지방의 기상 예보 서비스에 유료 회원으로 가입하고, 그래도 모자랄까 싶어 일기도와 위성사진을 다운로드해서 두 눈으로 구름과 바람을 관찰해서 겨우 눈 밀실살인사건에 딱 맞는 날을 맞이할 수 있었습니다. 지금 제가 기상 예보사 시험을 치면 틀림없이 합격입니다.

낚시랑 똑같아요. 낚싯줄을 드리우고 입질이 있기를 끈기 있게 기다리는 거죠. 작은 놈이면 풀어주고 다시 낚싯줄을 드리웁니다. 그렇습니다, 그야말로 O연못에서 전설의 거대어 류타로를 잡으려고 안간힘을 쓴 미히라 산페이*의 심경이었습니다. 연말에 누가 만든 미완성품과는 달리 제 밀실은 틀림없는 눈 밀실입니다."

"등신아. 이 어르신은 눈 밀실을 만들 생각이 없었단 말이다. 네 놈이야말로 자랑만 늘어놓을 뿐 알맹이가 텅텅 빈 거 아니냐?"

잔갸 군의 반격에 aXe는 손도끼로 목을 단숨에 가르는 동작을 취하고 나서 말을 이었다.

"사건이 일어난 일시는 3월 5일, 이번 주 월요일 심야입니다.

* 낚시 만화 『소년 낚시왕』에 등장하는 천재 낚시 소년. 원제는 『낚시광 산페이』다.

정확하게 말하자면 날짜가 바뀌어서 6일입니다만. 피해자는 이 사람."

JPEG 화상 파일이 전송됐다. 젊은 여자의 얼굴 사진이다. 청동색 파운데이션, 립글로스를 발라 번질번질 빛나는 입술, 노즈 섀도를 잔뜩 바른 코, 눈이 커 보이는 화장을 한 눈에는 갈색 아이섀도에 검고 굵은 아이라이너, 눈구석은 하얗고 속눈썹에는 마스카라를 덕지덕지 칠한 데다 뷰러로 올린 다음 인공 속눈썹까지 붙였다.

"갸루로군. 이런 화장을 하면 나이를 알아볼 수 없단 말이야. 서른 살이라도 나름 속여먹을 수 있을걸."

"열네 살."

"열넷? 중학생?"

"중2. 4월부터 중3."

"이 얼굴로 학교를 다닌다고? 그럼 그걸 허락하는 학교도 참 대단하구나. 그것보다 너 이 자식, 죽여버리면 4월은 영원히 안 올 텐데."

"반쯤은 등교를 거부했던 모양입니다만. 이름은 히비노 가렌. 이런 한자를 씁니다."

日比野華戀

"히비노 가렌…… 어디서 들어본 느낌이…… 이 사진도 본 기억이……."

반도젠 교수가 웅얼웅얼 말했다.

“텔레비전에서도 열심히 내보내고 있으니까요.”

“설마하니 후쿠오카의?”

두광인이 손을 짝 마주쳤다.

“예. 경찰은 대체 어디를 찾고 있는 걸까요. 범인은 여기 있는데.”

aXe가 큭큭 웃었다.

“응? 그런데 뉴스에서 눈 밀실이라는 소리를 했던가?”

3월 6일 오후 1시경, 후쿠오카현 경찰본부의 통신 지령실에 기타큐슈시 야하타니시구의 산림에 시체가 유기되어 있다는 익명 신고가 들어왔다. 기타큐슈시 경찰부 기동경찰대의 경찰관이 해당 주소로 향했더니 불법 투기된 대형 쓰레기 속에 젊은 여성의 시체가 있었다. 신원은 소지품을 통해 바로 판명되었다. 후쿠오카현 온가군 미즈마키마치에 거주하는 중학교 2학년 히비노 가렌. 가렌은 5일 오후 9시쯤에 놀러 간다고 말하고 집을 나선 후에 돌아오지 않았다. 사인은 기도 폐색. 끈 형태의 물건으로 목을 졸렸다. 목을 졸린 흔적과는 별개로 목 아랫부분이 변색되어 있었는데, 이는 스턴건 때문에 생긴 화상이라고 추정되었다. 스턴건으로 저항력을 빼앗은 다음에 목을 조른 듯하다. 사망 추정 시각은 6일 오전 1시에서 2시 사이. 성폭행을 당한 흔적은 없었다.

“일반적인 세상 사람들은 피해자가 여중생이라는 점에 흥미를 느끼거든요. 잠김 상태나 발자국의 유무는 두 번째나 세 번째 문제입니다.”

“하지만 시체는 야외에 유기되어 있지 않았나? 그런데 밀실이라니 무슨 소리야?”

"이런 소립니다."

aXe가 사진을 보냈다. 눈 위에 냉장고가 있다. 세탁기가 있다. 텔레비전에 옷장, 낡은 타이어, 바퀴 없는 자전거, 입간판…… 대형 쓰레기가 한 곳에 혼잡하게 모여 있다. 그런 쓰레기들로 이루어진 산맥에도 눈이 살짝 쌓여 있다.

"산림의 일부가 네모나게 탁 트여 있는데요. 전해 들은 바에 따르면 원래는 자재 보관소였던 모양입니다만, 언젠가부터 사람들이 쓰레기를 불법 투기하게 됐다고 합니다."

"시체는 어디 있어?"

"한가운데 앞쪽 부분에 높직한 상자가 있죠?"

"투명한?"

세로로 긴 상자는 모양으로 보나 크기로 보나 전화 부스를 연상시켰다.

"예. 시체는 그 속에 있었습니다. 보세요, 그 사진에도 찍혀 있어요."

투명한 상자 아래쪽에 하얗게 부풀어 오른 덩어리가 있다. 윗도리인 듯하다.

"한편으로 지면을 주목해주십시오. 눈 위에는 발자국이 없죠? 하나도. 그 상자 안에서 히비노 가렌을 죽였든, 아니면 다른 곳에서 죽이고 시체를 옮겨왔든 범인의 발자국이 찍혀야 하지 않겠습니까? 그런데 전혀 눈에 띄지 않습니다. 이것이야말로 눈 밀실!"

aXe가 손도끼를 대각선으로 내리치면서 큰소리를 쳤다. 두광인은 팔짱을 끼고 신음소리를 냈다.

"야 인마, 잠깐 기다려!"

잔갸 군이 소리를 질렀다.

"야 이 자식아, 눈 밀실은 낭만이란 말이다. 초町 두 개에 걸쳐 세워진 담에 둘러싸인 옛 역참 여관의 이치야나기 가문이라든가, 호화롭고 웅장한 박공에 유려한 첨탑이 있는 하얀 수도원이라든가, 이런 식으로 무대에는 격조가 요구된다고. 그런데 뭐냐 이놈의 자식아, 쓰레기장이라고? 눈 밀실을 모독하는 데도 정도가 있어."

잔갸 군의 분노는 두광인의 기분을 대변하기도 했다.

"쓰레기장이 아닙니다. 멋대로 쓰레기를 버렸을 뿐이지."

aXe는 태연하게 말했다.

"품격이 결여됐다는 점은 똑같잖아, 등신아."

"그런 소리를 하지만 말이죠, 연줄이나 신분도 없이 오래된 가문이나 수도원에 쳐들어갈 수는 없잖아요."

"쓰레기장의 시체? 그런 상스러운 풍경 따위는 꼴 보기도 싫어. 처녀설이 부정해진다고."

"그럼 댁은 안 풀어도 됩니다. 안녕히 가세요."

"이 자식이!"

상황을 더 자세하게.

044APD였다.

"듣고 싶은 사람만 들으면 되죠."

aXe는 실쭉한 태도로 말하더니 이야기를 시작했다.

"후쿠오카현 기타큐슈 지방에서는 5일 오후 3시부터 눈이 내리기 시작했고, 한밤중에 눈이 그칠 때까지 도시부에 2센티미터, 산간부에 5센티미터의 적설량을 기록했습니다. 기타큐슈 지역의 지방 기상 정보 서비스에 따르면, 시체 유기 장소인 야하타니시구 오아자하타에서 눈이 멎은 시각은 5일 오후 11시 전. 6일 자정에는 달도 나왔습니다. 한편, 히비노 가렌의 사망 추정 시각은 6일 오전 1시에서 2시. 따라서 히비노 가렌이 살해당한 곳이 야하타니시구의 산림이든, 다른 곳에서 살해당한 뒤 그곳으로 옮겨졌든 간에 상식적으로 생각하면 눈 위에는 범인의 발자국이 남아 있어야 하죠. 그런데 아까 보낸 사진으로 알 수 있듯이 현장에서는 그럴듯한 발자국이 눈에 띄지 않습니다.

아무개 씨가 트집을 잡기 전에 말해두겠는데, 이 사진은 살해하기 전에 찍어둔 사진이고, 사진을 찍은 후에 현장으로 들어가서 죽이거나 시체를 유기한 탓에 현장에는 발자국이 잔뜩 찍혀 있다는 진상은 아닙니다. 촬영은 경찰이 도착하기 전에 했다고요. 덧붙여, 신고한 사람은 접니다. 투명한 상자라 시체가 훤히 보이기 때문에 누가 지나가다가 신고해주리라고 기대했는데 말이죠. 자동차로 달리면서 보면 시체라는 사실을 알아차리지 못하는 것 같더라고요. 언제까지나 시체가 발견되지 않으면 눈이 녹아서 눈 밀실도 사라져버릴 테니 어쩔 수 없이 제가."

두광인은 방금 전 사진의 Exif 데이터를 찾아보았다. Exif 데이터란 디지털 카메라의 화상 파일에 부가되는 데이터로, 촬영할 때 카메라의 기종, 셔터 스피드, 조리개, ISO 감도 등의 정보가 자동으로 기록되도록 되어 있다. 그 Exif 데이터의 '원화상 데이터의 생성일시'라는 항목을 보자 '2007:03:06 11:22'라고 되어 있었다. 이 사진이 2007년 3월 6일 11시 22분에 촬영됐다는 말이다.

"Exif 데이터 따위는 얼마든지 고칠 수 있어."

아무개 씨가 트집을 잡았다.

"할 수는 있겠지만 그런 잔꾀를 부려서 속여 넘기진 않을 거야."

두광인은 aXe를 옹호했다. 그리고 다시 사진을 쳐다보았다. 분명히 눈 위에 발자국은 하나도 찾아볼 수 없다. 리터치 소프트웨어를 사용하면 발자국을 지울 수 있지만, 그런 잔재주도 부리지 않았다고 믿기로 했다.

이건 도로에서 촬영한 사진?

044APD가 물었다. aXe는 그렇다고 대답했다.

도로에서 시체가 들어 있던 상자까지의 거리는?

"3미터 정도입니다. 야오밍*이 팔을 뻗어도 안 닿는다고요."

그 전화 부스 같은 상자는 쓰레기 더미 제일 앞쪽에 있었고, 도로와의 사이에는 아무것도 없다. 발을 디딜 만한 빈 캔, 나무 그루터기 같은 돌기물, 그리고 발자국도. 상자 앞에 펼쳐진 땅은 온통

* NBA에서 활약한 중국 출신 농구 선수로 키가 226센티미터다.

새하얗다.

상자 좌우와 뒤쪽 모습을 잘 알아볼 수 있는 사진은?

화상 파일이 세 장 전송됐다. 첫 번째 사진, 나무 사이로 상자가 보인다. 왼쪽 옆에서 촬영한 사진인 듯하다. 상자 안에 하얀 윗도리가 보인다. 멀리서 찍은 사진이라서 얼굴 모습은 알아볼 수 없다. 눈 위에 발자국은 보이지 않는다.

"나무숲에서 상자까지는 5미터 정도입니다."

두 번째 사진도 나무숲 건너로 상자가 보인다. 이것은 오른쪽 옆에서 촬영한 사진이다. 새것인 양 깨끗한 눈 위에 발자국은 없다.

세 번째 사진은 상자 뒤편을 바로 위에서 촬영했다. 상자에서 1미터 정도 거리를 두고 대형 쓰레기가 어지러이 모여 있다. 1미터의 틈에 발자국은 없다. 쓰레기 더미에 쌓인 눈도 흐트러지지 않았기에 그 위를 걸은 것처럼 보이지도 않는다.

"aXe 님, 위에서 내려다보는 사진은 어떻게 촬영했는가?"

반도젠 교수가 물었다.

"고지가위* 끝에 CCD카메라를 달아서요."

"홈쇼핑에서 광고하는 그건가?"

"예. 5980엔입니다. 그 가격에 살수 호스 세트까지 덤으로 딸려 오다니, 엄청 잘 산 거 아닙니까?"

* 높은 곳에 있는 가지를 자를 때 사용하는, 가지가 긴 전지가위.

"옆에서 찍은 사진도 전지가위를 뻗어서?"

"예, 안에 발을 들여놓고 촬영하면 모처럼의 작품인 '완벽한 눈 밀실'이 쓸모없어지잖아요. 게다가 사건 현장에 자기 발자국을 선명하게 남기다니, 경찰 대책이라는 관점에서 볼 때 터무니없는 바보가 아닐까 합니다만."

"하지만 촬영할 때는 도로에 서 있었지? 그 발자국은 괜찮겠는가?"

"삽으로 흐트러뜨려 놓았습니다."

"귀공이 타고 간 자동차의 타이어 자국은?"

"걱정이 많군요. 이번 현장은 산속이라서 앞에 뻗어 있는 도로에는 가로등이 없고, 밤이 되면 차가 거의 지나다니지 않습니다. 그렇게 인기척이 없는 곳이기에 쓰레기 불법 투기 장소로 점찍혔겠지만요. 범행 당일 밤은 눈이 내려서 불법 투기자도 나타나지 않았기에, 제가 이것저것 하는 동안 자동차는 한 대도 지나가지 않았습니다. 즉, 아무한테도 안 들켰다는 말입니다. 하지만 반대로 다른 차가 지나가지 않았다면, 제가 타고 간 자동차의 타이어 자국이 그대로 남아 있지 않겠느냐고 교수님은 걱정하는 거죠? 아니요, 아니요, 문제없습니다. 해가 뜨면 차는 지나다닙니다. 눈이 내리는 날이라도 최소한 한 시간에 한 대는 지나가겠죠. 고작 그 정도로는 타이어 자국이 사라지지 않는다고요? 아니요, 아니요, 그 정도만 지나가면 충분합니다. 도로에 눈이 쌓여 있으면 바퀴 자국을 따라서 달려주니까요."

"그러하군. 빈틈없이 밟아서 지워주는구먼."

반도젠 교수는 푸르스름한 턱을 쓰다듬으며 고개를 끄덕였다.

“이야기가 조금 샜습니다만 도로 앞쪽 땅은 완전한 처녀지로 상자에 접근한 흔적은 어디에도 없습니다. 그것만으로도 충분히 이해하기가 어렵겠지만 실은 말도 안 되는 현상이 한 가지 더 있습니다. 1330 파일을 보십시오.”

상자를 오른쪽에서 찍은 사진이다.

“오른쪽 가장자리에 네모난 돌기가 있죠. 이걸 쥐고 앞으로 당기면 상자의 이쪽 면이 왼쪽 가장자리를 받침점으로 삼아 앞쪽으로 열리게 되어 있습니다. 이렇게 말로 하면 의미를 파악하기 어렵지만, 요컨대 상자의 이쪽은 밖으로 열리는 문이라는 뜻입니다.”

또 사진이 전송됐다. 상자의 한 면이 상하좌우 5센티미터 정도의 틀을 남긴 채 180도 각도를 그리며 바깥으로 열려 있다. 안은 텅 비었다. 시체도 없거니와 넝마도 없다. 지면에 눈도 없다.

“눈이 없는 건 내리기 전에 찍어둔 사진이기 때문입니다. 주목할 점은 문 가장자리입니다. 금속 같은 봉이 보이죠. 위와 아래 그리고 중앙, 합계 세 군데. 알다시피 이건 빗장입니다. 안쪽에서밖에 조작할 수 없습니다. 그리고 시체가 발견되었을 때 이 빗장이 단단히 걸려 있었죠. 세 개 다.”

파일이 전송됐다. 이번에는 정지화상이 아니라 동영상이었다. 상자를 도로 쪽에서 촬영한 영상이다. 상자 오른쪽에는 남자 두 사람이 들러붙어 있었다.

“제일 처음 도착한 경찰관입니다. 지나가던 구경꾼인 척하면서 촬영했습니다.”

두 사람이 문손잡이를 당겼다 밀었다 하지만 열리지 않는다. 그러다가 한 사람이 몸으로 부딪쳐보지만 부서지지 않는다. 토대가 고정되어 있지 않아서 상자가 크게 흔들리다 옆으로 넘어갈 뻔했다. 그때 왼쪽으로 이동한 한 사람이 두 손을 상자에 대고 버티는 동안 다른 한 사람이 오른쪽에서 몸으로 되풀이해서 부딪쳤다. 하지만 상자는 꿈쩍도 하지 않았다.

"뭐, 무립니다. 코끼리가 밟아도 부서지지 않는 폴리카보네이트 제품이니까요."

두 사람은 상자 앞면, 왼쪽, 뒷면을 누르거나 걷어찼지만 상자는 열리지 않는다. 쭈그리고 앉아 모서리 부분을 손가락으로 세게 긁는 듯한 동작을 반복한다. 틈을 비집어서 열기라도 하려는 걸까? 하지만 열리지 않는다. 목말을 타고 천장을 눌러도 아무 반응이 없었다.

"결국 이다음에 경찰 본대가 와서 드릴과 커터를 사용해 상자를 연 것 같은데, 그 작업을 하기 전에 상자 주위를 블루 시트로 감싸버려서, 유감스럽게도 상자를 해체하고 시체를 옮기는 영상은 없습니다. 일단 경찰이 도착하기 전에 찍은 사진을 보내겠습니다."

상자 안에 있는 시체 사진이 전송됐다.

지금까지 전송된 사진은 상자 전체가 찍히는 구도였기 때문에 시체의 상태는 잘 알 수 없었다. 이번에는 시체가 프레임 가득 찍히도록 줌인해서 촬영한 사진이었다.

옷은 하얀 다운재킷, 머리카락은 화려한 금색으로 물들였지만, 아직 어린 티가 나는 아담한 체형이었다. 그런 소녀가 바닥에 풀

썩 쓰러진 채 몸을 웅크리고 있다. 표정은 보이지 않지만 힘이 쭉 빠진 듯한 이 느낌은 시체 특유의 성질이다. 지금까지 몇 명인가를 죽인 두광인은 그 느낌을 안다.

"이상, 상황은 이해했습니까? 이 상자 자체가 바로 밀실입니다. 안에 시체를 남기고 밖으로 나온 범인은 어떻게 빗장을 걸었을까요? 아까도 말했다시피 이 세 개의 빗장은 상자 안에서밖에 걸 수 없습니다. 반대로 범인이 상자 안에서 걸었다고 하면 그다음에 상자에서 나올 수가 없습니다. 덧붙여, 눈 위에는 오고간 흔적이 없으니까 현장은 2중 밀실이었던 셈입니다. 어떻습니까, 견고한 밀실이죠?"

aXe가 자랑스러운 듯이 하키마스크를 쓴 얼굴을 왼쪽에서 오른쪽으로 천천히 움직였다.

"전혀."

잔갸 군이 도발하듯이 말했다.

"그럼 풀어보세요."

aXe의 목소리에서는 여유가 느껴졌다.

"눈이 내리기 전에 일을 다 끝마쳤다."

"이런, 이런, 뭘 듣고 있었습니까? 눈이 그친 시각은 오후 11시고, 사망 추정 시각은 다음 날 1시부터 2시입니다. 눈이 내리기 전에 죽였을 리 없잖아요."

"당일은 눈이 왔잖아. 즉 기온이 낮았어. 낮은 온도에서 방치된 시체는, 시체 현상의 진행이 더뎌지지. 오래된 시체가 새 걸로 보인다고. 실제로는 오후 11시 이전에 죽었어도 1시에 죽었다고 잘못된 판정이 나올 가능성이 있어. 오후 11시 이전에 죽여서 상자 안에 넣으면, 그때는 아직 눈이 내리고 있었기 때문에 발자국은 사라져. 이상."

"흐음. 그럼 빗장은요?"

"자석. 전에 누가 네오 뭐시기라는 초강력 영구 자석이 있다고 그랬지."

"음, 상자의 벽면은 그리 두꺼운 것 같지 않으니 네오디움 자석이라면 움직일 수 있겠군그래."

반도젠 교수가 말했다. 하지만 바로 aXe가 부정했다.

"빗장으로 쓰이는 봉 한가운데 돌기가 있다는 걸 알겠습니까? 쥐고 움직일 수 있게 달린 물건이지만, 빗장을 건 후에 이 돌기를 아래로 내리면 잠기도록 되어 있습니다. 강력한 자석으로 빗장을 좌우로 움직일 수 있을지는 모르지만, 돌기를 위로 올려서 잠금 상태를 해제하기는 어렵지 않을까요?"

"쳇."

이런 소리를 툭 내뱉은 사람은 잔갸 군이리라.

"더 실망시켜서 미안합니다만, 저온에 따른 사망 추정 시각 오인설도 성립되지 않습니다. 왜냐고요? 히비노 가렌이 오후 11시 이후에도 살아 있었다는 사실을 증명해줄 사람이 있기 때문이죠. TVJ의 아침 와이드 쇼에서 방송하지 않았습니까. 안 봤어요? 할 수 없군요. 그럼 이걸."

동영상 파일이 전송됐다. 텔레비전 방송을 녹화한 영상이었다.

“게임 센터에 갔다가 노래방에 갔는데, ▲◇#◎ 선배가 가렌 휴대폰으로 전화를 걸어와 지금 놀러 오라고 그랬거든요. 그래서 가렌은 나갔어요.”

젊은 여자가 이야기했다. 얼굴은 프레임 밖에 있어서 화면으로는 목부터 배 언저리까지만 보인다. 쇄골 근처까지 내려온 금색 머리는 트위스트펌을 했고, 머리를 만지작대는 손가락 끝에는 비취색으로 보이는 인조손톱을 붙여놓았다. 오른쪽 어깨 부분의 자막에는 ‘히비노 가렌 씨와 친했던 A씨(15)’라고 나와 있다.

“▲◇#◎ 선배는 누구죠?”

이 목소리는 취재한 사람의 목소리다.

“□★ 중인 네 살 위 선배인데, 남자 친구랑은 다르지만 가렌을 좋아하는지 자주 불러내요. 그날 밤도 전화가 와서 가렌은 선배한테 갔어요. 눈도 내리고 추우니까 거절하라고 했는데, 무섭다면서 서둘러 갔어요. ▲◇#◎ 선배, 비위 거스르면 때린다던데, 최악이에요. 하지만 우리가 말릴 걸 그랬어요. 그랬으면 가렌이 그렇게 되진 않았을 텐데…….”

A의 손이 얼굴 쪽으로 이동한다.

“5일 밤 몇 시쯤에 가렌 씨와 헤어졌나요?”

“12시 반 정도요. 아 진짜, 절대로 용서 못 해! 가렌이 불쌍해요. 다음 주가 생일이었는데, 너무 불쌍해…….”

“피해자는 밤 12시 반까지는 분명히 살아 있었습니다. 눈이 그친 다음에 한 시간 반 동안이나요. 저온이든 고온이든 상관없다고요. 밤 12시 반 이후에 죽이면 유기 현장에 발자국이 찍힙니다. 하지만 찍히지 않았죠. 와이why?"

aXe는 참으로 기분이 좋은 모양이다.

"하지만 이건 아무리 생각해도 이상하잖아."

"그렇습니다. 발자국이 찍히지 않을 리 없으니까."

"아니 그거 말고. 어째서 중학생이 밤 12시에 노래방에서 노래질이냐고. 18세 미만은 오후 10시까지라고 풍속영업의 규제에 관한 법률로 정해놨단 말이다. 아니, 대부분의 현에서는 16세 미만은 오후 6시까지라는 조례가 있을 터."

"갸루 화장을 하면 나이가 불분명해지니까 점원도 제대로 판단 못 한 거 아니야?"

두광인이 말했다.

"뭣이냐, 그 이전에 어째서 열네 살짜리 여자애가 그렇게 늦은 시간에 놀러 나갈 수 있느냐고! 부모가 그걸 왜 허락하지? 날짜가 바뀌어도 돌아오지 않는데, 데리러 가거나 불러들이지도 않고. 이거 이상하잖아. 눈 밀실보다 훨씬 심오한 수수께끼야. 미디어가 다루는 방식도 이상하지. 전도유망한 열네 살짜리 소녀가 살해당해서 불쌍하다느니, 강한 분노를 느낀다느니 이딴 소리만 늘어놓을 뿐, 심야에 환락시설에서 놀던 그애랑 그걸 허락한 부모의 자세에 대해서는 한마디도 언급하지 않아. 마음속으로는 바보 같은 부모라고 눈살을 찌푸리고 자업자득이라며 기막혀하는 주제에. 미디어뿐만이 아니야. 받아들이는 쪽도 그래. 그런데 내색도 하지 않지. 추잡해. 비겁하다고. 이러니까 이 나라가 점점 가망 없는 나라가 돼가는 거야."

"살인자가 무슨 소리를 하는 겁니까? 설교 강돕니까?"

aXe가 목을 움츠렸다.

"아니야, 아니야. 답을 모르겠으니까 얼버무리려고 상관없는 소리를 늘어놓는 것뿐이라고."

두광인이 웃자 잔갸 군이 윽, 하고 신음소리를 냈다.

"aXe 님, 질문 하나 해도 괜찮겠는가?"

반도젠 교수가 귀 옆으로 손을 들어 올렸다. "그러세요" 하고 aXe가 대답했다.

"선배가 불러냈다는 전화는 귀공이 건 위장 전화인가? 가렌 양을 무리에서 떨어뜨려서 사로잡기 위해."

"저는 전화 같은 거 안 했습니다. 그건 정말로 아무개 선배가 건 전화입니다. 저는 특별히 히비노 가렌을 노리지는 않았다고요. 목표물은 누구라도 상관없었습니다. 눈이 그친 후에 적당한 사냥감을 찾아서 차로 돌아다니다가 우연히 히비노 가렌과 마주쳤죠. 하얀 입김을 내뿜고 손을 비비면서 가로등도 드문드문한 밤길을 종종걸음치고 있기에 태워주겠다고 말을 걸었더니 대번에 넘어오더라고요. 만약 히비노 가렌이 한 곡 더 부르고 노래방을 나섰다면, 그녀를 만날 수 없어서 역에서 잠든 주정뱅이라도 목표물로 삼았을 텐데 말입니다. 사람의 운명이란 그런 법이죠."

aXe가 히비노 가렌을 낚을 수 있었던 데는 한 가지 이유가 더 있었다. 두광인만은 그 이유를 알고 있었지만, 이번 수수께끼 풀이에서 자신이 유리한 입장에 설 수 있는 기회가 될지도 모르니 혼자서만 알고 있기로 했다.

"그러면 이번 문제에서 히비노 가렌 양은 필수 조건이 아니구먼?"

"뭐요?"

"누구를 죽이든 그 트릭은 사용할 수 있는 거지?"

"예. 엄밀하게 말해 스모 선수는 무리겠지만요. 상자에 안 들어갈 테니까. 그것보다 트릭이란 누굴 죽이든 성립하잖아요."

"꼭 그렇다고는 할 수 없다네. 특정 인물을 죽여야 비로소 성립하는 트릭도 있지. 그래, 저번이 참으로 그러하였어."

그런 지적을 받고 두광인은 마스크 아래에서 쓴웃음을 지었다.

"아아, 그런 걱정을 하는 겁니까? 문제없습니다. 이번에는 순수한 트릭이니까요."

"잠깐, 잠깐. 그런 표현을 쓰면 요전에 문제를 낸 내가 사기꾼 같잖아."

두광인이 불끈한 모습으로 끼어들었다.

"다른 뜻은 없습니다. 다스베이더 경이 낸 문제는 변화구고 이번은 한가운데를 파고드는 직구죠. 구종에 우열은 없다고요."

"말 속에 뼈가 있는 것 같은데."

"기분 탓입니다. 다른 질문은 없습니까?"

상자 사이즈.

044APD였다.

"높이 2미터, 가로 세로 각각 1미터. 사방 1미터는 생각보다 넓습니다. 연립주택 화장실이 더 좁을 때도 있죠. 두 사람이 들어가도 꽉 끼진 않기 때문에 상자 속에서 충분히 살해할 수 있습니다."

도대체 그 상자는 무슨 용도로 사용되던 물건이지?

"아?"

무슨 상자지?

"그렇게 나왔습니까?"

무슨 상자지?

"변함없이 급소를 찌르는 사람이로군요. 이거, 범인 쪽에서 보면 치명적인 질문입니다."

아하하, 하고 웃더니 aXe는 손도끼 등 부분으로 뒤통수를 두드렸다.

"그러니까 무슨 상자냐고 묻잖아."

잔갸 군이 조바심을 내며 끼어들었다.

"그 질문, 대답 안 하면 안 되겠습니까?"

"당연히 안 되지."

"댁한테 안 물었습니다."

"이 자식이!"

출제자가 추리에 필요한 정보를 남김없이 제공하는 게 이 게임의 대원칙.

"그렇죠. 아이고, 이런."

aXe가 신음하는 듯한 한숨을 내쉬었다.

"쇼케이스?" 두광인이 물었다.

"아니요."

"온실?"

"아니요."

"찬장?"

"아니요."

"전화 부스는 아니겠지? 빗장이 달려 있을 리 없어."

"어쩔 수 없네요. 커다란 힌트가 되겠지만 규칙이니까 밝히겠습니다. 기성품을 사용한 게 아닙니다. 제가 손수 만든 물건이죠."

"자작?"

"예. 도면을 그려서 만들었습니다. 세계에 하나밖에 없는 특제관이랍니다. 엄밀하게 따지면 시제품 열한 개를 만들었다가 폐기했습니다만."

"열한 개나?!"

"예. 열두 개째에 겨우 완성했습니다. 몇 번이나 때려치우려고 했는지."

"집에서 뭔가에 사용하려고, 예를 들면 애완동물 집으로 삼으려고 여가 시간에 만든 상자를 돌려 쓴 게 아니라 이번 문제를 위해서 만들었다고?"

"그 질문에도 대답하고 싶지 않습니다만 뭐, 그렇습니다."

aXe는 작은 목소리로 대답했다.

"너 이 자식, 그 말은 상자 자체에 뭔가 꿍꿍이가 있다는 뜻이잖아!"

잔갸 군이 큰 소리를 질렀다.

"그렇게 의심받아도 어쩔 수 없으려나요."

"사실, 꿍꿍이가 있지?"

"노코멘트."

"말해. 꿍꿍이가 있지?"

"거기까지 밝힐 의무는 없습니다."

aXe는 손도끼 날로 입을 막았다.

"딱 걸렸구나. 그러고 보니 언제였더라, 이 자식이 출제에 대비해 장치를 개발 중이라고 떠벌렸지. 그 장치가 이번에 사용한 상자로군. 자알 알았어."

갑자기 잔갸 군이 기운을 차렸다.

"자, 무슨 꿍꿍이라고 짐작할 수 있겠는가?"

반도젠 교수가 말했다.

"자작이니까 어떤 기구든 제멋대로 설치할 수 있지. 트릭이나 술수가 있는 도구를 사용해서 인체 절단이나 수중 탈출을 하는 거랑 똑같다고. 그렇지, 밖에서 빗장을 움직일 수 있지 않을까? 적외선이나 전파로 원격 조작할 수 있도록 만든 거야."

"그건 아닌 것 같은데."

말하면서 두광인은 상자 사진을 자세히 들여다보았다.

"적외선 수광受光 센서랑 전파 수신 장치, 그리고 빗장을 움직이는 모터 따위의 기계 부분이 안 보이잖아. 이 상자의 모든 면이 투명한 패널로 되어 있는 데는, 트릭이나 술수가 없다는 사실을 확인시켜주는 의미도 있지 않을까?"

"분명 수상한 물체는 눈에 띄지 않아. 하지만 다스베이더 경, 상자에는 반드시 무슨 술수를 부렸을 거야. 아무 꿍꿍이도 없다면 자기가 일부러 상자를 만들지 않아도 되지 않겠어?"

"응. 그 의견에는 전면적으로 동의해."

"보이지 않을 정도로 작은 장치일까?"

"현미경으로 보아야 할 수준이 아닌 한 놓치지 않으리라고 봐."

"물체라면 놓치지 않겠지만, 구멍이라면 어떻겠는가?"

반도젠 교수가 말했다.

"구멍?"

"지름 3밀리미터 정도의 구멍이라면 시선을 끌지 않을 것 같네만. 상자 귀퉁이에라도 뚫어놓으면 한층 눈에 띄지 않겠지. 그 구멍에 낚싯줄을 통과시켜 상자 속과 바깥을 연결하는 걸세. 상자 속으로 들어간 낚싯줄 끝부분은 빗장 손잡이에 잡아매지. 바깥으로 나온 낚싯줄을 잡아당기면 빗장이 걸리고, 더 세게 잡아당기면 낚싯줄이 손잡이에서 풀리도록 잘 조절해서 매야 해. 그리고 낚싯줄 세 줄을 이용해서 빗장 세 개분의 장치를 만드는 거야. 낚싯줄을 넉넉하게 늘이면 도로에 세워둔 자동차 안에서도 조작할 수 있지."

반도젠 교수가 어떠냐는 듯이 가슴을 젖혔다. 잔갸 군이 콧방귀를 뀌었다.

"아저씨는 여전히 그 정도로군."

"뭐라고!"

"그 정도 술수를 쓰려고 상자를 통째로 만들 필요가 있겠냐? 만들어진 상자에 구멍을 뚫고 빗장을 달면 되잖아."

"그렇기는 하네만, 통째로 만들지 말라는 법도 없을 테지."

"통째로 만들어도 상관은 없지만, 구멍을 뚫고 빗장을 달기만 하면 되는데 완성할 때까지 열두 번이나 실패하다니, 얼마나 손재주가 없다는 거야."

"으음……."

"자기가 일부러 만든 건, 기성품에는 없는 특성이 필요했기 때문이야. 크기, 형태, 재질, 아!"

잔갸 군이 갑자기 소리를 지르더니 이삼 초쯤 있다가 소리를 죽여 큭큭 웃었다.

"역시 이 어르신이야. 알아냈다고. 작으면 눈에 띄지 않는다. 아아, 그렇지. 하지만 반대의 경우도 있잖아. 너무 커서 눈에 들어오지 않는다."

"그 정도 두뇌밖에 가지지 못한 이 몸은 귀공이 무슨 말을 하려는지 모르겠네만."

불만스러운 표정으로 반도젠 교수가 말했다.

"빗장은 상자 속에서 걸었어. 범인이, 자기 손으로. 그러고 나서 상자에서 나갔지."

"빗장을 건 다음에 나가? 어디로? 상자가 열리는 부분은 빗장이 걸리는 문 한 군데밖에 없단 말일세. 응? 비밀 문? 그러하군, 자기 손으로 만들었으니 그런 통로는 얼마든지 낼 수 있지."

흥분한 기색으로 반도젠 교수가 떠들었다.

"비밀 문이라. 그럼 묻겠는데, 만약 그런 두 번째 문이 있었다면 현장에 도착한 경찰관이 발견하고 열지 않았을까? 하지만 아까 본 비디오 영상에서 녀석들은 우왕좌왕했을 뿐이라고."

"밖에서는 열리지 않는 구조였겠지."

"그 말은 즉, 특수한 구조라는 소리로군. 특수한 구조니까 겉모양이 평범하지는 않을 테지. 하지만 사진에서 그런 물건은 확인할 수 없어. 확실히 속이 훤히 비치는 이 벽면은 트릭이나 술수가 없다는 사실을 보여주기에는 효과 만점이야."

"비밀 문이 아니라면, 도대체 어떻게 해야 빗장을 건 후에 나올 수 있다는 말인가?"

"진정한 의미로 투명한 벽."

"뭐라고?"

"무릇 상자의 벽면은 투명하지만, 빛이 빠져나갈 수 있을 뿐 물체는 튕겨나가지. 그런 벽 말고 개미든, 고양이든, 인간이든 건너편으로 빠져나갈 수 있는 벽 말이야."

"무슨 소린가?"

"극히 단순한 의미야. 이 상자는 범인이 현장에 들고 간 단계에서는 벽 한 면이 완전히 없는 미완성 상태였다고."

"뭐?"

"상자를 위에서 보면 미음자가 아니라 디귿자라는 말이야. 그러니까 문에 빗장을 건 다음에 벽면이 없는 디귿자의 트인 부분을 통해 밖으로 나온 거지. 그냥 그뿐이라고. 그러고 나서 밖에서 벽면을 달았어. 다른 부분과 같은 소재로 된 판자 한 장을 순식간에 마르는 강력한 접착제로 붙였지. 이걸로 상자가 상자로 완성됨과 동시에 안쪽에서 자물쇠가 걸린 밀실도 완성됐어."

"맙소사……."

"상자에 트릭이 있고, 그 트릭을 실현하기 위해서는 상자 자체를 스스로 만들 필요가 있으며, 트릭은 제3자가 얼핏 본 정도로는 알아차릴 수 없어. 필요한 조건은 전부 충족시켰다고. 그렇지?"

잔갸 군은 aXe에게 말을 걸었으리라. 대답은 없었다.

"찍소리도 안 나오는 모양이로군."

"찍."

"뒈져라."

"판정은 댁의 설명이 전부 끝나고 나서 내리겠습니다. 일일이 평을 하다가는 끝이 없을 테니까요."

"패전했을 때의 변명이나 준비해둬."

aXe는 상대하지 않고 엉뚱한 쪽을 보며 캔커피를 홀짝였다.

"밖에서 벽을 달았다는 가설, 괜찮네."

두광인은 지지 의사를 밝혔다. 하지만 바로 비꼬아주었다.

"하지만 발자국 문제가 전혀 해결되지 않았다는 사실."

"그건 그렇지. 안쪽에서 빗장을 건 밀실이 완성된 건 좋은데, 거기서 어떻게 눈 위에 발자국을 남기지 않고 물러나지? 갈 때도 마찬가지야. 살해했을 때 눈은 그친 상태였으니까 상자 속에서 죽였든, 시체를 상자까지 옮겼든 발자국이 선명하게 남는, 아?"

"오?"

"아? 앗!"

"혼자서만 이해하지 마."

"상자를 현장에 가져간 단계에서는 벽 한 면이 완전히 없었어. 어느 면이냐 하면 문 왼쪽, 즉 도로 정면에 해당하는 벽면이야. 도로에서 상자까지는 약 3미터. 벽면의 높이는 2미터. 달지 않은 벽면을 눈 위에 깔면 도로에서 상자까지 이어지는 길이 한 줄기 생기잖아."

"1미터 모자라는뎁쇼."

"시체를 껴안고 1미터 점프하기는 힘들지. 하지만 다스베이더경아, 네 녀석의 머리는 뭣 때문에 있냐. 1미터라고 생각하니까 힘든 거야. 도로 쪽에 50센티미터, 상자 쪽에 50센티미터, 이렇게 부족한 거리를 반으로 나누면 되지. 50센티미터면 다리를 벌려서 건너갈 수 있어."

"꽤나 좋은 생각, 이 아니잖아."

두광인은 웹캠을 향해 손사래를 치며 쏘아붙였다.

"근본적으로 틀렸어. 벽면을 깐 흔적이 남는다고."

"아."

"게다가 마지막으로 벽면을 상자에 달아야 하잖아. 그 작업을 마친 다음에 발자국을 찍지 않고 어떻게 탈출할래? 결국 발자국 문제는 하나도 해결 안 됐어."

그렇게 말한 후에 두광인은 한 가지 생각을 떠올렸다.

"현장을 좀 더 줌아웃해서 찍은 사진은 없어?"

aXe가 보낸 파일 하나가 도착했다.

"너무 멀잖아, 얼간아. 정도라는 걸 생각해라."

잔갸 군이 불만을 늘어놓았다. 경찰 규제선 앞에서 찍은 사진인데, 노란 테이프 건너편에는 정복을 입은 경관이 떡하니 버티고 서 있었으며, 그 뒤쪽에 세워진 몇 대나 되는 경찰 차량을 지나쳐 안쪽으로 더 들어가야 현장이 나왔다. 수사원들은 성냥개비처럼 작았고, 예의 상자는 꼭대기 부분을 겨우 확인할 수 있을 정도다.

"아니, 이 정도로 먼 게 좋아. 현장을 둘러싼 나무들 모습을 보고 싶었으니까. 이건 삼나무? 어쨌거나 침엽수로군. 안 되겠다."

"뭐가?"

"나뭇가지가 네모지게 트인 현장 위까지 튀어나와 있으면, 가지를 쿡쿡 찔러서 나뭇잎 위에 쌓인 눈을 발자국 위에 떨어뜨리면 되겠다고 생각했거든. 상자를 위쪽이랑 옆에서 촬영할 때 고지가위를 사용했잖아? 그거라면 문자 그대로 높은 곳에 있는 가지에 닿아. 하지만 유감스럽게도 가지는 튀어나오지 않았어. 이 트릭은 폐기."

두광인은 얼굴 앞에다 대고 손을 흔들었다.

"그렇다면 이 몸이."

반도젠 교수가 손을 들었다.

"제군들, 상자 꼭대기를 보시게나."

"그게 뭐?"

"이상하잖은가."

"뭐가?"

"이런, 모르겠는가?"

"그러니까 뭐가?"

"눈이 쌓여 있지 않을 텐데."

확실히 어느 사진을 봐도 상자 윗부분에는 눈이 없다. 맞배지붕처럼 경사져 있으면 미끄러져 떨어졌다고 생각할 수 있겠지만, 지면과는 수평이다. 다른 대형 쓰레기 가운데 이렇듯 눈을 덮어쓰고 있지 않은 물건은 하나도 없다.

"그거, 제법 중요한 사항 아닌가?"

두광인은 흥분한 기색으로 말했다. "조금은 다시 봤는가" 하고 반도젠 교수가 턱을 치켜들었다.

"지붕에 눈이 쌓이지 않았다는 사실이 무엇을 의미하겠는가? 이 상자는 눈이 내리는 동안에는 현장에 존재하지 않았다네. 즉, 범인은 눈이 그친 후에 상자를 현장에 가져다놓은 걸세."

"응, 응."

"눈이 내릴 때부터 상자가 현장에 놓여 있었을 경우, 눈이 그친 현장에서 '상자를 완성'시켜야 하기 때문에 필연적으로 상자 주위를 발자국으로 더럽히고 말지. 하지만 눈이 그친 후에 상자를 현장에 놓을 경우, 현장에서 '상자를 완성'시키지 않아도 '완성한 상자'를 현장에 가져다두는 방법을 사용할 수 있지 않은가. 현장에서 짜 맞출 필요가 없다면, 현장까지 들어갈 필요는 없지. 들어가지 않으면 발자국은 남지 않는다네."

반도젠 교수는 어떠냐는 듯이 양손을 펼쳤다. "야 인마, 무슨 뜻인지 모르겠어" 하고 잔갸 군이 쏘아붙였다.

"'완성한 상자'라는 건 시체를 넣고 밖에서 벽면을 접착한 상자 말이냐?"

"그러하네."

"다른 곳에서 시체를 넣어서 밀봉한 상자를 현장에 가져다 놓는다고?"

"그러하네."

"그런 소릴 하면서 현장까지 들어갈 필요가 없다는 건 무슨 뜻이냐? 모순되잖아."

"모순되지 않는다네."

"에엥? 결국 현장까지 가져가야 한단 말이다. 그럼 발자국이 찍힌다는 사실은 변함없잖아. 애당초 시체가 들어간 상자는 못 짊어져. 폴리카보네이트가 가벼운 재질이라고는 한들 이렇게 크면 속이 비었어도 상당히 무겁단 말이다. 거기에 시체까지 더해야지. 여중생이라도 40킬로그램 정도는 나갈 거야. 도로에서 3미터라고 해도 그런 건 못 옮긴다니까."

"아무도 사람 힘으로 옮긴다고는 안 했네만."

"응?"

"발을 사용하지 않고 들여놓으면 발자국은 찍히지 않지."

"썰매라도 사용하려고? 그러면 썰매 자국이 남을 텐데."

"눈을 건드리지 않고 옮기면 된다네."

"뭐라?"

"도로에서 크레인으로 들어 올려서 이동시키는 걸세."

오 초 동안 침묵이 흘렀다.

"등신아."

잔갸 군이 툭 내뱉었다.

"무슨 소린가. 도로에서 상자가 있던 지점까지는 3미터가 좀 안 된단 말이야. 그 정도라면 차에 실은 크레인으로 이동시킬 수 있단 말일세."

"가능, 불가능은 상관없다고. 그렇게 힘이나 쓰는 일을 트릭이라고 할 수 있겠냐. 단순한 공사 작업이잖아. 설령 진상이 그렇다 하더라도 이 어르신은 인정 못 해."

잔갸 군은 격분했다. 책상을 두드리는 듯한 소리도 들렸다.

"이런, 이런. 역시 포클레인으로 쿵쾅, 이런 문제를 생각할 만한 사람이야."

두광인은 조롱하는 느낌을 섞어 손뼉을 쳤다.

"자, 주목."

aXe가 끼어들었다. 창에는 카드 같은 물건이 크게 비쳤다.

"저는 크레인은 다룰 줄 모릅니다."

화면에는 운전면허증이 비치고 있었다. 성명과 주소가 기재된 윗부분과 얼굴 사진이 있는 오른쪽은 손가락에 가려져 있다. '종류' 항목에는 '보통'만이 유효하다고 나와 있었다.

"일일이 평을 하지 않겠다고 하지 않았냐?"

잔갸 군이 불평을 했다.

"이건 평가가 아니라 추리에 필요한 정보 제공이니까요."

"한마디도 안 지고 떠벌리는 녀석이라니까."

"정말로 크레인이 아닌가?"

미련이 남는 듯 반도젠 교수가 물었다.

"다른 사람의 면허증 또는 위조한 물건이라고 말하면 부정할 방법은 없습니다만."

aXe는 목을 움츠렸다. 잔갸 군이 바로 물고 늘어졌다.

"깔보지 마라, 이 자식아. 크레인 면허증은 자동차 운전면허 시험장에서 취득하는 게 아닐 텐데. 후생노동성이 관할하는 안전 위생 기술 센터에 가야 한다고. 그러니까 두 가지 면허는 완전히 종류가 다르지. 크레인 면허를 가지고 있어도 운전면허증에는 기재되지 않아. 운전면허증에 택지건물거래 주임자라는 사실이 기재되냐? 그거랑 똑같아, 멍청아."

"그래요?"

"또 시치미 뚝 뗀다."

"아니요, 정말로 몰랐거든요."

"출제자가 거짓 정보를 제공하면 문제가 성립되지 않는다고, 얼간아. 소설에서 3인칭 시점 지문에다 허위 기술을 금지하는 거랑 마찬가지야."

"정말이라니까요. 몰랐을 뿐입니다."

"뒈져라."

그리고 여느 때처럼 욕설이 난무하는 말다툼이 시작됐다.

"크레인을 사용했을 가능성은 전혀 없나……."

반도젠 교수가 아쉬운 듯 또 그런 말을 했다. "없을걸" 하고 두광인이 대답했다.

"봐봐, 전에 교수가 포클레인으로 때려 부수는 문제를 냈을 때 제일 크게 화를 낸 사람은 aXe라고. '우리의 사명은 밀실의 낭만성 복권이며, 현실감을 노골적으로 드러낸 트릭은 밀실에 대한 모독이다', 이렇게 역설했잖아. 그런 사람이 크레인이라는, 힘에만 의존한 트릭을 쓸 리 없지 않겠어?"

"음, 듣고 보니 그러하군."

"하지만 지붕에 눈이 쌓이지 않았다는 사실로 판단하건대, 상자는 틀림없이 눈이 그친 후에 현장에 반입됐어. 이건 꽤나 중요한 사실이라고 생각해. 잘 알아차렸어, 교수."

"위로할 필요 없다네."

"위로가 아니야. 문제는 어떻게 흔적을 남기지 않고 상자를 이동시키느냐는 거지. 가장 짧아도 3미터는 움직여야 하는데. 그리고 거기는 온통 눈이 쌓여 있단 말이지."

"그러니까 크레인으로……."

"그러니까 그건 아니라고."

"하지만 그밖에 공중으로 이동시킬 수단이 있겠는가?"

"사건 당일 적설량은 몇 센티미터였더라? 5센티미터? 그럼 몇 센티미터 뜬 상태로 그 위를 이동시키는 건 기술적으로 가능하긴 한데."

"어떻게?"

"눈이 내리기 전에, 상자를 놓고 싶은 지점과 도로 사이에 직선 상태로 코일을 묻어둬. 한편 상자 밑면에는 전자석을, 그만두자, 터무니없어."

두광인은 얼굴 앞으로 들어 올린 손을 힘없이 내저었다.

"자기 부상식 철도의 원리로구먼."

"응, 앞으로 50년 정도 지나서 초전도 기술이 보편화되면, 두 시간짜리 미스터리 드라마에서라도 그런 트릭을 사용할 테지 뭐."

"막다른 골목에 다다른 나머지 잡담 모드로 들어갔구나."

잔갸 군이 돌아왔다.

"그럼 다른 질문이 없으면 오늘은 이만 마무리 짓고, 다음에 모일 때까지 각자 추리를 진행하도록 합시다. 기간은 일주일이면 되겠습니까?"

aXe도 빠지지 않고 따라왔다.

"아직 의견을 말하지 않은 사람이 있는데."

두광인이 말했다.

"오오, 그렇지. 뭔가 있지? 그렇다기보다 여느 때와 마찬가지로 알고 있는 거 아니야?"

잔갸 군이 부추기자 044APD는 키보드를 두드려 대답했다.

상자 위에 눈이 없는 건 쌓인 눈이 떨어졌기 때문에.

"쌓인 눈이 떨어졌다고? 즉, 눈이 그친 후에 상자를 들여놓은 게 아니라 그 이전에 이미 놓여 있었다는 말이야?"

그래.

"그렇대, 교수."
"어째서 꼭대기에 쌓인 눈이 떨어지지?"

넘어갔으니까.

"넘어가? 어째서 상자가 넘어가는 건가?"

상자가 넘어간 게 아니라 윗부분이 넘어갔어.

"뭐라고? 꼭대기만 넘어갔다?"

그 외에 벽면 한 장도.

"벽이 넘어가?"

그래.

"영문을 모르겠군. 귀공들은 이해가 되는가?"
"모르겠는데."
잔갸 군이 말하자 두광인도 고개를 저었다.

잔갸 군의 가설인, '처음에는 벽면 한 장이 떨어져 있었다'의 발전형이야. 하나로 이어진 지붕과 벽면 한 장이 움직이도록 만들어놓았어.

"앙?"

하나로 이어져 있던 건 도로에서 보았을 때 정면에 있는 벽면과 지붕이야. 옆에서 보기에는 '기역'자 형태로 일체화되어 있던 거지. 바닥면과 경첩으로 연결된 벽면, 그리고 천장 부분은 다른 세 벽면과는 접착되어 있지 않았기 때문에, 바닥면의 경첩을 받침점으로 삼아 회전운동을 시킬 수 있었어. 노트북 덮개나 CD 케이스를 여닫는 것처럼 움직이는 거지. 또한 벽면과 지붕을 연결하는 데도 경첩을 사용했는데, 90도로 구부러진 경첩을 180도로 펼치면 지붕이 달린 벽을 마치 한 장의 판자처럼 만들 수 있어. 벽면의 높이는 2미터, 지붕의 세로 길이는 1미터니까 두 장을 똑바로 펴면 3미터야.

"요컨대 지붕이 달린 벽을 앞쪽으로 90도만큼 넘어뜨린 후에 지붕과 벽면 사이의 경첩도 180도로 펼치면 상자에서 도로까지 한 줄기 길이 생긴다는 말이냐?"

그래.

"시체를 짊어지든지 끄는 형태로 그 길 위를 통과해서 상자 속으로 옮겼다?"

아니야. '움직이는 벽'이 눈에 닿으면 자국이 남아.

"아, 그렇지. 하지만 벽면을 공중에 띄운 채로는 걸을 수 없다고."

'움직이는 벽'은 수평 상태로 넘어가지 않고 경사진 상태로 멈춰. 도로 쪽이 높고 상자 쪽이 낮지. 그 경사진 판자 위에 놓은 시체를 상자를 향해 미끄러뜨리는 거야.

"오오, 미끄럼틀이구나."

잔갸 군이 손뼉을 쳤다.

"'움직이는 벽'이 경사진 상태라면 불안정해서 시체의 무게는 결코 견딜 수 없을 걸세. 가장자리를 손으로 붙잡아서 지탱하는가? 하지만 그러면 시체를 올려놓을 손이 모자라지. 공범자를 썼단 말인가? 그리고 시체를 미끄러뜨린 후에 '움직이는 벽'을 어떻게 상자로 되돌릴 텐가? 아니, 그전에 어찌 하면 도로 쪽으로 넘길 수 있다는 말인가? 상자로 다가가서 앞쪽으로 움직일 수는 없다네. 발자국이 남을 테니까."

반도젠 교수가 속사포처럼 질문을 퍼부었다.

시간 순서대로 설명할게. 상자는 사전에 현장에 옮겨놔. 너무 일찍 놓아두면 불법 투기하러 온 사람들이 움직여버릴지도 몰라. 그 결과 상자의 위치와 각도가 바뀌면 '움직이는 벽'을 이용한 비탈길이 도로까지 닿지 않을 우려가 있어. 그러므로 범행을 벌이기 전날 밤쯤에 설치하는 게 적당해. 말할 필요도 없이 빗장 세 개는 이 시점에 미리 걸어놨어.

결행 당일 밤에 눈이 그치기를 기다렸다가 적당한 목표물을 살해한 후에 시체를 차로 현장까지 옮겨. 이 단계에서 상자는 겉보기에 닫혀 있지. 차에서 내려서 도로에서 보기에 정면 벽의 꼭대기 근처를 향해 고지가위를 뻗어. 가위 끝에 큼직한 접착테이프를 달아서 말이야. 테이프가 벽면에 달라붙으면 가위 자루를 앞으로 당겨. 기역자 형태의 '움직이는 벽'은 다른 벽과는 고정되어 있지 않기 때문에 가위 자루를 당기면 앞쪽으로 회전하지. 지붕의 눈은 이때 떨어졌어. '움직이는 벽'을 90도 가까이 회전시키면 도로까지의 거리는 약 1미터가 되니까, 손을 뻗어서 붙잡아. 그리고 지붕과 벽면 사이의 경첩을 180도로 펼쳐서 '움직이는 벽' 전체를 평평한 판자 형태로 만들지. 그다음에 판자 끝부분을 자동차 보닛에 고정해. 이걸로 상자와 자동차 사이에 비탈길이 생겼어. 이 비탈길 위로 시체를 미끄러뜨리는 거야.
시체가 상자로 들어가면 '움직이는 벽'을 되돌려. 우선 '움직이는 벽' 가장자리에 강력한 접착제를 바르지. 도로 위에서는 지붕 부분 말고는 손이 닿지 않지. 하지만 거기에 듬뿍 바르면 충분해. 걱정되면 자기가 직접 비탈길에 올라타고 조금씩 내려가면서 벽면 부분에 바를 수는 있겠지만, 떨어질 위험을 생각하면 그다지 현명한 방법이라고는 할 수 없지. 접착제를 다 바르면 지붕과 벽면 사이의 경첩을 90도로 구부린 다음, 고지가위를 사용해 상자 쪽으로 밀어. '움직이는 벽'은 회전하면서 상자에 뚜껑을 덮듯이 되돌아가겠지. 완전히 되돌아가면 확실하게 붙이기 위해서 지붕의 가장자리 부분을 고지가위로 눌러줘.
지붕이 제대로 붙으면 벽면이 접착되지 않아서 틈이 생기더라도 '움직이는 벽'이 열릴 일은 없어. 경찰도 틈이 있다는 사실을 알아차리고 비틀어 열려고 했지만, 손가락이 들어가지 않아서 잘 되지 않았지. aXe

가 촬영한 비디오에 나온 그대로야. 이상.

타이핑이 끝났다. 누군가가 조그맣게 헛기침을 했다.

"정답."

aXe가 판정을 내렸다. 누군가가 숨을 후우 내쉬었다.

"어쩐지 반응이 둔합니다만."

"아니야. 이 '움직이는 벽', 멋지다. 비밀기지 문 같아. 한 장의 그림으로 떠올릴 수 있는 트릭은 아름답다고 생각해. 요코미조 세이시의 그거, 존 딕슨 카의 그거, 녹스의 그거, 전부 아름다워서 시간이 흘러도 인상 깊게 남아 있거든. 일단 스포일러는 스스로 규제했어."

"그렇게 말해주다니, 고생한 보람이 있네요."

"그래그래, 이 트릭은 준비하는 데 엄청난 품이 들었잖아. 그걸 상상하면 한숨이 나와."

두광인이 말했다.

"그렇습니다. 과연 다스베이더 경은 알아주시는군요. 경첩이 느슨하면 미끄럼틀이 시체의 무게를 버티지 못합니다. '움직이는 벽'과 상자 본체가 제대로 들어맞지 않아서 손이 들어갈 만한 틈이 생기면 밀실로 보이지 않고, 반대로 너무 꽉 끼면 벽을 되돌려도 상자 본체에 들어맞지 않지요. 움직이지 않는 세 벽면의 윗부분과 천장의 접촉면이 고르지 않으면 접착이 제대로 안 되고요. 만들고는 부수고, 만들고는 부수고, 그래서 완성하기까지 열한 번이나 실패한 겁니다. 상자를 만든 후에도 원활하게 '움직이는 벽'

을 여닫고 시체를 미끄러뜨리고 접착제를 바를 수 있도록 연습에 연습을 거듭했죠. 덧붙여, 처음에 말했듯이 이상적으로 눈이 내린 환경을 찾아서 기상도와 눈싸움도 했으니까요. 8월 이후로 모든 생활을 이 트릭에 바쳤다고 해도 과언이 아닙니다.

저는 이번에 출제를 하면서 한 가지를 깨달았습니다. 이런 종류의 물리적인 트릭이 세상에서 일반적으로 사용되지 않는 건 당연한 일입니다. 준비하기가 너무 힘들어요. 정신, 육체, 기술, 금전 등 모든 면에서 막대한 에너지가 필요하기 때문에 도저히 수지가 맞지 않습니다. 이런 기계적 트릭은 시간이 넘치는 부르주아를 위해서만 존재하는 겁니다."

aXe는 손도끼를 휘두르더니 몸을 앞으로 구부리고 엄청난 기세로 지껄였다. 고생담을 이야기하고 싶어서 입이 근질근질했으리라. 하지만 거기에 냉수를 끼얹듯이 잔갸 군이 입을 열었다.

"고생한 것치고는 임팩트가 약했어."

"어쩔 수 없지. 저번 문제가 너무나도 귀축이었기 때문에, 그에 비하면 아무래도 밍밍하게 느껴질 수밖에."

반도젠 교수도 동의했다.

"아아, 그걸 말해버렸네."

두광인이 조그만 소리로 중얼거렸다.

"이상합니다, 이상해요."

aXe가 엉덩이를 들고 웹캠에다 얼굴을 바싹 가져다 댔다.

"피해자 선정에 관련된 별난 동기가 주목받다니, 그건 이 게임의 취지를 생각하면 이상하다고요. 소설이나 만화, 영상 작품 속에서밖에 볼 수 없는 종류의 트릭을 현실 속에서 써보자는 게 이 게임을 시작한 계기입니다. 그런데 저번에는 인간관계 부분이 너무 부각됐기 때문에 그걸 정정하는 의미를 포함해서 이번에는 철저하게 순수한 트릭으로만 승부를 했단 말입니다. 그런데 그걸 두고 미흡하다고 하다니, 자극을 추구한 나머지 초심을 잃었다고밖에 생각할 수 없군요."

aXe는 목소리를 뒤집어가며 떠들어댔다.

"별난 동기 역시 트릭의 카테고리 중 하나에 들어간다, 얼간아."

잔갸 군이 한마디로 딱 잘라 말했다. 그리고 여세를 몰아 공세를 퍼부었다.

"그것보다, 실은 네 녀석이 가렌 짱한테 집적대던 선배였다는 결말은 아니겠지? 관심을 보이질 않으니까 죽여버리자는 생각을 한 김에 우리 게임에 포함시키기로 했다. 일석이조."

"그럴 리 없잖아요. 그러면 다스베이더 경의 재탕이라고요."

"그런 표현은 오해를 불러일으켜. 난 이루지 못한 사랑 때문에 죽이지는 않았단 말이야."

두광인은 즉시 항의했다.

"어쨌거나 이번에는 사실상 이 어르신의 승리야. 최종적으로는 콜롬보 짱이 풀어냈지만, 빗장은 속임수에 지나지 않았으며 도로와 마주한 벽면은 나중에 붙였다는 이 어르신의 추리가 힌트가 된 건 틀림없으니까. 도로와 상자 사이에 벽면을 깔았다는 추리도 방향성은 올바랐어."

"거기까지 쫓아와놓고 정답을 못 맞히다니 창피하지 않습니까?"

아까 전의 앙갚음이라는 듯이 aXe가 어깃장을 놓았다.

"시끄러."

"결정력이 부족한 거지."

"교수까지! 그게 아니라 누구의 결정력이 이상할 정도로 높은 거야."

잔갸 군이 한탄하듯이 분통을 터뜨린 타이밍을 가늠하기라도 한 것처럼 그 누군가가 파일을 하나 전송했다. 남자의 얼굴 사진이었다.

몹시 마른 남자다. 역삼각형 얼굴의 양쪽 볼이 도려낸 것처럼 움푹 패어 있다. 눈 아래도 쑥 들어간 탓에 광대뼈가 괴상할 정도로 튀어나와 보인다. 창백한 피부 역시 말랐다는 사실을 강조한다. 검고 적당히 짧은 머리는 감은 걸 그대로 말린 듯이 흐트러져 있다. 굵은 눈썹은 미간에서 살짝 이어졌다. 눈은 작고 외까풀이다. 코는 우뚝하고, 입술은 얄찍하고, 수염은 깨끗하게 깎았지만 깎은 자국이 진하다.

"누구냐, 이 아저씨는?"

마미야 슌, 24세.

"스물넷?"

잔갸 군의 목소리가 뒤집어졌다. 두광인도 영락없이 마흔 전후라고 생각하고 있었다.

"고생을 많이 한 사람이냐?"

예전에 병원 근무. 현재 무직.

"이번 문제랑 무슨 관계가 있는데? 아, 히비노 가렌한테 집적대던 선밴가?"

다음번 피해자.

"응?"

다음 출제 때 이 남자를 죽일 거야.

"오오, 드디어 콜롬보 짱이 납시는군."

결행일은 4월 1일.

"일정도 정해놨어?"

현장도.
센다이시 아오바구 하세쿠라마치 ×-× 시저스 팰리스 703호실.

"호오라, 살해 방법도 결정했다던가?"

자살刺殺.

"진짜로 정했어?"

할 예정.

"어쭈, 제법 장난도 치고."

출제는 살해한 지 일주일이 지난 4월 8일 오후 11시에 하려고 해. 그날 이 시간에 형편이 안 좋은 사람?

"일요일 밤이라. 이 어르신은 괜찮아."
형편이 좋지 않다는 소리는 나오지 않았다.

그러면 4월 8일 오후 11시에. 정각에 시작할 테니까 절대 지각하지 말 것. 전원이 모이지 않아도 시작할 거야. 나중에 다시 한 번 설명하지도 않겠어.

"이 어르신을 비꼬는 거냐?"
"예고살인이라니 내 문제를 재탕하는 거잖아."
잔갸 군이 불쾌한 듯이 말했고 두광인도 뾰로통해졌지만 044APD는 아무런 답변도 없이 그대로 로그아웃했다.

경찰에게 잡히고 싶은지 잡히고 싶지 않은지를 물으면 잡히고 싶지 않다고 가타기리 다이라는 대답한다. 하지만 양자택일을 요구했기 때문에 '잡히고 싶지 않다'를 선택한 데 지나지 않을 뿐, 잡히고 싶지는 않지만 붙잡힌다면 그때 가서는 어쩔 수 없다는 것이 솔직한 기분이었다. 체념이나 자포자기는 아니다.

경찰에 붙잡혀 담장 안에 갇히면 뼈에 붙은 갈비를 먹고 싶어도 그 소원은 이루어지지 않는다. 성욕이 불끈불끈 솟아올라도 여자를 안을 수 없다. 크리스토퍼 놀란*의 최신작도 볼 수 없고, 여름 축제에도 갈 수 없는 데다 인터넷도 할 수 없다. 그런 생활이 몇 년, 몇십 년 동안 계속되다니 상상만 해도 정말 우울해진다. 자기가 좋아하는 시간에 깨어나고 싶고, 여름철에 목욕을 마치고 나면 맥주를 마시고 싶다. 그 정도도 허락되지 않는다면 정신적으로

* 영화 〈다크 나이트〉 〈인셉션〉 등을 연출한 감독.

병이 들지도 모른다.

범죄자가 되면 부모를 대할 낯이 없다, 친척과 지인에게까지 누를 끼친다, 세상 사람들의 규탄이 무섭다, 형기를 마치고 사회에 복귀할 수 있을지 불안하다, 전과자라는 사실 때문에 죽을 때까지 냉대를 받는다거나 어쩌면 교수대에 설 수도 있다. 이 따위 일은 전혀 신경 쓰지 않는다.

자유를 빼앗기기가 싫으니까 가타기리는 경찰에 잡히고 싶지 않다. 단지 그뿐이다. 나쁜 남자인 척하는 것도 아니고, 자신에게 솔직해지기가 부끄러워서도 아니다.

가타기리는 경찰에게 잡히지 않기 위해 다른 사람의 패스워드를 도용할 때나 사람을 죽일 때는 그 나름대로 주의를 기울인다. 하지만 절대로 붙잡히기 싫다는 것은 아니기에 다른 무엇보다도 조심성을 우선하지는 않는다.

현재 자신이 가장 즐거워하는 살인게임을 하다가 최고의 트릭을 떠올렸다고 치고, 이 트릭을 이용하면 게임 참가자의 간담을 서늘하게 할 수는 있지만 경찰에게 범인으로 지목될 가능성이 높을 경우, 자신은 어떤 선택을 할지 가타기리는 이따금 생각한다.

가타기리는 사람의 생명은 똑같다고 평가한다. 똑같이 가치가 없다고. 어릴 때부터 그렇게 여겨왔다. 그래서 그는 망설임 없이 사람을 죽인다.

'사람'이란 타인만을 가리키는 말이 아니다. 자신도 포함된다. 그래서 가타기리는 가치가 없는 자신을 지키기 위해 모든 힘을 기울이는 것은 어리석은 짓이라고 생각한다.

가타기리는 이미 자신을 버릴 각오를 해두었다. 하지만 지금은 그 각오에 걸맞은 게임 계획이 떠오르지 않아 경찰의 눈을 신경 쓰고 있다. 카타르시스가 없는 게임 때문에 자유를 박탈당하다니 딱 질색이다. 그렇다면 아직까지는 담장 밖에서 불고기를 먹고, 여자를 안고 싶다.

Q6 밀실이여, 잘 있거라

3월 21일

센다이는 쾌청했다. 구름이 끼어 있기도 했다. 기분 좋은 봄 햇살이 쏟아지는가 싶더니, 일변해서 어두컴컴해졌다가 잠시 후에 다시 햇살이 쏟아진다. 짙은 잿빛으로 물든 입체적인 구름이 금방이라도 거센 비를 뿌릴 듯이 하늘 여기저기에 함대처럼 떠 있다가, 눈에 보이는 속도로 서쪽에서 동쪽을 향해 이동하고 있다.

아래쪽 세상 역시 바람이 강했다. 십오 분 전에 라디오에서는 현재 기온이 11도라고 했지만 체감온도는 11도보다 훨씬 낮았다. 두광인은 일기예보의 맑음 마크만 보고 코트와 모자를 가져오지 않은 것을 깊이 후회했다. 현지에서 돌아다니려면 자동차로 이동하는 게 편할 것 같아 도쿄에서 자동차를 타고 왔지만, 지금 두광인은 걸어서 목적지로 향하고 있다. 자동차는 큰 도로의 코인 주차장에 세워놓았다. 목적지는 아까 전에 그 앞을 차로 지나가면서 확인해두었다.

차선이 없는 뒷골목 좌우에 목조 단독주택과 철근 콘크리트로 지은 집합주택이 뒤섞여 있다. 건축 밀도는 높지만, 사람의 왕래는 거의 없다. 큰 도로 건너편에 늘어선 음식점과 오피스 빌딩에서 나는 떠들썩한 소리도 여기까지 다다르지는 않는다. 주택과 주택 사이로 붕긋한 아오바야마산이 손에 잡힐 듯이 보인다. 도심의 숨구멍 같은 주택지였다.

목적지인 맨션은 7층 건물이었다. 외벽을 뒤덮은 푸르스름한 회색 타일은 보는 각도에 따라서 물고기 비늘처럼 무지갯빛으로 빛난다. 입구 바로 앞에 자리한 아치 형태의 정문 위쪽 둥그스름한 부분에 '시저스 팰리스'라는 금색 문자가 자랑스러운 듯이 박혀 있다.

이 맨션 703호실에서 살인사건이 발생하는 날짜는 4월 1일이다. 출제자는 그렇게 예고했다. 아직 열하루나 남았는데 두광인이 일부러 도쿄에서 발걸음을 옮긴 이유는 그만큼 이번 문제에 몰입했기 때문이다.

044APD에게는 당하기만 했다. 정답 한 걸음 앞까지 다가가도 결국 결정적인 한 수는 044APD가 두었다. 두광인뿐만 아니라 다른 참가자들 역시 다리와 머리를 쓸 만큼 써놓고 제일 재미있는 부분은 044APD에게 빼앗겼다. 항상 그랬다. 최근에는 무슨 말을 한들 마지막에 그 녀석이 나타나겠지, 라는 자포자기 분위기가 떠돌고 있다.

두광인이 혼신의 힘을 기울여 만든 문제도 044APD가 산산조각 냈다. 피해자와 자신의 관계를 잘못 생각하게 만들 수 있어서 약간 가슴속이 후련했지만, 문제 그 자체는 완벽하게 해결되고 말았다.

이대로 계속 녀석의 뒤꽁무니만 졸졸 따라다녀서 되겠는가. 두광인은 자존심이 강하다. 텔레비전 퀴즈 방송에서 나오는 문제의 답을 모르면 분하다. 출연자가 정답을 맞히기라도 하면 자신도 모르게 입에 담지 못할 욕을 한다. 044APD 역시 콧대를 한 번 꺾어주지 않으면 마음이 풀리지 않을 것 같았다. 그래서 두광인은 다음번에 조금이라도 유리한 고지에 서기 위해 문제가 출제되기 전부터 행동을 개시했다. 문제는 출제되지 않았지만 사건 발생 현장과 피해자의 이름은 제시되었으니 미리 어느 정도의 정보를 수집할 수 있다. 예비지식을 습득하고 문제에 임하면 성적이 오르는 건 학교시험과 마찬가지다.

두광인은 '시저스 팰리스'의 아치를 통과했다. 짧은 계단 앞에 입구 문이 있다. 양쪽으로 여닫는 두꺼운 유리문이지만 왼쪽은 플러시 볼트Flush Bolt* 로 고정되어 있어서 움직이지 않았다.

유리문을 통해 건물 안으로 들어가자 왼쪽 벽에 우편함이 줄지어 있었다. 703호실 우편함에는 '도치바 / 나카사토 / 하세쿠라 잡화방'이라고 쓰여 있었다. 044APD는 마미야라는 남자를 살해하겠다고 예고했다. 두광인은 의아하게 생각하면서 다른 우편함에도 눈길을 주었다. 마미야라는 성은 눈에 띄지 않았다. 이름이 들

* 문틀에 뚫린 구멍에 세로 잠금쇠를 삽입하여 잠글 수 있도록 한 자물쇠.

어가지 않은 우편함도 여덟 개 있었다.

현관 안쪽에도 유리문이 있었다. 유리문 건너편 오른쪽에 관리인실 창구로 추정되는 창문이 보인다. 두광인은 잠시 생각하다가 안쪽 문을 열었다. 오른쪽은 역시 관리인실이었다. 책상 앞에 앉아 있던 회색 점퍼를 입은 초로의 남자가 두광인이 들어오는 기척에 주간지에서 얼굴을 들었다.

"여기 주소가 센다이시 아오바구 하세쿠라마치 ×-× 맞습니까?"

두광인은 인상 좋은 청년을 가장하여 물었다. 관리인은 그렇다고 대답했다.

"703호실 우편함에 도치바 씨와 나카사토 씨의 이름이 들어가 있던데, 마미야 씨라는 분도 같이 살지 않습니까?"

"칠백삼, 칠백삼……."

관리인은 기억을 더듬는 듯이 되풀이해 중얼거리다가 거기에는 둘이서만 산다고 대답했다.

"이 맨션의 다른 세대에 마미야 씨라는 분이 살고 있지는 않습니까?"

관리인은 이 질문에도 잠시 뜸을 들였다가 아니라고 대답했다.

"도치바 씨와 나카사토 씨가 입주하기 전에 703호실에 마미야 씨라는 분이 살지는 않았는지요?"

이번에는 바로 대답이 돌아왔다.

"무슨 용건이오?"

관리인은 돋보기안경 코걸이 부분에 손가락을 대고 콧대를 따라 쓱 눌러 내렸다. 경계하는 기색이 확연히 느껴졌다.

"메루빈*인데요. 시저스 팰리스 703호실의 마미야 씨 앞으로 보내는 물건이 있어서요. 주소가 틀린 모양입니다. 귀찮게 해서 죄송합니다."

두광인은 산뜻한 미소를 띠며 적당하게 둘러대고는 그 자리에서 물러났다.

밖으로 나오자 건물을 따라 부지 안을 걸어서 뒤로 돌아갔다. 왼쪽 깊숙한 곳에 비상구가 있었다. 문은 밖에서 열리지 않았다. 정면 현관 말고 건물의 안과 밖을 잇는 문은 이 비상구 한 군데밖에 없었다.

한 바퀴 돌아서 앞으로 되돌아온 두광인은 전신주 뒤에서 기다렸다. 바람이 너무 강한 탓에 몸이 싸늘하게 식어서 도저히 버티지 못한 나머지 차로 되돌아가자고 반쯤은 포기했을 때였다. 중년 남자 한 명이 큰 도로 쪽에서 걸어오다가 시저스 팰리스의 아치 쪽으로 몸의 방향을 틀었다. 뽀글뽀글 파마를 한 짧은 머리에 선글라스, 어깨를 추켜올리고 걷는 그 모습 때문에 말을 붙이기 망설여졌다. 하지만 더 이상 잠복하면 몸이 버티지 못한다고 판단한 두광인은 큰마음 먹고 남자를 불러 세워 두세 가지 질문을 했다. 겉보기보다 훨씬 싹싹한 사람이라서 묻지도 않은 것까지 가르쳐 주었다.

시저스 팰리스는 분양 맨션이고 지은 지는 십 년 되었다, 각 세

* 서류나 인쇄물 등을 저렴한 비용에 배달해주는 서비스.

대의 구조는 2LDK[*]에서 4LDK까지 있다. 경비회사에서 파견된 관리인이 2교대제로 24시간 상주한다. 마미야라는 입주자는 모른다. 자신은 4층에 살기 때문에 703호실과는 트고 지내지 않았다. 044APD가 보낸 화상 파일을 인쇄한 마미야 슌의 사진을 보여주었지만, 남자는 모르는 사람이라고 대답했다.

일단 차로 되돌아간 두광인은 번화가 스포츠 용품점에서 오리털 그라운드 점퍼를, 드럭 스토어에서 일회용 손난로를 마련한 다음에 다시 시저스 팰리스로 발걸음을 옮겼다. 그리고 한 시간 반 동안 잠복하면서 맨션 입주인 세 명에게 이야기를 들었다. 아무도 마미야를 몰랐다. 얼굴 사진에도 반응이 없었다. 703호실 사람과 친하게 지내는 사람도 없었다. 한 사람에게서 도치바와 나카사토는 30대 커플이라는 정보만 얻을 수 있었다.

피해자가 될 인물에 관해서는 아무것도 알아내지 못했지만 출제될 문제는 예상할 수 있었다. 현장인 맨션 정면 현관에는 관리인이 상주하고 있고, 비상구는 밖에서 열리지 않는다. 044APD는 여기서 밀실살인을 저지르려고 하는 것이다.

그날 도쿄로 돌아온 두광인은 인터넷에서 '마미야 슌'을 검색해보았다. 한 건도 검색되지 않았다.

시저스 팰리스 703호실에 거주하는 사람에 대해서도 조사해보았다. 주소와 맨션 이름, 성姓을 넣어서 검색하자 상당히 많은 정보가 검색되었다.

[*] 거실과 식당 겸용 주방이 딸린 배치 구조. 앞의 숫자는 방의 개수를 가리킨다.

도치바의 이름은 시게루. 시저스 팰리스 703호실을 거점으로 삼아 생활 잡화 수입 및 인터넷 통신 판매를 하고 있었다. 하세쿠라 잡화방의 통신 판매 사이트에 링크된 블로그에는 추천 상품의 정보 외에도 최근에 본 영화나 라면 가게에서 줄서서 기다렸다는 이야기 등 도치바가 일상에서 느낀 잡다한 감상이 거의 매일 꾸준하게 올라오고 있었다.

블로그에 올라온 글에는 N씨라는 여성이 자주 등장했다. 도치바와 N씨는 둘이서 크리스마스 날 밤에 SS30* 전망대에서 야경을 보거나, 사쿠나미 온천에 가는 사이였다. 가끔 '파트너'로 표현되는 것으로 보아 N씨를 우편함에 이름이 들어 있던 나카사토라고 생각해도 무방하리라. 블로그에 따르면 N씨는 센다이 시내의 병원에 근무하는 간호사였다.

하지만 블로그에서도 마미야 슌에 관해서는 알아낼 수 없었다. 블로그가 개설된 삼 년 전까지 거슬러 올라가 봐도 그런 이름을 지닌 인물은 한 번도 등장하지 않았다.

두광인의 마음에 걸린 것은 도치바가 4월 1일에 도쿄로 간다는 내용이었다. 시부야의 라이브하우스에서 영국의 신인 밴드가 펼치는 공연을 본다고 하는데, 도치바는 그 밴드가 정말 마음에 들었는지 첫 국내 공연을 고대하는 모습이 블로그에 몇 번이나 나온다. 도치바는 라이브 당일 아침 일찍 도쿄로 가서 낮 동안에는 도내 각지의 동업자 점포를 점검하고, 라이브 공연은 10시 가까

* 스미토모 생명 센다이 중앙 빌딩의 애칭. 30층 남쪽 부분이 무료 전망대다.

이 돼서 끝날 듯하니 그날 밤은 도쿄에 머물고 다음 날 한나절 동안 잡화를 체크한 후에 센다이로 돌아오겠다는 예정을 짜놓았다.

도쿄에는 도치바 혼자 간다고 했다. N씨는 그날 야근인 모양이다. 블로그에는 거기까지 쓰여 있었다.

그렇다면 범행이 일어날 4월 1일에 도치바는 종일 범행이 일어날 시저스 팰리스 703호실에 없다는 말이다. 그런데 703호실에서 마미야 슌이라는 남자가 살해당한다. 한편 나카사토는 도쿄에 가지 않는다. 그렇다면 마미야는 나카사토가 집에 들인다는 소리다.

마미야는 나카사토의 지인인가? 그러고 보니 마미야가 예전에 병원에 근무했었다는 044APD의 설명이 두광인의 머릿속에 떠올랐다. 마미야는 나카사토의 예전 동료일까?

도치바의 블로그에 간호사 N씨의 근무처는 쓰여 있지 않았다. 인터넷으로 검색하자 센다이 가와세 병원이라는 곳에 성이 나카사토인 간호사가 있었다.

두광인은 센다이 가와세 병원에 전화를 걸었다. 관청 사람을 가장해 넌지시 질문한 끝에 가와세 병원에 근무하는 나카사토 간호사의 자택이 하세쿠라마치에 있다는 사실을 알아냈다. 여기까지는 잘 됐지만, 마미야에 관해 물어봐도 과거에 그런 이름의 직원이 일한 낌새는 없었다.

두광인의 예비조사는 거기서 끝났다.

4월 1일

두광인은 뉴스를 확인하느라 하루를 허비했다. 전국 정시 뉴스를 보았다. 신문사, 통신사 사이트를 십 분 간격으로 돌아다녔다.

시저스 팰리스 703호실에서 일어났을 살인사건이 보도되지 않은 채 날짜가 바뀌었다.

두광인은 새벽 3시까지 들러붙어 있었지만, 노리는 뉴스는 시야에 들어오지 않았다. 범위를 미야기 현 전체로 넓혀도 살인사건 뉴스는 나오지 않았고, 세계 어딘가에서 성이 마미야인 사람이 죽거나 다쳤다는 정보도 없었다.

4월 2일

두광인은 네 시간 정도 눈을 붙이고는 다시 뉴스를 확인하기 시작했다. 오전이 덧없이 흘러가고 오후가 되었을 때 잔갸 군이 메일을 보냈다.

콜롬보 짱, 죽이는 데 실패한 거 아니냐? ㅋㅋ

저녁 무렵이 돼도 그럴듯한 사건은 보도되지 않았다.

우발적인 사고 따위로 결행이 연기되지 않았을까, 하고 두광인이 진심으로 생각하기 시작한 오후 9시 즈음에야 겨우 마미야 슌의 사망을 확인할 수 있었다. 놀랍게도 죽은 사람은 마미야 혼자가 아니었다.

2일 오후, 센다이시 아오바구 하세쿠라마치에 위치한 맨션 시저스 팰리스 703호실에서 남자와 여자의 시체가 발견되었다. 여자는 703호실에 거주하는 간호사 나카사토 유키(37). 남자는 가지고 있던 운전면허증 따위를 확인한 결과 사이타마시 오미야구 다카하나초에 사는 마미야 쥰(24)이라는 사실이 판명되었다. 두 사람 다 날붙이로 인해 상처를 입었으며, 미야기 현경은 타살 가능성이 높다고 보고 수사를 진행 중이다.

제1보는 그 정도로 마무리되었고, 그날 안에 더 이상의 정보는 들어오지 않았다.

4월 3일

아침, 점심, 저녁, 밤, 시간의 경과와 함께 정보가 축적되어갔다. 일단 시체 발견의 경위는 다음과 같았다.

4월 1일은 나카사토 유키가 통상 근무를 쉬는 날이었다. 나카사토의 근무처인 센다이 가와세 병원은 입원 설비를 갖춘 종합병원인데, 나카사토는 외래 담당이어서 기본적으로 일요일에는 쉬었다. 하지만 일요일이었던 1일은 휴일 야간 진료 당번에 해당한 탓에 저녁 6시부터 시市 응급의료센터에서 일할 예정이었다. 하지만 시간이 돼도 나타나지 않았다고 한다. 쉰다든지 늦는다는 연락도 없었다. 응급의료센터 사무 담당자가 나카사토에게 연락을 했지만 휴대전화와 집 전화 둘 다 받지 않았다.

1일 밤은 그렇게 지나갔다. 그런데 다음 날인 2일이 되어도 나카사토는 모습을 나타내지 않았다. 센다이 가와세 병원을 무단결근한 것이다. 휴대전화도 집 전화도 연결되지 않았다. 센다이 가와세 병원의 동료 가운데 나카사토의 연인이자 동거인인 도치바 시게루와 안면이 있는 사람이 있었기에 도치바의 휴대전화에 걸어보았다. 도치바에게는 연락이 닿았다. 도치바는 전날부터 도쿄에 있었다. 하지만 나카사토는 함께 있지 않았다. 나카사토는 센다이에 있을 거라고 도치바는 말했다. 일을 쉰다는 말은 하지 않았다고 한다. 전날 아침에 집을 나섰을 때도 몸 상태가 나빠 보이지는 않았다고 한다. 나카사토는 예를 들어 양친이 쓰러졌다는 등의 긴급사태를 알리는 연락 따위도 도치바에게 하지 않았다.

도치바는 예정을 앞당겨 오후에 센다이로 돌아왔다. 그리고 자택에서 완전히 변해버린 파트너를 발견했다. 나카사토 유키는 현관과 거실을 잇는 짤막한 복도에 피투성이로 쓰러져 있었다. 얼굴에 생기라고는 찾아볼 수 없었고, 피는 이미 굳어서 거무스름해져 있었다. 지독한 참상에 속이 메스꺼워진 도치바는 욕실로 뛰어들었다. 그러자 거기에도 사람이 쓰러져 있었다. 도치바가 모르는 남자였다. 그도 이미 숨진 상태였다. 이 남자가 마미야 슌이다.

나카사토 유키와 마미야 슌은 가슴에 생긴 몇 군데의 창상이 원인이 되어 목숨을 잃었다. 나카사토에게는 창상 말고도 목을 졸린 자국이 남아 있었지만 치명상은 아니었다. 두 사람 다 사후 하루가 경과한 상태였다.

흉기인 날 길이 18센티미터 미국산 군용 나이프는 마미야의 가슴에 박힌 채 현장에서 발견되었다.

도치바가 귀가했을 때 현관문은 잠겨 있었다고 한다.

4월 4일

마미야 슌에 관한 정보가 보도되기 시작했다.

마미야는 사이타마시에서 어머니와 누나와 함께 살고 있었다. 아버지와 사별했는지 생이별했는지 이날 시점에서는 전해지지 않았다. 마미야는 고교 재학 중에 의료사무 자격을 취득했고 졸업 후에는 자기 고장의 병원에 취직했지만, 그 후에 병원을 그만두어서 현재는 무직이었다.

가족에 따르면 마미야는 3월 31일 오전에 자택을 나간 뒤로 소식이 없었다고 한다. 어디에 간다거나 몇 시에 돌아오겠다는 말도 남기지 않았다. 마미야는 평소에도 말없이 외출했다가 그대로 며칠인가 집을 비우는 버릇이 있었다고 한다. 그래서 수색원은 내지 않았고 휴대전화로 소식을 확인하지도 않았다.

나카사토 유키라는 여성에게 짐작 가는 구석은 없다고 마미야의 가족은 말했다. 도치바 시게루 역시 마찬가지다. 센다이에 아는 사람이 있다는 이야기도 들은 적이 없다고 한다. 경찰은 마미야 슌의 유품을 조사하는 중이지만, 지금으로서는 나카사토 유키와 도치바 시게루 두 사람 간의 연결점은 발견되지 않은 모양이다.

시저스 팰리스의 다른 세대에도 마미야와 알고 지내는 사람은 없었다. 과거에 맨션 안에서 보았다는 이야기도 전혀 나오지 않았다.

미디어, 특히 민영방송의 와이드 쇼 비슷한 뉴스 프로그램에서는 언뜻 보기에 생판 남인 남자와 여자가 한 지붕 아래서 살해당했다는 사실은 정말 이해할 수 없다며 특히 강조해서 전했다. 두 사람 사이에 남녀관계가 있었고, 그것 때문에 살해당했다고 짐작하는 것이다. 여기에다 시체가 알몸이기라도 했다면 미디어로서는 기쁘기 그지없었겠지만, 유감스럽게도 그렇게 전개되지 않으리라는 사실은 두광인이 누구보다 더 잘 알고 있었다. 이 살인은 두 시간짜리 서스펜스 드라마와는 차원이 다르다. 치정에 얽힌 살인이 아니라 추리게임을 위해 저지른 살인이기 때문이다.

4월 5일

4월 1일 아침에 도치바 시게루가 시저스 팰리스 703호실을 나선 시각은 7시. 귀가해서 두 사람의 시체를 발견한 일시는 다음날 2일 오후 1시 무렵. 이 사이에 나카사토 유키와 접촉한 사람이 한 명 드러났다. 운송회사 배달원이다. 그 배달원은 1일 오후 2시 반에 703호실로 물건을 배달했을 때 나카사토에게 수령 도장을 받았다.

그 후에 나카사토를 본 사람은 없다. 맨션 관리인 역시 703호실에 간 사람은 배달원뿐이라고 증언했다. 시저스 팰리스를 찾아온 사람은 1층 관리인실에서 이름과 방문할 곳을 장부에 적도록 규정되어 있다. 두광인이 확인했듯이 외부에서 들어가는 입구는 정면 현관 한 군데뿐이다. 비상구는 밖에서 열리지 않는 구조다.

야간진료에 나오지 않은 나카사토에게 응급의료센터 직원이 전화한 일시가 1일 오후 6시 30분. 전화에 응답이 없었으므로 이때 나카사토는 이미 사건에 휘말렸을 가능성이 극도로 높다. 따라서 범행이 일어난 일시는 1일 오후 2시 30분에서 오후 6시 30분 사이라는 뜻이다.

경찰은 이 네 시간 동안 맨션에 드나든 사람을 철저하게 조사하고 있지만, 수상한 인물은 부각되지 않았다. 다른 세대를 방문한 사람들에 관해서도 모두 신원을 확인할 수 있었던 모양이다. 어느 세대에든 범인이라고 추정되는 인물은 물론이거니와 마미야 슌이 찾아간 낌새는 없다.

나카사토의 휴대전화에도 수상한 통화나 메일 기록은 남아 있지 않았다. 이력에 남아 있던 것은 응급의료센터, 센다이 가와세 병원, 도치바 시계루, 이 세 곳에서 걸려온 착신 통화뿐이었다.

시민들이 제공하는 정보는 수도 없이 많았다. 니트 모자를 쓴 남자가 일주일 전부터 매일 맨션 앞을 어슬렁거렸다, 사건 당일 시동을 건 왜건이 오랫동안 정차해 있었다, 편의점 화장실에서 집요하게 손을 씻던 남자가 있었다. 이런 종류의 정보 제공은 대부분 과도한 확신에서 비롯되는데, 해결로 연결되는 경우는 좀처럼 없다.

4월 8일

044APD가 로그인하자마자 잔갸 군이 물고 늘어졌다.

"지각 엄금!"

4월 모일, 센다이시 아오바구 하세쿠라마치 ×-× 시저스 팰리스 703호실 욕실에서 마미야 슌의 시체가 발견됐어.

"갑자기 문제 제출이냐. 모일이라니, 무슨 폼을 그렇게 잡아! 문제니까 4월 2일이라고 정확하게 말해. 그것보다, 그전에 뭔가 할 말이 있을 텐데."

시체가 발견됐을 때 현장은 밀실 상태였어.

"죄송합니다는?"

703호실은 현관문과 창문이 전부 잠겨 있었어.

"'지각해서 죄송합니다.'"

"에이, 됐어. 지각이라고 해도 오 초? 십 초?"

두광인은 손목시계를 보면서 말했다.

맨션 1층 현관에는 관리인이 24시간 틀어박혀 있어.

"되긴 뭐가 돼! 지각 엄금이라고 명령한 놈은 이 자식이라고."

이 밀실 수수께끼를 해결하는 게 이번 문제.

"2중 밀실입니까?"
aXe가 중얼거렸다.
"2중 밀실? 과거에는 3중, 4중 밀실도 있었으니까 대단할 거 하나도 없네. 야 인마, 사과 한마디 해라."
잔갸 군은 아직도 수긍하지 않았다.
"무대가 맨션이라는 점도 매력이 약하네요. 저는 미스터리 마니아의 이상향인 눈 밀실이었단 말입니다."
"뭐가 이상향이냐. 쓰레기장이었잖아."
"쓰레기장이란 쓰레기를 버릴 목적으로 만든 구획이잖아요. 거기는 그냥 산림입니다. 사람들이 멋대로 쓰레기를 버렸을 뿐이지."
개와 원숭이 싸움에는 아랑곳없이 044APD가 글자를 보낸다.

사인, 사망 추정 시각, 피해자의 프로필, 현장인 맨션에 드나든 사람에 대해서는 다양한 미디어로부터 이미 많은 정보를 얻었을 테니, 나는 다시금 설명하지 않겠어.

"상당히 불친절하구먼."

반도젠 교수가 불만스러운 듯이 말했지만 044APD는 그 말에도 반응하지 않았다.

추리에 필요한 사진을 제공할게. 필요한 설명도 덧붙여뒀어. 이십 분 후에 대답을 듣겠어.

"이십 분 만에 추리하라고. 그런 터무니없는."

그럼 이십 분 후에.

두광인이 어이없어했지만 044APD는 주장을 굽히지 않고 그대로 말문을 닫았다.

"변함없군요."

aXe가 손도끼로 얼굴에다 부채질을 했다.

"여느 때보다 한층 더 독선적으로 밀고 나가는데."

두광인은 목을 움추렸다.

"그것보다, 사진 안 오잖아."

잔갸 군이 말했다. 두광인의 컴퓨터에도 전송되지 않았다.

"콜롬보 짱, 야 이 자식아, 빨리 사진 보내라."

대답은 없었다.

"야야, 일 분이 허망하게 지나갔어. 마감 시간을 일 분 연장해."

대답은 없었다.

"이 새끼가 사람 놀리나."

"오오, 이거로구먼. 제군들, 새로 온 메일을 보게나."

반도젠 교수의 말을 듣고 두광인은 메일을 확인했다. 044APD가 보낸 메일이 스무 통의 스팸메일에 섞여 있었다. 그 메일에 사진이 첨부되어 있으리라고 생각했지만 그렇지 않았다. 메일 본문에 적힌 URL 한 줄을 클릭하자 온라인 앨범 서비스로 이동했다. 인터넷상의 서버에 디지털 카메라로 촬영한 사진 등의 화상 파일을 보관할 수 있는 서비스다. 인터넷상에 보관함으로써 자택, 직장, 인터넷 카페 어디에서든 사진을 보거나 인쇄할 수 있고, 그 사진을 공개할 수도 있다. 공개 범위는 전 세계 누구에게든 보이도록 할 수도 있고, 아는 사람에게만 보이도록 제한할 수도 있다. 이번에 044APD가 이용한 서비스는 메일을 받은 사람만이 삼 일의 제한 기간 동안 보거나 다운로드할 수 있도록 설정되어 있었다.

"왜 직접 건네주지 않는 거야."

이 화상 채팅 소프트웨어에는 채팅을 하면서 파일을 주고받는 기능이 있기 때문에, 두광인을 비롯한 채팅 멤버들도 그 기능을 이용해서 사진과 동영상을 서로 보여주었다. 회의하는 자리에서 인쇄물을 나누어주는 듯한 느낌이다. 반대로 온라인 앨범 서비스는 딴 방에 놓아둔 서류를 각자 가지러 가는 것과 같다.

"한번 써보고 싶었던 거 아닐까?"

두광인은 화면의 '참고사진'이라는 폴더를 클릭했다. 안에는 사진의 축소 화상이 죽 나열되어 있었다.

첫 번째 사진은 파일 이름이 z00251.jpg. 축소 화상 밑에는

'진실은 허구의 뒤쪽에'라는 격언 비슷한 캡션이 달려 있었는데, 클릭하자 다른 창이 열리면서 사진이 크게 표시되었다. 자동차 사진이었다. 낡아서 거무스름해진 푸른색 푸조403 컨버터블로 넘버는 044APD. 채팅할 때 044APD가 자기 얼굴을 비추는 대신 웹캠 앞에 놓아두는 콜롬보 경위의 애차 사진 아닌가. 지금도 [044APD] 창에는 이것과 완전히 똑같은 사진이 비치고 있다. 앨범 표지인 셈일까.

"개폼 잡고 있네."

잔갸 군이 흥, 하고 콧방귀를 뀌었다.

두 번째 사진은 z00255.jpg. '흉기, 사용 전'이라는 캡션이 달린 군용 나이프 사진이었다. 두툼하고 기다란 날은 피로 더럽혀지거나 피를 닦아낸 얼룩도 없이 반짝반짝 빛나고 있다.

세 번째 사진은 z00260.jpg '시저스 팰리스'. 시저스 팰리스의 외관 사진이다. 1층부터 7층을 담은 원거리 촬영 사진이다.

z00263.jpg '정면 현관'. 아치 모양 정문 건너편에 현관 유리문이 보인다.

z00264.jpg '현관홀'. 우편함이 줄지어 늘어선 공간이다. 안쪽에 유리문 하나가 더 보인다.

z00267.jpg '관리인실'. 관리인실 창문 너머로 머리카락이 듬성듬성한 남자가 앉아 있다. 두광인이 갔을 때 있던 남자와는 다르다.

z00271.jpg '들어오실 때 자기 이름과 방문할 곳을 기입하세요'. 관리인실 창구에 놓여 있는 기록부. 몰래 촬영한 듯 초점이

잘 맞지 않고 손 떨림도 발생했다.

116_2558_IMG.jpg '7층 비상구. 밖에서 여닫을 수 없음'. 비상구 문 사진이다. 안쪽의 문손잡이에는 투명한 플라스틱 커버가 씌워져 있다. 비상시가 아닐 때 사용하는 것을 잡도리하는 의미가 있으리라.

116_2562_IMG.jpg '문 밖'. 703호실 문을 바깥 복도에서 촬영한 사진이다. 문패에는 1층 우편함과 마찬가지로 '도치바 / 나카사토 / 하세쿠라 잡화방'이라고 적혀 있다.

116_2563_IMG.jpg '문 안'. 같은 문을 실내에서 촬영했다. 실린더형 자물쇠는 잠겨 있지만 체인은 걸려 있지 않다.

116_2565_IMG.jpg '현관'. 집 안 복도 벽을 따라 쌓아올린 박스가 보인다. 품안에 들어오지 않을 정도로 큰 박스부터 한 손으로 들 수 있을 듯한 박스까지, 크기는 천차만별이다. 수입한 잡화이리라. 그 박스 옆에 사람이 위를 보는 상태로 쓰러져 있다. 여자다. 희끗희끗한 회색 운동복 가슴 부분이 장미꽃잎을 흩어놓은 듯이 새빨갛게 물들어 있다. 나카사토 유키다. 아랫도리는 청바지에 양말을 신었다. 입은 옷이 흐트러진 느낌은 들지 않는다.

116_2566_IMG.jpg '목을 조른 자국'. 나카사토의 머리를 확대한 사진이다. 머리카락은 거꾸로 곤두선 듯 헝클어졌고, 눈에는 흰자위가 허옇게 드러났다. 하얀 목줄기에 검붉은 선이 선명하게 나타나 있다. 폭 1센티미터 정도 되는 자국이 목젖 윗부분을 한 바퀴 휘감고 있다.

116_2567_IMG.jpg '마찬가지로 흉기'. 꼬아둔 끈이다. 지름 1센

티미터에 길이는 1미터 정도. 아마도 천 재질에 색깔은 우중충한 파랑.

116_2569_IMG.jpg '방 1'. 가죽을 입힌 듯한 소파 세트와 관엽식물 화분, 대형 액정 텔레비전, 벽에 걸린 석판화. 거실인 모양이다.

116_2573_IMG.jpg '방 2'. 더블베드, 옷장, 수납장, 그 위에 빼곡하게 쌓인 봉제 인형. 침실인가. 커버를 씌운 침대는 흐트러져 있지 않다.

두광인이 거기까지 사진 확인을 끝냈을 때 모니터에 텍스트 창이 열렸다.

십 분 남았어.

044APD가 보내는 메시지였다.

"눈에 거슬리니까 꺼져."

잔갸 군이 울컥했다. 두광인은 사진 확인을 재개했다.

116_2574_IMG.jpg '방 3'. 컴퓨터 래크rack, 좌우에 서랍이 달린 책상, 그 위를 가득 메운 복사용지, 바닥에 어지러이 널린 각양각색의 작은 물품. 도치바의 작업실인가.

116_2576_IMG.jpg '방 4'. 무수히 많은 박스들, 입구가 열린 박스에서 화려한 색채의 양초가 고개를 살짝 내밀고 있다. 다른 박스 위에는 택배 송장 다발이 쌓여 있다. 하세쿠라 잡화방의 창고로 사용되는 방인 모양이다.

116_2577_IMG.jpg '부엌'. 천장에 닿을 정도로 큰 찬장, 파이브

도어 냉장고, 4구 가스레인지, 빌트인 오븐, 와인 셀러, 식칼 열 자루가 꽂힌 칼꽂이 등등, 고급감이 넘쳤지만 싱크대에는 다 먹은 컵라면 용기가 겹겹이 쌓여 있다.

116_2578_IMG.jpg '피해자 소지품'. 휴대전화, 반으로 접는 지갑, 운전면허증, 면허증에서는 마미야 슌의 이름을 알아볼 수 있다.

"어?"

116_2580_IMG.jpg '욕실 1'을 보고 두광인은 엉겁결에 소리를 질렀다. 몸을 씻는 곳에 검정색 다운재킷을 입은 남자가 엎어져 있다. 마미야 슌이다. 왼쪽으로 향한 옆얼굴에 표정은 없다. 그건 괜찮다. 놀란 이유는 하반신 때문이다.

"이거 의족인가?"

반도젠 교수도 당황스러워했다.

초록색이 감도는 파란색 축구 바지에서 뻗어 나온 두 다리는 질감이 인체와는 완전히 달랐다. 마네킹의 하반신 같았다. 무릎 관절 부분에는 가로로 슬릿이 들어가 있다. 좌우 양쪽 다 그렇다. 상반신은 모조품이 아니다. 얼굴에 표정은 없지만 마네킹 얼굴과는 전혀 다르다. 손의 질감도 다리 부분과는 완전히 다르다. 혈관과 힘줄이 불거져 있는 데다 털도 나 있다.

"그의 다리가 불편했다는 보도는 기억에 없습니다만."

aXe가 화면 속에서 고개를 갸웃했다. 두광인은 웹캠을 향해 고개를 마주 갸웃해 보였다. 아마도 보도기관이 소식 전달을 자숙했으리라.

116_2585_IMG.jpg '흉기. 사용 후'. 마미야의 상반신을 확대한 사진인데, 가슴과 바닥 틈새로 칼자루가 비쭉 드러나 있다.

이 사진을 보고 두광인은 위화감을 느꼈다. 피가 없다. 다운재킷은 검정색이라서 눈에 띄지 않으니까 그렇다고 쳐도, 크림색 바닥이 조금도 더러워지지 않았다니 어찌 된 일일까. 그대로 박혀 있는 칼이 출혈을 막은 걸까. 그 의문은 다음 사진이 해소해주었다.

116_2595_IMG.jpg '욕실 2'. '욕실 1'과는 다른 각도에서 욕실 안을 촬영했다. 힘차게 물을 내뿜는 샤워기가 보인다. 이 물(아마도 뜨거운 물)이 피를 씻어낸 듯하다. 의족 왼쪽 무릎 옆에 평평하고 동그란 물건이 있다. 배수구에 설치하는 격자 모양 덮개로 보인다.

z00300.jpg '아지트 2'. 2층짜리 연립주택이 찍혀 있었다.

"아지트으?"

잔갸 군이 괴상한 소리를 질렀다.

"콜롬보 님의 자택 아니겠는가?"

반도젠 교수는 그렇게 말했지만 미심쩍어하는 눈치다.

연립주택은 필시 경량 철골 구조에다 지은 지 이십 년은 지났을 법한 느낌이다. 연립주택 이름은 눈에 띄지 않는다. 너무 멀리서 찍어서 우편함과 문패는 읽어낼 수 없다. 주거 표시*와 자동차 넘버 등 장소를 파악할 수 있는 단서도 찍혀 있지 않다.

"이거, 의도적으로 지웠네요. '입주자 모집' 부분."

* 장소 확인이나 우편물 배달 등을 쉽게 하기 위해 주소를 표시해두는 제도.

aXe가 지적했다. 말 그대로 외벽 2층 부분에 붙여놓은 '입주자 모집' 패널 아랫부분의 글자가 흐릿해져 있다. 여기에는 보통 연립주택 이름, 취급하는 부동산 업자의 이름과 전화번호가 들어간다. 흐려진 상태가 부자연스러운 것으로 보아 화상 처리 소프트웨어로 지운 듯하다.

"규칙 위반이잖아. 추리할 때 필요한 재료를 가공하면 얼마든지 잘못된 답으로 이끌 수 있다고."

잔갸 군이 언성을 높였다.

"연립주택과 부동산 이름이 추리에 필요 없다면 지워도 규칙 위반은 아니라고 봅니다만."

aXe가 말했다.

"그렇다고 해도 지울 필요는 없잖아. 그대로 놔두면 되지."

"프라이버시를 배려했을지도 모르죠."

"등신. 살인자가 그런 배려를 하겠냐? 입주자 이름과 주소도 알아볼 수 없는 데다 사람이나 자동차도 안 찍혀 있는데 이걸 어떻게 추리에 써먹으란 말이야! 뭘 지웠는지 정말 수상해."

z00305.jpg '아지트 열쇠'. 이게 마지막 사진인데 캡션 그대로 집 열쇠가 찍혀 있다. 구식 실린더형 자물쇠의 열쇠인 듯하다. 키홀더용 구멍에는 가느다란 끈이 꿰어져 있다. 끈 끄트머리는 프레임 밖으로 나간 탓에 찍히지 않았다.

알아낸 사람?

갑자기 044APD가 되돌아왔다. 딱 이십 분 후였다.

"아지트라니 뭐야? 여기가 콜롬보 짱네 집이야?"

밀실에서 발생한 마미야 사망의 수수께끼를 해명할 수 있는 사람?

044APD는 자기중심적인 태도를 무너뜨리지 않았다.

"무시하면 긍정으로 간주할 거다."

다섯, 넷, 셋, 둘, 하나, 일단 시간 종료. 그럼 한 주 후의 숙제로 내겠어.

"숙제를 하는 참에 몇 가지 질문이 있네만."

오늘은 4월 8일이니까 15일에. 오늘과 마찬가지로 오후 11시부터. 한 주면 곰곰이 생각하고 행동할 수 있을 거야.

044APD는 반도젠 교수의 요청도 딱 잘라 물리쳤다.

"사진이 한 장 모자랍니다. '아지트' 사진 2는 있는데 1이 없어요. 여러분, 없죠?"

15일 오후 11시에 사정이 여의치 않은 사람이 있을지도 모르지만, 당분간은 내가 그때밖에 시간을 낼 수 없거든. 양해 바란다.

aXe도 무시했다.

"마미야에 관해서만 생각하면 돼? 나카사토는?"

그럼 4월 15일 오후 11시에. 지각 엄금. 한 사람만 와도 시작할 테니까 그렇게 알아.

두광인의 질문도 흘려들었을 뿐 아니라, 불평을 하려 했을 때는 이미 044APD가 로그아웃한 탓에 푸조403 컨버터블이 비치던 [044APD] 창은 캄캄해져 있었다.

4월 9일

뭐냐 저 새끼, 지각한 주제에 먼저 내빼다니 배짱도 좋다, 여전히 자기중심적이네요, 정답이 나오는 걸 원치 않아서 힌트 주기를 꺼리는 걸세. 갖은 험담이 사방에서 날아들었다. 두광인 역시 스키 여행을 권유받아 SUV를 타고 왁자지껄 떠들면서 겔렌데에 도착했더니, 제일 처음 말을 꺼낸 사람이 리프트 앞에서 잘 있으라면서 차를 운전해 떠난 듯한, 도저히 이해할 수 없는 심경이었다.

하지만 이러니저러니 떠들어도 네 명 모두 추리게임을 좋아한다. 모처럼 모였으니 우선은 사건을 정리해서 추리해보자는 결론이 났다.

일단 휴식하면서 각자 세수하거나 화장실에 다녀온 후에 다시 모니터 앞에 모였다. 두광인은 냉장고에서 맥주 롱캔을 꺼내서 3분의 1 정도 단숨에 마시고는 빨대를 꽂아서 키보드 옆에다 놓은 다음에 다스베이더 마스크를 쓰고 웹캠 앞에 앉았다.

"일차원적인 추리라도 괜찮겠는가? 근거가 희박하기는 하네만."

반도젠 교수가 말했다.

"그럼요. 맥락이 들어맞는 것 같으면 15일까지 남은 일주일을 추리 보강을 위한 증거 찾기에 쓰면 됩니다."

aXe가 대답했다.

"떠오르는 생각을 닥치는 대로 제시한 다음에 요점에서 벗어난 추리를 제거해가다 보면 앞으로 나아가야 할 길이 보이지 않겠어?"

잔갸 군도 입을 열었다.

"이 몸의 추리는 당연히 요점에서 벗어났다는 소린가?"

반도젠 교수가 따지고 들었다.

"괜히 억측해서 마음 상하지 마, 교수."

두광인이 애써 달래놓았는데 잔갸 군이 쓸데없이 한마디 덧붙였다.

"당연하지."

그러자 이 몸의 추리는 들을 가치가 없다면서 삐친 반도젠 교수가 감자칩 봉지를 끌어안았지만, aXe와 두광인이 어르고 달래자 겨우 봉지를 옆에 놓았다.

"맨션 관리인에 따르면 703호실을 방문한 사람은 배달원 한 명뿐일세. 그걸 곧이곧대로 해석하면 그 배달원이 범인인 셈이지."

"너무 뻔할 뻔자잖아." 바로 잔갸 군이 끼어들었다.

"곧이곧대로 해석하면, 이라고 양해를 구했지 않은가."

"배달원은 경찰이 제일 먼저 의심했을 테니, 만약 그 녀석이 진범이라면 벌써 체포됐을걸."

"알아. 헤아릴 수 있는 가능성을 순서대로 꺼내놓고 있으니 일일이 걸고넘어지지 말게나. 곁가지를 잘라내기 위해 굳이 제시하는 거란 말일세."

"제일 먼저 잘라내기는 아까울지도 모르겠어."

두광인이 말했다.

"배달원을 범인이라고 가정하면 다른 현안 하나도 해결되잖아. 피해자의 문제. 마미야 슌은 언제, 어디서, 어떻게 703호실로 갔을까? 1층 관리인실에서는 목격하지 못했어. 비상구는 밖에서 열리지 않지. 전날부터 703호실에 머무르지도 않았고. 도치바가 아침에 나갔을 때는 없었으니까 말이야. 즉, 상식적으로 마미야는 703호실에 갈 수 없다고. 하지만 배달원이 범인이라면 그 사람이 옮겼다고 해석할 수 있잖아."

"옮겨? 오오, 물건을 배달하는 틈에 슬쩍 옮겼다는 말인가?"

"그렇다기보다 배달품으로. 박스에 넣어서."

"박스에 넣기 전에 약물로 재웠군그래."

"그렇다기보다 시체로 만들어서 옮겼지. 밖에서 죽여서 박스에 넣고, 703호실에 배달 가서 나카사토를 죽인 다음에 박스에서 꺼내서 욕실에 둔 거야."

"으음, 그편이 낫겠구먼. 약물을 섭취시키기 위해 이런저런 술수를 부려야 할 수고를 덜 수 있지."

"범행을 끝낸 후에 현관문은 어떻게 잠갔습니까?"

aXe가 물었다.

"그런 건 일도 아니지. 범인은 콜롬보라는 사실을 잊지 말라고. 자물쇠 따기 기술로 간단하게 해치울 수 있어. 잔갸 군도 할 수 있을 정도니까."

"마지막은 사족이다, 얼간아" 하고 당사자가 쏘아붙였다. 그리고 말을 이었다.

"인간이 들어간 박스? 짐수레가 필요할걸. 배달된 물건이 그렇게 컸냐?"

"글쎄."

"글쎄, 라니."

"뭐가 배달됐는지는 보도되지 않았으니까 그렇게 말할 수밖에 없지. 하지만 조사하기는 그리 어렵지 않을 테고, 조사할 가치도 있지 않겠어?"

"없어. 피해자는 그렇게 들여보내면 누구의 눈에도 띄지 않겠지. 하지만 범인은 어떻게 하느냐고. 배달원으로 가장한다고 해서 관리인이 보이지 않는 사람으로 간주하고 의식 밖에 두리라고 기대할 수 있겠냐? 기록부에 이름도 남아 있으니 경찰은 제일 먼저 조사할 거야. 순식간에 오랏줄을 받는다고. 703호실에 시체를 옮기고 맨션을 빠져나온 다음에 행방을 감추면 된다? 아아, 그렇지. 경찰이 올 때까지 시간은 충분하니까 마음 편하게 해외로 줄

행랑칠 수도 있을 테지. 하지만 운송회사에 조회했는데 운송회사가 703호실 앞으로 배달된 물건은 취급하지 않았다고 나오면, 가짜 배달원의 혐의가 확정돼서 경찰은 전력으로 행방을 쫓을 거야. 그런 뉴스가 언제 나왔지?"

"뭐, 그렇겠지. 이 가설에는 무리가 있구나."

"그럼 잘라내겠습니다."

aXe가 손도끼를 대각선으로 휘둘렀다.

"그렇다면 다른 한 수를."

반도젠 교수가 집게손가락과 가운뎃손가락을 얼굴 옆으로 쳐들었다가 장기짝을 놓듯이 내리쳤다.

"시저스 팰리스의 안팎을 연결하는 통로가 정면 현관과 비상구 둘뿐이라는 생각은 커다란 착오라네. 문은 분명 두 개지만 열려 있는 곳이 더 있지 않은가. 수많은 창문 말일세."

"범인은 1층 세대의 창문으로 드나들었다?"

두광인이 확인했다.

"그러하네. 어느 세대의 창문으로 침입해서 그 집 현관을 통해 바깥 복도로 나간 다음 엘리베이터를 타고 7층으로 간 거야. 이 경로는 관리인의 눈에는 띄지 않지. 범행을 마치고는 침입에 사용한 집이 아니라 비상구로 나가도 상관없다네. 비상구 문은 건물 안에서 자유롭게 열 수 있으니까. 손잡이에 커버가 씌워져 있기는 하네만……."

반도젠 교수가 한창 설명하고 있을 때였다.

두광인의 모니터에 갑자기 창 하나가 열리더니 푸른색 푸조403

이 비쳤다. 이어서 열린 텍스트 창에 글자가 표시되었다.

정정.

044APD가 다시 로그인한 모양이다.

15일 집합 시간을 삼십 분 늦추고 싶어. 오후 11시 30분 시작으로.

그리고 이쪽의 승낙을 확인하기도 전에 [044APD] 창이 컴컴해지더니 닫혔다.

"성질나네. 반드시 진상을 밝혀서 박살내주마."

[잔갸 군] 창에 비치는 늑대거북 앞으로 사람의 손이 쑥 나오더니 가운뎃손가락을 세웠다.

"계속해도 되겠는가?"

반도젠 교수가 맥이 빠진 듯한 목소리로 말했다.

"범인은 1층 세대의 베란다로 침입하지 않았을까, 하는 가설이었지?"

두광인이 말했다.

"그러하네. 어느 세대의 창문으로 침입해서 그 집 현관을 통해 바깥 복도로 나간 다음 엘리베이터를 타고 7층으로 간 거야. 이 경로는 관리인의 눈에는 띄지 않지. 범행을 마치고는 침입에 사용한 집이 아니라 비상구로 나가도 상관없다네. 비상구 문은 건물 안에서 자유롭게 열 수 있으니까. 손잡이에 커버가 씌워져 있기는 하네만, 평소에 사용을 금하기 위해 그렇게 해놓았을 뿐 손으로 간단히 벗길 수 있을 테지? 비상시에도 벗기지 못하면 문제일 테니까. 그렇다면 커버를 벗기고 손잡이를 돌려 문을 연 다음, 밖으로 나가서 문을 반쯤 닫은 상태에서 틈으로 손을 집어넣어 안쪽 손잡이에 커버를 씌우고 문을 완전히 닫으면 흔적을 남기지 않고 비상구로 나갈 수 있다네."

"팔힘이 그럭저럭 있으면 발판이나 사다리를 쓰지 않아도 1층 베란다에 침입할 수 있으려나."

"그렇겠지. 뛰어오르면 난간 아래에 손이 닿지 않겠는가?"

"그 부근은 거리 중심가이면서도 한적한 주택가라서 한낮에 지나다니는 사람은 정말 적어."

"한층 더 안성맞춤이로구먼. 다스베이더 경은 현장 부근의 지리에 밝은가?"

"조금. 하지만 한적하다고는 해도 산속은 아니야. 백주에 당당하게 벽을 기어오르다니 너무 위험부담이 커."

"콜롬보 님의 사진을 보면 도로와 마주 보고 있지 않은 세대가 있다는 걸 알 수 있지. 베란다 창문은 근처 집 쪽을 향하고 있어. 사이에는 2층 정도 높이의 벽이 있으니 1층으로 침입하는 모습은 들키지 않는다네."

"그 창문이 잠겨 있으면 안 되잖아. 이웃 베란다로 이동할래? 거기도 잠겨 있으면? 집합주택 아래층에 사는 사람들은 조심성이 많다고. 여름이면 망창일 가능성도 어느 정도 기대할 수 있겠지만, 이렇게 추워서야. 만약 1층 일곱 세대 창문이 전부 잠겨 있으면 맨션 안으로 들어갈 수 없으니까, 요컨대 703호실에서 살인을 할 수도 없다는 말이야. 이번에는 예고살인이라고. 온갖 폼을 다 잡아놓고 실은 할 수 없었다는 얼빠진 사태가 발생하지 않도록 불확실한 요소는 배제하고 임하는 게 보통이겠지. 잠겨 있으면 유리창을 깨면 된다고? 그런 난폭한 짓을 하면 거기로 침입했다는 사실이 뻔히 다 보이니까 일찌감치 경찰이 조사를 마쳤을 테고 보도도 됐을 거야."

"자, 그 가지도 잘라냅니다."

aXe가 도끼를 내리쳤다.

"그렇다면 다음 한 수를. 범인 및 마미야 슌은 나카사토 유키와 함께 시저스 팰리스에 들어갔다."

두광인은 고개를 갸우뚱했다.

"1일 오후 2시 반에 물건 배달을 받은 다음에 나카사토 간호사는 외출한 걸세. 그리고 밖에서 범인과 마미야 님을 만나 두 사람을 데리고 맨션으로 돌아왔지. 범인과 마미야 님과 나카사토 간호사의 관계는 일단 보류해두자고. 그날 나카사토 간호사의 집을 방문하기로 한 범인은 맨션을 찾을 수 없다는 따위의 구실로 나카사토 간호사를 밖으로 불러낸 다음 함께 안으로 들어간 걸세. 외부인이 혼자 들어오려고 하면 관리인실 장부에 기록해야 하지. 하지만 거주인과 함께라면 어떠할까? 장부에 기록할 필요는 없지 않겠는가? 즉, 맨션에 들어온 흔적은 남지 않는다네."

"그런 형태로 들어오면 노트에 기록은 남지 않아도 관리인의 기억에는 남아. 젊다고는 할 수 없지만 할머니가 되기에는 한참면 여성이 같이 사는 사람이 아닌 남자를 두 명이나 데려오면 한 층 더 흥미를 끌 테고."

"범인이 꼭 남자라고는 할 수 없다네. 마미야 님과 범인이 커플로 보였다면 관리인은 관심을 두고 살펴보지는 않았을 거야."

044APD가 여자? 두광인은 설마, 하는 생각을 했지만 확실히 선입관은 금물이다. 요전에 채팅했을 때 044APD는 흥분해서 목소리를 냈고 두광인에게 그 목소리는 남자 목소리처럼 들렸지만, 마이크와 컴퓨터 사이에 이펙터Effector[*]를 설치했는지도 모른다. 실제로 두광인이 쓴 마스크 입 부분에는 음성 변조기가 내장되어 있어서 다스베이더처럼 똑똑지 못한 목소리를 낼 수 있다. 반도젠 교수는 입에 솜을 물었고, 잔갸 군과 aXe도 컴퓨터 프로그램으로 음성을 처리해서 내보내는 듯하다.

"그렇다고는 해도 관리인의 기억에 전혀 남지 않았다고는 생각할 수 없어. 그리고 그걸 경찰에 알리지 않을 리 없지. 그 두 사람을 데리고 들어간 후에 살해당했으니까."

"으음."

"이것도 싹둑."

aXe가 도끼를 내리쳤다.

"맞지도 않는 추리를 짜내는 건 잘하는구나."

잔갸 군이 비웃었다.

"일반적으로 대장은 마지막까지 등장하지 않는다네."

[*] 영상·음성신호 등을 전기신호로 바꿔 다양한 효과를 연출하는 장치.

"야야, 또 있냐?"

"범인은 처음부터 맨션 안에 있었던 걸세."

"응?"

"즉, 범인은 시저스 팰리스에 거주하는 사람. 그렇다면 관리인에게 들키지 않고 703호실에 갔다 오는 건 식은 죽 먹기지."

"못 먹어."

"그건 콜롬보 님이 센다이에 살지 않는다는 선입관이 작용했기 때문 아닌가?"

"아니라고. 관리인실 기록부랑 관리인의 증언을 확인해서 수상한 인물이 나오지 않으면 다음에 경찰이 할 일은 맨션에 사는 사람을 의심하는 거란 말이다. 같은 맨션에 사는 특정 거주인이 혐의를 받으면 그야말로 절호의 뉴스거리지. 이 어르신의 귀에 그런 뉴스가 들어오지 않다니 어찌된 일이냐, 앙?"

"지금 가설은 대장의 앞길을 터주는 역할일세. 그럼 이 몸의 최종 답변을 내놓도록 할까. 지금 말한 '범인은 처음부터 맨션 안에 있었다'를 다르게 전개시킨 거라네. 처음부터 맨션 안에 있었지만 거주민은 아니지. 며칠이나 전부터 어느 세대에 머무르던 손님도 아니고. 그렇다면 나머지는 그 사람 하나밖에 없지 않은가."

"관리인입니까?"

반도젠 교수가 말을 멈추고 모처럼 뜸을 들이고 있는데, aXe가 분위기를 읽지 못했는지 아니면 일부러 그랬는지 제일 알짜배기를 쏙 가지고 가버렸다.

"경찰은 맨션에 사는 사람은 의심하겠지만, 관리인이라면 어떠하겠는가?"

반도젠 교수가 화를 꾹 눌러 참는 듯한 모습으로 말했다.

"제법 맹점일지도 모르겠네요."

"사건이 발생한 일시는 일요일 오후 2시 반부터 6시 반 사이. 저녁 무렵에는 드나드는 사람이 많겠지만, 이른 시간에는 왕래가 뚝 끊어지지 않겠는가? 아무도 지나다니지 않으면 관리인실을 비워도 문제는 없다네. 게다가 무엇보다……."

"관리인이라면 기록부를 무시하고 외부인을 데리고 들어올 수 있지. 마미야 역시 마찬가지야. 덧붙여 여벌 열쇠도 만들 수 있고."

이번에는 두광인이 노른자위를 낚아챘다. 부루퉁해진 반도젠 교수는 맞장구도 치지 않았다.

"이놈의 자식아, 관리인이라니. 그런 곳의 관리인은 대부분 할아범이 맡는 게 일반적이야. 젊어봤자 40대라고."

잔갸 군이 말했다.

"콜롬보가 영감님이면 무슨 문제라도 생겨? 노인은 인터넷이랑 밀실살인에 흥미가 없기라도 하다는 거야?"

"뭐, 그런 건 아니지만."

두광인이 염탐하러 갔을 때는 초로의 남자가 있었지만, 교대제이기 때문에 젊은이가 순번에 들어가 있을 수도 있다.

"관리인 범인설, 괜찮은 것 같은데요. 검증해볼 가치는 있을 듯합니다."

aXe가 손도끼로 얼굴에 부채질을 했다. 그 모습을 보고 두광인이 말했다.

"사건 당일 당번이었던 사람을 밝혀내는 건 간단하지만, 그 사람의 범행을 어떻게 입증할래?"

"그 관리인의 2시 반부터 6시 반까지의 알리바이를 조사하면 되지 않을까요?"

"그건 그렇지만, 현실적으로 가능하겠느냐는 말이야. 맨션 거주인을 닥치는 대로 붙들어서 '당신은 4월 1일 오후에 관리인실 앞을 지나갔습니까? 그때 관리인은 있었습니까?' 이론적으로는 이렇게 물어보면 되겠지. 하지만 사건이 일어난 지 아직 한 주밖에 안 지나서 맨션에는 수사원이 득시글거린다고. 세간 사람들도 그럭저럭 주목하고 있기 때문에 매스컴도 제법 있을 거야. 거기에 발을 들여놓을 용기는 있어?"

"확실히 위험성이 높군요. 그렇다면 주변에서 파고들어 볼까요?"

"주변에서?"

"관리인이 범인이라는 가설을 바꾸어 말하면, 관리인이 콜롬보 씨라는 뜻입니다."

"응."

"과거에 우리가 이렇게 채팅을 하고 있던 때 관리인의 알리바이가 어땠는지 조사하는 겁니다. 만약 알리바이가 하나라도 성립하면 관리인은 결백하다고 간주할 수 있습니다."

"술자리에 참석했다든가?"

"예. 술자리에 있었다면 이쪽 채팅에는 참가할 수 없으니까요. 그렇다면 관리인은 콜롬보 씨와는 다른 사람이며, 콜롬보 씨가 아니라면 마미야 슌을 죽이지 않았다고 결론 내릴 수 있습니다."

"술자리랑 채팅에는 동시에 참가할 수 있는데. 나도 저전번에 그랬고."

"어? 아아."

"콜롬보라면 더 하기 쉽지. 그 녀석 웹캠 앞에 모습을 드러내지 않잖아. 나나 너나 마스크로 얼굴을 감추고는 있지만, 모습은 이렇게 카메라 앞에 드러내고 있어. 채팅하는 내내 말이야. 하지만 그 녀석은 사진 액자를 비추고 있을 뿐이지. 그런데도 계속 컴퓨터 앞에 있다고 단언할 수 있겠어? 게다가 녀석은 거의 입을 열지 않는다고. 그 대신에 키보드로 대화에 참여하기는 하지만, 횟수로 치면 상당히 적지. 그런 그 혹은 그녀라면 술자리에 참석하면서 우리 채팅에도 얼굴을 내미는 재주를 부릴 수 있을걸. 고속 모바일 통신으로 인터넷에 접속된 노트북을 가방에 넣은 채 술자리에 참석해서, 채팅 상황은 블루투스 이어폰으로 듣는 거지. 귀를 덮을 정도로 머리가 길면 이어폰은 감출 수 있어. 화장실에 간다든가, 담배가 떨어졌다든가, 전화를 걸러 간다는 둥 적당한 이유를 대면서 이따금 자리를 벗어나서는 화장실 개인실 같은 곳에서 노트북을 펼치고 키보드로 채팅에 참가하면 돼."

"그러하군. 콜롬보 님이기 때문에야말로 가능한 재주로구먼. 관리인 일을 하면서도 채팅에 참가할 수 있겠어."

반도젠 교수가 기분을 풀고 대화에 끼어들었다.

"그러니까 알리바이 조사는 엄밀하게 할 필요가 있어. 마작을 하고 있었다면, 단 한 번도 화장실에 가지 않았다는 점까지 알아내고 나서야 비로소 알리바이가 성립됐다, 콜롬보일 가능성은 없으며 시저스 팰리스에서 일어난 살인에도 관여하지 않았다, 라고 확정할 수 있지."

"그렇게까지 조사해야 하다니 고생길이 훤하군그래."

"게다가 헛고생으로 끝날 테니까 말이야."

그렇게 말한 사람은 잔갸 군이다.

"분명 고생은 하겠지만 헛고생이라고 딱 잘라 말할 수는 없으이."

"아니, 헛고생이야. 왜냐하면 관리인 할아범은 범인이 아니니까."

"응?"

"범인은 도치바 시게루."

"뭐?"

"즉, 콜롬보 짱."

"그것은 실로 매력적인 진상이네만, 도치바 시게루는 사건 당일 도쿄에 갔단 말일세."

"그런데도 범인이니까 의외성이 있잖아."

"알리바이 트릭이로군. 하지만 어째서 동거 상대를 죽이지? 장래에 죽이기 위해 연인을 연기하고 있었다는 말인가?"

"그러면 아무개의 재탕인걸."

두광인은 마스크 밑에서 웃음을 터뜨렸다. 잔갸 군이 아니라고 항변했다.

"사랑을 주고받는 진짜 연인이라도 죽이는 일은 드물지 않게 일어나. 여자 친구가 다른 남자를 만들었다든가 하는 이유로."

"뭐, 실제로는 그런 흔해빠진 사건이 질릴 만큼 발생하지."

"이번에도 그거야. 게임을 위해 필요하기 때문에 생전 본 적도 없는 사람을 감정 없이 죽인 걸로 위장했지만, 실은 그 정반대. 감정의 폭발이라는 끈적끈적한 동기를 게임으로 덮어서 감추지는 않았을까?"

"뭐, 상상은 자유지만."

"이걸 상상이라고 잘라버리는 녀석은 눈이 침침한 데다 머리가 흐려진 거야. 마미야 슌은 누구냐? 사이타마 놈이 어째서 센다이에서 죽었지? 지금은 전혀 설명이 안 되지만, 여기 남녀의 치정을 대입하면 어이없을 정도로 분명하게 설명할 수 있지 않느냔 말이다."

"응?"

"나카사토 유키는 도치바 시게루라는 파트너가 있는데도 다른 남자와 관계를 맺고 있었어. 그게 바로 마미야 슌. 그 사실을 알아차린 도치바는 부정을 저지른 여자 친구와 샛서방인 마미야 슌에게 천벌을 내리기로 한 거지."

"아아."

"도치바가 도쿄에 간 건 미끼야. 집을 오래 비우면 파트너가 남자를 끌어들이리라고 생각했겠지. 역시나 나카사토는 마미야를 불렀고 정사를 벌이기에까지 이르렀어. 그 현장을 덮친 도치바는 두 사람을 말살했어.

아차, 지금 네 녀석들이 떠올린 의문의 답은 이래. 관리인은 맨션으로 들어오는 마미야의 모습을 보지 못했는가? 마미야는 비상구로 들어갔거든. 비상구는 밖에서 안 열린다고? 안에서 열면 되지. 안에서 문을 연 나카사토가 마미야를 들여보내 준 거야. 그날뿐만 아니라 매번 그렇게 뒤편으로 드나들었다고. 밀회니까 사람 눈을 피하는 게 당연하겠지. 맨션 밖에서 마미야가 '지금 도착했으니까 열어줘♡', 이렇게 전화하는 거야.

그럼 도치바는 어떻게 맨션에 들어갔는데? 관리인은 도치바의 모습도 못 봤다고. 보기는 봤지만 거주인이라서 경찰에 수상한 인물로 신고하지 않았다고 쳐도, 사건 당일 도쿄에 가 있었다는 사실을 뉴스를 통해 알게 되면 어째서 센다이에 있었는지 수상하게 여기고 경찰에 이야기할걸? 그에 관한 해답도 있단 말씀이지. 방법은 몇 가지를 생각해볼 수 있어. 첫째, 1일 이른 아침에 도쿄에 간다는 말을 남기고 703호실을 나선 도치바는 그대로 맨션 안에 머물렀다. 그리고 마미야가 어슬렁어슬렁 찾아온 후에 703호실을 덮쳤고, 범행을 저지른 다음 몰래 비상구로 빠져나가 도쿄로 향했다. 하지만 맨션 안 어디에 머물렀을까? 바깥 복도는 사람 눈에 띄니까 비상계단인가? 아직 쌀쌀한 이 계절에 바람이 들이치는 장소에 몇 시간이나 있는 것도 그다지 현실적이지는 않지. 그렇다면 이건 어때? 비상구 문이 밖에서도 열리도록 미리 조작했다. 걸림쇠를 안으로 밀어 넣은 상태에서 테이프로 고정해두면 문을 닫아도 자물쇠가 잠기지 않으니까 자유로이 여닫을 수 있지. 요컨대 1일 아침에 관리인실 앞을 통과해 평범하게 맨션을 나섰다가, 마미야가 찾아왔을 때 비상구를 통해 맨션 안으로 되돌아가서 703호실을 급습. 범행 후에는 테이프를 회수하고 비상구로 탈출하면 돼.

아니면 더 대담하게 이런 방법은 어때? 마미야가 703호실에 들어간 다음에 나카사토에게 전화를 걸어. 전부 다 알고 있다, 앞으로의 일에 관해 세 사람이서 상의하자, 지금 그쪽으로 갈 테니 마미야는 방에서 기다리게 해라, 넌 비상구를 열어서 날 들여보내라. 이런 식으로 703호실로 가서 상의하기 위해 마련된 테이블에 도착했을 때 두 사람을 처형, 그다음은 마찬가지니까 생략. 어쨌거나 도치바가 범인이라면 자물쇠 따기 기술이나 강력한 자석에 의존하지 않고도 현관문을 잠글 수 있어. 자기 열쇠를 사용하기만 하면 되지."

"재미있네."

두광인은 건성으로 손뼉을 치고는 말을 이었다.

"어느 가설이든 증거에 기초한 추리가 아니라 단순한 가능성의 나열일 뿐이잖아. 단적으로 말해 도치바가 범인이라는 대전제부터 망상이지."

"그런 건 말 안 해줘도 알아. 일단 근거가 희박한 가설을 세워 놓고 그 가설이 성립하는지 증거를 조금씩 찾아가는 것도 탐정이 사용하는 방법 중 하나일 텐데."

"천재형 명탐정은 그런 경향이 있지."

반도젠 교수가 옹호했다.

"천재형 명탐정이 번뜩임에서 출발한다고 해서, 번뜩임에서 출발하면 누구나 천재형 명탐정이 될 수 있다고는 할 수 없죠. 역이 반드시 참은 아니거든요."

aXe가 마스크 입가에 도끼날을 대고 킥킥 웃었다.

"이 자식들이! 그렇게 놀리기만 하면 같은 편에 안 끼워준다."

"뭐라고요?"

"스스로 인정하기는 성질나지만, 이 어르신은 나 자신을 명탐정이라고는 생각지 않아. 아니, 옛날에는 상당한 실력을 갖췄다고 생각했지. 범인 맞히기 소설에 나오는 '독자에게 보내는 도전장'은 모조리 격파했고, 두 시간짜리 미스터리 드라마는 십 분 만에 진상이 보였지. 하지만 네 녀석들과 놀게 된 다음부터 나의 그릇이 어느 정도인지 여실히 느꼈어. 긴다이치 고스케? 턱도 없지. 기껏해야 도도로키 경감*이야. 어쨌거나 여기서 엄청난 녀석을 만나고 말았으니까 말이야. 어이, 도끼쟁이. 네 이야기가 아니다, 등신아. 네 녀석은 이소카와 쓰네지로** 정도라고. 이 가운데 명탐정이라고 부를 수 있는 사람은 콜롬보 짱뿐일걸."

아무도 이의를 제기하지 않았다.

"혼신을 다한 추리도 녀석이 한마디만 하면 덧없이 무너져 내리지. 이틀 동안 철야해서 간신히 궁리해냈는데 말이야."

"철야는 머리 회전을 둔하게 만들 뿐입니다."

"이 자식아."

"콜롬보 씨가 날카롭다는 건 사실입니다만, 한 가지 중요한 점을 고려하지 않았습니다. 그는, 어쩌면 그녀일 가능성도 있습니다

* 요코미조 세이시가 집필한 긴다이치 고스케 시리즈의 등장인물. 도쿄 경시청 근무.
** 역시 긴다이치 고스케 시리즈의 등장인물. 오카야마 현경에서 경감으로 근무.

만, 나머지 네 사람의 추리가 전부 나온 다음에야 겨우 등장합니다. 먼저 나온 추리의 미흡한 부분을 배제하면, 그야 당연히 진상은 눈에 잘 들어오겠죠. 논의에도 참가하지 않기 때문에 생각할 시간 역시 확보할 수 있습니다. 매번 그렇다고요."

"그럼 네 녀석도 나중에 추리해서 이겨보든가."

aXe는 입을 다물었다.

"이 어르신은 책상 앞에서 머리를 감싸 안은 채 끙끙거리고만 있지 않고 다리도 사용했어. '달력 살인사건' 때는 자물쇠 따기로 가택 침입을 감행해서 보도되기는커녕 경찰도 파악하지 못한 결정적인 증거를 가지고 돌아왔지. 그만큼 유리한 고지를 점령했는데도 콜롬보 짱한테 졌단 말이다. 이 어르신보다 더 심한 굴욕을 맛본 녀석도 있어. 진범과 직접 마주 보고 이야기를 했으면서도 진범이라는 사실을 알아차리지 못했거든. 평소에는 도끼를 휘두르며 세상에 무서울 것 하나 없다는 낯짝을 하고 있는데 말이야."

"……."

"이 어르신이 스스로 출제했을 때도 토막 시체를 끌어안거나 피투성이인 채로 가짜 경관을 연기하면서 아슬아슬한 지경까지 몸을 내던졌지. 그런데 콜롬보 짱은 아주 간단하게 꿰뚫어봤어. 더 이상 어떻게 하라는 거야?"

아무도 반응하지 않았다.

"그러므로 네 녀석들에게 제안하겠다. 이번에는 손을 잡지 않겠어?"

"손을 잡는다니?"

두광인이 물었다.

"말 그대로의 의미야. 타도 콜롬보 짱의 기치 아래, 네 명이서 대동단결하지 않겠느냐고 묻는 거라고. 한 번 정도는 명탐정을 엿 먹이고 싶을 텐데. 계속 지기만 해도 상관없냐?"

"아니, 그건."

"지금까지 우리는, 각자가 독자적으로 손에 넣은 정보는 저마다 자기 품에 꼭 끌어안고 있었지. 제시하면 다른 녀석이 추리 재료로 써먹을 테니까. 우리가 하고 있는 건 누가 제일 먼저 진상을 알아내느냐를 겨루는 게임, 승부를 가르는 놀이니까 자기에게 유리하도록 행동하는 건 당연해. 패를 앞으로 펴들고 포커를 하는 바보는 없어. 하지만 그렇게 해서 누가 콜롬보 짱한테 이겼지? 그러니까 제안하는 거야. 저마다 손에 든 카드를 내보이자고. 그러면 스스로 불필요하다면서 버리려던 카드의 유용성을 다른 세 사람 중 누군가가 알아차릴지도 모르지. 그렇게 정보를 공유하고 활용해서 최종적으로는 누군가가 진상을 간파하면 돼. 누가 골인을 하든 그 녀석은 때마침 마지막 주자를 맡았을 뿐, 결국은 네 명 모두가 승리하는 셈이지. 그렇다고 해서 똑같이 나눌 만한 상금이 있는 건 아니지만."

"네 명이 짜고 사기 포커를 쳐서 콜롬보라는 도박장 주인을 파산으로 몰아넣는 거로군."

"그런 셈이지. 테이블 아래로 카드를 서로 교환하는 거야."

"회초리와 세 아들이 아니라 네 아들이로구먼."

반도젠 교수가 말했다.

"손권이 유비와 손을 잡고 압도적인 전력을 자랑하는 조조군과 적벽 땅에서 맞서 싸우는 겁니까? 응? 잠깐만요. 그러면 동맹을 제안한 당신은 공명인가요? 그건 아니죠. 아니에요. 말도 안 됩니다."

aXe가 투덜댔다.

"무슨 오타쿠 같은 소릴 하고 자빠졌냐. 자, 어때? 동맹을 체결할 의사는 있어?"

세 사람 모두 찬성한 후에 반도젠 교수가 입을 열었다.

"공동 전선을 편다고 했는데, 구체적으로는 어떻게 하자는 건가?"

"조사의 분업화지. 아까까지 한 이야기 중에 가설이 몇 가지 나왔잖아. 뒷받침해줄 증거를 나누어서 찾는 거야. 개중에는 그게 뭐야, 싶을 정도의 가설도 있었지만, 현재 단계에서는 인상만으로 부정하고 있을 뿐이지. 콜롬보 짱 정도 되는 녀석이 그 정도 트릭으로 끝낼 리 없다는 인상을 심어서 만사를 어려운 방향으로 생각하도록 끌고 나가면서 혼란시킨 다음에, 실은 초기 단계에서 잘라버린 단순한 트릭이었다는 결말이 나오지 않는다는 보장은 없어. 녀석도 상당히 삐뚤어졌거든. 그러니 그게 뭐야, 싶을 정도의 가설 역시 나름의 재료를 모아서 부정할 필요가 있어. 그러니까 구체적으로 뭘 조사하는가 하면."

잔갸 군이 말을 멈추고 키보드를 두드렸다.

① 도치바 시게루의 알리바이

② 관리인의 알리바이

③ 운송업자의 신원

④ 1층 세대의 베란다에서 침입했을 가능성

"마침 알맞게 딱 네 개네. 그럼 이 어르신이 ①번을 할 테니까 가위바위보든, 제비뽑기든, 선착순이든 상관없으니 나머지 세 개를 세 명이서 나누어서 해."

"잠깐 기다리십시오."

aXe가 말했다.

"도치바 시게루 범인설은 댁이 주장했습니다. 스스로 행한 검증에서 확고한 증거를 잡아 정답으로 인정받았을 경우, 댁은 전부 자신의 공으로 돌릴 테죠. 동맹관계 따위는 없었던 걸로 치고."

"그런 치사한 짓은 안 해."

"아니, 합니다."

"동의."

반도젠 교수가 말하자 잔갸 군은 쳇, 하고 혀를 찼다.

"그럼 이 어르신은 ②번."

"그렇다면 이 몸이 ①번을 맡겠네."

"저는 ③번으로 하겠습니다."

"④번은 곤란해."

이번에는 두광인이 제동을 걸었다.

"사정이 좀 있어서 그 맨션에는 접근할 수 없어."

두광인은 사건이 발생하기 전에 사전조사를 하다가 관리인과 입주자 몇 명에게 얼굴을 보였다. 배달원을 가장해 마미야에 관해

질문한 데다 마미야의 얼굴 사진까지 보여주었다. 사전조사를 하러 온 범인일지도 모른다고 경찰에게 연락이 가 있어도 이상하지 않다.

"그럼 이 몸과 바꾸도록 하지."

"땡큐."

"다시 한 번 잠깐."

aXe였다.

"마미야 순과 나카사토 유키 사이에 남녀관계가 있었다면, 둘을 증오하는 사람은 도치바 시게루 혼자가 아닐 겁니다. 마미야에게도 애인이 있었을지도 모르지 않습니까. 띠동갑보다 나이가 많은 여자한테 애인을 빼앗기면 못 참을걸요."

"하지만 흉기인 나이프 말인데, 큼지막해서 일반적인 여성이 다루기는 적당하지 않다네."

반도젠 교수가 말했다.

"파트너가 꼭 여성이라고 할 수는 없는데요."

"아."

"마미야의 뒤를 밟다가 마미야가 시저스 팰리스에 들어간 다음에 휴대폰으로 전화를 걸어서, 여자랑 둘이서 뭘 하느냐, 지금 갈 테니 방에서 이야기하자, 이렇게 도치바가 범인이었을 때와 마찬가지 방법으로 비상구 문을 열게 하면 사람 눈에 띄지 않고 안으로 들어갈 수 있습니다."

"으음."

"그러니 도치바에게만 주목하면 미비한 점이 생깁니다. 마미야의 신변도 살필 필요가 있죠. 바람이라는 건 항상 표리일체거든요."

"하지만 그러면 조사할 사항이 다섯 개라서 일손이 모자라."

"③번과 ④번은 혼자서 할 수 있을 텐데요."

"그렇다면 이 몸이 ③번과 ④번을 맡도록 함세."

"반대가 낫겠네요. 마미야의 연인 범인설은 제가 주장했으니까 제가 검증하면 공동작업의 의미가 없어집니다. 한편 ③번과 ④번은 교수님의 가설이니까 이 역시 교수님 말고 다른 사람이 조사하는 편이 낫겠죠. ①번을 다스베이더 경, ②번을 거북이 뒤에 숨은 사람, ③번이랑 ④번을 저, 마미야의 신변 조사를 교수님, 이렇게 하면 발안자와 검증자를 완전히 분리할 수 있습니다."

"무슨 폐품 분류업자냐……."

어느 틈엔가 주도권을 빼앗긴 잔갸 군은 기분이 상한 듯했다.

"다음번 모임은 한 주 후입니다만, 그전에 네 명이서 한 번 모여서 조사 결과를 정리하고 추리를 매듭지읍시다. 전날인 14일, 여러분의 형편은 어떻습니까?"

마무리도 aXe가 차지했다.

4월 10~12일

도치바 시게루의 알리바이는 간단하게 성립됐다. 나카사토 유키가 살해당한 일시는 1일 오후 2시 30분부터 6시 30분 사이. 이 시간대에 도치바는 도쿄에 있었다고 하는데, 증인이 여럿 존재했다.

도치바의 블로그에, 1일에 도쿄에 갔을 때의 기사가 있었다. 당일 밤에 머무른 호텔에서 갱신한 모양이다.

블로그 기사에는 낮 동안 도치바가 보고 돌아다닌 도내의 잡화점이 사진과 함께 올라와 있었다. 개중에는 가게 안을 찍은 사진과 진열된 상품의 확대사진도 있었다. 이런 사진을 찍으려면 가게의 허가가 필요하다. 몰래 찍은 사진이라 하기에는 구도와 화이트밸런스, 초점도 잘 맞춰져 있었으며 카메라를 바라보는 점원의 사진도 있었다.

블로그에 나온 가게로 발걸음을 옮긴 두광인은 1일에 도치바가 찾아왔느냐고 물었다. 그 결과, 그의 발자취는 세 군데에 남아 있었다. 오전 11시에 하라주쿠, 오후 2시에 시부야, 오후 5시에 다이칸야마다.

이로써 도치바의 알리바이는 성립되었다.

4월 13일

aXe, 잔갸 군, 두광인, 반도젠 교수 앞으로 044APD가 메일을 보냈다.

정답자에게는 3백만 엔 증정.

4월 14일

"도쿄에 간 척하고 센다이에 머무르지 않은 건 물론이거니와 일단 도쿄로 갔다가 센다이로 돌아와서 두 사람을 살해한 다음에 바로 도쿄로 돌아가는 곡예와도 같은 행동도 불가능해. 도쿄에서 센다이 구간은 가장 빠른 신칸센을 타도 편도 한 시간 사십 분은 걸리거든."

두광인은 그렇게 보고를 마무리 지었다.

"이상하네……."

잔갸 군이 중얼거리듯이 말했다.

"어디가? 한 시간 사십 분은 도쿄역에서 센다이역까지 걸리는 시간이야. 도내의 어떤 곳에서 도쿄역, 그리고 센다이역에서 시저스 팰리스까지 왕복하는 시간을 더하면 오차 범위에도 들어가지 않아. 도치바 시게루를 의심할 여지는 눈곱만큼도 없다고."

"여행지의 알리바이는 없는 게 보통이잖아. 홀로 나선 여행에서 알리바이를 증명할 수 있다니 부자연스러워."

"부지런한 블로거더라고."

"알리바이 공작 냄새가 풀풀 풍겨."

"대리인이라도 썼다는 거야?"

"그래, 그거야."

"뭐야, 그 고전적인 수법은."

"그런 흔해빠진 트릭은 아닐 거라고 방심시킨 다음에 말이지."

"어느 쪽이 대리인?"

"뭐라?"

"대리인을 썼다고 치면, 그 녀석은 센다이와 도쿄 어느 쪽을 담당했지?"

"그야 도쿄겠지. 알리바이를 만들기 위해 사진을 찍으며 돌아다닌 거야."

"최종 답변?"

"아? 어? 최, 최종 답변."

"유감이군. 사진을 찍으라고 허가해준 하라주쿠, 시부야, 다이칸야마 세 군데 가게 주인은 도치바랑 면식이 있는데, 4월 1일에 사진을 찍어 간 사람은 도치바 본인이라고 말했어."

"그러냐?"

"그래."

"그럼 대리인은 센다이 담당."

"대리인이 살해를 실행했다? 그 전후에 우리에게 건네줄 사진을 열 장, 스무 장이나 찍었다고? 그렇다면 이제는 대리인 쪽이 주범이지."

"그럼…… 쌍둥이……."

"쌍둥이! 잘 말했어. 궁한 나머지 그렇게 말하리라 가정하고 해둔 조사가 헛수고로 끝나지 않았네. 도치바 시게루는 외동아들이야."

"세상에는 자신과 닮은 사람이 세 명 있다고……."

"예이, 예이. 죽은 아이 나이 헤아리는 짓은 이제 됐으니까, 이번에는 그쪽의 성과를 보고해."

한숨을 내쉰 잔갸 군은 잠시 침묵을 지키다가 입을 열었다.

"시저스 팰리스에는 24시간 내내 관리인이 죽치고 있어. TS 경비 보장이라는 센다이 시내 경비회사에서 파견된 직원인데, 통상 다시로 유사쿠와 미나토가와 다이고로 둘이서 2교대로 근무하지."

"미나토가와 다이고로! 이름이 뭐 그래? 협객이라도 되나?"

"이 어르신의 도치바 시게루 범인설이 무너졌다고 해서 신나게 지껄이는 거 아니다. 관리인은 두 명 체제지만 이따금 세 번째 남자가 순번에 들어와. 둘이서 2교대면 휴일이 전혀 없으니까. 세 번째 남자는 특별히 정해진 누군가가 아니라 경비회사가 상황에 맞춰서 할당하는 인원이지. 4월 1일 주간 순번은 휴일을 얻은 다시로를 대신해 후타무라 히사시라는 사람이 담당했어. 예순두 살 먹은 할아범이지. 컴퓨터를 사용할 수 있다고 쳐도 이 녀석은 브라우저를 인터넷 익스플로러 말고는 모를 거야. 내기해도 좋아."

"사람은 겉모양에……."

"안다니까. 증거는 확인했어. 확인한 후의 결론을 말하자면 후타무라 히사시는 결백, 아주 새하얘. 후타무라는 올해 1월 27일부터 31일까지 타이를 여행했어. 1월 27일이면 그거잖아, 다스베이더 경?"

"왜 이쪽으로 방향을 틀어?"

"박정하기는. 네 녀석의 여자 친구를 죽인 날이잖아."

"후지타니는 여자 친구가 아니라고 몇 번……."

"그날은 세 번이나 채팅을 했어. 하지만 그때 후타무라는 여행 중이었지. 따라서 후타무라는 콜롬보 짱이 아니야. 더 나아가서 이번 살인도 저지르지 않았지."

"여행 중이라고 해서……."

"알아. 죄다 지껄일 필요 없어. 해외에서도 회선만 확보하면 채팅을 할 수 있지. 그 나름의 규모가 있는 호텔이라면 방에 랜선을 깔아놓았을 테고, 도시에는 인터넷 카페도 있겠지. 하지만 무리라고. 1월 27일에 세 번째 채팅을 한 시각은 오후 9시 5분에서 15분까지인데, 이때 후타무라는 나리타에서 출발해서 방콕으로 향하는 비행기 안에 있었거든. 기내에서 인터넷은 불가능해. 따라서 채팅에도 참가할 수 없기 때문에 후타무라는 콜롬보 짱이 되기 위한 조건을 충족시킬 수 없어. 콜롬보 짱이 아니라면 마미야랑 나카사토도 죽이지 않은 거지."

"비행기 안에서도 휴대폰은 터져. 사용이 금지돼 있을 뿐이지."

"그런 발버둥질은 꼴 보기 싫은데."

"그냥 말해봤을 뿐이야. 그쪽이 쌍둥이를 들고 나온 거랑 마찬가지."

한 번 비꼬고 나서 두광인은 입을 다물었다. 이번에는 aXe 차례다.

"배달원은 가짜가 아니었습니다. KQ 운수 센다이 아오바 영업소의 구와하라 다카카즈, 41세. 진짜 배달원이라도 범인일 가능성은 있습니다만, 그날 배달된 물건은 하세쿠라 잡화방 앞으로 보내는 포장된 잡화 두 꾸러미였습니다. 전표도 제대로 남아 있었기 때문에 구와하라가 멋대로 시체가 든 박스를 만들어 배달했다고는 생각할 수 없죠. 범인이 맨션 1층 세대로 침입했다고 볼 수도 없습니다. 비디오 저널리스트로 가장하고 각 세대를 돌아다녔는데, 문제의 시간대에 세 세대는 집에 있었고, 외출한 네 세대도 돌아왔을 때 이상은 없었다고 하더군요. 통로로 사용했다면 현관 자물쇠가 열려 있어야 했을 텐데요. 이상."

시원스레 끝낸 다음, 마지막으로 반도젠 교수다.

"마미야 님은 결혼한 적은 없고, 현재 특별한 관계를 유지하는 여자 혹은 남자가 있는 낌새도 없다네. 연인이라든가 그런 쪽을 제외한 대인관계도 거의 없었던 것 같아. 마미야 님에게는 두 다리가 없었지. 그건 선천성이 아니라 스무 살이 넘었을 때 사고로 잃은 거라고 하더구먼. 이후 직장을 그만두고 은둔형 외톨이에 가까운 생활을 보내고 있었다던가. 다만 가족에게 알리지 않고 집을 비우는 일이 있었던 모양인데, 이 몸은 여성과 관련되어 있다고 짐작한다네. 성매매업소나 만남 사이트, 그쪽 방면이란 말일세. 아직 젊으니까 그런 욕구가 있는 게 당연하지."

"나카사토 유키와도 그쪽 방면에서 알게 됐다고?"

잔갸 군이 물었다.

"이 몸은 그렇게 짐작하고 있네."

"상상은 됐어. 필요한 건 증거."

"증거는…… 유감스럽지만 지금 단계에서는 찾지 못했다네."

"마미야가 이용한 성매매업소, 사이트."

"파악하지 못했네……."

"칫."

"아니면 이런 견해는 어떠한가. 마미야 님이 양다리를 절단당하는 사고를 당한 곳이 센다이고, 입원한 병원이…….”

“센다이 가와세 병원이고, 거기서 나카사토를 만났다? 야, 그것 참 재미있다.”

“어디까지나 가능성으로서…….”

“못 써먹을 아저씨로군. 엿새 동안 뭘 한 거야?”

“시간이…….”

“시간이 없는 건 모두 마찬가지야.”

“면목 없네…….”

어깨를 움츠린 반도젠 교수는 몸도 옹송그렸다.

“결국 모든 가설이 틀렸다는 사실을 확인할 수 있었을 뿐이로군. 성과가 아주 그냥 백스텝을 밟는구나.”

아무도 반론하지 않았다.

“또 무슨 추리 없나? 상상이든 망상이든 상관없어.”

아무도 대답하지 않았다.

“이놈의 자식들, 그래서 되겠냐! 3백만 엔이 걸렸단 말이다.”

“당연히 농담이겠죠. 농담이랄까, 도발이랄까. 그 정도로 얕보고 있다는 소립니다.”

aXe가 어깻부들기 앞에다 양손을 펼쳤다.

“그렇다고는 해도 얕보이기만 하는 건 좀 싫은데. 아니, 상당히 싫어.”

두광인은 마스크 아래에서 얼굴을 찌푸렸다.

“그렇겠지. 그러면 좀 더 지혜를 짜내라고.”

“추리라고 할 정도는 아니네만…….”

반도젠 교수가 착 가라앉은 목소리로 말문을 열었다.

"콜롬보 님이 제공한 사진 말인데, 파일명이 두 종류라네. z에 다섯 자리 숫자가 붙은 거랑 1로 시작되는 세 자리 숫자와 2로 시작되는 네 자리 숫자가 언더바로 연결되어 있는 것."

"촬영한 카메라가 다르니까 그렇지."

두광인이 말했다.

카메라 제조사와 기종에 따라 파일명이 붙는 방식이 다르다.

"그건 알고 있네. 어째서 카메라를 두 대나 사용했을까?"

"뭐, 그냥 보통이잖아."

"보통이라고?"

"요즘에는 일반인도 디지털 카메라 두 대 이상은 예사로 가지고 있거든. 일안 리플렉스 카메라랑 콤팩트 카메라, 고배율 줌 렌즈가 딸린 카메라랑 방수 기능이 딸린 카메라, 실내 촬영에 강한 기종 등등. 이렇듯 전능한 한 대는 존재하지 않기 때문에 상황에 따라 나누어 쓰는 거지. 가격도 싸니까 말이야. 요즘 거의 모든 휴대폰 기종에 카메라 기능이 장착되어 있다는 점을 생각하면, 한 사람당 두 대가 표준이라고 할 수 있어."

"아아, 휴대전화."

"콜롬보가 찍은 사진을 잘 보면 z로 시작되는 사진은 주로 시저스 팰리스 바깥을 찍은 사진이고, 1로 시작되는 사진은 내부 사진이야. 1은 범행 때 촬영했겠지. 한편 z는 범행 당일이 아니라도 촬영할 수 있어. 범행 당일은 기동성을 중시해서 작은 카메라를 사용하지 않았을까?"

"과연."

"감탄할 만한 내용은 아닌데."

"그렇지, 그렇지. 사진 하면 이게 구리지 않냐? 너절한 연립주택 사진."

잔갸 군이 말했다. z00300.jpg '아지트 2' 사진이다.

"이 사진만 의미를 모르겠어. 설령 이 연립주택이 콜롬보 짱의 소굴이라고 해도, 뭐 어쩌라고. 살인사건과는 관계없을 텐데 말이야. 하지만 콜롬보 짱이 무의미한 사진을 건네리라고는 생각할 수 없어. 그러니 이 사진에는 뭔가 의미가 있을 거야."

"제일 첫 사진도 무슨 의미인지 모르겠어."

두광인이 말했다. 푸조403 사진이다.

"그건 표지 같은 거야. 그러니까 애당초 의미 따위는 없어. 문제는 연립주택 사진이라니까. 구석구석까지 관찰해도 사건과 관련됐을 법한 건 하나도 안 찍혔어."

"확대하거나 어두운 부분을 보정하는 등 갖은 수단을 다 써봤지만, 장소가 어디인지는 찾아낼 수 없었습니다."

aXe가 덧붙여 말했다.

"대동단결해도 이 정도라니."

잔갸 군이 자조하듯이 말을 툭 내뱉었다.

"동맹을 맺었으니 3백만 엔은 똑같이 나누는 거지?"

반도젠 교수가 불쑥 말했다.

"다앙연하지. 뭣이냐, 그런 걱정보다 먼저 생각할 일이 있을 텐데."

잔갸 군이 얼간이니 쓰레기니 하고 욕지거리를 퍼부었다.
“이대로 포기하면 너무 꼴 보기 싫으니까 다시 한 번 찬스를 얻도록 하자.”
두광인이 한숨 섞인 목소리로 마무리를 지었다.

4월 15일

“지각 엄금!”
대단한 일이라도 해낸 듯이 기고만장한 모습으로 잔갸 군이 호통을 쳤다.
044APD가 또 집합 시간에 늦었다. 이번에도 고작 이십오 초지만, 044APD로서는 이례적인 일이었다. 지각한 사람에게 화를 내고 로그아웃한 적은 있어도 자기가 늦게 온 적은 일찍이 없었다. 그런데 두 번 연속 지각한 것이다.
“수수께끼는 풀었어. 밀실 상태였던 맨션에 침입한 방법은 물론, 다른 사람 집에서 마미야가 죽은 이유, 그 집 여자도 동반자살하듯이 죽은 이유. 웬걸, 교수가 풀었다고. 들을 기회를 놓쳐서 유감이네. 두 번은 안 말해줘. 늦게 온 녀석이 잘못이지.”
잔갸 군은 희희낙락거리며 도발했지만 044APD는 나오는 대로 지껄이는 잔갸 군의 말을 상대하지 않았다.

시저스 팰리스 703호실에서 발생한 밀실살인의 수수께끼를 해명할 수 있는 사람?

"늦게 온 사람은 무시한다고 말한 건 네 녀석이잖아."
이 말도 무시했다.

아무도 없어?

"죄송합니다, 이 한마디를 왜 못 하는 건데?"
"잔갸 군님, 이건 콜롬보 님의 작전일세. 이쪽을 발끈하게 만들어서 사고력을 둔화시키려는 꿍꿍이속이야."
"미야모토 무사시*라도 되냐?"

누구부터 하든 상관없어. 십오 분 동안 좋을 대로 이야기해. 명백한 오류가 있어도 일일이 끼어들지 않겠어. 시간이 되면 정답 여부를 판정할게.

"겨우 십오 분? 턱도 없는 소리 하지 마."

시작.

잔갸 군은 더더욱 욕설을 퍼부었지만, 두광인은 두광인 나름대

* 1584~1645. 일본인이 검성으로 추앙하는 검객이자 병법가.

로 이야기를 시작했다.

"십오 분도 필요 없어. 실은 네 사람 모두 추리가 암초에 걸렸다고. 그러니까……."

힌트를 달라고 두광인이 부탁하기로 되어 있었다. 어제 넷이서 그렇게 정했다. 하지만 두광인이 말을 끝내기도 전에 누군가가 입을 열었다.

"마미야 슌이 시저스 팰리스를 찾아온 일시는 4월 1일 오후 2시 반. 그는 정면 현관으로 들어왔습니다. 그런데도 관리인의 눈에는 띄지 않았죠. 왜냐하면 박스 속에 들어가 있었기 때문입니다. KQ 운수의 배달원이 배달품으로 703호실에 옮겼습니다."

aXe였다.

"이 자식, 뭔 소리냐!"

잔갸 군이 대들었다.

"평이한 우리말을 사용했는데요. 어디를 모르겠습니까?"

"깝죽대지 마라. 어젯밤에 뭐라고 했지? 배달원은 결백, 물건은 잡화."

"그 말대롭니다. 배달원 구와하라는 범인이 아니고, 물품 전표는 잡화라고 되어 있었죠."

"잡화 전표가 붙은 박스 속에 마미야 슌의 시체가 있었고, 배달원은 그 사실을 모른 채 703호실로 배달했다는 소리냐?"

"표현이 부정확합니다만, 대강은 그렇습니다."

"부정확한 건 네 녀석이다, 이 자식아. 그렇게 무거운 짐이었으면 그렇다고 전해야지. 잡화라고만 말하면 가벼운 물건을 생각하잖아."

"선입관은 삼가세요."

"이 자식아, 닥쳐라. 그런 부분까지 배려해서 보고하는 게 도리일 텐데. 동맹관계라는 사실을 잊지 마."

"그건 한 주 전 이야기죠."

"앙?"

"어제의 동지가 오늘의 적."

"이 새끼가!"

"배달원이 범인은 아니지?"

두광인이 끼어들었다.

"예, 아무것도 모르고 운반했을 뿐입니다."

"그렇다면 짐은 어디선가 진짜로 보낸 거네?"

"예."

"즉, 짐을 부치고 나서 적어도 한나절은 지난 후에야 703호실에 배달됐지. 오후 2시 반에 도착했으니까 가까운 곳에서 보냈다고 쳐도 전날 밤에 발송했을 거야. 3월 31일에."

"그런 셈이죠."

"마미야가 발송 직전에 살해당했다고 쳐도, 703호실에 배달됐을 때는 사후 하루 가까이 경과한 상태야. 경찰이 그걸 보고 4월 1일 오후에 살해당했다고 판정할까? 하루가 더 흘러서 2일 오후에야 시체가 발견됐으니까, 사후 상당한 시간이 흘러간 탓에 판정은 부정확할 테지. 하지만 하루 단위의 커다란 오차가 생기리라고는 생각할 수 없어. 한 달이나 이전의 시체라면 모를까."

"그러니까 아까 전에 거북이 남자의 표현은 부정확하다고 했잖아요. 배달품으로 보낸 건 시체가 아닙니다. 살아 있는 마미야였어요."

"어?"

"마미야를 약으로 재운 후 박스에 집어넣은 겁니다. 도중에 눈을 떠도 도망칠 수 없도록 양팔을 결박하고 입은 막아두었으리라고 추정됩니다."

"살아 있었다고? 그럼 살해는 703호실에서?"

"그렇습니다."

"그럼 범인은 어디서 어떻게 맨션 안으로 들어갔지? 범인이 배달원이라면 배달한 그 길로 죽이면 돼. 하지만 배달원은 아니잖아?"

"아닙니다."

"정면 현관에는 관리인의 눈이 있어. 비상구는 밖에서 열리지 않고. 1층 어느 세대를 통해서? 어제 제공한 정보로는 모든 세대에 침입한 흔적은 없었다고 했는데, 그것도 거짓말?"

"의도적으로 감춘 사항은 있습니다만, 거짓말은 안 했습니다."

"그럼……."

"마미야랑 똑같습니다."

"뭐?"

"범인도 짐으로 배송됐죠."

"뭐라고!"

소리를 지른 사람은 두광인뿐만이 아니었다.

"703호실에 배달된 물건은 두 가지였습니다. 이건 어제 전달했을 겁니다. 하나에는 마미야가 들어 있었고, 다른 하나에는 범인이 들어가 있었죠. 703호실에 도착하자 박스를 찢고 일단은 나카사토를 살해. 다음으로 마미야가 든 박스를 열어 욕실로 옮긴 후 결박을 풀고 살해. 그 후에 필요한 사진을 찍고 박스를 접어서 비상구로 철수. 이런, 표현이 부정확했군요. 박스를 연 사람은 나카사토입니다. 짐이 배달되면 여는 게 당연하죠. 범인은 그 참에 덮친 겁니다.

콜롬보 씨의 예고를 떠올려보십시오. 마미야를 살해하겠다고만 예고했죠. 하지만 실제로는 마미야 말고 나카사토도 살해당했습니다. 왜 나카사토는 예고에 넣지 않았을까요? 그건 확실하게 죽일 수 있는 대상이 마미야뿐이었기 때문입니다. 생각할 수 있는 케이스는 네 가지입니다. 첫 번째 케이스, 물품이 배달됐을 때 703호실에 혼자 있던 도치바가 박스를 연다. 뛰쳐나온 범인이 도치바를 덮친 후 마미야도 죽인다. 두 번째, 703호실에 혼자 있던 나카사토가 박스를 연다. 범인은 나카사토를 덮친 후 이하 동문. 세 번째, 703호실에 있던 도치바와 나카사토 중 한쪽이 박스를 연다. 범인은 두 사람을 모두 죽인다. 네 번째, 집안사람이 물품을 수령했지만, 집안사람은 바로 개봉하지 않고 물품을 방치한 채 외출한다. 범인은 자기 힘으로 박스에서 나와서 마미야를 죽인다. 도치바, 나카사토 둘 다 죽지 않는다.

어느 케이스든 마미야는 반드시 죽습니다. 하지만 도치바와 나카사토는 그때가 되지 않으면 알 수 없죠. 그래서 콜롬보 씨는 마미야의 살해밖에 예고할 수 없었던 겁니다."

두광인은 감탄하는 목소리가 나오려는 것을 억누르고 있었다. 범행 예고의 부자연스러운 점을 멋지게 설명한 가설이다.

"깜짝 상자인 셈인가……."

반도젠 교수는 순순히 감탄했다.

"망상력이 대단하군그래."

천적만은 받아들이지 않았다.

"추리입니다. 왜냐하면 근거가 있거든요. 703호실 앞으로 배달된 물품은 둘 다 크고 무거워서 손수레를 사용했다고 배달원 구와하라는 말했습니다. 거기는 인터넷 통신 판매의 거점이죠. 심심찮게 커다란 짐을 배달하기 때문에 수상하게 생각지 않았다고 합니다."

"그게 상상이라는 거다. 크고 무거우니까 내용물이 인간이었을 가능성도 생기지만, 고양이 모래 열두 포대였을 가능성도 부정할 수는 없어. 물론 진짜로 잡화였을지도 모르지. 도치바한테 확인했냐? 귀가했더니 입구가 열린 빈 상자만 있었다고 도치바가 말했다면 증거로 인정해주지."

"도치바에게 이야기를 듣지는 않았습니다."

"그것 봐. 증거 불충분. 망상이야, 망상."

"하지만 말보다 확실한 증거가 있습니다만."

"앙?"

화상 파일이 하나 전송됐다. 열자마자 두광인은 소리를 질렀다. 사진이었다. 본 기억이 있는 건물이 찍혀 있었다. 경량 철골 구조로 지은 낡은 2층짜리 연립주택이다. 044APD가 제공한 z00300.jpg '아지트 2'에 찍혀 있던 연립주택이었다. 하지만 z00300.jpg와는 구도가 달랐다. 하늘 색깔도 차이 나는 것으로 보아 다른 시간대에 촬영한 사진이라는 것을 한눈에 알 수 있었다.

"뭐냐, 이건?"

잔갸 군이 열 받은 듯이 말했다. 하지만 동요도 느껴졌다.

"범인의 아지트입니다."

"어째서 이런 사진이 있느냐고 묻는 거라고. 콜롬보 짱한테 받았냐?"

"제가 찍었는데요."

"네 녀석이?"

"예, 어제요."

"어째서 이런 사진이 있는 건데."

"그러니까 제가 찍어 왔다고요."

"어떻게 여기를 알았느냐고 묻는 거다. 그것보다 여기는 어디냐?"

"뒤쪽 질문에 먼저 대답하자면, 사이타마시 오미야구 아즈마초 1-×-×."

"사이타마? 오미야?"

"마미야 슌의 자택 근처입니다. 남쪽으로 걸어서 십 분에서 십오 분 정도 되는 곳이려나."

044APD의 z00300.jpg에서는 의도적으로 흐리게 만들어놓은 '입주자 모집' 패널을 aXe가 찍은 사진에서는 확실하게 알아볼 수

있다. '그레이스 아즈마초'라는 연립주택 이름 아래에 취급하는 부동산 업자의 이름과 048로 시작하는 전화번호가 있다. 048은 사이타마시의 시외국번이다.

"첫 번째 질문에도 대답해. 어떻게 알아냈지? 어제는 분명히, 사진을 분석했지만 아무것도 못 알아냈다고 했어. 그것도 거짓말이었냐? 어디에 뭐가 찍혀 있지?"

"콜롬보 씨가 제공한 사진에서는 아무것도 얻을 수 없었습니다. 저는 숨기기는 하지만 거짓말은 하지 않습니다."

"똑같잖아, 얼간아."

"비밀과 거짓말은 전혀 다릅니다."

"시끄러. 그럼 어떻게 아파트의 소재를 밝혀냈지?"

"4월 1일 오후 2시 반에 시저스 팰리스 703호실에 배달된 크고 무거운 두 가지 물품은 이 아파트 102호실에서 발송됐습니다."

"뭐라?"

"예의 두 꾸러미에 관해 배달원의 이야기를 듣다가 안에 범인과 마미야가 들어 있었다는 생각이 번쩍 떠오르면 다음에 할 일은 당연하지 않습니까. 보낸 사람을 조사해야죠. 그래서 배달을 담당한 영업소에 잠입해서 전표를 살펴봤더니 '다나카 이치로'라고 되어 있더군요. 아무리 생각해도 가명입니다. 척 보기에 글씨도 흘려서 썼더라고요. 주소는 사이타마시 오미야구 아즈마초 1-×-×. 그걸 알면 다음에 할 일도 정해지죠. 해당하는 주소에 가보는 겁니다. 가보니 거기에 이 연립주택이 있더군요. 이야, 모퉁이를 돌아서 언젠가 어디서 본 광경이 눈앞에 펼쳐졌을 때는 오싹합디다. 오싹, 으로는 모자라는구나. 오싸싸싹, 정도였습니다."

aXe가 양 어깨를 끌어안고 몸을 부르르 떨었다.

"귀공, 영업소에 잠입했다고 하였는가? 저널리스트로 가장해서 캐내지 않고 숨어들어서 휘저었다는 말인가?"

반도젠 교수가 물었다.

"도둑질하러 들어갔다니 듣기 거북하네요. 타임카드를 찍고 당당하게 들어갔다고요."

"뭐?"

"저는 KQ 운수 센다이 아오바 영업소의 종업원입니다만."

어엇, 하고 여러 명이 소리를 질렀다.

"이 자식아, 장난질도 정도껏 쳐라."

잔갸 군이 격분했다.

"장난질이고 뭐고. 명함을 보여줄 수 있으면 좋겠습니다만, 아르바이트 직원한테는 안 주더군요."

"닥쳐! 이게 웬, 웬, 웬일이래. 중요한 단서를 지닌 회사가 자기 근무처였다니! 그렇게 딱딱 맞아떨어지는 이야기가 있겠냐!"

"당연하죠. 그렇게 만사형통할 리는 없습니다. 물론 확률적으로는 제로가 아닙니다만, 로또에서 1등에 당첨되는 정도로 어렵겠죠."

"그럼 뭣이냐, 네 녀석이 근무하는 곳이라는 사실을 알고 콜롬보 짱이 거기를 이용하기라도 했다는 거냐? 좀 놀라봐라, 이럴 작정으로? 등신 같은 소리. 아니, 그럴 가능성도……."

"아닙니다. 그렇다기보다 그건 불가능해요. 왜냐하면 살인사건이 발생했을 당시에 저는 거기서 일하고 있지 않았으니까요."

"으엥?"

"나흘 전, 그러니까 이번 주 수요일부터 신세를 지고 있습니다. 정확하게는 신세를 지고 있었습니다, 과거형이죠. 용무가 끝났기 때문에 금요일에 그만뒀습니다."

"으응?"

"둔하군요. 전표를 조사하기 위해 종업원으로 일했단 말입니다."

"우이잉?"

"그렇게 놀랄 일입니까? 산업 스파이 역시 라이벌 기업의 종업원으로 가장하지 않습니까."

"그건 그래."

두광인은 웃으며 손뼉을 쳤다.

"회사와 일반 가정은 보안 수준이 다릅니다. 그렇게 간단하게 도둑질할 수는 없죠. 종업원으로 취직해 목표물을 찾는 편이 백배는 수월하고 안전합니다. 직장이나 학교에 다니면 그렇게도 안 되겠습니다만, 저는 어차피 집에서 농땡이 부리고 있으니까요."

"하지만 야, 인마, 그렇게 상황에 딱 맞게 사람을 구하겠냐? 이상하잖아."

"예, 그런 행운은 없었습니다. 그래서 영업소장을 미인계로 몰아붙여 특별 채용을 하게 했죠."

"아앙?"

"액스는 여자야. 그렇지, 이번에 방영되는 월요일 9시 드라마에서 여동생 역을 맡은 애, 개를 육감적으로 바꾼 느낌."

두광인은 모델 출신 여배우의 이름을 꺼냈다. '후지타니 루카' 문제 때 두광인은 제이슨 가면을 벗은 자칭 저널리스트 aXe와 대면했다. 여자였기 때문에 히비노 가렌 역시 경계를 풀고 차에 올라탔던 것이다.

"오해가 없도록 말해두겠는데, 그때는 출제에 대비해 무게를 늘리는 중이었습니다. 38킬로그램이 나가는 가냘픈 몸으로는 목을 조르거나 '상자'를 옮기는 데 지장이 있으니까요. 아아, 아무래도 상관없는 질문을 하는 아무개 씨 덕분에 시간을 상당히 허비했군요. 아아, 시간이 모자랄지도 모르겠습니다."

비아냥거리는 소리를 해도 잔갸 군은 받아치지 않았다. 제법 충격을 받은 모양이다. aXe가 빠른 말투로 이야기를 계속했다.

"그레이스 아즈마초에 다다른 후의 이야기였죠. 전표에는 연립주택 몇 호실인지까지 정확하게 기재되어 있었습니다. 102호실입니다. 하지만 102호실 문과 우편함에 다나카라는 이름은 내걸려 있지 않았습니다. 야마다라는 이름도 아니었고요. 아무 이름도 나와 있지 않았던 거죠. 그리고 우편함에는 문이 닫히지 않을 정도로 많은 광고지가 들어가 있었습니다. 뒤로 돌아가자 102호실 창문에는 커튼이 없어서 실내가 훤히 보이더군요. 침대, 옷장, 텔레비전, 아무것도 없었습니다. 그레이스 아즈마초 102호실은 빈집이었다고요. 빈집에서 물건이 발송됐다? 이때 제 기억 속의 문짝이 열렸습니다. 콜롬보 씨가 제공한 사진 속에 '아지트 열쇠'라는 게 있었죠. 거기 찍힌 열쇠에는 긴 끈이 달려 있었습니다. 빈집, 열쇠, 끈. 딱 떠오르더군요. 어떻습니까, 딱 떠오르죠? 안 떠올라요? 그렇군요.

번뜩인 생각을 확인하기 위해 저는 현관으로 돌아갔습니다. 102호실 문손잡이를 돌려봤죠. 자물쇠가 걸려 있어서 헛돌기만 하더군요. 다음으로 우유 투입구를 조사했습니다. 우편물을 받는 상자가 아니라 문 한가운데에 터놓은 구멍 말입니다. 여기에도 수없이 많은 광고지가 처박혀 있었는데, 그것들을 빼내고 구멍에 손을 집어넣자 예상대로 손끝에 끈이 닿았습니다. 끄집어냈더니 역시나 끝부분에 열쇠가 묶여 있더군요. 그걸 열쇠구멍에 집어넣자 생각했던 대로 딱 들어맞았고 자물쇠가 열렸습니다. 임대 대기 중인 빈집에는 가까운 곳에 열쇠가 숨겨져 있는 경우가 종종 있죠. 물건 중개는 여러 업자가 담당합니다. 모두에게 열쇠를 건네기는 힘들잖아요. 그래서 물건 주변에 열쇠를 숨겨놓고 장소를 중개업자에게 알려줍니다. 이러면 열쇠가 하나만 있어도 되죠. 열쇠는 어디어디에 있다면서 입주 희망자에게 알려주고 마음대로 살펴보게 할 수도 있습니다. 우유 투입구나 수도 미터기 함에 숨기는 경우가 많더라고요. 그레이스 아즈마초 102호실 역시 그랬습니다. 즉, 이 집에는 아무나 멋대로 들어갈 수 있었다는 소립니다. 그렇다면 그레이스 아즈마초 102호실에 입주한 척하기도 간단하지 않겠습니까? 그리고 거기 사는 사람인 척 물품을 발송하는 것도요.

하지만 잠깐만 기다려주십시오. 발송할 물품은 자기 자신입니다. 자기가 짐이 된 경우, 발송 수속은 어떻게 하면 될까요? 운송 회사 오빠한테 전표와 요금을 건네고 잘 부탁한다면서 박스에 들어갈 수는 없습니다. 말할 필요도 없이 사람을 하물로 운송하는 건 규약상 금지되어 있으니까요. 그러니까 집하하러 오기 전에 박스 속에 들어가서 숨을 죽이고 있을 필요가 있습니다. 하지만 그러면 제3자가 발송 수속을 해주어야 합니다. 도대체 누가? 물품을 집하한 KQ 운수 사이타마 오미야 영업소에 확인해봤더니 3월 31일 오후 2시에 그레이스 아즈마초 102호실에서 집하 의뢰가 들어왔고 4시에 가지러 갔다더군요. 짐은 두 꾸러미, 크기는 둘 다 세로 50센티미터, 가로 100센티미터, 높이 50센티미터, 무게는 45킬로그램. 집에 있던 사람은 짧은 머리에 안경을 낀 30대 중반에서 후반 남자였다고 합니다. 이 사실은 센다이 아오바 영업소 종업원 입장으로 확인했습니다.

자, 이 짧은 머리에 안경을 낀 중년 남자는 누구일까요? 빈집에 멋대로 들어가서 가명으로 물품을 보내는 수상한 짓을 가족이나 친구에게 부탁할 수는 없습니다. 심부름 센터, 노숙자, 만화방을 전전하며 사는 떨거지들, 한창 장난질 치기 바쁜 중고등학생, 슬롯머신 죽순이인 주부 등등, 돈으로 움직일 수 있는 인간은 천지사방에 널렸습니다만, 뒷날을 생각하면 부탁할 적에 이쪽 모습을 드러내는 건 좋지 않죠. 아직 확인하지는 못했습니다만, 저는 아마도 인터넷으로 의뢰했으리라고 짐작합니다. 빈집에 놓인 짐을 보내기만 하면 되니까 위법 사이트 같은 거창한 곳을 이용하지 않아도 사람은 바로 찾을 수 있을 겁니다. 의뢰는 메일, 보수는 은행 납입, 한 번도 얼굴을 마주치지 않고 끝낼 수 있습니다."

"자기를 박스에 담는 것도 공범한테 부탁해야지."

두광인이 말했다.

"아니요, 그런 부탁을 하면 얼굴이 드러나니까 인터넷으로 의뢰한 의미가 없죠. 상자 속에 들어가서 자기 손으로 입구를 닫고 안쪽에서 테이프로 고정했을 겁니다."

"그렇겠군."

"물품이 발송된 일시가 3월 31일 오후 4시, 물품이 시저스 팰리스 703호에 배달된 일시가 4월 1일 오후 2시 반. 상자 속에서 꼬박 하루 정도를 버텨야 하죠. 그 정도라면 먹거나 마시지 않아도 괜찮을 겁니다. 페트병에 든 음료수나 젤리 형태로 된 영양 보조식품을 가지고 들어가도 되고요. 볼일은, 페트병에 싸든가 일회용 기저귀였겠군요.

자, 추리가 여기까지 진행되는 동안 저는 전율할 만한 어떤 사실을 깨달았습니다. 처음부터 마미야 슌이 마음속에 걸렸죠. 양쪽 다리 모두 의족이었다는 사실이 말입니다. 장애인을 죽이면 안 된다는 법은 없지만, 몸이 불편한 사람을 특별히 골라서 죽일 필요도 없지 않느냐고 생각했거든요. 저는 아직 멀었습니다. 그게 아니더군요. 굳이 장애인인 마미야 슌을 목표로 선택한 겁니다. 짐으로 발송할 때 약물로 재울 필요가 있는데, 몸이 불편한 쪽이 건강한 사람보다 제어하기 쉽지 않겠습니까? 재운 다음에 박스에 넣을 때도 마미야라면 정말 넣기 간단합니다. 마미야에게는 두 다리가 없거든요. 의족을 벗기면 체중이 확 줄어서 들어 올리기 편한 데다 상자 속에 쏘옥 들어갑니다. 냉철하고 냉혹한 남자입니다, 콜롬보 씨는. 여자일지도 모르겠지만요."

aXe는 어깨를 움츠리고 짐짓 몸을 부르르 떨었다.

"멋지구먼. 정답일 걸세."

반도젠 교수는 항복한다는 듯이 양손을 얼굴 옆으로 들어 올렸다.

하지만 044APD의 '정답'이라는 글자는 나오지 않았다.

"틀렸나?"

두광인은 고개를 갸웃거렸다.

"십오 분이 지나지 않아서 그렇겠죠. 앞으로 일 분도 안 남았습니다. 오십삼 초, 오십이 초, 오십일 초, 오십. 덧붙여 배달원인 구와하라 씨는 경찰의 엄한 조사를 받았습니다만, 제가 잠입했을 때는 이미 혐의가 완전히 풀린 상태였습니다. 사십일, 사십, 삼십구. 한 가지 더 덧붙이자면, 경찰은 KQ 오미야 영업소에 다나카 이치로와 그레이스 아즈마초 102호실에 관해 물으러 왔다고 합니다. 슬슬 다나카가 가공인물이고 102호실이 빈집이라는 사실을 알아차렸을지도 모르겠네요. 유감스럽게도 제가 먼저 알아냈습니다만. 이십삼, 이십이, 이십일."

aXe는 아주 느긋했다.

"그렇구나!"

커다란 목소리와 함께 손이 맞부딪치는 소리가 났다. 잔갸 군이었다.

"알았다. 그런 거였군. 이 녀석, 3백만 엔을 독점하려는 수작이구나. 그래서 동맹을 파기했어. 더러운 놈이야. 아니, 여자였지? 야, 이 쌍년아!"

"댁은 여전히 소견이 좁군요."

"닥쳐! 탈퇴를 선언하지 않은 이상 동맹은 유효하니까, 3백만 엔은 골고루 나눌 테다."

"그러니까 그건 콜롬보 씨의 농지거리……."

시간 종료.

절묘하게, 혹은 분위기도 파악하지 못한 채 044APD가 등장했다.

이번에도 정답자는 없음.

무슨 말을 들었는지 두광인은 바로 이해할 수 없었다. 다른 사람도 반응하지 않았다.

한 번만 더 찬스를 줄게. 일주일 후인 4월 22일 오후 11시에 집합.

"아니에요?"

aXe가 멍하니 입을 열었다.

다음에도 정답자가 나오지 않으면 내가 정답을 밝힐 거야.

"아니야……?"

마지막이니까 힌트를 주지. 요전에 나누어준 화상 파일 중에 가장 유용한 건 z00251.jpg.

"거짓말이야……."

사진은 넋 놓고 바라보는 물건이 아니야. 읽지 않으면 아무것도 찾아낼 수 없어.

"대답해!"
한 번 고함을 지르고 aXe는 자리에서 일어섰다.

그럼 4월 22일 오후 11시에. 지각한 사람은 배려하지 않을 테니 그렇게 알아.

"지각한 건 네 녀석이지."
잔갸 군이 적절하게 쏘아붙였다.
"도망치지 마."
aXe는 다시 한 번 고함을 쳤다.
하지만 044APD는 전혀 동요하지 않고 로그아웃했다.

4월 16일

혼란 속에서 날짜가 바뀌었다.

웃기지 마, 비겁해, 얼버무리지 마라, 증거를 내놔, 지고 억지 부리기는, 최악이야, 한 주 사이에 가짜 정답을 만들 작정이로군, 뒈져라, 라고 손도끼를 휘두르며 험한 말을 마구 퍼부은 후에 aXe는 로그아웃했다.

"정답이라고 생각했는데."

두광인의 솔직한 기분이었다.

"배신자한테 천벌이 내린 거야. 꼴좋다. 그런데 이제 3백만 엔은 날아간 거냐?"

잔갸 군은 여전히 집착하고 있다.

"박스에 넣은 물건이 되어 밀실에 잠입하는 건 콜롬보답기도 한데 말이지."

"변태로군. 마조히스트야."

"그것도 그렇지만, 원조 콜롬보랑 어딘가 겹치잖아."

"원조? 로스앤젤레스 시경의? 그 녀석은 마조히스트가 아니라 사디스트일걸. 그 끈덕지게 들러붙는 꼴 좀 봐."

"콜롬보 경위가 아니라 우리의 위대한 선도자, 원조 밀실살인 게이머인 콜롬보, 아즈마 데루요시 말이야. 그는 민가의 천장 위에 한 달이나 숨어 있었어."

인터넷에 유출된 '리얼 탐정놀이'의 기록을 봤을 때의 충격은 지금도 두광인의 내면에 선명하게 남아 있다. 시간을 잊은 채 거듭 훑어보며 자신도 아즈마 데루요시와 채팅 멤버들처럼 밀실살인게임을 하고 싶다는 강한 꿈을 품었다. 아니, 절대로 하고 말겠다고 굳게 결의하고 인터넷에서 동료를 찾았다.

"좁고 어두운 공간에서 오랫동안 숨을 죽이고 있다는 점은 똑같네."

"거의 수행에 가깝지. 구도자야."

"하지만 원조 쪽이 압도적으로 변태야. 움막 같은 곳에서 한 달이나 생활했다고. 우리 콜롬보 짱은 겨우 하루."

"좁은 걸로 치면 이쪽이 압도적으로 수준이 높지. 천장 위는 좁다고 해도 사실 수평 방향으로는 상당히 넓거든. 게다가 앉을 수 있을 정도로 높기도 해. 박스 안에서는 옴짝달싹도 못 하잖아."

"하지만 야 인마, 박스에 들어가 있었다는 가설은 도끼년의 망상에 지나지 않았으니까 그런 비교를 해봤자 아무 의미도 없다고."

"그건 그렇지."

두광인은 한숨을 쉬었다. 그리고 고개를 갸웃하며 말을 이었다.

"하지만 콜롬보가 제공한 사진에 아지트라고 찍혀 있던 연립주택의 빈집에서 범행 현장인 맨션으로 짐이 발송됐단 말이야. 이건 명백한 사실이지. 그리고 그게 도착한 직후에 사건이 발생했어. 이 두 가지 짐이 사건과 관계없을 리 없어."

"우리를 교란하기 위한 수작 아닐까? 허방다리 단서지."

"너무 약아빠졌잖아. 콜롬보는 그런 일시적인 방편은 안 쓸 거라고 봐."

"뭐, 그렇겠지."

"두 개의 짐을 축으로 삼아 사고思考를 진행한다는 방법은 틀리지 않았을 거야."

"하지만 짐 속에 범인과 피해자가 들어 있었다는 추리는 틀렸잖아."

"도대체 뭐가 들어 있었으려나."

두광인은 팔짱을 끼고 생각에 잠겼다. 박스는 둘 다 크고 무거웠다. 이것은 운송회사에서 확인했으니까 틀림없는 사실이다. 내용물이 인간이 아니라면 그밖에 뭐라고 생각할 수 있을까. 살인사건과 밀실에 관련될 만한 물체 중에서 크고 무거운 것.

"아아, 그렇구나."

잔갸 군이 손뼉을 짝 쳤다.

"뭐가 들어 있었는데?"

두광인은 팔짱을 풀고 몸을 내밀었다.

"아니, 내용물의 정체는 도무지 짐작이 안 가지만, 인간이 아니었다는 사실만은 분명하다고 확신했어. 박스는 양쪽 다 45킬로그램이잖아. 인간치고는 너무 가벼워. 마미야는 하반신이 의족이니까 그 정도밖에 안 나갈지 모르지만, 범인은? 범인도 하반신이 없나? 그런 자유롭지 못한 몸으로는, 설령 상대가 장애인이라 할지라도 납치나 박스 포장은 무리일 테지."

"범인은 초등학생이나 중학생일지도 몰라."

"아아. 그럴 수도 있겠네. 이 어르신도 처음으로 사람을 죽인 건 중1 때였어. 하지만 박스 내용물은 어린아이도 아니야. 박스 크기는 세로 50센티미터, 가로 100센티미터, 높이 50센티미터라고. 그

속에 들어가려면 어린아이라고 해도 반으로 접어야 돼. 그것도 너무 두껍지 않도록 허리를 거의 180도로 접어야 하지. 무릎도 쭉 펴야 한다고. 그 자세로 하루란 말이다. 당연히 무리야. 서커스 같은 특수한 훈련을 받았다면 이야기는 별개지만. 초등학교 저학년 정도라면 들어갈 수 있을지도 모르겠네. 하지만 그렇게 어리면 사람을 못 죽일걸. 정신적인 문제가 아니라 물리적으로 어려워. 힘이 부족하다고."

"그럴 거야."

"그러니까 도끼쟁이, 아니지, 여자 제이슨이 아무리 히스테리를 부려도 인간 택배설은 불가능해. 발상 자체는 재미있었다만. 제대로 검증했다면 큰 수모를 당하지 않았을 텐데, 등신이라니까. 역시 여자는 수학에 약하, 어이 아저씨, 뭐 하는 거야."

[반도젠 교수] 창 속에서 아프로 머리를 한 괴인이 양손을 바쁘게 움직이고 있었다. 마우스와 키보드를 조작하고 있는 듯이 보였다. 그리고 잔갸 군이 부르는 소리에도 대답하지 않고 작업을 계속했다.

"생까지 마라, 교수 아저씨!"

흠칫한 교수가 얼굴을 들고 꿈에서 깬 것처럼 두리번두리번 고개를 움직였다.

"뭘 그렇게 열심히 하고 있냐?"

"으음."

"대답이 아니잖아."

"잔갸 군님, 동맹은 파기되었다고 받아들여도 되겠는가?"

"뭐라?"

"단서와 추리를 공유할 의무는 이제 없는 거겠지?"

"뭔가 발견하기라도 한 거야?"

두광인은 몸을 내밀었다.

"으음……."

"말하기 주저하는 걸 보니 상당히 핵심을 찌르는 사항이로군."

"너무 어처구니없어서 말하기 부끄러운 거야. 아니면 인터넷 쇼핑이라도 했냐? 알았다! 음란물 사이트다."

잔갸 군은 분위기를 제대로 파악하지 못했다. 하지만 반도젠 교수는 단순하다.

"이 몸을 업신여기지 말게나. 만일의 경우에 대비해 평소에는 느슨하게 행동하고 있을 뿐이야. 항상 힘을 백 퍼센트 발휘하면 몸이 버티지 못해."

"그럼 백 퍼센트짜리 힘을 보여줘. 동맹은 파기되지 않았어. 한 사람이 멋대로 빠졌을 뿐, 3국 동맹은 건재하다고. 정답을 맞히면 3백만 엔은 셋이서 골고루 나눌 거야. 차지할 몫이 25만 엔 늘어났네."

으음, 하고 고개를 끄덕인 후 반도젠 교수는 앉은 자세를 바로 했다.

"콜롬보 님이 가장 중요하다고 한 푸조403 사진을 콜롬보 님 조언에 따라 읽어보는 걸세. 그러면 보이지 않던 게 보인다네."

"이 어르신도 한 주 전부터 질릴 정도로 봤단 말이다. 확대도 해보고, 색조도 바꿔보면서. 차체에 상처가 있으면 그 길이와 지면에서의 높이를 산출해서 뭐와 부딪혀서 생긴 상처인지도 추리해 봤다고. 하지만 전혀 모르겠어."

"잔갸 군님은 생각을 너무 많이 했다네."

"으응?"

"교양이 있는 사람은 눈에 비친 사물을 있는 그대로 파악하지 않고 이것저것 상상하려고 하지. 너무 깊이 들어가는 걸세."

"치켜세워봤자 아무것도 안 나와."

"하지만 이 자동차 사진을 볼 때 그런 독해법은 전혀 의미가 없지. 문자를 있는 그대로 읽게나."

"044APD?"

번호판이다. 그밖에 읽을 수 있는 문자는 찍혀 있지 않다.

"그건 너무 있는 그대로군. 캡션에 주목하게나. '진실은 허구의 뒤쪽에'라고 나와 있지. 이게 바로 은유법이라네. 허구란 지금 눈에 비치는 자동차 사진을 말하지. 그 뒤쪽을 보는 거야. 문자대로 사진의 뒷면을 보는 걸세."

"어떻게 그러냐? 이건 디지털 데이터라고. 어떻게 현상된 사진처럼 뒤집느냔 말이다."

"귀공은 임플란트 파일을 모르는가?"

"아!"

잔갸 군이 소리를 질렀다. 두광인도 그제야 알아차렸다.

임플란트 파일이란 화상 파일과 텍스트 파일처럼 다른 종류의 파일을 연결한 것으로, 파일 하나는 일반적으로 보이지만 다른 하나는 전혀 보이지 않게 된다. 그렇다고 해서 삭제된 것은 아니고,

하나로 연결된 파일 내부에 보이지 않는 형태로 존재하기 때문에 복원 프로그램을 사용해 추출해낼 수 있다. 다른 사람이 보면 곤란한 파일을 감출 수 있기 때문에, 파일 공유 소프트웨어가 출현하기 이전에 법적으로 문제가 있는 파일을 배포하는 데 쓰였다. 위장 파일이라고 부르기도 한다.

어렵지 않은 기술을 쓰기 때문에 두광인도 바로 지금 스크립트 언어*를 다루어서 z00251.jpg에 삽입된 파일을 분리할 수 있었다. z00251.txt라는 파일이 생성되기에 열어보니 네 행의 문자열이 적혀 있었다.

아지트 1
11103
72813
key=m

"역시 아지트 1은 존재했어!"
"그런 거 같구먼."
"하지만 11103, 72813이라니…… 암호?"
"그렇겠지. 마지막 행에 '키'라고 나와 있네."
"암호 해결의 열쇠."
"흐음."

* 응용 소프트웨어를 제어하는 컴퓨터 프로그래밍 언어.

"풀었어?"

"아니, 정신을 집중해서 독해하는 중이었네. m이 열쇠로 주어졌네만 암호문은……."

반도젠 교수의 설명을 방해하듯이 [044APD] 창이 열리더니 푸조403이 나타났다.

추가 힌트.

메시지도 전송되었다.

116_2595_IMG.jpg

"저기, 콜롬보 짱, 3백만 엔은 이제 무효냐? 반액인 150만으로 타협하지 않을래? 아니, 1백만이라도 좋아. 50만."

잔갸 군이 미련이 남은 듯 매달렸다. [044APD] 창이 깜깜해지더니 닫혔다. 로그인에서 로그아웃까지 삼십 초도 걸리지 않았다.

"이건 임플란트 파일이 아닌 듯하구먼."

반도젠 교수가 고개를 갸우뚱했다.

두광인도 116_2595_IMG.jpg를 복원 프로그램에 걸어보았지만 숨겨진 파일을 분리할 수는 없었다.

"그럼 자세히 관찰하라는 말인가? 이 사진도 백번은 봤다고. 별달리 눈에 띄는 건 없잖아."

잔갸 군이 말했다. 116_2595_IMG.jpg는 '욕실 2' 사진이다. 시체가 있는데 '눈에 띄는 건 없다'니 말도 안 되지만, 두광인 역시 단서가 될 만한 뭔가가 찍혀 있는 것 같다는 생각은 들지 않았다.

"혼란스러우니까 '욕실 2'는 일단 보류해두자."

힌트 제공은 고맙지만 이쪽 이야기가 한창 달아오른 참에 끼어들다니, 두광인으로서는 추리를 방해한다고밖에 생각할 수 없었다.

반도젠 교수가 이야기를 되돌렸다.

"m이 열쇠로 주어졌네만 암호문은 11103, 72813, 이렇게 숫자로만 구성되어 있어. 따라서 m을 요모조모 비틀어서 사용할 필요가 있을 테지. 이 몸이 먼저 생각한 건 m이 알파벳의 열세 번째 글자라는 점이라네. 암호문의 열세 번째 숫자를 주목하라는 말일까? 하지만 암호를 구성한다고 추정되는 숫자는 두 행을 합쳐도 열 개밖에 없다네. 그렇다면 이런 건 어떠한가? 두 번째 수열에 13이 들어가 있지. 이걸 m으로 치환한다면?"

"728m. 728미터?"

"그런 뜻이려나. 하지만 무슨 길이를 나타내는지 알 수 없구먼. 11103 지점에서 728미터 떨어진 장소에 아지트 1이 있다는 말인가? 하지만 11103의 의미를 모르면 어쩔 도리도 없지. 처음 봤을 때는 우편번호인가 싶었지만, 다섯 행짜리 우편번호가 있었던 건 이 몸이 젊었을 무렵이라서."

"옛날 우편번호가 11103이었던 지역일지도 모르지."

"그것도 생각해봤네만, 11103이라는 우편번호는 사용되지 않았다네. 111뿐이라면 도쿄 아사쿠사 주변이네만."

"m은 13이 아니야! 3이다!"

흥분한 기색으로 잔갸 군이 말했다.

"m을 오른쪽으로 90도 회전시키면 3이라고 읽을 수 있잖아."

"3을 m으로 바꾸라고? 1110m, 7281m."

"그래서는 센스가 부족하지. 바꾸는 게 아니라 보이도록 움직여야 해. 3이 m으로 보이도록 왼쪽으로 90도 회전시키는 거야. 다른 숫자도 함께 회전시키는 거라고. 그럼 문자열이 세로쓰기로 변하지. 그걸 보이는 대로 읽으면 어떻게 될까?"

m　m
ㅡ　O
∞　ㅡ
N　ㅡ
ㅅ　ㅡ

"으음. 발상은 독특하지만 의미가……. 2가 N이라는 건 그렇다쳐도 7을 헤(へ)로 만들다니 다소 억지인 듯하네만."

"괜찮아. 생각을 입 밖으로 내는 게 중요하다고. 거기서 다음으로 이어지는 새로운 생각이 떠오르지. 브레인스토밍이다. 아저씨랑 다스베이더 경도 척척 내놔. 부끄러워하지 말란 말이야."

"아지트 좌표?"

두광인이 말했다.

"북위 11.103도, 동경 72.813도."

"야 인마, 북위 11도라니 도대체 얼마나 적도에 가까운 거냐. 잠깐만. 검색, 검색. 인도 서쪽, 아라비아해잖아."

"그럼 반대로 처음 수열을 경도로 하면? 동경 111.03에 북위 72.813."

"그래서야 너무 북쪽이지. 북극권인 시베리아라고. 게다가 암호의 열쇠인 m도 사용 안 했어."

"m을 13 또는 3으로 해서 11103, 72813을 나눠보면……."

반도젠 교수가 새로운 가설을 주장하기 시작했다. 그쪽은 흘려듣기로 한 두광인은 다른 방향으로 머리를 움직였다.

처음에 '아지트 1'이라고 나와 있기 때문에 다음 숫자 두 행은 아지트의 방향을 나타낸다고 생각하는 것이 자연스러우리라. 하지만 암호로 되어 있는 듯하기에 숫자를 그대로 해석하려고 해도, 예를 들어 곧이곧대로 위도와 경도에 대입해도 아지트에는 다다를 수 없다. 그렇다면 m이라는 열쇠를 암호문의 어디에, 어떤 형태로 꽂으면 될까.

11103. 그 수열을 가만히 쳐다보는 사이에 머리 회로가 어떤 경로로 이어졌는지, 두광인은 학부생 시절에 받은 지방자치 강의를 떠올렸다.

주민 기본 대장 네트워크 시스템에 관련된 이야기인데, 이 시스템에서는 시구정촌市區町村*의 주민 기본 대장에 기록된 국민에게

* 지방공공단체인 시, 정, 촌의 총칭인 시정촌에 특별구를 더해 시구정촌이라고 한다. 일본어 발음은 '시쿠초손'이다.

스물한 자리 주민표 코드를 부여한다. 이는 사무 처리의 효율화를 위해서 행해지는데, 행사하는 입장에 있는 지방자치체는 삼십 년 이상 전부터 코드화되어 관리받아왔다는 내용이었다. 1968년에 도입된 전국 지방공공단체 코드다. 일본의 도도부현, 시정촌, 특별구, 행정구에는 여섯 자리의 고유번호가 매겨져 있다. 여섯 자리지만 마지막 한 자리는 입력 오류를 검출하기 위한 검사 숫자이기 때문에 실질적으로는 다섯 자리다. 주민표 코드의 마지막 한 자리도 검사 숫자로 사용된다.

11103, 다섯 자리다. 이것은 어느 시구정촌일까, 하고 두광인은 생각했다. 깊이 있는 생각은 아니었다. 아까 전에 반도젠 교수가, 숫자가 옛날 우편번호라면 어느 지역이겠느냐고 말한 것과 마찬가지로 소박한 의문이었다.

인터넷에서 검색하자 바로 답을 찾을 수 있었다. 두광인은 터져 나오려는 목소리를 간신히 눌러 삼켰다.

11103은 사이타마현 사이타마시 오미야구였다. 사이타마시 오미야구라면 마미야 슌의 자택과 '아지트 2'가 있는 지역 아닌가. 거기에 '아지트 1'이 있다면 설득력이 있다.

다음 72813도 시구정촌 코드일까? 아니, 아니다. 코드의 앞쪽 두 자리는 도도부현을 나타내며 가장 큰 숫자는 오키나와현의 47이다.

11103이 사이타마현 사이타마시 오미야구라면 72813은 그 뒤에 이어지는 주소라고 생각할 수 없을까. 초町 이름과 번지다. 11103의 해독에는 암호 키를 사용하지 않았기 때문에 m을 72813

에 적용한다. 끝부분인 13, 혹은 형태가 닮은 3이 관련되어 있을까.

"11103은 이이이레사いいいれさ? 이히히오미いひひおみ? 72813은 나니야이사なにやいさ? 시니야이사しにやいさ?"

잔갸 군이 지껄이고 있다. 음가 끼워 맞추기냐? 시시하기는. 그렇게 실소하다가 두광인은 다시 목소리를 꿀꺽 삼켰다.

key=m?

m에 관해 두광인은 어떤 해석을 이끌어냈다. 코페르니쿠스적 회전이라고도 할 수 있었다.

만약 그 생각이 옳다면 11103은 사이타마현 사이타마시 오미야구고, 72813은 그 뒤를 잇는 주소라는 해석은 틀림없다. 72813에 m을 적용할 필요도 없다.

하지만 72813은 숫자만으로 구성되어 있다. 번지는 숫자를 그대로 사용할 수 있지만, 초 이름은 어찌한단 말인가. 예를 들어 뒤쪽 세 자리가 8초메 1번지 3호를 의미한다고 치면 앞쪽 두 자리인 72가 초 이름을 나타내는 셈인데, 이 숫자를 어떻게 변환해야 한단 말인가. 음가를 끼워 맞춰야 하나? 나나니ななに초, 시치후しちふ초*.

그건 나중에 차근차근 생각하면 된다고 두광인은 사고를 전환했다. 지금 당장 해야 할 일은 라이벌들이 자신과 똑같이 번뜩이는 생각을 하지 못하게 막는 것이다.

* 72를 훈독과 음독을 섞어 표현한 말.

"막다른 길에 다다른 것 같으니까 일단 암호는 제쳐놓고 '욕실 2' 사진을 검토하지 않을래? 전혀 다른 사항을 생각하면 뇌가 활성화될지도 몰라."

두광인은 적당한 말을 늘어놓으며 노골적인 형태로 눈앞에 어른거리는 진상에서 잔갸 군과 반도젠 교수를 멀찍이 떼어냈다. 두 사람은 순순히 두광인의 말에 따랐다.

"이쪽 역시 골칫거리로구먼. 암호 해독보다 어려울지도 모르겠어. 어디부터 손을 대야 할지."

"힌트란 알기 쉬우니까 힌트일 텐데. 이렇듯 매정한 방식으로 내던져 놓으면 오히려 혼란스럽잖아."

"약간 신경 쓰이는 점이 없는 것도 아니긴 한데."

"어디냐?"

"의미가 없다고 하면 그뿐이네만."

"괜찮으니까 말해봐."

"샤워기의 사용 상태가 현재진행형일세."

벽의 훅에 걸린 샤워기에서 세차게 물(혹은 온수)이 뿜어져 나오고 있다.

"뭐 때문에 틀어놓았을까? 피해자는 옷을 입은 상태니까 목욕 중에 습격당한 건 아닐세."

"당연히 범인이 사용했겠지."

"뭐 때문에?"

"나카사토랑 마미야를 찔러 죽였잖아. 손이랑 얼굴이 새빨개진 채로 밖에 나갈 거냐? 그 정도는 초등학생도 추리할 수 있어."

"씻는 건 이해할 수 있네만, 다 씻고 나면 물을 끌 테지."

"물을 아끼라고? 등신, 티 내기는. 살인범한테 뭘 요구하는 거냐!"

"하지만 촬영할 때 방해가 될 것 같은데. 수도꼭지에서 물이 나온다면 문제가 되지 않네만, 샤워기에서 쏟아지지 않는가. 게다가 이 정도로 세차게 나오면 물보라가 자기한테도 튈 걸세. 카메라도 젖을 테고. 물을 덮어써서 고장 난 디지털 카메라는 보증기간 중이라도 유상 수리란 말일세."

"그러니까, 살인범이 그딴 일을 걱정해서 어떡하느냐고. 이 어르신은 그렇게 생활 냄새를 풀풀 풍기는 살인범은 싫어."

"귀공의 취향 문제가 아니라……."

"옷이나 디지털 카메라가 망가지면 또 사면 돼. 마미야랑 나카사토의 지갑에서 돈을 훔쳐서 자금으로 삼으면 그만이라고."

"분명 그렇기는 하네만, '욕실 2' 사진에서 뭔가 찾아낼 만한 건 수는 샤워기밖에 없단 말일세. 귀공은 뭔가 알아차린 거 없는가?"

"없어. 뭐, 굳이 한 가지 들자면 어째서 여기가 범행 현장이냐는 거지. 어째서 거실이나 침실 같은 보통 방에서 죽이지 않은 거냐고. 목욕할 때 덮쳤다면 이해하겠어. 하지만 마미야는 옷을 입고 있잖아. 즉, 다른 방에서 일부러 욕실까지 데려가서 죽였다는 말이야. 어째서 그렇게 귀찮은 짓을 했을까? 욕실에서 죽이면 자기 몸에 묻은 오물을 씻어내기는 편할 거야. 하지만 그렇다면 나카사토도 욕실에서 죽였어야지."

"범인이 데려간 게 아니라 피해자가 자기 의지로 들어갔을 테지. 나카사토 여사가 습격당하는 장면을 보고 자기도 당하겠다는 생각에 욕실로 도망쳐 숨은 걸세."

"그렇겠지, 그 해석이 자연스러워. 그렇다면 이야기는 거기서 끝나. '욕실 2'에서 그밖에 수상한……."

"아!"

잔갸 군의 말을 막으며 두광인이 소리를 질렀다. 자기도 모르는 사이 의자에서 엉덩이를 들어 올린 상태였다.

"뭔가 찾아냈냐?"

"응? 아니, 아무것도 아니야."

두광인은 황급히 의자에 몸을 묻고 얼굴 앞에서 양손을 흔들었다.

"뭐냐고!"

"아무것도 아니라니까."

"네 녀석도 우릴 따돌릴 생각이냐? 죽인다."

"그런 게 아니라……."

두광인은 마스크 아래에서 얼굴을 찌푸리고 잠시 동안 입을 우물거렸다.

"솔직히 말할게. 한 가지 생각이 번쩍 떠올랐어. 그걸 독점하려고 했지. 미안해."

그렇게 말하며 두광인은 머리를 숙였다.

"말해라. 뭐가 번쩍였지?"

"말할게. 딱 잘라 말해, 범인은 배수구에 뭔가를 흘려보내려 한 거 아닐까?"

"뭔가? 뭐를?"

"범인이 피해자의 시체를 잘게 난도질해서 하수도에 흘려보내기도 하잖아. 그거랑 마찬가지로 중요한 물체를 흘려보내서 증거인멸을 꾀한 거야. 물을 계속 틀어놓은 건 그 물체가 완전히 하수도에 다다르게 하기 위해서. 경찰은 배수관을 잘 조사하니까."

"오오, 그거 참 가능성이 농후한 가설 아닌가."

반도젠 교수가 감탄했다.

"뭘 흘려보냈는데?"

잔갸 군이 물었다.

"아마도, 그 물체가 이번 트릭의 핵심 부분 아닐까? 그걸 사용함으로써 관리인의 눈을 피해 맨션에 침입할 수 있었던 거지."

"그러니까 구체적으로 뭐냐고."

"행글라이더를 타고 베란다로 내려왔다든가."

"등신이냐?"

"투명화 기능이 있는 보디 슈트."

"더 등신이네."

"뭔지에 관해서는 두 사람도 지혜를 짜내봐. 동맹이니까."

"하수도로 흘려보내지 않고 가지고 돌아가면 안 되었을까? 나갈 때는 비상구를 사용할 수 있으니 사람 눈은 피할 수 있다네."

반도젠 교수가 말했다.

"그 이유도 포함해서 생각해봐. 그리고 이건 완전히 다른 이야기지만, 소중히 간직해둔 가설을 내보이도록 할게. 비장의 카드로 써먹고 싶었지만 역시 공유해야겠지."

두광인은 거들먹거리면서 말을 멈췄다. 한 호흡 뜸을 들였다가 다음 이야기를 계속했다.

"오후 2시 반 이전에 사건이 발생했을 가능성은 없을까?"

"응?"

"사건 발생 시각이 오후 2시 반 이후라고 추정되는 건 그 시간에 703호실에 도착한 짐을 나카사토 유키가 수령했기 때문이야. 배달원은 그렇게 말했어. 그러니까 오후 2시 반 시점에 나카사토 유키는 아직 살아 있었다고 취급되고 있지."

"그러한데."

"하지만 짐이 배달됐을 때 나카사토가 이미 시체였다고는 생각할 수 없을까? 마미야도 마찬가지고."

"으응? 배달원이 거짓말을? 배달원이 범인이라면 나카사토 유키가 아직 살아 있었다고 거짓말을 하겠지만, 배달원은 범인이 아니라고 확정된 거 아니었는가? 사건과 관계가 없다면 거짓말을 할 필요는 없을 텐데."

"배달원은 거짓말을 하지 않았어. 착각했을 뿐이지."

"착각?"

"배달원은 감이 틀렸고, 아저씨는 감이 둔해빠졌군."

잔갸 군은 알아차린 모양이다.

"짐을 받은 사람은 나카사토 유키가 아니야. 그렇지?"

두광인은 고개를 끄덕였다.

"2시 반에 703호실에 짐을 배달한 배달원은 밖으로 나온 여자에게 수령 도장을 받았어. 확실한 사실은 그것뿐이지. 나중에 경찰이 사정청취를 하자 배달원은 사실 그대로 그렇게 대답했어. 그 말을 들은 경찰은 여자와 집안사람과 나카사토 유키를 동일인물이라고 해석해서 2시 반 이후에 사건이 발생했다고 확정한 거야. 배달원이 나카사토와 안면이 있었다면 그런 잘못은 일어나지 않았겠지만, 얼굴과 이름을 일치시킬 수 있을 정도로 친하지 않은 게 보통이겠지. 703호실은 통판 사업의 거점이었으니 운송회사가 빈번하게 출입했으리라고는 생각해. 하지만 평소에 대응한 사람은 도치바였을 거야. 간호사인 나카사토가 한낮에 집에 있을 일은 좀처럼 없을 테니까."

"즉, 나카사토 여사인 척하면서 짐을 받은 여자가 범인이로구먼."

반도젠 교수도 겨우 이해가 된 모양이다.

"그런 셈이지."

"나카사토 여사와 마미야 님을 죽인 후에 배달원이 짐을 가지고 온 탓에 어쩔 수 없이 집안사람으로 가장하고 수령했다는 말인가?"

잠깐 기다리라며 잔갸 군이 입을 열었다.

"'어쩔 수 없이'라니 이상하잖아. 문제의 물품은 범인 자신이 보냈단 말이다. 그게 받는 사람한테 언제 도착하는지도 알고 있다고. 그렇다면 범인이 스스로 보낸 물품을 범행 현장에서 자기가 수령하는 것 역시 계획의 일부라고 생각하는 편이 자연스럽지."

"뭣 때문에 그런 짓을…… 오! 범행 시각을 오인시키기 위해선가?"

"글쎄다. 확실히 이미 살해한 사람으로 위장하면 범행 시각을 실제보다 늦은 것처럼 꾸밀 수 있어. 하지만 그런 짓을 한들 범인한테 무슨 이점이 있지? 게다가 가장 큰 문제점은 여전히 해결되지 않았어. 범인은 어떻게 마미야를 데리고 밀실 상태인 맨션으로 잠입했다는 말이냐. 다스베이더 경은 그 점을 어떻게 생각하지?"

두광인은 항복했다는 포즈를 취했다.

"하지만 나카사토로 위장해서 자기가 보낸 짐을 자기가 받은 행동은 정말 의표를 찔렀어. 분명 뭔가 의미가 있을 테고, 밀실 트릭과도 어딘가에서 이어져 있을 거야."

"거기에는 동감이다."

"밀실 트릭에 필요한 도구를 보냈다? 스스로 반입하기에는 너무 무거워서 택배로 보냈다? 아니, 하지만 이미 맨션으로 숨어들었으니 트릭은 사용을 마친 셈인데."

반도젠 교수가 아프로 머리를 쥐어뜯었다.

"시간도 없고 하니 모두 함께 이 가설을 공략해보지 않을래? 뭔가 다른 계획이 있다면 그쪽으로 갈아타겠지만."

두광인은 몸을 내밀고 웹캠 렌즈를 가만히 쳐다보았다.

4월 17일

aXe, 잔갸 군, 반도젠 교수, 두광인에게 044APD가 보내는 메일이 도착했다.

나름의 이유가 있어서 지각할 거야. 이쪽의 사정을 헤아려줘.

4월 19일

"사건이 발생한 4월 1일, 당신이 도쿄에 간 사이에 하세쿠라 잡화방 앞으로 짐이 두 박스 도착했죠?"

두광인은 질문을 시작했다. 도치바 시게루는 예, 하고 작은 목소리를 내면서 고개도 위아래로 살짝 흔들었다. 30대 중반이라고는 하지만 긴 머리와 화려한 색상의 셔츠 때문인지 조금 젊어 보였다.

"발송한 사람이 누군지는 짐작이 갑니까? 사이타마시의 다나카 이치로 말입니다."

"아니요."

"거래처와 고객 명부를 조사해봤습니까?"

"조사했습니다. 그 주소와 이름은 찾지 못했어요."

"품명은 잡화라고 되어 있었죠?"

"예."

"실제 내용물은 뭐였습니까?"

"흙 포대였습니다."

"흙 포대……."

"예."

"상자 둘 다에 흙 포대가 들어 있었습니까?"

"예."

"흙 포대 말고는요?"

"흙 포대밖에 없었습니다."

"흙 포대를 보낼 만한 사람 중에 짐작 가는 곳은 없습니까?"

"없습니다."

"이 박스는 도치바 씨가 도쿄에서 돌아와서 열었습니까? 아니면 돌아왔을 때는 이미 열려 있던가요?"

"제가 열었습니다."

"박스 상태는 어땠습니까? 입구가 닫혀 있었을 뿐 아니라 뭔가로 봉해두기도 했던가요?"

"예. 테이프가 두 겹, 세 겹으로 붙어 있었습니다."

"두 겹, 세 겹으로요."

"워낙 단단히 봉해놓았기에 도대체 뭐가 들어 있나 싶었는데, 더러운 자루라서 여우에 홀린 듯한 기분이었습니다."

"그 흙 포대를 보여주시겠습니까?"

"이쪽으로 오시죠."

도치바는 소파에서 일어나 바닥까지 닿은 유리문을 열었다. 건너편은 베란다였다.

두광인은 센다이에 있었다. 사건이 발생한 지 2주 이상이 지난 데다 수사에 진전도 보이지 않았기 때문에 세간의 흥미는 급속하게 줄어드는 중이었다. 그렇다고는 해도 시저스 팰리스 앞 거리에는 명백하게 미디어 관계자로 추정되는 사람이 여럿 존재했다. 위장 순찰차 같은 차량도 눈에 들어왔다. 사건이 발생하기 전에 사전조사를 하러 왔을 때와는 확연하게 공기가 달랐다. 하지만 두광인에게는 위험을 감수하고서라도 확인해야 할 일이 있었다. 게임에 완벽하게 승리하기 위해, 044APD가 부과한 허들을 뛰어넘기 위해.

그래서 지금 이렇게 703호실에 들어와 있다. 도치바와는 약속을 잡아두었다. 전화번호는 하세쿠라 잡화방 사이트에서 알아냈다. 인터넷은 뭐든지 가르쳐준다.

"저겁니다."

갈색 자루가 옆 세대와의 공간을 구분하는 판자에 기대놓은 듯이 늘어서 있었다.

"저게 전부입니까?"

네 자루다.

"예."

"두 자루씩 들어 있던가요?"

"예."

"박스는 보관해뒀습니까? 경찰이 가져갔나요?"

"아니요. 찌그러뜨려서 폐품 회수일에 내놓았습니다."

"박스 크기는 어느 정도였습니까?"

"이 정돕니다."

도치바는 양팔을 좌우로 활짝 펼친 다음에 위아래로도 큰 폭을 만들어 보였다. 흙 두 포대를 넣어도 상당한 여유가 남는다.

"실례."

손을 들어 예를 표한 두광인은 도치바 앞을 지나쳐 흙 포대 앞에 쭈그리고 앉았다. 자루 하나가 20킬로그램이라고 되어 있었다.

"조사해보겠습니다."

숄더백에서 커터 칼을 꺼낸 두광인은 흙 포대 중 하나를 한 손으로 휙 들어 올려 윗부분을 옆으로 찢었다.

"저는 아무것도 모릅니다. 모르는 곳에서 보낸 짐이라고요."

도치바는 얼굴 앞에서 손을 내저었다. 두광인은 자루 속에 손을 찔러 넣어 내용물을 만져보았다.

"몰랐는데 저 역시 죄를 추궁당할까요?"

자리에서 일어난 두광인은 허둥대는 도치바를 마주 보았다.

"아무것도 안 나왔습니다."

웃는 얼굴로 그렇게 말해주자 도치바는 눈이 휘둥그레지더니 잠시 후에 양손을 가슴에 얹었다.

이번에 두광인은 후생노동성 직원을 사칭했다. 간토 신에쓰 후생국 마약 단속부의 마약 단속관이다. 가짜 명함과 신분증도 즉석에서 만들어 왔다.

사이타마에서 불법으로 향정신약을 거래하던 그룹이 당국의 적발을 냄새 맡고 거점을 떠났다. 그때 재고 중 일부를 택배로 전국에 흩었다. 다른 짐에 섞어서 적당한 주소로 보내놓고서는 나중에 훔치러 들어가는 등의 방법으로 회수하는 것이다. 하세쿠라 잡화방에도 위장된 짐이 발송됐을 우려가 있다. 4월 1일에 도착한 물품 중에 사이타마시 오미야구의 다나카 이치로가 보낸 것은 없느냐. 있다면 그 물품을 조사하러 그쪽으로 가겠다. 두광인은 전화로 그렇게 설명하고 703호로 쳐들어갔다.

"어째서 우리 집에 보냈을까요?"

방에 돌아오자 도치바가 물었다. 안심했는지 커피도 끓여주었다.

"우연이겠죠. 인터넷으로 골라낸 주소로 보냈을 거라고 추정됩니다."

두광인은 실내를 관찰했다. 비닐봉지에 든 상품과 크고 작은 박스가 거실을 야금야금 삼켜가는 중이다.

"베란다의 흙 포대에 마약은 숨겨져 있지 않았죠?"

"안심하십시오."

"예, 그건 안심했습니다만…… 어째서 마약을 숨기지 않은 짐을 보냈을까요?"

"첫 번째로, 깜빡하고 숨기지 않았다고 생각할 수 있습니다. 서둘러서 많은 짐에 집어넣었으니까 한두 개 정도는 그렇게 깜빡해도 이상하지 않죠."

"아아."

"아니면 우리를 교란하기 위해 관계없는 짐도 많이 보냈을지 모릅니다."

"그런가요……."

도치바는 납득한 것 같지 않았다. 들통 나기 전에 두광인은 물러가기로 했다. 하지만 물러가겠다고 인사를 하자 도치바가 만류하듯이 말했다.

"마약은 회수되지 않았을까요?"

"예?"

"회수하러 온 마약 조직이 제 짝, 아니 나카사토 씨를……."

"예?"

"크게 보도돼서 아시리라고 생각합니다만, 요전에 여기서 살인 사건이 일어났습니다. 예의 짐이 도착한 날이에요. 제 동거인이 살해당했습니다. 그 짐을 수령한 후의 일입니다. 짐에서 마약을 회수하기 위해 범인 그룹이 찾아와서 그녀를……."

예상치 못한 말을 들은 두광인은 허둥지둥했다.

"하지만 당신은 아까 전에 박스는 포장이 뜯겨 있지 않았다고 말씀하셨습니다. 마약이 숨겨져 있었고, 범인이 그걸 회수했다면 박스 입구는 열려 있어야 이상하지 않죠."

"입구는 한 번 연 다음에 다시 테이프로 봉하면 되죠. 테이프를 두 겹, 세 겹으로 붙여놓은 건 처음에 벗긴 자국을 감추기 위해서라고 생각할 수 없겠습니까? 박스를 처분해버린 지금으로서는 확인할 길이 없습니다만."

도치바의 이 추리는 두광인을 아주 놀라게 만들었다. 자신이 생각하던 것과 완전히 똑같았기 때문이다.

"하지만 흙 포대는? 아까 베란다에서 신중히 확인했습니다만, 자루는 어느 것도 찢어져 있지 않았습니다. 흙 포대에는 숨기지 않고 박스 속에 그냥 넣어두었을까요? 그건 아니겠죠. 받은 사람이 간단하게 찾아내면 회수하러 가기 전에 경찰에게 신고해버릴 테니까요."

"분명 찢어지지 않은 것처럼 보였습니다."

"그렇습니다."

"하지만 그것도 박스와 마찬가지로, 한 번 열었다가 알아차리지 못하도록 구멍을 막았을지도 모릅니다."

"그런 수법을 사용한 흔적은 보이지 않았습니다."

"하지만 당신은 아까 베란다에서 흙 포대를 한손으로 가볍게 들어 올렸어요. 그게 내용물이 빠져나간 결정적인 증거 아니겠습니까?"

또다시 예상치 못한 발언이 튀어나와서 두광인은 당황했다.

"저는 한 주에 세 번 헬스장에 다니고 있어서……. 도치바 씨도 들어봤을 테죠. 박스에서 꺼냈을 때랑 베란다로 옮겼을 때. 가뿐하게 들고 갔습니까? 못 갔을 텐데요. 마약이 회수됐다면 그 시점에 이미 가벼워졌을 겁니다."

"그녀가 그런 꼴을 당한 직후라서 무게가 어땠는지는 전혀 기억에 없습니다. 게다가 한 가지 더 신경 쓰이는 점이 있어요. 이 방에서 살해당한 사람은 제 파트너 말고도 한 명 더 있었다고요. 생판 모르는 남자입니다. 하지만 오늘 이야기를 듣고서 문득 생각했습니다. 여기서 죽은 남자의 자택은 사이타마였습니다. 그리고 마약 조직의 거점도 사이타마. 남자는 조직의 일원으로, 여기에는 마약을 회수하러 오지 않았을까요? 하지만 한패끼리 싸움을 벌이다가 살해당하고 만 거죠. 그거예요, 분명 그거야. 저, 경찰에게 이야기하겠습니다. 지금 전화해서 오라고 할게요. 마약 조직에 관해서는 당신이 자세하게 설명해주십시오."

도치바는 흥분한 기색으로 말을 잇다가 사이드 보드 위의 전화기로 손을 뻗었다.

4월 21일

이날 밤 모임은 내일 본방송을 앞에 두고 의견을 집약해 추리를 확고히 하기 위한 것으로, 저번 채팅이 끝날 무렵에 이날 밤 모이자고 결정을 내렸다.

"어째서 네 녀석이 있는 건데?"

로그인하자마자 잔갸 군이 불쾌한 듯이 말했다.

"그거 인사 맞죠?"

aXe는 손도끼로 얼굴에 부채질을 했다.

"오늘은 동맹군만의 모임이야."

"불렀어."

두광인이 얼굴 옆으로 손을 들어 올렸다.

"이 등신이! 이 녀석은 배신자라고."

말을 내뱉은 잔갸 군에게 aXe가 뭐라고 되받아치려고 했을 때 [044APD] 창이 열리더니 푸조403이 나타났다.

"얼레? 콜롬보 짱도?"

두광인이 불렀어.

"그것보다 야 이 자식아, 그 망할 메일은 뭐야. 네 녀석의 사정 따위 알 게 뭐냐. 지각 엄금이라고 정한 사람은 네 녀석일 텐데."

시계가 늦었어.

"이런 병신. 직장에 지각해도 그딴 변명이나 씨부려라."

무직.

"아, 재미있다. 재미있어."

aXe가 손뼉을 쳤다. "네 녀석은 입 닥쳐" 하고 잔갸 군이 으르렁댔다.

"그런데 어떻게 되는 거야? 이래서는 내일 모임을 하루 앞당긴 거랑 마찬가지잖아."

"모두에게 빨리 알려두는 편이 나을 것 같아서."

두광인은 그렇게 운을 떼고 본론으로 들어갔다.

"경찰이 '아지트 2'의 존재를 단단히 물었어."

"뭐라고?"

"이걸 봐."

두광인은 전원에게 동영상 파일을 하나 보냈다. 그저께 시저스 팰리스를 방문해서 기록한 영상이다. 플래시 메모리를 이용한 손목시계형 비디오카메라로 촬영한 몰래카메라인데, 유튜브 정도의 화질이기는 하지만 도치바 시게루와 나눈 대화는 일단 확인할 수 있다.

"마약 조직은 귀공의 날조일 테지?"

다 보고 나서 반도젠 교수가 물었다.

"당연하지. 도치바는 경찰과 매스컴이랑 수도 없이 접촉했잖아. 그쪽을 사칭하면 가짜라는 사실을 들킬 우려가 있을 것 같아서 약간 복잡한 이야기를 만들어봤지. 그건 잘 통했어. 보다시피 마약 지멘G-men[*]이라고 믿어 의심치 않잖아? 하지만 설마 저런 진기한 가설을 주장하리라고는…….”

독특한 가설이기는 해.

“야야, 웬일로 평가를 다 하냐.”
잔갸 군이 휘파람을 휙 불었다.
“하지만 정답은 아니잖은가? 마미야 슌이 마약 조직 일원이고 싸움을 벌이다가 살해당했다니.”
반도젠 교수가 말했다.
“다앙연하지. 마약 운운은 엉터리 소리니까.”
“이 몸은 콜롬보 님께 확인하고 있는 걸세.”

오답.

“그런데 도치바는 경찰에 전화했냐?”
잔갸 군이 말했다.
“했어.”
“어째서…….”
“말리지 않았냐고? 말리면 부자연스럽잖아.”

[*] FBI의 수사관 및 마약 거래를 감시하고 적발하는 수사관을 가리키는 말.

"아니야. 어째서 전화하기 전에 입을 막지 않았냐는 말이다."

"여봐요."

"그럼 너 이 자식, 경찰 앞에서도 마약 단속관으로 밀고 나갔냐?"

"도치바가 화장실에 갔을 때 내뺀 소심한 인간이랍니다."

"꼴사납기는. 그것보다 너 이 녀석, 아직 센다이냐?"

"왜?"

"뒤쪽 벽이 여느 때랑 다르잖아. 호텔이냐?"

두광인은 슬쩍 뒤돌아보고 말을 이었다.

"잘도 알아차렸네. 오늘은 다카나와의 최고급 맨션이 아니야."

"은근히 자랑하기는."

"그런 것보다 도치바는 경찰에게 사이타마의 마약 조직 이야기를 할 테지. 나카사토와 마미야는 그 트러블에 휘말린 게 아니겠냐고도 이야기할 거야. 경찰은 이미 다나카 이치로를 점찍어둔 모양이지만, 결정적으로 의심하고 있는 것 같지는 않았어. 그 증거로 다나카가 보낸 짐은 서로 가져가서 검사하지 않았고, 흙 포대도 열어서 속을 확인하지 않았어. 하지만 이번 가짜 지멘 건으로 갑자기 중요시하게 될 거야. 짐을 발송한 안경 낀 중년 남자를 찾겠지. 인터넷에서 적당하게 건진 녀석이지만 경찰은 경찰력을 동원해서 개인의 신원을 확인할지도 몰라. 공범자가 발견되면 일 의뢰를 어느 사이트에서 받았는지도 알게 될 테고, 그곳 관리자에게 기입한 인적 정보를 열람해서 최종적으로는 진상을 낚아올릴지도 모르지. 그러면 이번 게임의 승자는 경찰인 셈이야. 그러면 재미없지. 상금 3백만 엔도 못 받고."

"3백만 엔 건은 아직 유효해?"

그러자 [044APD] 창에 비치던 자동차 사진 앞에 1만 엔짜리 지폐 다발이 쑥 나타났다. 도발하듯이 위아래로 팔락팔락 움직이다가 화면 밖으로 휙 물러났다.

"으랏차."

손뼉을 치며 기뻐하는 잔갸 군 옆에서 반도젠 교수가 냉정하게 말했다.

"다스베이더 경님의 몸은 무사하겠는가. 지금쯤은 이미 마약 단속관을 사칭한 사실이 발각되었을 걸세. 얼굴은 도치바 시게루가 제대로 보고 말았어."

"더 나아가서는 자기한테 당국의 손이 미치지 않을까 조마조마해하는 거로군."

두광인은 웃었다.

"그렇게 노골적으로 말하면 할 말이 없네만."

"그 자리에서 경찰관을 상대했으면 큰일이었겠지만, 아마추어의 기억일 뿐이니까. 얼굴 사진이랑 녹음된 목소리도 없어. 다소 변장하기도 했지. 유류품을 남기는 얼빠진 짓도 안 했어. 잡힐 일은 없다고."

희망적인 관측을 담은 답변이다.

"다스베이더 경, 은근슬쩍 굿잡good job."

잔갸 군이 무슨 말을 한 건지 생각하고 있자니 잔갸 군이 이야기를 계속했다.

"누구냐, 범인과 피해자가 박스에 담겨 보내졌다는 말을 꺼낸 사람은? 그 가설을 부정당하자 웃기지 말고 증거를 내놓으라며 생난리를 친 아무개가 있었는데, 공교롭게도 다스베이더 경이 증거를 찾아냈어. 사람을 보냈어? 멍청이. 내용물은 흙 포대라고, 흙 포대."

aXe는 되받아치지 않았다. 마스크 때문에 표정은 보이지 않지만, 아마도 입술을 깨물고 있으리라.

"콜롬보 짱도 능글맞다니까. 이거 속인 거지? 자못 뭔가 있어 보이는 짐을 보내놓고 우리를 낚으려고 했어. 아. 낚인 녀석도 있었던가. 엄청 큰 인조 미끼였는데 어째서 덥석 물고 늘어졌을까? 흐흐흐."

aXe는 반응하지 않았다. 044APD도 잔갸 군에게 맞장구를 치지 않고 자기 할 말을 했다.

진상을 알아낸 사람?

"어? 그건 내일이잖아?"

두광인이 말했다.

마감기한은 내일. 오늘 정답이 나오지 않아도 중단하지는 않아.

"그렇다면 한 가지."

반도젠 교수가 앉음새를 바로 했다.

"아니, 답은 나오지 않았네만, 나름대로 이것저것 건져 올렸기 때문에 피로하고 싶어서. 이걸 시안試案 삼아 추리를 진행해주게나."

"배신자는 롬하고 있어. 어부지리를 노리면 죽일 테다."

듣기만 하고 끼어들지 말라고 잔갸 군이 aXe에게 못을 박았다.

"나카사토 여사와 마미야 님은 2시 반 전에 살해당하지 않았을까, 짐을 수령한 사람은 가짜 나카사토 여사가 아닐까, 즉 그녀는 범인 혹은 공범 관계에 있는 사람이다. 다스베이더 경이 발안한 이 가설을 검증하기 위해 이 몸이 우선 한 일은……."

반도젠 교수가 설명을 시작한 지 이십 초도 지나기 전이었다.

유감.

"엉?"

다음, 또 누군가 대답할 수 있는 사람?

"기다리게나. 이 몸은 아직 아무 이야기도 하지 않았네."

시간 낭비.

"아니, 그러니까, 아직 아무것도……."

틀린 답을 들어봤자 의미는 없어.

"콜롬보 님, 그건 너무 심하구먼. 확실히 이 몸은 지금까지 기묘한 답을 수많이 냈다네. 하지만 그렇다고 해서 이번에도 들을 필요가 없다는 건……."

들을 필요 없어. 이유. 나카사토 유키와 마미야 슌이 살해당한 시각은 2시 반 이후. 짐을 수령한 사람은 틀림없이 나카사토 유키. 이상.

"틀렸다는 건가? 아니, 하지만 그녀가 본인이 아니었다고 생각할 수 있는 이유로 이 몸은 새로이……."

누구 없어? 교수 외에 없다면 내일 밤 11시에 다시 한 번 모이는 때를 마지막 찬스로 할게. 그때까지 경찰이 진상에 도달하면 너희들의 패배.

"이봐, 다스베이더 경. 느닷없이 완전히 부정당했어."
잔갸 군도 동요하고 있었다. 두광인은 이렇게 대답했다.
"예상 안이야."
"앙?"
"속 보이는 연극에 가담하게 해버렸네."
"뭐라?"
"짐을 수령한 나카사토가 가짜 아니냐는 가설은 그냥 해본 소리야. 즉, 입에서 나오는 대로 한 말이지. 그녀는 진짜야. 살해당한 시각은 짐이 배달된 2시 반 이후. 이건 절대적인 진실이라고."

"뭐라고? 틀린 줄 알면서 그럴듯하게 이야기했다는 거냐?"

"그래."

"너 이 자식, 그건 가짜 정보를 쥐여줬다는 소리잖아."

"나쁜 뜻이 있던 건, 아니지, 나쁜 뜻이 있어서 그런 거야."

"놀려먹었겠다."

"그런 어린애 같은 짓은 안 해. 진상에서 눈길을 떼어놓기 위해 그랬어. 붉은 청어*지."

"귀공은 진상을 알고 있는가?"

반도젠 교수가 물었다.

"요전에 채팅을 한 시점에서는 번뜩임을 얻은 단계였어. 번뜩인 순간 이것 말고는 없다는 감각이 생생하게 와 닿더라고. 이렇게 흥분되는 걸 다른 사람이랑 나눠 가지다니 싫었어. 최상급 국내산 소고기 등심은 혼자서 몽땅 먹고 싶잖아. 하지만 실제로 진상을 손에 넣기 위해서는 확인해야 할 사항이 몇 가지 있었는데, 그 자리에서 인터넷으로 조사하는 정도로는 소용이 없어서 현지에 발걸음을 옮길 필요가 있었어. 그렇게 시간을 들이는 사이에 다른 멤버가 나랑 똑같이 번뜩이는 생각을 할지도 모르지. 그래서 번뜩이는 아이디어를 방해하기 위해 전혀 관계없는 일에 머리를 쓰도록 꾸몄어. 그게 바로 나카사토 유키 가짜설."

"이 새끼……."

* 남의 주의를 다른 데로 돌린다는 뜻.

"배신자가 또 한 명."

잔갸 군이 짖기 전의 개처럼 목구멍을 그르렁대자 aXe가 박수를 요구하듯이 웹캠에 손을 내밀었다.

"셋으로 나눈 1백만보다 3백만을 통째로 가지는 게 좋다고? 쳇."

"돈이 아니야. 이 가설이 번뜩인 순간, 누구한테도 넘기고 싶지 않다고 생각했어. 그도 그럴 게 대단하다는 칭찬을 받고 싶잖아. 너한테는 못 당하겠다고 발을 동동 구르게 만들고 싶잖아. 역시 명탐정은 한 마리 늑대야. 모두 사이좋게 역할 분담해서 목적을 달성하고 싶다면 경찰관이 되면 될 일이지. 아니면 파워레인저 SPD나. 원하는 건 각광뿐이야."

대답할 거야, 안 할 거야? 쓸데없는 이야기만 할 거면 돌아가겠어.

"대답할게, 대답할게. 현금은 나눠줄 테니까 안심하라고."

"나눠준다고? 쳇."

더욱더 툴툴 불평을 늘어놓는 잔갸 군은 내버려두고 두광인은 커다란 연극의 클라이맥스로 향해 나아갔다.

"임플란트 파일을 심어둔 자동차 사진이 제일 중요하다고 콜롬보는 말했지만, 순수한 추리를 하는 데는 오히려 '욕실 2' 사진이 중요해. 중요한 부분은 두 가지. 하나는 물이 세차게 뿜어져 나오는 샤워기. 또 하나는 시체가 욕실에 존재한다는 사실. 어라? 양쪽 다 누군가가 신경 쓰지 않았던가? 기분 탓인가?"

"시끄러."

"주목해야 할 점은 파악하고 있었어. 두 사람 다 과연 경험을 축적한 탐정이야. 하지만 그 의미를 읽어내지 못했지. 두 사람 모두 바로 그 점이 명탐정이 되지 못하는 이유이기도 해."

"죽여버린다."

"마미야는 가슴을 찔려 죽었어. 출혈은 상당했겠지. 하지만 욕실은 깨끗했어. 그건 샤워기에서 물이 나오는 상태로 놔두었기 때문이야. 거의 무의식적으로 그렇게 판단하지 않았어? 하지만 잘 생각하라고. 샤워기 물은 피를 흘려보내는 작용을 해. 이건 타당해. 하지만 욕실이 깨끗하다고 해도 피가 말끔히 씻겨나갔기 때문이라고는 볼 수 없지 않겠어? 더러워진 바닥에 물을 뿌리면 더럽지 않은 상태가 된다. 더럽지 않은 바닥에 물을 뿌리면 더럽지 않은 상태 그대로다. 바닥이 더러워졌든지 말든지 물을 뿌리면 거기 있는 건 더럽지 않은 바닥이야. 현재의 더럽지 않은 상태를 보고 과거 상태를 투시하기는 불가능해. 물론 자세히 조사하면 과거 상태는 알 수 있어. 루미놀 시약*을 사용하지 않아도, 현장에 가서 바닥에 납작 엎드려 파인 곳이나 욕실 가장자리를 뚫어지게 살펴보면 과거에 피가 있었는지 없었는지는 알 수 있겠지. 하지만 사진 한 장으로 그런 판단을 내리기는 무리라고. 고정관념이야. 엎드린 상태로 쓰러진 사람, 가슴 아래로 보이는 칼자루, 튼 상태로 놓아둔 샤워기, 피로 더러워지지 않은 바닥. 이런 요소들이 상호작용한 탓에 이 남자는 가슴을 찔려 죽었다고 조건반사적으로 결

* 혈흔의 감식에 널리 쓰이는 시약.

론을 지었다. 아니야?"

"요컨대 귀공은 '욕실 2'의 마미야 님은 가슴에서 피를 흘리지 않았다고 하는 건가?"

반도젠 교수가 말했다.

"그렇게 말하고 있어."

"이 사진이 촬영된 건 마미야 님이 찔리기 전이라고?"

"그렇게 말하고 있어."

"나카사토 여사와 마찬가지로 가슴을 찔리기 전에 목을 졸렸는가? 그래서 정신을 잃은 거로군."

"그런 말은 안 했어."

"의식이 있다?"

"응."

"그렇다면 어찌하여 이런 모습을. 죽은 척하고 있단 말인가?"

"그래."

"왜 그런 흉내를……."

반도젠 교수는 아프로 머리에 손을 찔러 넣고 쥐어뜯었다. 발언자가 잔갸 군으로 바뀌었다.

"범인을 지나치게 만들려고 그랬겠지. 마미야는 칼에 가슴을 찔렸지만 날 끝은 몸까지 닿지 않았어. 왜냐하면 녀석은 다운재킷을 입고 있었거든. 다운재킷은 두툼하지. 하지만 심장을 단숨에 찔렀다고 지레짐작한 범인은 마미야를 남겨둔 채 일단 욕실을 떠났어. 나카사토의 상태를 보러 갔는지도 모르지. 그 사이에 마미야가 샤워기 꼭지를 비틀었어. 범인이 돌아왔을 때 주변이 피로 더러워져 있지 않으면 잘못 찔렀다고 생각해서 다시금 찔러버릴 우려가 있으니까. 그래서 샤워기를 틀어놓고 피는 물에 씻겨나갔다고 범인이 생각하게끔 만들려고 했어."

"그런 수작을 부리느니 밖으로 나가서 도움을 요청하면 되지 않습니까?"

"네 녀석은 롬하고 있어! 탈출 못 하니까 잔꾀를 부릴 수밖에 없었던 거야. 마미야는 다리가 자유롭지 않단 말이다. 하지만 순간적인 기지를 발휘한 보람도 없이 살아 있다는 사실을 범인에게 들켜서 이번에야말로 살해당하고 말았지. 범인이 디지털 카메라로 찍고 있을 때 움직인 탓에 죽은 척했던 게 들통 났는지도 몰라."

"아니야."

두광인은 고개를 저었다.

"아니라고? 설명이 되잖아. 마미야의 다리에 관련된 사항도 빈틈없이 포함시켰어."

"죽이는 데 실패했다는 걸 알아차리고 숨통을 완전히 끊었다면, 그다음에 다시 찍은 사진을 우리에게 제출하지 않았을까?"

"다시 찍기 귀찮았겠지."

"콜롬보는 그런 걸 귀찮아하는 사람이 아니라고 생각해."

"현장에서는 가능한 한 빨리 떠나는 게 철칙이야. 두 번 죽이는 셈이라서 시간이 걸린 탓에 재촬영은 통과했어."

오답. 다음.

"안 되지, 콜롬보 짱 본인이 부정해도 받아들일 수 없어. 설령 출제자가 준비한 답과는 달라도 논리적으로 설명이 가능하면 그 답 역시 정답으로 간주하는 게 이 게임의 독자적인 규칙이야."

아니, 아니, 하고 두광인은 집게손가락을 흔들었다.

"여기서는 한발 양보해서 '욕실 2'의 해석은 잔갸 군의 말 그대로라고 해보자. 하지만 마미야가 두 번 살해당했다 쳐도 더 큰 문제는 전혀 해결되지 않는다고. 범인과 마미야는 어떻게 다른 사람 몰래 703호실을 찾아왔을까? 나카사토에게 비상구를 열게 했다? 어떤 구실로? 비뚤어진 남녀관계를 상의한다는 명목으로? 그렇다면 적어도 나카사토랑 그들이 사귀고 있었다는 증거를, 상황 증거라도 좋으니까 들고 나와야지."

"시끄러!"

한 번 소리를 치고 잔갸 군은 입을 다물었다. 반도젠 교수가 재등장했다.

"'욕실 2'에 찍힌 건 시체가 아니라 살아 있는 인간이지. 게다가 엎드린 상태라 얼굴이 거의 보이지 않아. 이 양반, 정말로 마미야 님인가? 마미야 님인 척하는 다른 사람 아닌가? 그렇다고는 해도 마미야 님이 살해당한 건 틀림없는 사실일세. 다음 날 시체가 발견됐으니까. 그렇다면 이 사진을 찍은 후에 바닥에 엎드려 있던 양반은 유유히 일어나서 욕실을 나가고, 대신에 마미야 님의 시체가 옮겨졌다는 말이 되네. 혹은 살아 있던 마미야 님이 욕실로 끌려와서 살해당한 거야. 여기까지는 설명이 되는구먼, 응.

문제는 누가, 무엇 때문에 그런 번거로운 짓을 했느냐는 거지.

범인을 제외하고는 시체인 척한 사람을 생각할 수 없다네. 그렇다면 그 목적은? 히치콕인가? 알프레드 히치콕*은 자기가 감독한 작품에 자신이 카메오로 출연하는 장난기가 있었지. 범인은 히치콕을 따라 한 걸까? 아니야, 범인이든 누구든 간에 마미야 님으로 꾸미는 건 한없이 어렵다네. 체격과 머리 모양이 아무리 닮았다고 해도 결정적으로 흉내 낼 수 없는 부분이 있거든. 마미야 님의 두 다리는 의족이니까. 몸이 건강한 사람은 의족을 달 수 없어. 진짜 다리를 플라스틱 덮개로 덮어서 의족으로 위장했다? 카메오 출연을 위해 그렇게까지 하겠는가? 그렇게까지 했다면 더 큰 이유가 필요할 테지.

마미야 님의 시체로 위장함으로써 범인에게는 어떤 이점이 생길까? 가령 시체인 척하고 사진을 찍은 시각이 오후 3시이고, 마미야 님을 실제로 살해한 시각이 6시라면 그 시간차를 이용해서 알리바이 공작을 펼칠 수 있겠지. 세 시간은 제법 넉넉한 시간이라네. 하지만 이렇게 알리바이를 만든다고 해서 범인에게 무슨 이점이 있을까? 오오, 알리바이 하면 당초 내연의 남자가 지닌 알리바이가 문제로 떠올랐지. 역시 범인은 도치바 님이고, 자신의 알리바이를 확보하기 위해 이러한 공작을 했을까? 하지만 사건 당일에 도치바 님이 도쿄에 있었다는 사실은 이미 증명되었다네. 그는 관계없어."

으음, 하고 신음하더니 반도젠 교수는 입을 다물었다.

* 영국 출신 감독. 서스펜스와 스릴러의 대가라고 불린다.

"네 녀석은 무슨 생각 없냐?"

잔갸 군이 물었다. 대답은 없었다.

"네 녀석 말이다, 거기 여자 제이슨."

그러자 aXe는 옆에 있던 복사용지를 뒤집어 펜을 사락사락 움직이더니 웹캠 렌즈에 내밀었다. "말참견하지 말라는 명령을 받았습니다, 주인님"이라고 적혀 있었다.

"말해라. 허락해주지."

aXe는 목을 움츠리더니 천천히 입을 열었다.

"다스베이더 경에게 묻겠습니다. 콜롬보 씨에게 분쇄당한 제 가설 말인데요, 50점은 매겨도 되지 않을까요?"

"그렇지. 대충 반쯤은 맞았어."

"역시 그런가요?"

aXe는 깊은 한숨을 내쉬고 팔짱을 꼈다. 그대로 미동도 하지 않는다.

"어이, 혼자서 납득하지 마."

잔갸 군이 채근했다.

"세부사항이 마구 어그러져서……."

"괜찮으니까 말해봐."

aXe는 팔짱을 풀었다.

"그럼 개략적인 내용만. 범인은 택배 물품 속에 숨어서 밀실상태인 범행 현장으로 침입했습니다. 순서는 저번 설명과 마찬가지예요. 멋대로 빌린 연립주택의 빈집에서 박스 속으로 들어가 안쪽에서 입구를 봉한 다음에, 인터넷 따위에서 찾은 공범자에게 발송 수속을 밟도록 시킨 겁니다."

"그 크기의 박스에 살아 있는 인간이 들어가는 건 무리라니까!"

"잠자코 들어요."

"예."

"3월 31일에 '아지트 2'에서 발송된 짐은 두 개였습니다. 저번 설명에서는 하나에 범인이, 또 다른 하나에 피해자가 들어 있었다고 했습니다만, 사실 인간이 들어가 있던 박스는 하나뿐이었습니다. 다른 상자 하나에는 흙 포대가 들어 있었고요. 다음 날 4월 1일, 두 개의 짐은 시저스 팰리스 703호에 배달됐고, 박스를 연 나카사토 유키는 안에 숨어 있던 범인에게 목을 졸린 후 가슴에 칼을 맞고 절명. 박스는 범인이 안에서 연 게 아니라 나카사토가 열었습니다. 그렇게 추정하는 이유는 나중에. 나카사토를 살해한 다음에 범인은 흙 포대 중 절반을 자기가 들어 있던 박스에 옮기고 한 번 연 흔적을 감추기 위해 테이프로 봉했습니다. 그러고 나서 703호실 실내와 맨션 바깥 복도에서 우리에게 보여주기 위한 사진을 촬영했죠. 촬영을 마친 후 마미야 준을 죽였습니다. 이상."

"이상이 아니지. 전혀 설명이 안 되잖아."

"개략적인 내용이기에 다소 생략은 했습니다."

"너무 생략했다, 얼간아. 걸고넘어질 곳 천지지만, 우선은 누가 뭐래도 마미야지. 녀석은 어디서 맨션으로 들어온 거냐? 설마하니 하루 전에 다른 짐에 싸서 보내뒀다는 소리는 안 하겠지."

"범인과 동시입니다."

"박스에 담아 보낸 건 범인 자신뿐이라고 그랬잖아. 다른 한 박스는 흙 포대였지?"

"그렇죠."

"박스 하나에 범인이랑 둘이서? 한 사람이 겨우 들어가는 박스에 두 사람이 들어가겠냐?"

"두 사람은 절대 무리겠죠."

"그럼 어디서 어떻게 들어왔지? 배달원에게 묻어가는 식으로 관리인실 앞을 통과했나? 손수레에 커다란 박스를 두 개 실었으니까 맞은편을 오리걸음으로 걸으면 관리인의 눈에는 띄지 않겠지. 하지만 배달원이 알아차려. 꼴이 너무 수상해."

"아직 모르겠습니까? 둔하군요."

"뭣이라?"

"자기를 짐으로 보내고 나카사토 유키를 죽인 그 인물이 바로 마미야 입니다."

"아앙?"

"그리고 마지막으로 자기를 죽였죠. 마미야 슌은 피해자이자 범인이기도 했습니다. 1인2역이죠. 콜롬보 씨이기도 하니까 1인3역인가요?"

"자기를 죽여? 자살?"

"일반적으로는 그렇게 표현하죠."

"웃기고 있네."

"욕실에서 죽은 데는 이유가 있습니다. 덮개를 벗긴 배수구에 칼자루를 끼워서 세운 다음 왼쪽 가슴을 조준해서 뛰어들면 심장을 찔리죠. 칼은 충격으로 배수구에서 빠져나오기 때문에 제3

자에게 찔린 것처럼 보입니다. 덮개는 피해자가 쓰러진 충격 때문에 벗겨졌다고 해석되겠죠. 타살로 보이는 자살 시체의 완성입니다."

"자기 시체 사진을 어떻게 찍는다는 거야?"

"그 사진 속의 마미야는 아직 살아 있습니다. 아까 화제가 되지 않았습니까. 죽은 척하고 촬영을 끝낸 다음에 진짜 자살을 한 겁니다."

"말도 안 돼."

"셀프타이머로 찍을 수 있어요."

"그게 아니야. 죽으면 현장에서 찍은 수많은 사진을 어떻게 가지고 돌아오느냐고."

"그렇죠. 저도 그걸 모르겠습니다. 설명을 잘 갖다 붙일 수 있을 것 같은 느낌도 듭니다만, 시냅스 어딘가에서 걸린 것 같아서요."

aXe는 마스크 이마 부분을 도끼 등으로 두드렸다.

"그리고 한쪽 박스에는 흙을 넣어서 보냈다고 했는데, 흙은 한 자루에 20킬로그램이라고. 그걸 네 자루? 곱셈은 할 줄 아냐? 80킬로그램이야. 박스는 둘 다 45킬로그램이었단 말이다."

"그것도 들어맞지 않는다는 사실은 알고 있습니다."

"제일 크게 걸고넘어져야 할 부분은 거기가 아니네만."

반도젠 교수가 안달 난 듯이 끼어들었다.

"가해자와 피해자가 같다고? 자살했어? 범인은 곧 콜롬보 님이란 말일세. 지금 여기 있는 양반이 어떻게 삼 주나 전에 자살했다는 거지? 그야말로 말도 안 되지 않는가."

그러자 044APD의 텍스트 창이 열렸다.

그래, 난 여기 있어. 멋대로 죽이지 마.

"그렇습니다. 콜롬보 씨는 자살했죠. 그런데 살아 있어요. 그게 최대의 수수께끼입니다. 이상하네……."

"이상한 건 네 녀석이지. 가해자와 피해자가 같다는 추리가 틀린 거라고. 결론이 틀렸으니 설명이 안 되는 것도 당연하지."

"설명은 가능해."

두광인이 딱 잘라서 말했다.

할 수 있을 리 없지. 난 여기 있는데.

"할 수 있으면 어떡할래?"

그러니까 이걸 준다고.

[044APD] 창에 비치는 푸조403 앞에 다시 지폐 다발이 나타났다.

"내 차지다."

두광인은 웹캠에 집게손가락을 들이대고 나서 책상다리 자세를 가다듬었다.

"시간축을 따라 설명할게. 3월 31일 오후 4시, 사이타마시 오미야구 아즈마초 1초메 그레이스 아즈마초의 빈집인 102호실에서 세로 50센티미터, 가로 100센티미터, 높이 50센티미터, 무게 45킬로그램짜리 짐이 두 개 발송됐어. 발송한 사람은 범인이 인터넷에서 건진 공범자이기 때문에 현시점에서는 정체불명이야. 박스 중 하나에는 마미야 슌이 들어가 있었어. 의족을 떼어내고 위를 보고 누운 상태로 말이야. 이러면 50×100×50의 상자라고 해도 무리한 자세를 취하지 않아도 돼. 떼어낸 의족은 또 다른 박스 하나에 들어 있었지. 그쪽 박스에는 그밖에도 흙 포대가 둘. 이걸로 45킬로그램이야. 나머지 흙 두 자루는 마미야가 있는 박스에 넣었어."

"어이, 잠깐. 의족을 뺀 마미야의 체중이 40킬로그램이라고 쳐도 거기에 흙 두 자루를 더하면 몇 킬로그램이냐. 네 녀석도 산수를 못해? 80킬로그램이란 말이다."

잔갸 군의 지적은 지당했지만 두광인은 나중에 알 수 있다면서 이야기를 진행했다.

"4월 1일 오후 2시 반, 센다이시 아오바구 하세쿠라마치 시저스 팰리스 703호실에 도착. 짐은 나카사토 유키가 수령하리라는 사실을 마미야는 알고 있었지. 당일 도치바는 상경했지만 나카사토는 휴일 야간 진료 당번이라서 그를 따라가지 않았거든. 두 사람의 예정은 도치바의 블로그에서 입수했어. 블로그에서 그 기사를 발견한 게 시저스 팰리스 703호실을 현장으로 선정한 큰 이유라고 생각해. 짐의 수신처는 하세쿠라 잡화방으로 했어. 도치바가 없을 때 물품이 도착하면 나카사토는 도치바의 업무와 관련된 물건이라는 이유로 손을 대지 않아. 이윽고 나카사토는 휴일 야간 진료를 나가고 도치바는 도쿄에 가 있으니까 703호실에는 마미야 혼자라는 상황이 성립하지. 이때를 기다렸다가 상자에서 탈출한 마미야는 타살로 위장한 자살을 결행해. 이게 애초의 계획 아니었을까 싶어. 즉, 마미야는 자기 자신만을 죽일 계획이었지. 예고에서는 그러겠다고 했잖아. 도치바가 집을 비웠을 때 배달되도록 한 것도, 도치바가 열면 그를 죽여야 할 필요가 생기기 때문이야."

"그런데 예상과는 달리 나카사토가 열어버린 겁니다."

aXe가 손을 들고 끼어들었다.

"이 부분은 아니까 제가 설명하게 해주세요. 배달된 짐은 보통 현관에 놓습니다. 하지만 이 짐은 큰 데다 두 개나 되죠. 맨션의 좁은 통로에 짐이 놓여 있으면 거추장스럽기 짝이 없습니다. 그렇다고 해서 치우려고 해도 여자 힘으로 옮기기에는 너무 무겁죠. 그래서 나카사토는 도대체 뭐가 들었느냐면서 반쯤 화난 상태로 박스를 열지 않았을까요? 당황한 쪽은 마미야입니다. 들키면 뭐라고 변명해야 이해해줄까요. 물론 발각되기 전에 모습을 감출 수도 없습니다. 유일한 선택지는 입을 봉하기 위해 죽이는 거죠.

칼은 지참해 왔습니다. 하지만 한 가지 결정적인 문제가 있죠. 마미야는 몸이 부자유스럽습니다. 만약 일격으로 쓰러뜨리지 못하면 어떻게 될까요? 부상을 입은 상대를 쫓아가려고 해도 그건 불가능합니다. 의족을 떼어놓았으니 한층 더하죠. 나카사토는 별문제 없이 도움을 요청할 테고, 그러면 끝장입니다. 또한 일격으로는 쓰러뜨리지 못할 가능성이 높다고 추정됩니다. 기회는 입구가 열린 직후의 한순간인데요. 그때 상대의 급소가 이쪽의 흉기에 닿을 위치에 있을 가능성은 얼마나 되겠습니까? 또한 칼은 아래에서 위로 찔러 올려야 하니까 힘을 넣기도 어렵죠.

자, 어떻게 할까요? 아무것도 하지 않으면 경찰이 올 테고, 뭔가 해도 경찰이 옵니다. 자, 어떻게 합니까? 입구가 열리려는 기척을 느끼고 나서 완전히 열릴 때까지 이삼십 초의 여유는 있었을 테죠. 마미야는 머리를 고속으로 회전시켰습니다. 박스는 열렸습니다. 마미야는 칼을 쥐지 않았죠. 그 대신에 눈을 감고 얼굴을 찡그린 채 신음소리를 냈습니다. 누군가가 박스에 가둔 탓에 거의 죽어가는 지경에 처한 피해자로 가장한 거예요. 보통 사람이라면 우선 기겁하고서 사람을 부르러 갈 테죠. 하지만 나카사토는 간호사입니다. 놀란 다음에는 마미야를 박스에서 꺼내 상태를 확인하려고 할 겁니다. 두 사람의 거리는 확 좁아지죠. 마미야는 이때를 노렸습니다. 하지만 아직 칼은 사용하지 않습니다. 첫 일격을 실패하면 역시 놓치고 말 테니까요. 마미야는 상황을 파악하고자 다가온 나카사토의 목에 끈을 두르고 꽉 졸랐습니다. 이러면 상대편이 도망치려고 해도 이쪽 역시 따라갈 수 있죠. 그리고 나카사토가 힘이 다해 축 늘어졌을 때 칼을 쥐고 마무리를 지은 겁니다. 그렇죠?"

aXe가 동의를 요구하자 두광인은 웹캠을 향해 엄지손가락을 세웠다.

"끈? 상황에 딱 맞는 그런 물건을 잘도 가지고 있었군그래."

잔갸 군은 받아들일 수 없는 모양이다.

"자기가 입고 있던 반바지에서 뽑아서 사용했겠죠. 이 사진에 나온 축구 바지의 허리춤에는 일반적으로 고무줄과 함께 끈이 꿰어져 있습니다. 반바지는 푸른색, '마찬가지로 흉기'라는 사진에 찍힌 끈도 푸른색입니다."

두광인은 그 이야기에도 엄지손가락을 세워주고 나서 이야기를 이어받았다.

"나카사토를 죽인 마미야는 다른 박스를 열어 의족을 끼운 후에 나카사토의 시체, 703호실 실내, 맨션 비상구, 그리고 욕실에서 자신의 시체 사진을 촬영했어. 바깥을 촬영하고 돌아왔을 때 현관문을 잠갔지. 자물쇠 따기 기술이든 강력 자석이든 낚싯줄이든 뭐든 하나도 필요 없이 싱겁게 밀실이 완성된 거야. 그러고 나서 짐을 다시 포장했지. 도치바가 귀가했을 때 시체 곁에 입구가 열린 커다란 빈 박스가 있으면 수상하게 여길 테니까. 도치바는 통신 판매업을 하니까 포장용 접착테이프는 얼마든지 있어.

그런데 마미야랑 함께 운송된 흙 포대 말이야, 그건 흙 포대라고 해도 내용물은 흙이나 모래가 아니었어. 마약도 아니었고. 내용물은 폴리아크릴산나트륨. 뭔지 알겠어? 흡수성 폴리머*야. 이래도 모르겠어? 아주 높은 수분 보유 능력을 지닌 고분자 제품. 일회용 기저귀나 생리용품에 사용되지. 자기 무게의 수백 배나 되는 수분을 흡수하고 간직할 수 있어. 그 흙 포대는 건조 상태에서는 5백 그램 정도지. 거기에 물을 먹이면 20킬로그램까지 부풀어나.

'아지트 2'에서 보낸 짐 중 하나에는 물을 먹인 흙 포대 두 자루

* 단위체가 반복되어 연결된 고분자의 한 종류.

와 의족이 들어 있었어. 이걸로 45킬로그램이지. 다른 하나의 박스에는 자기 자신과 건조 상태의 흙 포대가 두 자루. 이걸로 45킬로그램. 산수는 할 줄 알지? 건조 상태의 흙 포대는 두께가 몇 밀리미터밖에 되지 않으니까 자기 몸을 압박하지도 않아. 시저스 팰리스 703호실에서 재포장할 때는 건조 상태의 흙 포대 두 자루에도 물을 먹였어. 그렇게 해서 단단히 봉해두면 사건 당일에 배달된 짐은 흙 포대에 지나지 않았다고 생각하게끔 만들 수 있지. 이건 수사를 교란시키기 위해서가 아니라 해답자인 우리를 속이기 위한 수작이야. 범인과 피해자는 동일인물이 아니라고 오인시키기 위한.

도치바는 이 흙 포대를 베란다에 정리했어. 흡수성 폴리머는 수분을 보유하는 능력이 뛰어나서 눌러도 스펀지처럼 물을 배출하지는 않지만 바람이 드는 곳에 놓아두면 조금씩 수분이 증발해. 2주 이상 방치하면 아주 가벼워지는 게 당연하지."

"불공평하잖아."

잔갸 군이 불만을 제기했다.

"흙 포대 내용물이 흡수성 폴리머였다는 사실 말이야? 이런 타입의 흙 포대는 이제 드물지 않아. 마약을 빼지도 않았는데 가벼워졌다는 사실에서도 재질을 추리할 수 있지 않겠어?"

읏, 하고 목이 멘 듯한 소리가 되돌아왔다.

"자, 드디어 마미야는 욕실로 가서 자기를 죽였어. 방법은 액스가 설명한 그대로야. 보도에 따르면 가슴에는 여러 군데 상처가 났다고 하니까, 처음에 손으로 몇 번 가볍게 찌르고서 마지막으로 배수구에 세운 칼에 뛰어들었겠지. 봐, 설명이 됐지. 3백만 엔 획득."

"아직 안 됐어, 사진은."

또 잔갸 군이다.

"아아, 현장에서 찍은 사진 말이구나. 가지고 돌아올 필요는 없잖아. 뭘 위한 디지털 데이터겠어. 현장에서 인터넷에 올리면 그만이지."

"그렇구나. 휴대폰으로 찍은 사진을 온라인 앨범 서비스에 올린 거야."

잔갸 군이 손뼉을 쳤다.

"음, 휴대폰 카메라는 이렇게 화질이 좋지 않아."

"그럼 와이파이를 탑재한 디지털 카메라. 카메라만 있으면 인터넷에 접속할 수 있는 상품이 있어. 도치바는 인터넷으로 장사를 하니까 광대역 통신망을 통해 인터넷에 항상 연결되어 있었을 테고, 가정 안에서는 무선 랜을 사용할 수 있었겠지. 그걸 빌렸어."

"음, 휴대폰이든 디지털 카메라든 간에 자기 물건을 사용하면 경찰에게 큰 증거를 넘겨주게 돼. 자기는 죽어버리니까 촬영한 메모리는 그냥 그 자리에 남겨놓는 셈이거든. 사진은 인터넷에 올린 후에 메모리에서 삭제한다고 쳐도 복원이 가능하단 말이지. 그리고 피해자가 죽기 직전의 행동을 파악하기 위해 메모리에 남은 통화 기록과 인터넷 접속 이력은 철저하게 조사할걸. 벌써 죽었으니까 경찰에게 진상이 알려져봤자 상관은 전혀 없지. 하지만 경찰이 너무 일찍 진상에 도달하면 우리가 추리할 시간이 없어. 그래서는 목숨을 걸고 출제한 의미가 없지 않아? 그러니까 아마도 현장에 있던 메모리를 빌리지 않았을까?

전에도 이런 이야기를 한 기억이 있는데, 지금은 한 사람이 디지털 카메라를 여러 대 가지고 있는 게 당연한 세상이야. 하물며 도치바는 인터넷 통신 판매를 생업으로 삼고 있지. 블로그도 꾸준히 갱신하고 있어. 디지털 카메라를 네 대, 다섯 대 가지고 있어도 이상하지 않다고. 그렇다고 해서 전부 다 도쿄에 가지고 가지는 않았을 거야. 집에 한 대는 남아 있었을 테지. 마미야는 그걸 사용해서 현장 사진을 찍었어. 그리고 도치바의 컴퓨터로 온라인 앨범 서비스에 올렸지. 무사히 올라가면 자기가 찍은 사진을 컴퓨터와 디지털 카메라에서 삭제해. 이렇게 하면 표면상으로는 아무 흔적도 남지 않아. 물론 이렇게 삭제한 파일도 복원은 가능해. 하지만 경찰은 마미야의 소지품에 관해서는 그런 조처를 취해도, 도치바의 소지품은 조사하지 않을걸. 도치바는 피해자도 아니거니와 용의자도 아니니까. 반드시 그냥 지나갈 거야."

"그렇군요. 필시 도치바의 물건을 사용했을 겁니다."

aXe가 분한 듯이 말했다.

"그리고 나카사토를 습격하는 데 사용한 반바지 끈, 이것도 깔끔하게 없애버렸을 거야. 나카사토의 목을 조른 후에 그 주변에 방치하면 흉기라는 사실이 대번에 밝혀져서 마미야에게 의심의 눈길이 돌아가겠지. 쓰레기통에 버리거나 창문에서 던져도 마찬가지야. 반바지 허리춤에 원래대로 집어넣으면 감출 수 있지만, 고무줄을 끼우는 도구가 없으면 무리지. 나카사토가 바느질을 한다면 703호실에도 그런 도구가 있겠지만, 있다는 확증도 없는 물건을 찾는 것보다 더 간단하고 확실한 방법이 있어. 703호실에는 박스가 잔뜩 있지. 잡화 통신 판매를 하니까 당연해. 개중에는 포장과 전표 작성을 마치고 집하를 기다리는 물품도 있어. 그중 하나를 열어서 안에 흉기로 사용한 끈을 넣는 거야. 원래대로 봉해 두면 도치바는 그런 술수를 부렸다는 사실도 모른 채 운송회사에 맡기겠지. 짐을 수령한 고객은 당연히 끈을 알아차려. 하지만 발송인한테 연락하거나 끈을 돌려보낼까? 투명 플라스틱으로 포장한 신품 반바지라면 모를까, 오래 써서 후줄근해진 끈 한 가닥이라고. 피로 더러워진 것도 아니야. 쓰레기통에 버리고 끝일 테지. 이리하여 증거 인멸은 완벽하게 마무리된다는 말씀."

"괜찮네요, 그 방법. 저도 다음번에 응용해보겠습니다."

"나카사토가 상자를 연다는 예측 불가능의 사태가 발생했지만, 그 사태를 잘 극복함으로써 수수께끼가 더 깊어졌으니까 결과적으로는 잘된 일 아닌가?"

"아니야, 아닐세. 전혀 잘되지 않았어."

양손으로 아프로 머리를 꽉 누르면서 반도젠 교수가 끙끙댔다.

"그래, 가장 중요한 부분이 모순됐지. 마미야가 범인? 마미야는 자살? 범인은 콜롬보 짱 아닌가? 콜롬보 짱은 안 죽었어."

잔갸 군도 혼란스러워했다.

안 죽었어. 여기 있어.

044APD의 텍스트 창에도 문자가 표시되었다.

두광인은 웹캠에 시선을 맞추고 중얼거렸다.
"너는 이미 죽어 있다."

웃기지 마!

"아니지, 그쪽 대사는 '뭣이라~?'잖아. 지드-666*, 몰라?"

어처구니없어서 말도 안 나오는군. 다음! 더 제대로 된 추리는 없어?

"저기, 콜롬보 짱의 상태가 어쩐지 이상하지 않냐?"
잔갸 군이 의아하다는 듯이 말했다.

어디가 이사해. 이상한 건 너희 쪼기다.

"오타 났네."

이상한 건 너희들이잖아. 나는 여기 있잔하! 난 안 주겄어. 죽었을까 봐! 나는 지, 찌, 죽지 아낳서. 죽지, 죽anjugeo6rxze&1이상하kabok?ぶきゅsiox웃vLT9%.

* 일본 만화 『북두의 권』에 등장하는 폭주집단 지드의 수령. 덧붙여, '너는 이미 죽어 있다'는 주인공의 명대사다.

"뭐야, 왜 그래?"

텍스트 응답이 뚝 끊겼다. aXe와 반도젠 교수가 불러도 044APD는 아무 대답도 하지 않았다.

[044APD] 창에 비치는 푸조403이 좌우로 흔들리기 시작했다. 살짝, 때로는 크게, 위아래와 대각선으로도 자동차 사진이 어지러이 움직인다. 그러더니 조금씩 멀어져간다. 사진 액자의 틀이 전부 드러나도 점점 더 멀어진다. 멀어짐에 따라 주위 모습이 비치기 시작한다. 색이 바랜 다다미, 무늬 없는 회색 커튼, 나지막한 목제 테이블.

어리둥절한 건지, 혼란스러운 건지, 마른침을 삼키고 있는 건지, 아무도 입을 열지 않았다.

화면의 흔들림이 가라앉았다.

푸조403은 [044APD] 창에서 완전히 사라졌다. 거기 비치는 것은 인간의 상반신이었다. 얼굴을 정면에서 포착한 상태였지만, 언뜻 보기만 해서는 성별과 연령을 판단할 수 없었다. 머리 전체가 풀페이스 헬멧, 즉 다스베이더 마스크에 푹 감싸여 있었기 때문이다.

"다스베이더 경?"

누군가가 멍하니 말했다.

"안녕."

두광인은 오른손을 가볍게 흔들었다.

[044APD] 창에 비치는, 다스베이더 마스크를 쓴 인물이 오른손을 흔들었다.

[두광인] 창 속의 다스베이더 마스크를 쓴 인물도 오른손을 흔들었다.

[044APD], [두광인] 양쪽 창에 다스베이더 마스크를 쓴 인물이 비치고 있다. 양쪽 다스베이더 모두 검은색에 가까운 반물색 운동복을 입고 있다. 양쪽 다스베이더 모두 무늬 없는 회색 커튼이 배경이다. 비치는 각도는 다르지만 같은 장소의 같은 인물처럼 보인다.

“다스베이더 경님이 콜롬보 님이었는가? 1인2역?”

반도젠 교수가 물었다.

“그럼 마미야라는 놈은 뭐야? 네 녀석이 죽였냐? 자살이니 뭐니 하는 가설은 뭐였어?”

잔갸 군이 화난 듯이 말했다.

“1인2역은 아니고, 난 마미야를 죽이지도 않았어. 두광인은 지금 여기서 다스베이더 마스크를 쓰고 있는 인물.”

두광인은 오른손을 흔들었다.

“한편 콜롬보는 이쪽.”

두광인은 웹캠 하나를 왼손으로 움직여 렌즈를 나지막한 테이블 쪽으로 돌렸다. [044APD] 창에 덮개를 연 노트북이 비친다. [두광인] 창에는 여전히 다스베이더 마스크를 쓴 인물이 비치고 있다.

두광인은 웹캠을 잡은 손을 앞으로 내밀었다. [044APD] 창에 비치는 노트북이 서서히 커지면서 모니터 상태를 살필 수 있게 되었다. 창 다섯 개가 열려 있다. 제목은 각각 ‘aXe’ ‘잔갸 군’ ‘반도젠 교수' '두광인' '044APD' 이고, 각 창에는 제이슨 마스크를 쓴 인물, 늑대거북, 노란 아프로 머리의 괴인, 다스베이더 마스크를 쓴 인물, 노트북이 비치고 있다.

"인공지능입니까?"

aXe가 말했다.

"음, 그렇게 수준 높은 건 아닌데."

"콜롬보 짱은 애당초 인간이 아니라 프로그램? 마미야가 프로그램 했다? 그게 어떻게 사람을 죽이거나 밀실을 만드는 거냐? 밀실살인의 시나리오를 만드는 게 프로그램이 하는 일이냐? 그 시나리오에 따라 마미야가 실행한다? 우리가 낸 문제는 프로그램이 풀었나? 말도 안 돼. 슈퍼컴퓨터라도 무리야."

잔갸 군은 완전히 혼란에 빠져 있었다.

"이 몸도 전혀 모르겠네."

반도젠 교수가 항복하는 포즈를 취했다.

"어디서부터 설명할까."

손이 피곤해졌기에 두광인은 웹캠을 테이블 위에 내려놓고 렌즈 정면에 사진 액자를 위치시켰다. [044APD] 창에 푸조403이 되돌아왔다.

"우선 여기가 어디인가 하면 '아지트 1'이야."

"귀공은 그 암호를 풀어냈는가?"

"알고 보니 암호라기에는 너무나 노골적인 힌트였어. 첫째 행은 전국 지방 공공단체 코드인데, 11103은 사이타마시 오미야구에 해당해. 그렇다면 둘째 행은 뒤에 이어지는 주소 아닐까, 하고 짐작했지. 72813, 시행착오 결과 이건 순수하게 7초메 28번지 13호를 나타낸다는 사실을 알아냈어. 초町 이름이 없다고? 그렇군. 하지만 초 이름은 간단히 추리할 수 있어. 7초메까지 있는 초는 그렇게 많은 편은 아니지 않나? 그런 생각을 하면서 사이타마시 오미야구의 초 이름 일람을 살펴봤더니, 과연 7초메가 있는 곳은 '오하라'라는 초뿐이더군. 이 오하라라는 곳이 제법 재미있는데 말이야, 2001년에 합병되어 사이타마시가 되기 전에는 우라와시였더라고. 그렇다면 합병 후에 구舊 우라와시는 우라와구가 되는 게 보통이지만, 오하라의 일부가 오미야구에 편입되기를 희망해서 결국 1초메부터 5초메가 우라와구, 6초메와 7초메가 오미야구라는 식으로 초가 분열됐지. 더 재미있는 건, 오미야구에 편입된 오하라는 그대로 6초메, 7초메로 일컬어지고 있어. 요컨대 오미야구 오하라에 1초메부터 5초메는 존재하지 않는 거지.

자, 이런 지식 자랑은 다음 기회에 하도록 하고, 사이타마시 오미야구 오하라 7초메 28번지 13호가 아닐까 하는 생각에 실제로 그 주소를 찾아가 봤어. 그러자 거기에는 야나가장莊이라는 연립주택이 있더군. '아지트 2'보다 더 싸구려로 보이는 2층짜리 목조 모르타르 연립주택이야. 이 주소가 실재한 시점에서 해독 방법에 잘못은 없었다고 확신했지. 하지만 문장 전체를 해독할 수 있었던 건 아니야. 아직 key=m이 남아 있었지. 첫째 행이 시와 구 이름, 둘째 행이 초 이름과 번지, 주소를 찾아가 보니 집합주택이 있었으니까 셋째 행은 세대 번호를 나타낸다고 생각하는 게 자연스럽겠지. 하지만 과연 콜롬보, 1구와 2구 때 직구를 던져서 눈이 익숙해진 참에 체인지업®을 구사하더란 말이지. 아니 그래도 어린 아이의 순수한 마음으로 보면 이것 또한 직구지만. 너무 직구다운 직구, 한가운데로 들어오는 위력 없는 직구. key=m은 뭐였다고 생각해?"

답은 돌아오지 않았다.

"어렵게 생각하지 마. 곧이곧대로 읽으라고. '키'는 뭐지?"

"열쇠." aXe가 대답했다.

"등호는?"

"똑같다."

"아, 틀렸어, 틀렸어. 그게 바로 지나친 생각이라니까. 곧이곧대로 읽기만 하면 된다고. '는'이잖아. '1 더하기 2는 3' 할 때 '는'. 그럼 m은?"

"엠."

"다르게 읽는 방법이 있잖아."

"다르게요? 스페인어로는 에메."

"그러니까, 어려운 방향으로 몰고 가지 말라고. 일상적인 해석 레벨."

"엠이 제일 간단한데……."

"초등학생도 읽을 줄 알아. 알파벳을 배우기 훨씬 전에 그렇게 읽는 법을 배우지."

aXe는 하키 마스크의 이마 부분에 손을 댄 채 굳어버렸다.

® 타자의 타이밍을 방해하기 위해 던지는 느린 직구.

"메트르Mètre인가?" 반도젠 교수가 말했다.

"정답. 하지만 더 알기 쉽게 말하는 법이 있어. 그쪽이 영어 발음에는 더 가까운데."

"미터?"

"정답. 자, 이어서 읽으면?"

"열쇠는 미터."

"미터에는 길이 단위인 미터 말고 또 다른 의미가 있지."

"오오! '집 열쇠는 수도 미터기에 숨겨놓았다'라는 메시지로구나." 잔갸 군이 울부짖었다.

"반은 정답. 수도 미터기가 아니라 가스 미터기 뒤쪽에 테이프로 고정되어 있었어. 1층 4호실 가스 미터기 뒤쪽에."

두광인은 그 열쇠를 웹캠 앞에서 흔들어 보였다.

"그럼 다스베이더 경이 지금 있는 곳이?"

"야나가장 4호실, 통칭 '아지트 1'. 잠깐만 기다려."

두광인은 사진 액자 앞의 웹캠을 손에 들고 렌즈를 실내 쪽으로 향한 채 현관 방향으로 물러났다. [044APD] 창에 실내 전체가 비친다. 다다미 여섯 장짜리 일본식 방 구석에 노트북과 사진 액자를 얹은 나지막한 테이블이 있다. 벽 옆에 브로드밴드 루터*가 보인다. 눈에 들어오는 물건은 그것뿐이다. 텔레비전이나 의류 수납함은 없다.

"이번 주 화요일인 17일, 저녁때 이 집을 발견했는데 그때도 안

* ADSL이나 광케이블 등 고속회선으로 인터넷에 접속할 때 사용되는 루터.

은 이렇게 휑뎅그렁했어. 이 방 말고도 다다미 두 장짜리 부엌과 욕실이 있지만, 거기에도 아무것도 놓여 있지 않았어. 휴지도 없더군."

두광인은 방 안쪽으로 돌아와 웹캠을 사진 액자 앞에 내려놓았다.

"마치 이사를 마친 것 같은 그런 집 안에서 노트북이 작동하고 있었어. 이렇게 덮개가 열린 노트북 화면에는 차원 분열 도형*을 자동 생성하는 화면 보호기가 나타나 있었지. 브로드밴드 루터의 전원도 켜져 있었고. 그 모습을 보고 모든 걸 깨달았어. 노트북을 조사해보니 과연 특정 시간에 켜져서 정해진 작업을 수행하는 프로그램이 깔려 있더군. 그 프로그램이 처음에 가동된 건 4월 8일 오후 11시. 화상 채팅 소프트웨어가 기동해서 우리 그룹에 로그인하도록 설정되어 있었어. 노트북 USB 포트에는 웹캠이 접속된 상태였고, 렌즈 앞에는 푸조403 컨버터블 사진이 든 검은 틀의 사진 액자가 놓여 있었어."

"4월 8일…… 문제가 출제된 때……."

aXe가 중얼거렸다.

"그래, 로그인하면 다음 문장이 텍스트 송출되도록 설정되어 있었어."

4월 모일, 센다이시 아오바구 하세쿠라마치 ×-× 시저스 팰리스 703

* 작은 구조가 전체 구조와 비슷한 형태로 끝없이 되풀이되는 구조를 뜻함.

호실 욕실에서 마미야 슌의 시체가 발견됐어.

"오 초 간격을 두고 다음 텍스트가 송출되지."

시체가 발견됐을 때 현장은 밀실 상태였어.

"그 후로도 오 초 간격으로."

703호실은 현관문과 창문이 전부 잠겨 있었어.

맨션 1층 현관에는 관리인이 24시간 틀어박혀 있어.

이 밀실 수수께끼를 해결하는 게 이번 문제.

"다음은 이십 초 간격을 두고."

사인, 사망 추정 시각, 피해자의 프로필, 현장인 맨션에 드나든 사람에 대해서는 다양한 미디어로부터 이미 많은 정보를 얻었을 테니, 나는 다시금 설명하지 않겠어.

"오 초 후."

추리에 필요한 사진을 제공할게. 필요한 설명도 덧붙여뒀어. 이십 분 후에 대답을 듣겠어.

“또 오 초 후에.”

그럼 이십 분 후에.

“이다음에 바로 우리 네 명에게 메일을 보내도록 설정해뒀더군.”

“온라인 앨범 서비스의 URL을 적은 메일 말이군요.”

“그래. 그리고 십 분간 공백을 두었다가 ‘십 분 남았어’라고 내보내고, 십 분이 더 지나면 ‘알아낸 사람?’이라고 내보내도록 만들어져 있었어. 그 후로도 오 초에서 십 초 간격으로 텍스트를 송출하도록 설정해뒀는데, 마지막으로 다음 모임 일시를 알린 다음 로그아웃하도록 해놨더라고.”

“즉, 우리 네 명이 나누는 이야기의 흐름과는 관계없이 텍스트가 흘러나왔다는 뜻이군요?”

“응, 완전히 원조 콜롬보인 아즈마 데루요시로 변모해서 그랬는지, 아니면 원래 성격이 그래서 그랬는지는 몰라도, 그는 이쪽 이야기의 흐름은 개의치 않고 자기가 하고 싶은 이야기를 자기 타이밍에 맞춰서 꺼냈어. 그래서 이쪽과 이야기가 맞아떨어지지 않아도 여느 때와 똑같다면서 신경 쓰지 않았어. 그렇지?”

“그렇죠. 질문을 무시하는 것도 전부터 그랬고.”

“이십 분 만에 추리하라고 까다로운 문제를 억지로 떠맡긴 건 절대로 정답에 도달하지 못하도록 하기 위해서야. 이 프로그램은 인공지능이 아니야. 준비해둔 텍스트를 시간대로 내보낼 뿐, 우리가 하는 말을 이해하거나 그 내용에 맞춰서 응답할 수는 없어. 즉, 정답과 오답의 판정은 불가능한 거지. 준비해둔 텍스트가 '오답'인데 정답이 나오면 곤란한 사태가 발생해. 어디가 틀렸느냐고 누군가가 다그쳐도 적절한 대답을 되돌려줄 수가 없거든. 반대로 준비한 텍스트가 '정답'인데 모두 잡담만 늘어놓고 추리를 하나도 입에 담지 않은 경우는 어떻게 되겠어. 그래서 절대로 정답이 나오지 않도록 만들어서, 정답자가 없으니 한 주 동안 생각한 다음에 다시 집합이라는 시나리오에 우리가 반드시 따르도록 만든 거지."

"지각 엄금이라고 끈질기게 되풀이한 건 이 어르신을 비꼬는 말이 아니었군."

잔갸 군이 이해했다는 듯이 말했다. 출결 상황에 맞추어서 텍스트를 송출하는 타이밍을 뒤바꿀 수는 없는 것이다.

"잠깐만 기다리게나."

반도젠 교수가 손을 들고 발언을 희망했다.

"이 몸은 아직 무슨 사태인지 잘 이해하지 못하겠구먼. 조금만 더 시간을 거슬러 올라가서 콜롬보 님의 행동을 재현하자면, '아지트 1'은 빈집에 멋대로 침입한 게 아니라 콜롬보 님이 바른 절차를 밟아 빌린 거지?"

"그렇겠지. 빈집이라면 부동산업자와 빌리기를 희망하는 사람이 들어올 수도 있어. 전기나 회선도 못 사용하고. 가명으로 빌렸을 거야. 한 달 정도만 쓰면 되니까 계약할 때 지불한 집세면 충분할 테지. 전기세도 아직 청구되지 않아."

"'아지트 1'에는 인터넷에 접속한 노트북을 놓아두었다. 노트북에는 우리와의 채팅을 자동으로 행하는 프로그램이 깔려 있었다는 말이구먼."

"자동으로 행한다기보다, 자기 주도하에 진행한 이야기에 이쪽이 말려들도록 짜 맞춘 시나리오지."

"사전에 촬영한 사진은 온라인 앨범 서비스에 전송해두었고."

"그래, 업로드했어."

"노트북 준비를 끝내자 '아지트 2'로 이동했다. 여기는 여벌 열쇠를 찾아서 멋대로 사용했다."

"응."

"박스 하나에 흙 포대와 의족을 넣고 자기도 다른 박스 속에 몸을 감추고는 인터넷에서 찾은 공범자에게 발송 수속을 밟게 했다."

"그렇지."

"배달품으로 센다이 시저스 팰리스 703호실에 도착. 나카사토 여사를 살해한 후에 그 집의 디지털 카메라와 컴퓨터를 빌려서 자료 사진을 인터넷에 올리고 자신 역시 자해한다. 이게 4월 1일."

"콜롬보가 이용한 온라인 앨범 서비스에는 일정 기간이 지나면 올린 사진을 자동으로 삭제하는 기능이 있어. 그러니까 지금 그 서버를 들여다봐도 텅 비었을 거야."

"이 화상 채팅을 통해 4월 1일 사건에 대한 출제를 한 것이 한 주 후인 4월 8일. 이때 콜롬보 님은 이미 이 세상에 없었다."

"응."

"출제를 한 건 '아지트 1'에 놓인 노트북 속에서 기동되던, 콜롬보 님이 생전에 깔아둔 프로그램이다."

"그래 맞아."

"오! 그래서 모일이었구먼! 문제의 처음 말일세. 마미야 슌의 시체는 '4월 모일'에 발견되었다고 그랬었지. 4월 1일에 죽는다는 건 결정되어 있었네. 하지만 사건이 언제 발각될지는 모르는 법이야. 과연."

"도치바가 도쿄에서 돌아오는 2일에는 반드시 발견되지. 하지만 이변을 느낀 이웃집 사람이 1일에 발견할지도 몰라. 그래서 날짜는 명시할 수 없었어. 이거, 의식하고 제시한 힌트였을지도 모르겠는데."

"확실하게 알았네. 그렇다면 4월 8일 출제 후에 다시 등장하는 콜롬보 님 역시 그의 유고遺稿였겠군그래?"

"유고라. 그렇군, 그렇게 볼 수도 있겠어."

두광인이 감개 깊다는 듯이 고개를 끄덕이고 있자니 aXe가 이야기를 가로챘다.

"콜롬보 씨는 사건 이야기가 끝나면 재빨리 로그아웃을 하는데, 우리는 그 후로도 거의 한 시간 정도 이러쿵저러쿵 수다를 떠는 게 지금까지의 관례였습니다. 그래서 4월 8일도 그렇게 떠들리라고 예상하고 다시 로그인하도록 설정해둔 거죠. 그리고 '15일 집합 시간을 삼십 분 늦추고 싶어. 오후 11시 30분 시작으로'라는 메시지를 보냅니다. 이 메시지에는 콜롬보 씨가 확실히 존재한다는 사실을 우리 의식 속에 새겨 넣는 기능이 있습니다. 13일에 일제히 송신한 '정답자에게는 3백만 엔 증정'이라는 메일도 살아 있다는 사실을 각인시키기 위한 조작이고요. 15일의 두 번째 모임에서도, 보름 이상 이전에 작성한 텍스트가 정해진 시간에 송출된 것에 지나지 않습니다. 십오 분이라는 극단적으로 짧은 제한시간을 둔 건 이쪽에게 탐색할 여지를 주지 않기 위해서고요. 우리가 설명을 끝내도 바로 정답과 오답의 판단을 내리지 않은 점이 살아 있는 인간이 존재하지 않았다는 최고의 증거입니다. '시작'에서 딱 십오 분 후에 '시간 종료'를 송출하도록……."

"제기랄! 살아 있는 인간이 아니라서 지각했구나! 그런 거였어!"

잔갸 군이 울부짖으며 이야기의 허리를 잘랐다.

"15일 모임에 이십오 초 늦은 건 '아지트 1'에 있던 노트북 시계가 이십오 초 느렸기 때문이야. 8일 지각 또한 그래. 인터넷에 접속해두면 자동으로 시각 서버 시간에 맞추지만, 기본 상태에서는 한 주에 한 번밖에 맞추지 않기 때문에 시간이 상당히 어긋나. 레지스트리를 조작하면 하루 간격으로든 삼십 분 간격으로든 시간을 맞출 수 있기 때문에 시계를 항상 정확한 상태로 유지할 수 있어. 콜롬보 짱이 그걸 모를 리 없지. 하지만 굳이 정확하지 않은 상태로 내버려둔 거야. 진상을 규명할 힌트가 될 테니까. 17일에 보낸 메일도 노트북 시계가 늦으리라는 사실을 예상하고 준비해뒀어. 아아, 그래. 지각한 이유를 헤아렸다면 진상이 보였을 텐데."

"아아, 젠장 당했다" 하고 잔갸 군은 자기 자신을 책잡았다.

"하지만 오늘은 이쪽과 대화가 성립되었네만."

반도젠 교수가 말했다.

"네 녀석은 그런 것도 모르냐. 오늘만 다스베이더 경이 연기하고 있던 거잖아."

그 말대로 두광인은 자신의 노트북을 이곳 '아지트 1'로 가지고 와서 웹캠으로 자기 모습을 비추며 보이지 않는 위치에 놓은 044APD의 노트북 키보드를 두드리고 있었다.

"내일로 예정된 채팅 시나리오도 준비돼 있었는데, 우리가 진상에 도달했든 도달하지 못했든 간에 로그인한 지 삼십 분이 지나면 진상을 이야기하기 시작하도록 프로그램 해뒀더군. 그걸 보지 않고 끝났으니 일단 우리의 승리야. 축하해."

두광인은 웹캠 렌즈에 1만 엔짜리 지폐 다발을 들이댔다.

"뭐냐, 그건?"

"그러니까, 상금. 이 테이블에 놓여 있었어."

"농담이 아니었구나."

"난 약속을 지키는 남자야."

"뭐?"

"골고루 나눠도 괜찮아."

"믿을 수 없구먼."

반도젠 교수가 아프로 머리를 쥐어뜯었다.

"진짜 골고루 나눠도 괜찮다니까."

"그게 아니라."

"위조지폐 아니야."

"그게 아니라 콜롬보 님이 자살했다니……."

"아무리 믿기 어려워도 그 가설이면 빈틈없이 설명이 되니까."

"아까 전 검증 내용은 충분히 이해했다네. 하지만 아무리 해도 마음이 그 내용을 받아들이기를 거부하고 있어. 질 나쁜 농담이라고밖에 생각할 수 없네. 농담이라고밖에……. 응? 농담? 오오, 그렇구나!"

책상에 양손을 내리친 반도젠 교수가 그 기세를 타고 엉덩이를 들었다.

"제군들, 사건이 발생한 날짜에 주목하게나. 4월 1일! 만우절! 즉, 이건 농담일세. 죽었다고 생각하게 만들어놓고 실은 살아 있었다면서 나타나는 깜짝 카메라 기획이야."

"아니, 진짜로 죽었다고. 사람 없이 채팅이 진행되고 있었다니까. 여기 와서 그 눈으로 확인해봐."

두광인은 나지막한 테이블 위의 노트북을 가리켰다.

"그것 자체가 죽었다고 생각하게 만드는 기만일세."

"저기요, 마미야 순은 틀림없이 죽었거든요. 경찰이 확인했어."

"그 말대로야. 마미야 님은 틀림없이 죽었네. 하지만 그가 바로 콜롬보 님이라고 단정해도 되겠는가? 아닐세!"

"밀실에서 벌어진 마미야의 죽음은 자살이라고 해석하지 않고서는 설명할 수 없다고. 그런 기발한 자살을 밀실살인게이머 말고 누가 실행한다는 거야?"

"과거를 되돌아보게나. 콜롬보 님은 항상 우리의 한 수나 두 수

위에 있지 않았는가. 이번에도 그래. 우리가 자신만만하게 이끌어 낸 답은 마지막에 등장하는 콜롬보 님에게 뒤집어지는 게 기정사실이지. 그렇지, 콜롬보 님? 롬하고 있다는 거 다 안다네. 슬슬 모습을 드러내게나."

반도젠 교수는 완전히 일어서서 부추기듯이 주먹을 흔들었다.

"뭐냐, 그 억지 논법은. 아저씨, 머리 좀 식혀. 불러도 망자는 안 나온다고." 잔갸 군이 말했다.

"4월 1일에 일을 완수한 건 콜롬보 씨 나름의 재치겠죠."

aXe도 거들었다.

"하지만…… 하지만 아무래도 이해가 안 간단 말일세. 콜롬보 님은 우리 중에서도 제일 배짱이 두둑했으니까 그런 일로 자살하리라고는……."

반도젠 교수는 목소리 톤을 낮추면서 자리에 앉았다.

"어? 설마하니 뉘우치는 마음에서 자살했다고 생각하는 거야?"

"으음. 지금까지 몇 명이나…… 게임을 위해서……."

"그건 아니지, 아니야. 뉘우침이나 반성이나 참회 때문에 죽었다면 그런 뜻을 적은 유서를 남기겠지."

"그렇다면 그, 두 다리를 잃고…… 장래를 비관한 걸까?"

"그렇게 자포자기하는 심정이 없었다고는 할 수 없겠지만, 전체적으로 보면 극히 일부에 지나지 않았을 거야."

"어렵게 생각할 필요 없잖아."

잔갸 군이 끼어들었다.

"자랑이라고, 자랑. 최고의 트릭이 떠오르면 공개하고 싶어지는 게 밀실살인게이머의 천성 아니겠냐. '의외의 범인'을 궁리해 낸 다스베이더 경도 실현하기 위해 연인을 죽였잖아."

"그러니까 연인이 아니라고 몇 번……."

"거기 대항했는지도 모르겠다만, 콜롬보 짱은 '의외의 피해자'를 생각해냈어. 할 수밖에 없겠지. 실행하지 않으면 다스베이더 경한테 지니까. 하지만 말이야, 생각해냈다고 해도 보통은 자기를 안 죽인다고. 하지만 굳이 그 짓을 하면 우리의 간담을 서늘하게 만들 수 있지. 아아, 깜짝 놀랐고말고. 졌다, 졌어. 존경해. 설령 최전선에 나가는 병사처럼 필로폰이나 페르비틴*을 맞는다고 해도 이 어르신은 못 할 것 같아. 이 어르신은 겁쟁이라고. 그리고 녀석은 신이야."

"침울해지다니 고인의 유지에 반하는 행동입니다. 문자 그대로 몸을 내던져 문자 그대로 일생일대의 트릭을 수행했으니까 콜롬보 씨도 만족스러웠을 겁니다. 우리를 놀래주기 위해 이렇게까지 했으니 웃는 얼굴로 보내줍시다."

aXe가 일어서서 박수를 쳤다. 그녀가 앉기를 기다렸다가 두광인은 쯧쯧, 하고 집게손가락을 흔들었다.

"우리를 위해서 그랬는지는 의문이로군. 결국 콜롬보는 마지막까지 머릿속에 자기밖에 없었어."

그러고 나서 사진 액자 앞의 웹캠을 손에 들고 렌즈를 044APD

* 둘 다 각성제인 메탄페타민을 말한다. 필로폰은 일본에서 사용한 상품명, 페르비틴은 독일에서 사용한 상품명이다.

의 노트북 화면으로 돌렸다.

"누군가의 모니터랑은 엄청 다르지."

바탕화면은 무늬 없는 회색, 아이콘은 인터넷 단축아이콘 하나랑 휴지통뿐이다.

"누군가의 컴퓨터는 음란 사이트의 단축아이콘이랑 음란 만화 JPEG 파일로 뒤덮여서 바탕화면이 보이지도 않을 테지. 아이콘을 정리한다고 정리해봤자 바탕화면은 미소녀 그림일 테고."

"시끄러!" 잔갸 군이 반응했다.

"콜롬보가 죽음으로 치달은 이유는 여기에 있어."

두광인은 트랙패드* 위에서 집게손가락을 돌렸다. 화면에 있는 인터넷 단축아이콘 위에서 포인터가 원을 그렸다.

"유서?"

"유서라고 명시된 건 아니고, 애당초 마미야 본인이 쓴 것도 아니야. 이 단축아이콘을 통해 이동한 곳에는 핀란드의 어느 심리학자가 발표한 과학 논문에 기초해, 비디오 게임 속에서 일어나는 죽음을 고찰한 기사가 있어. 이 기사가 콜롬보의 심정과 일치했다면 그는 궁극의 쾌락을 얻기 위해 궁극의 게임을 행한 셈이지. 자, 읽어봐."

두광인은 인터넷 단축아이콘을 세 사람에게 보냈다.

* 압력 감지기가 달려 있는 작은 평판으로 마우스를 대신하는 입력장치.

*

'게이머에게 자신의 죽음은 쾌감' 연구를 생각하다

이 논문 속에서 라바자 씨가 도달한 결론은 너무나도 직감에 반하기에 놀라움을 금할 수 없다. 게이머들은 적을 쏘면서 즐기는 게 아니라 자기 자신이 사살당할 때 기쁨이라는 감정을 충족시킬 수 있다고 한다.

라바자 씨는 자기 실험에서 서른여섯 명의 피험자 게이머에게 센서 여러 개를 장착했다. 이 센서들은 얼굴 주요 근육의 근전도 활동과 피부 전도 수준 등을 측정해 그 감정 상태를 상세하게 기록하는 물건이다.

그 후 라바자 씨는 게이머들에게 '007: 나이트파이어'를 플레이하게 했다. 이 게임은 제임스 본드를 주인공으로 삼은 1인칭 슈팅 게임인데, 실험 당시에 존재하던 게임 중에서는 상당히 현실적인 게임이었다.

자, 실험 결과는 어땠을까? 적을 해치웠을 때 피험자의 근전도 활동은 급상승했지만 얼굴 표정은 슬픔으로 기록됐다.

"이것은 승리와 성공이 기쁨을 불러일으키는 것이 아니라, 적을 상처 입히고 죽이는 행위가 고뇌 혹은 분노, 또는 그 양쪽을 끌어낸다는 뜻이다"라고 라바자 씨는 설명했다. 반대로 게이머 자신이 살해당했을 때 센서는 "긍정적인 반응을 보이며 몹시 흥분한 상태"라는 결과를 검출했다.

즉, 게임 속에서 죽는다는 것은 어떤 의미에서 즐거운 경험이라는 뜻이다.

게이머들이 이처럼 느끼는 이유에 대해 라바자 씨는 확신은 없지만 독자적인 이론을 펼쳤다. 인간이 게임 속의 적을 죽일 때 고뇌를 느낀다면, 그것은 마음에 심어진 윤리에 등을 돌린 행위이기 때문에 그렇다는 것이다.

즉, 인간은 설령 그것이 가상 세계에서 벌어진다고 해도 살인이 나쁜 행위라고 인식하고 있다는 뜻이다(흥미롭게도 이 주장은 '탈감작* 이론'과는 상반되는 주장이다. 가상의 적을 너무 많이 죽이면 폭력에 대한 감각이 마비된다고 심리학자들은 우려하고 있다. 게이머들이 이러한 감각의 마비에 저항하고 있는 듯한 사실에 라바자 씨는 '안심했다'고 기술했다).

하지만 라바자 씨의 실험 결과에서 한층 더 기묘한 부분은 게이머들이 게임 속에서 자신이 맞이하는 죽음에 흥분한다는 점이다. 라바자 씨는 이러한 현상의 원인을, 살해당하는 것이 "게임에 몰두하는 상태에서 일시적으로 해방된다"는 사실을 의미하기 때문이라고 고찰했다. 1인칭 슈팅 게임을 하는 플레이어는 몹시 긴장한 상태에 있기 때문에, 설령 자신의 몸이 산산조각 나서 날아갔다고 해도 잠시 쉴 수 있다는 점에 기쁨을 느낀다고 한다.

이 같은 논리는 내게 아주 설득력 있게 다가온다.

지면에 납작 엎드린 나 자신의 시체를 쳐다보는 나는 분명 난처

* 어떤 상황이나 물질에 조금씩 접촉하게 하여 그 상황이나 물질에 대한 과민성을 줄여나가는 과정.

하다. 하지만 이 난처한 감정은 동시에 느끼는 '안도'의 감정만큼 강하지는 않다. 자기 몸에 가득 찬 긴장이 풀려가는 것을 느낀다.

실제로 많은 경우, 나는 게임에 너무 몰두한 나머지 몸이 심하게 굳어버렸다는 사실조차 알아차리지 못한다. 나는 죽고 싶다는 생각은 하지 않는다고 여기지만, 나 자신의 정신을 건전하게 유지하기 위해서는 필시 죽음이 필요하리라.

* 「'게이머에게 자신의 죽음은 쾌감' 연구를 생각하다」는 WIRED VISION(http://wiredvision.jp/) 2008년 3월 18일자 기사(원문: Clive Thompson, 일본어판: ガリレオ- 向井朋子/長谷睦)에서 인용했습니다. -지은이

5월 5일

밀실살인을 러브러브하는 18세 우입니다. 저도 밀실살인게임을 해보고 싶습니다. 흥미 있는 분은 글을 남겨주세요.

밀실살인게임 2.0

1판 1쇄 발행 2011년 2월 10일
2판 1쇄 발행 2022년 9월 16일
2판 2쇄 발행 2024년 5월 15일

지은이 우타노 쇼고
옮긴이 김은모
펴낸이 김기옥

문학팀 김세화 | 마케팅 김주현
경영지원 고광현, 김형식, 임민진

표지디자인 공중정원 박진범 | 본문디자인 고은주
인쇄·제본 (주)민언프린텍

펴낸곳 한스미디어(한즈미디어(주))
주소 (04037) 서울시 마포구 양화로 11길 13(서교동, 강원빌딩 5층)
전화 02-707-0337 | 팩스 02-707-0198 | 홈페이지 www.hansmedia.com
출판신고번호 제313-2003-227호 | 신고일자 2003년 6월 25일

ISBN 979-11-6007-615-8 (04830)
(SET) 979-11-6007-597-7 (04830)

한스미디어 소설 카페 http://cafe.naver.com/ragno | 트위터 @hans_media
페이스북 www.facebook.com/hansmediabooks | 인스타그램 @hansmystery

책값은 뒤표지에 있습니다.
잘못 만들어진 책은 구입하신 서점에서 교환해드립니다.